私の平成史

中村稔

青土社

私の平成史——中村稔

目次

序章……17

1 平成元年　一一月九日、ベルリンの壁の開放・撤去のこと、この事件は東ヨーロッパ社会主義諸国の体制崩壊の前兆とみられるべき事件であったこと、ただし、それ以前から東ドイツの人々の西ドイツへの流入はさまざまな形で始まっていたこと、同年六月二七日、ハンガリーの外相がオーストリア外相の立ち会いの下で両国間の国境の鉄条網を切断、八月一九日、汎欧州ピクニックにより多数の東ドイツ市民がオーストリアに入国したこと、汎欧州同盟のこと、東ドイツ市民のチェコスロバキア経由、ポーランド経由の西ドイツへの流入のこと、ベルリンの壁開放記念コンサートのこと、チェコスロバキアではハヴェルがこの年の年末、大統領に就任したこと、プラハと中野徹雄・絢子夫妻の息女のこと、天安門事件のこと、市民から隔絶した、北京、中南海の中国共産党幹部の居住地域のこと、趙紫陽『極秘回想録』における記述のこと、趙の前任者、総書記であった胡耀邦のこと、軍事委員会主席、鄧小平が実権を握っていたこと、四月、五月の学生デモは政治改革を求めるものではなかったという趙紫陽の考えと鄧小平らの批判による失脚のこと、六月の天安門広場における弾圧の死者の中、学生は三六人、二百人の死者の大部分は市民であったこと、ゴルバチョフの中国訪問のこと、改革開放路線にふみきった中国共産党の第一世代としての趙紫陽の体験のこと、この年の四月から『埼玉新聞』に「私のふるさと散歩」を連載したいと同社の飯島正治文化部長に頼み、承諾していただいて連載を始めたこと、アメリカ軍がパナマに侵攻し、パナマ大統領をアメリカ法により裁判にかけて処罰したこと、この年、バブル経済が頂点に達したこと、など……38

2 平成元年～平成二年　日本商標協会が発足したこと、協会の維持、発展のためには財政的基盤の確立が必須と考えたこと、マドリッド・プロトコールに関するシンポジウムを

開催したことおよびその経緯、その他の協会の活動のこと、平成二年一月から一年間、『現代詩手帖』にこの年の体験、見聞から抱いた心情を書きとどめた長篇詩を連載したこと、バルト三国のソ連からの独立のこと、東ドイツ総選挙により西ドイツのキリスト教民主同盟（CDU）の支援していたドイツのための同盟が圧勝し、東ドイツが西ドイツに統合される日が近いことを教えていたこと、日米構造協議のこと、その詳細とすさまじい内政干渉と思われること、この結果、日本人の生活様式が著しく変化したこと、たとえばATMの普及や商店街が消えたこと、ただし、望ましい改革も含んでいたこと、レゴ社の日本法人の名目的、無報酬の社長をつとめていたこと、レゴ社との関係、レゴの売上と「トイザらス」のこと、五月一八日の東西ドイツ政府の条約のこと、バブル経済の崩壊と崩壊の遺した傷痕のこと、八月三一日調印、一〇月三日発効の東西ドイツ統一条約のこと、スペインのバルセロナで開催された会議に妻と共に参加したこと、ガウディの作品と勅使河原宏のドキュメンタリー映画のこと、東西ドイツ統一にともなうソ連軍のドイツからの撤退のこと、など……66

3 平成二年〜平成四年　イラクのクウェイト侵攻による湾岸戦争とその背景、経緯、サダム・フセインのリンケージ論のこと、日本政府の対応のこと、イラクに核兵器、生物細菌兵器などを販売した欧米先進国の「死の商人」たちのこと、千代の富士の引退と相撲協会の経営方針、大相撲の在り方のこと、ヨーロッパ共同体（EC）がヨーロッパ連合（EU）に発展したこと、ソ連崩壊のこと、『近代の詩人』一〇巻、別巻一巻を加藤周一、中村眞一郎のお二人と協力、分担して、正岡子規などの巻を編集し解説を執筆したこと、平成三年一一月、駒井哲郎の伝記『束の間の幻影』を出版したこと、同月、宮澤喜一内閣が成立、一高のときの同級生であった林義郎が大蔵大臣に就任したこと、この年の年末で事務所の代表パートナーを辞任したこと、平成四年一月、ユーゴスラビアの分裂のこと、七月、佐野英二郎死去、宮沢賢治について再検討し始めたこと、一〇月、天皇、皇后の訪中、同月、

大蔵省が都市銀行など二一行の不良債権は九月末で一二兆三〇〇〇億円、うち、四兆円は回収不能と発表したこと、一二月二〇日、日本近代文学館の小田切進理事長が急逝し、後任理事長に就任してくださるよう中村眞一郎さんに黒井千次さんと共にお願いし、実務は私共が引受けるとお話ししたこと、など……95

4 **平成五年〜平成六年** 『智恵子抄』裁判の結果、龍星閣こと沢田伊四郎にはこの詩集の編集著作権がないことが最高裁判決で確定したので、著作権登録の抹消を文部省著作権課に申請したところ、たんに抹消するだけのことであるのに一年半も要したこと、この裁判の判決に対する学者、研究者の無知、無責任な評釈のこと、川喜多和子さんのこと、川喜多かしこさんのこと、和子さんと柴田駿さんのこと、フランス映画社のこと、川島廣守セ・リーグ会長に誘われて沖縄のキャンプ見学に同行したこと、細川連立政権と小選挙区制導入のこと、小選挙区制が民意を反映しないこと、社会党のこと、細川内閣が成立した八月には一ドル一〇〇円台になったこと、この為替相場の円高が日本産業に輸出競争力の弱体化をもたらしたこと、日本産業の空洞化が始まったこと、細川内閣に対する五〇%近い支持率にかかわらず、細川が辞職したこと、九月のオスロ合意と合意に至るまでの経緯、オスロ合意に失望したこと、イスラエルとパレスチナのこと、インティファーダのこと、平成六年一月、山口市湯田温泉に中原中也記念館が設立されたこと、設立に先立ち、中原中也の弟、思郎さんの夫人、中原美枝子さんの依頼により、中原中也記念館の展示などに供する中原中也の遺稿などの貸与について山口市と折衝したこと、吉田正治商工観光課長のこと、中原中也記念館の開館のこと、日本近代文学館の副理事長に選任されたこと、未来構想委員会のこと、川村恒明、松下康雄のお二人に理事に就任していただいたこと、自民党、さきがけ、社会党の連立による村山富市内閣の発足のこと、村山が自衛隊は合憲と明言したこと、松本サリン事件のこと、文学館懇談会を催し、全国文学館協議会設立の準備段階に入ったこと、など……122

5　平成七年〜平成九年　阪神・淡路大震災のこと、地下鉄サリン事件とオウム真理教のこと、カルトとものみの塔のこと、日銀総裁に就任した松下康雄の後任として長岡實さんが日本近代文学館の理事に就任してくださったこと、「声のライブラリー」の公演、録音・録画を始めたこととその目的、理念のこと、出演者、司会者の人選が難しかったこと、日本商標協会の会長を退任したこと、全国文学館協議会の最初の総会を開催したこと、その活動形態のあらまし、文学館事務局の負担の増加のこと、フランスの核実験のこと、山梨県立文学館で井伏鱒二『厄除け詩集』について講演したこと、村山談話のこと、住専の不良債権が八兆四〇〇〇億円に達することが発覚したこと、後に『文学館感傷紀行』と題して執筆、出版した、全国各地の文学館を訪ねる旅行をしたこと、平成八年二月、山口市が設けた中原中也賞の選考委員になったこと、九月に中原中也の会が発足し、会長に就任したこと、会長としての会の運営についての考え、中国の核実験のこと、普天間基地移転問題のこと、オランダ出張とキューケンホフのチューリップガーデンのこと、小山弘志さんのこと、小山さんとご一緒にお能を観る会を始めたこと、一〇月二〇日の衆議院議員総選挙のこと、平成九年、近代文学館で「文学館職員のための研修講座」をはじめ、新しい講座をいくつか設けたこと、など……151

6　平成九年〜平成一一年　ロンドンのハーディスティ弁理士引退記念晩餐会のこと、富士通対テキサス・インスツルメンツ訴訟についてテキサス・インスツルメンツの代理人として東京高裁において敗訴したこと、その判決理由のこと、この訴訟の最高裁判決のこと、その結果、特許法が改正されたこと、この法改正に対する疑問、一〇月、金正日が北朝鮮労働党総書記に就任したこと、一一月、北海道拓殖銀行、山一證券が破産したこと、『文学館感傷紀行』を出版したこと、中村眞一郎さんが死去したこと、プロ野球のコミッショナーの顧問弁護士に就任しセ・リーグの顧問弁護士を辞任したこと、平成一〇年三月二八日、渋沢孝輔さんの法要で弔辞を捧げたこと、同日、日本近代文学館理事長に選任された

こと、松下康雄日銀総裁辞任のこと、北アイルランド紛争が解決したこと、七月、橋本龍太郎内閣総辞職、小渕恵三内閣発足、八月、俳句添削事件の控訴審判決が言渡されたこと、その理由のこと、「事実たる慣習」のこと、この判決に対する『著作権判例百選』掲載の研究者の無知、傲慢な評釈のこと、一〇月、日本長期信用銀行などの債務超過による国有化のこと、一二月、日本藝術院会員に選ばれたこと、平成一一年二月、青土社の創業者清水康雄が死去したこと、四月、副島有年が死去したこと、副島のこと、五月、『駒井哲郎 若き日の手紙』が出版され「序にかえて」を寄稿したこと、一〇月、いわゆる金融ビッグバンが実施されたこと、一一月初旬、休暇をとって夫婦でザルツブルクに留学中の次女を訪ねたこと、ザルツブルクとその近郊の観光のこと、マルバッハのドイツ近代文学館を訪ねたこと、年末、妻が発熱、入院し、日に日に衰弱したこと、など……177

7 **平成一二年〜平成一三年** 妻の他界(帰天)とその死因についての推察、草月会の機関誌にさまざまな花に寄せて亡妻を偲ぶ詩を連載したこと、聖イグナチオ教会における葬儀のこと、『新編・中原中也全集』第一巻が刊行されたこと、その編集委員のこと、編集の状況のこと、小渕恵三首相が脳梗塞で倒れ、森喜朗内閣が成立、森の本音と思われる失言による失脚のこと、日本共産党について思うこと、五月、日本文藝家協会理事を辞任したこと、三浦朱門理事長の日本文藝家協会の事務局人事のこと、文学館の石川啄木展その他の展示パックのこと、七月、そごうグループが民事再生法を申請したこと、現代短歌新人賞の選考委員になったこと、この賞のこととその背景の事情のこと、詩集『幻花抄』のこと、東急ホテルチェーンの訴訟のこと、ホテル経営のオーナーとオペレーターとの間の契約のこと、訴訟の結末、平成一三年一月から『ユリイカ』に「人間に関する断章」の連載を始めたこと、一月、内閣府設置法が施行され、経済財政諮問会議が設けられたこと、この会議の権限のこと、大宮市が浦和市、与野市と合併してさいたま市になったこと、平成の大合併のこと、群馬県北軽井沢の吉田健一さんの山荘を譲り受けることになったこと、九・

一一のこと、一一月、司馬遼太郎記念館開館のこと、世界の五大会計事務所の一といわれたアーサー・アンダーセン事務所が解散に追いこまれたこと、新型コロナ・ヴィールスの蔓延(令和二年)のこと、など……208

8 **平成一四年〜平成一五年**　一月から『ユリイカ』に「私の昭和史」を連載しはじめたこと、アメリカのアフガニスタン侵攻のこと、一般教書演説におけるブッシュ大統領の「悪の枢軸」発言のこと、三月、詩集『新輯・幻花抄』を出版したこと、安東次男の肺気腫が重篤になり入院、三カ月毎に転院をくりかえしたこと、四月九日、安東の死去と葬儀のこと、小泉首相の北朝鮮訪問のこと、金正日総書記が拉致を告白、賠償請求権を放棄することを条件として経済援助を求めたこと、小泉は経済援助には耳を貸さず、ひたすら拉致問題の真相究明を求めたこと、この経過にみられる日本外交の拙劣さのこと、一〇月、一高在学中からの友人小柴昌俊がノーベル物理学賞を受賞したこと、そのころ、さいたま芸術劇場にしばしばコンサートを聴きにいき、その運営の責任者であった埼玉芸術文化振興財団理事長の諸井誠さんと親しくなったこと、この財団と近代文学館が共同で「恋うたの現在」展を制作、展示したこと、平成一五年三月、母が死去したこと、享年九六歳、母の晩年のこと、四月、レゴ・ジャパン社長を退任したこと、レゴと私の関係、高見順文学振興会の理事長を辞任したことと高見夫人の遺言書のこと、三月二〇日、イラク戦争が始まったこと、アメリカのイラク敵視政策が理解できないこと、「大量破壊兵器」疑惑のこと、戦争の結果、大量破壊兵器も化学兵器等も発見されなかったこと、一二月、サダム・フセインが逮捕され米軍のキャンプ・ジャスティスで処刑されたこと、など……242

9 **平成一五年〜平成一七年**　一〇月、福岡ユネスコ協会で講演をし、鶴見俊輔さんとお会いし、お別れの挨拶をしたこと、一一月、『新編・中原中也全集』第四巻、評論・小説篇の解題を執筆、中原の思想と西田幾多郎の初期の著作との関係について知見を得たこと、

この知見が後に『中原中也私論』に発展したこと、平成一六年、『私の昭和史』を出版、いくつかの賞を受賞したこと、『私の詩歌逍遙』を出版、『中村稔著作集』全六巻を樋口覚さんの編集により出版したこと、『ユリイカ』が平成一六年一〇月号を中村稔特集号として発行してくれたこと、トマス・フィールドのこと、紅野敏郎さんのこと、一一月、『新編・中原中也全集』別巻が刊行され、全集が完結したこと、この年も『ユリイカ』に「私の昭和史・戦後篇」の連載を続けていたこと、平成一七年、年頭ころから俳句に興味を抱き、飯田龍太、森澄雄の句作について小文を発表したこと、展示パック「文学・青春」その他のこと、七月二二日、国際自由学園事件の知財高裁判決を取消す旨の最高裁判決の言渡しがあったこと、その経緯と判決理由、小泉内閣と郵政民営化のこと、郵政民営化にはあまりに多くの問題があるように感じたこと、一一月、メルケルがドイツ連邦首相に就任したこと、など……………… 269

10 平成一八年～平成一九年　学術会議会員任命拒否問題（令和二年）のこと、日本近代文学館成田分館建設のこと、財務省から指定寄付金の許可を得たこと、平岩外四元経団連会長を委員長とする募金委員会を設けて募金を行ったこと、神奈川近代文学館のこと、文学館の図書購入費のこと、維持会員のこと、文学館運営の原資とその運用の難しいこと、成田分館のために寄付してくださった方々の中、特に印象ふかい人々のこと、三月、三好達治賞選考委員を引受けたこと、六月ころから体調が悪く、主治医に大腸癌と診断され、九月一四日、自治医大附属さいたま医療センターへ入院、小西教授の執刀により開腹手術をうけたこと、この機会に禁煙したこと、入院生活のこと、一〇月一七日に退院したこと、これ以前九月、安倍晋三内閣発足、上条孝美死去、一〇月一六日、日高普死去、一〇月二〇日、日高の葬儀にさいし弔辞を捧げたこと、一二月一八日、中野徹雄死去、一〇月二八日、大野正男死去、上条のこと、一一月一六日にはじめて上京、事務所に寄り、当分、週一日、数時間だけ出勤と決めたこと、一一月、筑摩書房から『立原道造全集』の第一巻が刊行さ

れ、引き続き全五巻が刊行されたこと、その編集委員に加わったが、実質的には会議に出席したにとどまること、吉村昭さんの死去により、藝術院第二部長に選ばれ、たびたび皇居に参上したこと、藝術院賞受賞者を招待した皇居の茶会のこと、平成一九年七月、参議院議員選挙の結果、自民党は民主党よりも少ない議席数を得る結果となり、安倍晋三が首相を退任、福田康夫内閣が発足したこと、成田分館開館のこと、開館記念の「近代文学の至宝」展の素晴らしい出来栄えのこと、その制作にあたった二名の女性事務職員のこと、など……292

11 **平成二〇年〜平成二一年** 学術会議会員任命拒否問題（令和二年）のこと、四月、司馬遼太郎記念館で司馬遼太郎『坂の上の雲』を吉村昭『海の史劇』と対比して論じる講演をし、後に『司馬遼太郎を読む』を出版したこと、日本近代文学館理事長を退任し、名誉館長の肩書を贈られ、後任の理事長に高井有一さんが選任されたこと、専務理事に選任された樋口覚さんが「声のライブラリー」の人選などに非常に苦労したのに何の手助けもしなかったこと、出演者が三人から二人に、会費が三千円から二千円に値下げされたこと、この変更の経緯については聞いていないこと、「声のライブラリー」の現状のこと、リーマン・ショックのこと、平成二一年八月の衆議院議員総選挙で民主党が圧勝したこと、政権交代と民主党政権のこと、民主党政権の保守的性格と事業仕分けのこと、オバマ大統領の核廃絶演説とノーベル平和賞受賞のこと、裁判員制度のこと、『中原中也私論』を出版したこと、平成八年以来、中原中也賞選考委員をつとめていたこと、山口市の井上洋教育長のこと、平成一六年四月、中原中也の遺稿、遺品などを中原家から中也記念館の所蔵に帰するようにするため微力を尽くしたこと、安東次男の拾遺句詩集『流火草堂遺珠』を出版したこと、など……322

12 平成二一年〜平成二三年

次女と共に、途中からイエズス会のX神父も加わり、ヨーロッパを旅行し、チューリッヒ、ミラノ、ベルンなどの諸都市を観光し、ミラノではロンダニーニのピエタを見て、後に「立ち去る者」と題する詩を書いたこと、ベルンではパウル・クレー・センターを訪ね、また、リルケゆかりのミュゾットの館を訪ね、リルケの墓、トマス・マンの墓をお参りしたこと、平成二二年六月、鳩山由紀夫首相辞任のこと、普天間基地移転問題と日米地位協定のこと、平成三〇年の玉城沖縄県知事の陳情のこと、菅直人内閣の下の平成二二年七月の参議院議員選挙の結果のこと、藝術院第二部長を退任したこと、「私の昭和史」の連載は平成二三年まで続いていたこと、朝日賞、毎日芸術賞などを受賞したこと、文化功労者に選ばれたこと、八月一八日、森澄雄さん死去、森澄雄のこと、九月七日、飯島正治さん死去、一〇月一日、紅野敏郎さん死去、一一月四日、磯輪英一さん死去、平成二三年二月一六日、小山弘志さん死去、三月三一日、飯田桃死去、紅野敏郎さんのこと、飯田桃のこと、飯島正治さんのこと、など……………… 348

13 平成二三年

『ユリイカ』に連載していた「私の昭和史」が完結、戦後篇上下、完結篇上下とあわせ全五巻の著書となったこと、『文学館を考える』を出版したこと、その韓国語版が翻訳・出版されたこと、『ユリイカ』に「人生に関する断章」の連載をはじめたこと、三月一一日、東日本大震災と福島原発事故が発生したこと、福島第一原発原子炉のメルトダウンと放射能汚染のこと、津波が原子炉の冷却機能を奪ったこと、船橋洋一『カウントダウン・メルトダウン』の記述のこと、政府の原子力緊急事態宣言のこと、『福島原発事故独立検証委員会 調査・検証報告書』の記述、原子炉メーカーの責任のこと、「高い信頼性」にかかわらず「想定外」の地震と津波が全交流電源を奪ったこと、原子力安全・保安院と原子力安全委員会のこと、この二つの機関が全交流電源の喪失について責任のなすりあいをしていること、原子力防災専門官の責任のこと、現地駐在の原子力保安検査官の「敵前逃亡」のこと、首相官邸の対応のこと、菅直人首相の視察と吉田所長の対応のこと、国の

責任のこと、再生可能エネルギーのこと、など……373

14 **平成二三年～平成二四年** 日高普の著作選『精神の風通しのために』を日高の子息、日高立君と共に編集し、青土社から出版したこと、東宝の訴訟に関して平成二四年一月一七日の最高裁判決により知財高裁の判決が取消され、勝訴したこと、東宝株式会社との多年の関係のこと、知財高裁の判決にみられるとおり、知財高裁が映画製作における監督の役割について無知であったこと、二月二日、最高裁判決によりピンク・レディー事件で敗訴したこと、ピンク・レディーの振り付けでダイエット、と称してピンク・レディーの肖像写真を多数利用した週刊誌の行為がピンク・レディーの肖像権を侵害しないと判断した最高裁判決の理由に納得できないこと、三月二〇日の総会で任期満了により全国文学館協議会会長を退任したこと、全国文学館協議会の震災展を提案、震災展を開催したこと、岡野弘彦、長谷川櫂、高野ムツオその他多数の方々が震災展に協力、揮毫してくださったこと、解説を執筆した岩波文庫版『加藤楸邨句集』が出版されたことから、楸邨の長男、穂高さんの面識を得たこと、その結果、楸邨が墨書した紙本一五〇二本を近代文学館に寄贈していただいたこと、その大部分が未発表句であること、一一月、『樋口一葉考』を出版したこと、一二月一六日の衆議院議員総選挙で自民党が圧勝し、民主党が下野し、安倍晋三内閣が発足したこと、異次元の金融緩和政策をふくむアベノミクスのこと、その三本の矢がいずれも失敗に終ったと思われること、異次元の金融緩和の「出口」政策の欠如のこと、など……399

15 **平成二五年～平成二六年** 『ユリイカ』に「人生に関する断章」を引き続き連載したこと、「平家物語について」を連載し、後に単行本として出版したこと、永田和宏『近代秀歌』のこと、事務所の過誤により無意味な特許処分がなされたため、この行政処分の取消しを請求する訴訟を提起し、私はもちろん、事務所の総力を挙げて努力したが、平成二六

年六月の知財高裁判決により、処分は取消されず、敗訴が確定し、事務所は依頼者に損害賠償を支払ったこと、この判決理由には納得できないこと、このような事案は私の弁護士生活において唯一であったこと、平成二五年一〇月一四日、飯島耕一死去、享年八三歳、飯島のこと、平成二六年五月三〇日、粕谷一希死去、享年八四歳、粕谷のこと、清岡卓行が平成一八年に享年八三歳で死去したこと、内閣人事局のこと、これにより内閣府が幹部官僚の人事権を掌握したこと、平成二六年一二月一四日の衆議院議員総選挙の結果のこと、立憲民主党などの野党が選挙制度の改正を求めないことが不可解であること、『芥川龍之介考』を出版したこと、「人生に関する断章」において後鳥羽院を採り上げ丸谷才一を批判したこと、また、靖国神社問題を採り上げ私見を記したこと、一〇月八日、事務所創立百周年祝賀会を催したこと、日本ロシュ・中外製薬の研究倫理委員会のこと、など……430

16

平成二七年～平成二八年　平成二七年一月二三日、安東多恵子さん死去、多恵子さんのこと、私の読書ないし濫読のこと、『ユリイカ』の連載エッセイに「イザベラ・バードの日本紀行」「クロポトキン自伝」などを採り上げたこと、『私の日韓歴史認識』の一部を『ユリイカ』に掲載し、その余は書き下して『私の日韓歴史認識』を出版したこと、従軍慰安婦のこと、『ユリイカ』に「西鶴を読む」を連載し、後に単行本として出版したこと、西鶴の難しさと偉大さのこと、２０１５安保体制が、七月一六日に衆議院で可決され九月一九日に参議院で可決成立した安保法制改正法案により成立したこと、この新安保体制は憲法改正を必要とする性質の法律改正であり、憲法を改正するとすれば前文をふくめ全面的な改正とならざるをえないものと考えていたこと、この年、週二回しか事務所に出勤せず、執筆にうちこんでいたこと、『萩原朔太郎論』を執筆、後に出版したこと、その論旨、平成二八年に入り、『ユリイカ』に「私が出会った人々・故旧哀傷」の連載を始めたこと、当初、採り上げた人々のこと、など……453

17 平成二八年〜平成二九年

大日本製薬の宮武社長が新年の挨拶においでになり、大日本製薬が住友製薬に吸収合併されることになったとお聞きし、いささか寂寥の感を覚えたこと、東洋製罐の三木啓史さんが新年に大宮のわが家にお見えになったこと、東洋製罐との関係、三木さんの人柄のこと、オーガスタ・ナショナル・ゴルフ・クラブが昭和五三年以来の依頼者であること、同クラブとの親密な関係、先年、クラブの理事長が来日したときのパーティにおける理事長の挨拶のこと、川喜多長政さんの評伝を書くよう川喜多映画文化財団の岡田正代理事長から依頼され、乗り気になったが、戦前の東和映画の時代の記録がまったく存在しないということを聞き、執筆を断念したこと、「言葉に躓く」という表現がふしぎな表現だと思ったことから、『言葉について』の詩を書きはじめ、二〇篇を集めて詩集として平成二八年九月に出版したこと、これにより現代詩人賞を受賞したこと、腰痛に苦しんでいたこと、平成二九年に入っても『ユリイカ』に「故旧哀傷」の連載を続けたこと、『石川啄木論』を出版したこと、啄木一家の生活のこと、「ローマ字日記」記載のエピソードのこと、「天鵞絨」のこと、四月五日、大岡信死去、追悼文を日本経済新聞その他に寄稿したこと、菅野昭正、三浦雅士と三人の『現代詩手帖』の座談会に参加したこと、那須の定宿のホテルに滞在したが、到着早々体調が悪く、すぐ引き返そうかと考えたが、結局、四日目に帰宅したこと、五月一日、ベッドから降りた瞬間腰が砕けたと思われるような痛みを感じ、呻吟していたこと、連休のため主治医の診察をうけるのが遅れたこと、五月一〇日、人事不省の状態でさいたま市民医療センターに救急搬送されたこと、肝膿瘍と診断され、手術をうけ、生死の境をさまよったこと、次女が寝泊りの付き添いを病院から要請され、寝泊りして付き添ってくれたこと、執刀した新畑博英先生のこと、助手の齋藤優子先生のこと、酸素マスクにより強制的に酸素を送り込んだこと、液体の摂取をほぼ一カ月禁止されたことが辛かったこと、『現代詩手帖』から座談会の速記録を送ってきたが、目を通せる状態ではなかったこと、『ユリイカ』の編集長にお願いして速記録に目を通していただいたこと、など……………… 476

18 **平成二九年**　さいたま市民医療センターの四階の内科病棟における入院生活のこと、この医療センターの看護師の教育・指導などが優れているように感じたこと、六月中旬、事務所に病状を知らせたこと、見舞客のこと、司馬遼太郎記念財団の上村洋行・元子夫妻が東大阪からおいでくださったこと、兄のこと、弟夫婦と姪がたびたび見舞にきてくれたこと、妹の見舞のこと、二〇代と思われる若い女性の看護師さんに行届いた面倒を見ていただいたこと、理学療法士の平井さんのこと、言語聴覚療法士の藤沢さんのこと、作業療法士の青年のこと、これらの方々によりリハビリを始めたこと、泌尿器科の医師から生涯ではじめて罵詈讒謗されたこと、新畑先生に苦情を言ったこと、五階のリハビリ病棟に移ったこと、女性の看護師の方々が四〇代、五〇代とお見受けしたこと、食堂で患者が一同に会して食事するきまりであったこと、食事が私の口に合わなかったため毎食が辛かったこと、ふりかけを持ち込む許可を得たこと、リハビリ室のこと、理学療法士、作業療法士の若い女性たちからリハビリの訓練を受けたこと、八月一五日に退院するまでの経緯、膀胱留置カテーテルの思い出、退院して自宅に戻り、もっとも好物の鰻の蒲焼のお重が三分の一も食べられなかったこと、北軽井沢の山荘に行ったが早々に引揚げたこと、入院中「言葉」について考えていることが多く、その感慨を十四行詩、五〇篇にまとめ、詩集として『新輯・言葉について50章』を出版したこと、その作品例、退院後、『高村光太郎論』にとりかかり、後に出版したこと、その論旨、さらにその後『高村光太郎の戦後』を出版したこと、など……………………502

19 **平成三〇年**　九月、韓国大統領文在寅と朝鮮民主主義人民共和国国務委員長金正恩との会談のこと、九月一九日平壌共同宣言とその要旨、共同宣言が六月一二日米朝共同声明に言及していること、トランプ米国大統領と金正恩国務委員長の六月一二日共同声明のこと、この共同声明が四月二七日の文在寅・金正恩の板門店宣言に言及していること、板門店宣言とその要旨、朝鮮半島非核化問題のこと、文在寅大統領の理想主義とその非現実性

序章

「平成」という元号でくくられた時代が終った現在、平成といわれた時代を私とのかかわりという観点から回想してみたい。この時代における内外の社会情勢の推移、私自身の身の上の出来事、それらに私がどう感じ、どう反応し、どう考えていたかを書きとどめておきたい。

平成という時代が終った今日からみると、この時代の初めころ、私たちがまったく夢想もしなかったような、内外の社会状況に重大な変化がおこったように思われる。思いつくままに、私が重大かつ深刻と思われる、そういった変化と現状を初めに記しておくこととする。

＊

第一に首相＝与党総裁への権力の一極集中である。令和元（二〇一九）年現在、安倍晋三が最大与党である自民党総裁であり、首相の地位にあるが、安倍晋三でなくても、首相＝与党総裁であれば、必ず彼または彼女に権力が一極集中する仕組みができあがった。このような権力の一極集中は平成の初期には予想できなかった。

いま内閣府に経済財政諮問会議が設けられ、首相が議長として主宰し、その結果を首相の諮問に答えるかたちで首相に報告する、いいかえれば、自ら諮問し、議長として自ら討議の主導的な立場を採って結論に導き、結論を首相自らに答申することになった。およそ国の重要な政策で経済財政に関係しないものは存在しない。そこで、従来は各省庁が決定し、必要に応じ首相の承認ないし決裁を仰いできた政策はすべてあらかじめ経済財政諮問会議で討論され、首相が議長として結論をとりまとめ、その結論を諮問の結果として自らに報告することとなった。逆からみれば、従来は各省庁の権限に属していた重大な政策事項の決定権限は各省庁から剥奪され、首相自らが経済財政諮問会議を通じ判断し、決定することとなったわけである。なお、会議は議長と一〇名以内の議員により組織され、官房長官、経済財政政策担当大臣等の他、経済又は財政について優れた識見を有する者のうちから首相が任命する者で組織され、議長には首相が充てられ、上記有識者は他の議員の一〇分の四未満であってはならないと内閣府設置法第二二条に定められている。当然、首相と思想・信条の近い人物が有識者として任命されることは間違いないから、経済財政諮問会議は首相の意に沿う人物だけで構成されることになる。

また、内閣官房人事局が設けられ、審議官以上の幹部職員約八百名の人事は人事局を通じ、内閣官房が、ということは、首相自らが行う権限を持つこととなった。

こうして、いまや首相は、政策面でも人事面でも、完全に各省庁の官僚を指揮、支配、掌握する権限を持つこととなった。

首相はまた与党の総裁ないし与党の代表である。与党総裁ないし代表は、執行部の頂点に立ち、小選挙区制の選挙にさいして公認するかどうかの決定権を持ち、比例代表については順位を決める権利を持つ。小選挙区制においては、公認されるかどうかは、候補者にとって決定的な意味を持つ。特定の選挙区について二人の候補者が存在するばあい、公認されることは当選する可能性を増大し、公認されないことは落選を確実にするといっても過言でない。こうして、与党の総裁ないし代表は公認するかどうかの決定権を通じ、党員に対し絶対的な権力を持つこととなる。

さらに政党助成金は執行部に交付されるから、候補者に助成金をどう配分するか、も執行部、すなわち総裁ないし代表の権限に属する。公認するかどうかは、公認された候補者が党組織を利用できるかどうかを意味するが、助成金の配布はこれを財政面から支持するかどうかに係わる。こうして財政面からも、総裁ないし代表は党員ないし立候補希望者に対し圧倒的な影響力を持つこととなる。

このように与党の総裁ないし代表、すなわち、首相は、官僚を政策面からも人事面からも支配し、党員を公認するかどうか、また、政党助成金をどう配分するかの権限を通じ、支配する。首相独裁といってもふしぎでないほどに首相＝与党総裁ないし代表に権力、権限が一極集中する状況が到来することは、平成の当初において、私が夢想もしていなかった事態である。

＊

小選挙区比例代表並立制がこれほどに民意を反映しなくなる、ということも、平成に入って以降の数次の選挙を通じて明らかになった欠点である。比例代表並立制といっても、比例代表で当選する人数は小選挙区で当選する人数よりはるかに少ないから、欠点は小選挙区制にある。

小泉純一郎が郵政民営化を唱えて自民党が圧勝した平成一七（二〇〇五）年の衆議院議員総選挙は、投票率が小選挙区、比例代表いずれも約67・5％で異常に投票率が高かった選挙である。このときの、得票率、議席数をそれぞれ比例代表と小選挙区に分け、自民党、公明党、民主党、共産党のそれぞれについて次に示すこととする。

	得票率（小選挙区）	議席数	得票率（比例代表）	議席数
自民党	47・77％	219	38・18％	77
公明党	1・44％	8	13・25％	23
民主党	36・44％	52	31・02％	61
共産党	7・25％	0	7・25％	9

右の表に示されるとおり、自民党は二九六議席を、公明党は三一議席を獲得し、連立与党の獲得議席数は三二七であった。これに対し、民主党の獲得議席数は一一三議席にとどまり、民主党は惨敗した。

しかし、得票率をみると、小選挙区において民主党の得票率36・44％は自民党の得票率47・77％に対し、八割を超えている。しかし議席数は二割四分ほどにすぎない。比例代表でみると、得票率の比と議席数の比はいずれもほぼ八割で、不公平感はない。つまり、小選挙区制において不公平感が著しい。

著しく不公平感が目立つのは、結局、民主党への投票が死票となるためである。そういう目で見直すと、得票率では自民党と公明党を併せても50％に届かないので過半数の投票が死票となったのだが、獲得議席数は圧倒的多数なので不公平感がつよいのである。このときの投票率はきわめて高いが、それでも67％程度であり、有権者の67％の中、約48％が自民党を支持したということは、自民党は有権者の約三割の支持しかうけていないことを意味している。そして、このような傾向は現在でもあまり変っていないようである。二〇一七年の衆議院議員総選挙の結果は次のとおりである。

	得票率（小選挙区）	議席数	得票率（比例代表）	議席数
自民党	47・82%	218	33・28%	66
公明党	1・50%	8	12・51%	21
希望の党	20・64%	18	17・36%	32
共産党	9・02%	1	7・9%	11
立憲民主党	8・53%	18	19・88%	37
維新の会	3・18%	3	6・07%	8

この選挙における投票率は53・68%であった。それ故、自民党は比例代表についてみれば、有権者の18%弱、小選挙区についてみれば26%弱の支持しかえていない。つまり、自民党の支持者は有権者の三割にさえ足りないのだが、50%以上の投票が死票となるという、選挙制度の結果、過剰に多数の議席を得ているわけである。

ここに見てきたとおり、小選挙区制により選出された議員を主とした国会は民意を反映していない。あまりに多くの投票がいわゆる死票となる。私は小選挙区制によりこれほど民意が反映されなくなるとは思わなかった。私はどうしても比例制を採用すべきだと考える。比例制といっても種々の制度の違いがあることは承知しているが、ここでは大づかみに比例制ということにするが、このばあい、小党乱立し、さまざまな政党がそれぞれ独自の政策を掲げるであろう。そこで少数政党間で妥協に妥協をかさね、議会の多数を形成する連立政権が生れる。これは、いわば、民意の多数の妥協できた政見を反映する政権である。それにも欠陥があり、国難があっても、現在の小選挙区比例代表並立制よりはよほどましだと私は考えている。

＊

平成の初期に夢想もしなかったことの一つは三菱ＵＦＪ、三井住友、みずほのいわゆる三メガ銀行に多くの都市銀行が統合されたことである。

平成一一（一九九九）年、金融監督庁が前年三月末時の実質自己資本比率を密かに試算したメモが残っている旨、西野智彦『平成金融史』は記し、このメモによると、「強制引き当てを適用した場合、債務超過に転落する銀行が大手銀・地銀・第二地銀合わせて一三行、自己資本比率が四％未満が二二行もあった。（中略）これにより、東京三菱を除く大手一四行と横浜銀行が総額七兆四五九二億円の公的資金を申請せざるを得なくなり、同時に行員や店舗、海外拠点の削減などを盛り込んだリストラ策を公約した。金融再生委は三月十二日に資本注入を承認、各行が自力で調達した約二兆六〇〇〇億円も含め、三月末までに一〇兆円の資本増強が図られることになった。（中略）一連の取り組みによって一九九七（平成九）年秋以降の危機は一つの山を越えた、と日銀当局者の多くが再生委の功績を評価している。」（引用文献中の西暦で記載されている年については、『私の平成史』という本書の題名との関係で、筆者が平成X年というように付記することとした。以下同様である。）

『平成金融史』から引用する。

「七兆円を超える資本注入がもたらしたもう一つの効果が、金融界を覆った経営統合ラッシュである。公的資金を返済するには収益力を格段に高める必要があり、その手っ取り早い手段として大手行は迷わず再編へと突き進んだ。まず第一勧業、富士、日本興業が五月の大型連休中に経営統合に合意し、「みずほグループ」を結成、これに住友とさくらが合併で続き、東海・あさひ（旧協和埼玉）の経営統合に三和が加わる。このあとあさひはこの連合を脱退し、大和銀行とりそなグループを結成した。残った東海と三和は東洋信託を加えてＵＦＪグループとして発足することになった。」

右の「さくら銀行」は太陽神戸三井銀行の改称した名称であり、住友銀行との合併の結果、三井住友銀行となった。またＵＦＪ銀行は平成一六（二〇〇四）年八月に東京三菱銀行と経営統合に合意、結局、三菱ＵＦＪ銀行となるわけである。

『平成金融史』は別の個所で次のとおり記述している。

「バブル崩壊を資産価格の推移で見ると、日本の地価総額は一九九〇（平成二）年の二四〇〇兆円をピークに二〇〇五（平成一七）年には一二〇〇兆円に半減し、株式時価総額も一九八九（平成元）年末の六一〇兆円から二〇〇三（平成一五）年春のボトムには二三〇兆円程度に落ち込んだ。バブル崩壊を主因としてGDPの三倍近い一六〇〇兆円もの富が泡と消え、膨大な不良債権を生み出していったことになる。」

一六〇〇兆円の「富」とは幻にすぎない。その幻にまどわされて、各銀行が地上げや株式投資に貸し込み、不良債権となったのであった。わが国の銀行経営がこれほどまで節度を欠いていたことに私は愕然とする。

＊

金融界がバブルに幻惑され、その後始末に追われたことは別として、平成の初期において、私たちは日本産業がここまで停滞する、というより、衰退するとは予想していなかった。バブル経済崩壊後の低金利政策が超低金利政策と変っても、数年のうちに金利が正常化すると思っていた。ところが、いま私たちはゼロ金利政策の時代に入っている。金子勝『平成経済 衰退の本質』は、わが国の「経済成長が失われた最大の原因はどこにあるのか」と問い、「失われた三〇年」の間に「研究投資額（R&D）が、アメリカや中国に大きく引き離され、産業の国際競争力がどんどん低下していることがある。いまやスーパーコンピュータ、半導体、液晶・液晶テレビ、太陽光電池、携帯音楽プレイヤー、スマートフォン（スマホ）、カーナビなど、かつて世界有数のシェアを誇っていた日本製品は見る影もなくなっており、リチウムイオンバッテリーでさえ主導的地位を失いつつある」と言い、「問題の起源は、一九八六年と九一年の日米半導体協定にさかのぼる」と答えている。私には金子勝の記述の妥当性を判断する資格も能力もない。ただ、私には、元来、わが国の産業を支えていたものは欧米先進諸国で発明された製品を洗練し、使いやすくし、精緻な作業により、消費者の需要に応じる製品に仕上げてきたことにあり、わが国の産業が繁栄していた時代には低賃金労働による韓国産業や中国産業との競争がなかったので、これらの国々の産業が発展するにともない、価格競争に敗れ、あるいは中国に工場を移すなどして、わが国の産業が空洞化し、衰退したのだ、と思われる。

実際、わが国で発明したと言えるような製品は皆無に等しい。自動車産業にしても、わが国の企業が成功してきた理由は品質の向上、改良、低価格などにあり、本質的な発明にあるわけではない。ＥＶについてわが国自動車産業が遅れをとっているのも、従来の自動車の構造の固定観念にとらわれ、発想を根本から変えるような思考方法に不馴れだからだと思われる。ノーベル賞を受賞したわが国の研究者の多くが口をそろえて、基礎科学にもっと目を向け、振興させねばならない、ということも、小手先の品質改善を指向するのではなく、基礎から発想を改めることが必要なのだ、と説いているのだと思われる。

情報技術分野でわが国産業が大きく遅れをとり、わが国産業が参入する余地さえないのも、わが国の企業も政府も結局、研究開発（Ｒ＆Ｄ）に怠惰であったからだ、と私は考えている。この研究開発はごく近い将来、たとえば一年間の予算を使い切る期限内に、成果があがることを期待すべきでない。研究開発投資の九九％は一〇年経っても成果が上がらないかもしれない。

しかし、その残りの一％が一〇年、二〇年後に新しい産業として開発結実することを期待すべきなのである。

日本産業の衰退を平成二八（二〇一六）年度の各国ＧＤＰで見ると次のとおりとなる。

アメリカ	一八兆五六九一億ドル
中国	一一兆二一八二億ドル
日本	四兆九二八六億ドル
ドイツ	三兆四六六六億ドル

これを国民一人当たりで見ると

アメリカ	五万七四五六ドル	（世界八位）
中国	八一一三ドル	（世界七四位）
日本	三万九八九一ドル	（世界二二位）
ドイツ	四万一九〇二ドル	（世界一六位）

中国の改革開放政策がこれだけの短期間にこれほど成長したこと、ここにはあらわれていな

いが、軍事力においてアメリカと覇権を争うほどの大国となっていることも、平成の初期には夢想もできなかったことであった。

＊

右の平成二八（二〇一六）年度の各国GDPで見ると、国民一人当たりで日本国民はドイツの一六位に次ぐ二二位を占め、アメリカの八位と比しても、相当に高いことが示されている。アメリカ等の順位より上に七カ国もあるのはアラブ産油国等の一人当たり所得の高いことによる。

そこで、アメリカについてもいえることだが、日本について注意すべきことは所得格差がこの平成という時期において顕著に拡大した事実である。私としては平成初頭においてこれほど私たち日本人の窮乏化が激化するとは夢想もしていなかった。

一つの尺度として非正規労働者の増加がある。非正規労働者は全労働者中、令和元（二〇一九）年六月一四日付『朝日新聞』朝刊によれば二〇〇九（平成二一）年度に三割を超え、二〇一八（平成三〇）年度には三八％に達している。

非正規労働者の中でも公務員の非正規労働者は一般企業よりも比較的に安定し、給与も高いと思われるが、二〇一二（平成二四）年度にすでに三三・一％、つまり三人に一人は非正規労働者であるという自治労の発表がある。また、上林陽治『非正規公務員の現在』によれば、

「非正規公務員の処遇は厳しく、時給制では九〇〇円未満が過半数を占め」とある。

さらに同書によれば「フルタイムで年間五二週間働いたとしてもワーキングプアのボーダーラインである年収二〇〇万円に届かない」という。

民間労働者について小熊英二編『平成史』は「全世帯の平均所得を見てみると一九九七（平成九）年あたりからほぼ一貫して下落を続け、一九九七年の六五七・七万円から二〇一一（平成二三）年の五四八・二万円にまで平均所得は一〇〇万円以上低下した。また、中央値は四三二万円であり、平均所得金額以下の世帯が占める割合は六二・三％に達した」と記している。

生活が苦しいと感じている国民の割合は、一九九七（平成九）年度には四四・七％であったのが、二〇一一（平成二三）年度には六一・五％にまで増加している。また、令和元（二〇一九）年六月一四日付『朝日新聞』朝刊によれば、総務省の調査では非正規社員の七五％は年収二〇〇万円未満という。

又、井手英策『日本財政 転換の指針』によれば、専業主婦世帯は一九八〇（昭和五五）年の一一一四万世帯から、二〇〇九（平成二一）年の八三一万世帯へと減少する一方、共稼ぎ世帯は六一四万世帯から、九九五万世帯へと増大した、という。私が聞いている最近の情報では共稼ぎ世帯が全世帯の半数を超えたという。

その他、平成という時期における国民の窮乏化を示す資料は多いが、序言としてはこの程度にとどめることとする。

平成という時期における最大の事件は、後に章を改めて書くが、平成二三（二〇一一）年三月一一日の東日本大震災とこれにともなう津波による被害、ことに福島原子力発電所の炉心のメルトダウンによる地域、産品の放射能汚染であった。

福島原発を廃炉にするのに五〇年を要するといわれ、そんな後になっても廃炉に従事する原子力発電の研究者、技術者が存在するのかが危惧されるのだが、この事故にもかかわらず、電力会社も政府も依然として原子力発電のもつ危険性に不感症であるかのようにみえることにふかい失望を感じている。

たとえば、ドイツなどでは原子力発電からの脱却を決定し、その行動計画を着々と実施しているのに反し、わが国の電力会社、政府は依然として、電力を原子力発電に大きく依存する計画を変更していない。

原子力発電所はつねに危険にさらされている。地震、津波のような天災はもちろん、自爆テロによる九・一一事件のような攻撃にも耐えることができるのか。三・一一による津波、地震による放射能汚染は「想定外」だったといわれるが、災害がつねに「想定」内でおこるとは誰も断言できない。そのばあい、救いようのない厳しい被害を与えるのは放射能汚染であり、原子力発電所のもたらす危険である。

＊

代替エネルギーとして、再生可能エネルギーである、風力、太陽熱、地熱、潮汐等、私のような無知な者にも知られた方法が数多く存在している。それでもなお、原子力発電に固執するのはコストを措いてないのだが、万一、事故がおこったばあい、現に福島原発事故にみられるとおり、その被害はほとんど測定できないほど巨額に達するし、今でもまったく被害額は確定しない。

むしろ、どれほどの費用がかかるにせよ、代替エネルギーの実用化に費用と労力を傾注すべきではないのか。私が遺憾でならないのは、代替エネルギーの開発を無視している現実である。

＊

平成の初期に私が想像もできなかった事実に、社会的倫理観の頽廃がある。

民間企業についていえば、三菱自動車、神戸製鋼、旭化成建材、東洋ゴム工業、日産自動車、スバル、三菱マテリアル子会社、三菱電機子会社、東レ子会社、KYB、日立化成、クボタ、IHIなど、わが国を代表するような大企業あるいはその子会社がその製品の品質管理のための検査を怠ったり、検査データを改竄していたことが次々に発覚し、報道された。こうした事実がわが国産業製品に対する信用を失墜させるものであることはいうまでもない。

しかも、こうした手抜きや改竄は一度、二度にとどまらない、むしろ、五年、一〇年というような長期間にわたって、なかば慣習化していたことが、ほとんど全ての事例について報道された。

東京医大における不正入試もやはり学校法人理事者の倫理観の頽廃によると思われるが、入学させてもらうための賄賂というべき寄付金の授受もさることながら、女性受験者の採点について、たんに女性だからという理由での減点（男性受験者の採点について加点といってもよい）も、たんに女性差別というよりも、受験者を公平に扱う必要はない、という社会的倫理観の欠如による、と考えるのが妥当であると思われる。

これは一個人、一企業、一学校法人の問題ではない。社会に蔓延している倫理観の頽廃としか言いようのない事象である。

官僚の世界でも厚生労働省の多年にわたる統計の不正が報道されている。森友学園問題等における関係省庁の対応も常軌を逸している。私たち日本人はこれほどに倫理観に乏しかったのか、と私は慄然とせざるをえない。

政治家の相次ぐ不祥事、スキャンダルは日常的に私たちが耳にするところである。

*

新聞雑誌類がこれほど読まれなくなったことも、平成初頭には、まったく想像していなかった。

かつては電車に乗ると一車両に一〇人から一五人ほどは新聞を読み、雑誌を読んでいた。一般紙だけでなくスポーツ紙を読む人々、週刊誌も新聞社系のもの、出版社系のものなど、さまざまな選択肢があり、睡眠不足のためか、電車に腰を下すと直ぐに目を瞑って眠ってしまう人々は少数であり、多くの乗客は何かしら読んでいた。

いま電車に乗っても、そうした新聞や雑誌の類を読んでいる人を見かけることはほとんどなくなった。七、八割の乗客はスマホと俗称されるスマートフォン（以下「スマホ」という）にうちこんでいる。スマホの画面に見入って終始指を動かしている。現代ではスマホは日常生活に切っても切れない、縁のふかい器具らしい。

新聞、雑誌はもとより、書籍の類も読まれなくなった。昔は岩波文庫などを読んでいる乗客、書店のカバーをかけて何を読んでいるのか分らないようにして文庫に読み耽っている乗客もいたが、そういう乗客もまるで見かけなくなった。いまの二〇代から四、五〇代までの乗客はもっぱらスマホである。

スマホを多くの人々が日常愛用していることを非難しようとは思わないが、書籍、雑誌類が売れなくなったことは寂しい限りである。大手の出版社でも文芸誌は赤字なので、マンガ誌で息をついていると聞いたことがある。私の事務所の同僚の若い弁護士や弁理士で新聞を読まない人が増えてきているようにみえる。新聞は一面から経済面、スポーツ面から社会面まで、ともかく繰っていると見出しだけでも視野に入り、自然と社会の動きが頭に刻まれるという利便がある。若い弁護士の同僚と話していて、いかにも社会常識に欠けているのではないかと感じることがあるが、どうやら新聞は読まない、読むとしても電子版で気になる記事しか読まないためらしい。社会常識に欠けていると、事案を処理するばあいでも常識的な判断ができないことがある。インターネットで検索した裁判例も大事だが、社会常識も弁護士にとって大切なのである。平成という時代の初期には想像もできなかった、こういう事態について、私は憂慮しているが、憂慮したからといってどうなることでもない。

＊

平成という時代の終焉に近く、平成初頭に私が想像もできなかったことといえば、天皇が生前退位なさったことである（「生前退位」という言葉が普及しているので、以下でも生前退位というけれども、本来、生前とは故人に関して用いられる言葉であり「（亡くなった人が）生存していた時。存命中」をいう（『広辞苑・第七版』）。そこで私は個人的には「ご存命中退位」というのが正しいと考えているが、本質的なことではないので、「生前退位」ということとする）。

天皇は日本国民統合の象徴とはどういう存在であるべきかを熟慮し、皇后とともにじつによくおつとめになった。退位したいという言葉を聞いて、国民の多くは、よくおつとめになり、さぞお疲れだろう、退位を決意なさるのも当然なのではないか、と受けとめたのではないか。私自身がほぼそんな気持であった。

ただ、私は法律家として若干の疑問を持った。天皇の生前退位ということは憲法に規定されていない。したがって、天皇の生前退位は憲法に違反するのではないか、という疑問である。天皇は沖縄戦の犠牲者の慰霊に訪れなくても、天災地変の被害者を訪ねて慰問なさらなくても、ただ存在するだけで国民統合の象徴となりえるのではないか、それが憲法に定められた天皇の役割なのではないか、ということが私の疑問であった。

また、これが先例となって、五年か一〇年、天皇の地位をつとめ、そこで退位して安楽に、ということは、何の義務も負うことなく、生活費を支給されて、という意味だが、余生を送ることを希望する天皇があらわれたら、平成の時代の天皇に対するような眼差しで国民は生前退位を見るだろうか。そういう事態が生じると、たとえば、一回だけでなく、二回もおこると、天皇制ははたして必要なのか、という声が上がるのではないか。これは革命前夜の風景といってよい。

「令和」の書

そういう意味で私は天皇の生前退位を一抹の不安、危惧を持ちながら、見たのである。

ついでながら、「令和」という新しい元号が平成三一(二〇一九)年四月に発表された。菅官房長官が重々しい表情で「令和」と墨書された紙を掲げてメディアの人々に公表した。この「令」という文字の最後のタテ画の終りがはねられていたことに、私に限らず、多くの方が違和感を持ったにちがいない。終了の「了」のタテ画の終りははねるのが正しい。しかし、令和の令ははねない。いうまでもなく、令は常用漢字であり、常用漢字のばあい、常用漢字表にはねていない字形であっても、書き字体では、はねる字体も許容される文字が存在する。しかし、中村の中とか十とかいう字は絶対にはねない。この程度のことは、誰もが知ることである。文化庁編『常用漢字表の字体・字形に関する指針』の中に「最終画又は構成要素の最終画となる縦画の終筆をとめて書くことも、はらって（ぬいて）書くこともあるもの」の項に「十」「巾」などを示し、「縦画の終筆をはねて書くことも、とめて書くこともあるもの」についてさらに説明して「木」「特」「絹」などを例示した上で同様に考えられる文字を百以上示している。もちろん、「令」はこれに含まれていない。「令和」の新元号を公表するまえに官房長官はもちろん、安倍首相その他主要閣僚もみな発表した墨書を見たにちがいない。しかも、彼らは誰ひとりこの誤りに気づかなかった。無知、無学のほどは驚くべきことである。この墨書は永久保存されるとのことである。こうした無知の政治家に平成終期の多くの期間、政権が委ねられていたことに私はあらためて愕然とする。これが平成最後の衝撃であった。

＊

そこで、これから私の平成史を書き始める。令和二（二〇二〇）年一月一七日に私は満九三歳となる。このような年齢になって、こうした連載のための誌面を与えてくださることは感謝にたえない。書き終えるのは一年では足りないだろう。二年近いか、二年を越すか、分らないが、書き終えるまで、私の筆力、体力、気力が保持されるよう、私は期待している。

1

平成元（一九八九）年という年には天安門事件、ベルリンの壁の開放・撤去といった大きな事件が海外から報道された。とりわけ一一月九日のベルリンの壁の開放・撤去が印象ふかかったのだが、これは東ヨーロッパ諸国の社会主義体制の崩壊の象徴的事件であったという意味で私がつよい感銘を受けたということであり、東ドイツの人々の西ドイツへの流入という事実そのものは、それ以前からもさまざまなかたちで伝えられていた。ことに私の記憶に刻まれていたのは汎欧州ピクニック事件であった。鹿取克章『神のマントが翻るとき』という著述の中に次の記述がある。いうまでもなく一九八九年の事件であった。

「6月27日には、ホルン・ハンガリー外相がモック・オーストリア外相立ち会いの下、象徴的に両国間の国境の鉄条網を切断した。ハンガリー当局による国境警備は引き続き行われ、違法越境することが容易になった訳ではないが、この措置は、東西間の壁が低くなったという印象を醸成する上で重要な象徴的意味合いを持っていた。」

「ハンガリーは、西ドイツ政府に対し、東ドイツ市民を東ドイツに強制送還することはないと約束していたため、西ドイツ大使館の外にも多数の東ドイツ市民が慈善団体などの設置したテントに滞在し、西ドイツへの脱出の機会を待っていた。このような状況の中で、新たな象徴的出来事がハンガリーで起こった。8月19日、オーストリアとの国境に近いハンガリーのソプロンの町で、汎欧州同盟が主催する「汎欧州ピクニック」という催しが行われ、ハンガリーやポーランドに滞在していた多数の東ドイツ市民も誘われ参加した。人々は、ハンガリーから国境を越えて、オーストリアへハイキングを試み、その結果、661人の東ドイツ市民がハンガリー官憲の阻止を受けることなくオーストリアに入国した。ハンガリーを出国できるか否か半信半疑でハイキングに参加していた東ドイツ市民が無事オーストリアのクリンゲンバッハに到着したときに感激の余り抱き合ったり、嬉し泣きをしている写真や映像が大きな話題をさらった。この企画は、汎欧州同盟オットー・フォン・ハプスブルク会長の立案によるものであったが、この企画が成功したということは、「鉄のカーテン」が最早完全には機能していないことを示すものであった。また、この出来事は、東ドイツ市民の西への逃避意欲に新たな活力を与えるものであった。」

汎欧州同盟（Paneuropean Union）は一九二二年のクーデンホーフ・カレルギーの著書『汎ヨーロッパ』の思想及び行動を引き継ぎ、欧州統一、欧州内の協力推進などを目標とする運動、欧州各国の政治家、知識人などをメンバーとする全欧州的市民組織であり、会長はハプスブルク家直系のオットー・フォン・ハプスブルクが一九七三年以来務めていた、と前掲書の注釈は記している。この汎欧州同盟が現在のEUの萌芽ないし萌芽の一とみることは常識と言ってよい。この汎欧州ピクニックによる東ドイツ市民の西ドイツへの流入の成功にハンガリーの決断が寄与していることは疑いない。文庫クセジュの『ハンガリー』によれば、「一九八九年二月、共産党指導部は（それまで彼らが拒否していた）複数政党制と自由選挙の必要性を認め、六月から九月の間に行なわれた反体制派と権力側の交渉によって、新しい民主主義の機構と制度がつくられた。そして十月、国会は一連の法律を可決し、憲法を大幅に改正し、近代的な政治的民主主義の枠組みをつくった」という。

ハンガリーの民主化による汎欧州ピクニックの成功がチェコスロバキア経由による西ドイツへの脱出を促すこととなった。プラハの西ドイツ大使館の敷地に東ドイツ市民が籠城、敷地内は東ドイツ市民であふれ、九月末五〇〇〇人以上になった。「ゲンシャー外相のニューヨークからの帰国直後の9月30日に至り、東ドイツ政府は、西ドイツ政府に対し、ゲンシャー外相の提案した解決案の一つに基づき、特別列車で東ドイツ市民のチェコスロバキアからの出国を認める旨連絡してきた。この特別列車は、東ドイツの面子を立てるために、プラハからいったん東ドイツに入り、東ドイツ走行中に車内で必要な出国手続きをとった後に西ドイツに向かうこととされた。ゲンシャー外相は、この「東ドイツ経由」という点について籠城している東ドイツ市民が不安や疑念を抱くことを懸念し、30日午後ザイターズ首相府長官と共に急遽プラハに飛び、籠城している東ドイツ市民に合意内容を自ら直接説明することにした。その晩、ゲンシャー外相は、プラハの西ドイツ大使館のバルコニーから敷地内の東ドイツ市民に対し、両ドイツ政府間で合意された内容を発表した。同外相の発言は、東ドイツ市民の歓喜の声で打ち消された。西ドイツに向けての最初の特別列車は、30日夜に出発した。ポーランドの西ドイツ大使館に保護を求めていた東ドイツ市民の問題も同様に解決されることとなった。これら特別列車によりチェコスロバキアから5500人及びポーランドから809人の東ドイツ市民が西ドイツに移動した」。以上は前掲『神のマントが翻るとき』からの引用である。

ちなみに、ポーランドでは、この年「六月四日と十八日の両日、総選挙が実施され」「四月に再合法化されたばかりの「連帯」は、上院一〇〇議席のうち九九議席（残りの一議席は実業家のヘンリク・ストクウォサで、統一労働者党党員ではない）を、また下院では野党枠の一六一議席のすべてを獲得した。ポーランド国民は、「連帯」系候補者に投票することで、党体制に対し、明確に否の回答をしたのであった」と渡辺克義『物語 ポーランドの歴史』に記されており、大統領はただ一人ヤルゼルスキ党第一書記だけが立候補したので、彼が大統領に就任したが、首相は「ワレサの工作により、八月二十四日、マゾヴィエツキが首相に指名された。ポーランドではこうして「連帯」が流血の惨事を経ることなくコミュニスト政府から政権を奪取するに至ったのである」と上掲書が記している。

五〇〇〇人以上の東ドイツ市民がプラハの西ドイツ大使館に籠城していたチェコスロバキアでも支配権力であった社会主義体制は崩壊に瀕していた。一九六二年「プラハの春」をワルシャワ条約機構軍により弾圧された経験をもつチェコスロバキアでは、日本でビロード革命として知られる民衆蜂起が進行中であった。一九八九年一一月一七日の学生のデモから始まった連日の民衆のデモには四月二七日には全国民の七五％が参加、この前夜にフサーク大統領、ヤケシュ第一書記等共産党幹部が辞任に追いこまれ、共産党は実質的に権力を失った。「市民フォーラム」の指導者として民衆の信望を集めていたヴァーツラフ・ハヴェルが大統領に就任したのは、ベルリンの壁の撤去後の同年一二月二九日であったが、ベルリンの壁が撤去された当時にはすでに同国の社会主義体制、共産党支配は終焉を迎えていたのであった。

こうした情報は、右に記したような整理されたかたちで耳にしたわけではなかったが、断片的に次々に私たちはその報道に接していた。だから、私にとって、ベルリンの壁の撤去は予期されていたことであり、決して意外ではなかった。それでも、当日の模様を『神のマントが翻るとき』に次のように記述しているのを読むと、歴史の転換点の記述として、ふかい感慨を覚えざるをえない。

これは一九八九年一一月九日の出来事であった。以下が引用である。

「ベルリンの壁の西側への通過地点やその他両ドイツ国境の通過地点に、半信半疑の東ドイツ市民が次第に集まってきた。特にベルリンの7か所の通過地点の一つであるボルンホルマー通りの国境通過地点においては、夜の8時を過ぎる頃になると西ベルリンへの越境を求める人々の数が膨れ上がった。東ドイツ国境警備兵は、どのように対応してよいか分からず戸惑い、中央との確認を試みた。しかし、中央からの明確な指示は伝達されなかった。緊張は次第に高まった。当日は、SED中央委員会における討議が午後8時45分頃まで継続され、クレンツ書記長をはじめ東ドイツの幹部は、シャボフスキーの記者会見の模様もその後の市民の状況をも把握していなかった。クレンツ書記長に対しては、午後9時少し前、中央委員会会合終了後に国家保安省に戻ったミールケ国家保安相より国境通過地点における状況等について最初の連絡が入った。不測の事態を回避するため、緊急な対応が求められる事態となった。

しかし、依然として国境警備兵には中央からの明確な指示は伝達されなかった。午後9時過ぎには、ボルンホルマー通りの国境通過地点における市民の圧力は極めて高まり、国境警備兵は、特に強硬な者の一部を事実上「違法出国者」として扱い、パスポートに「再入国禁止」の判を押し出国させた。しかし、この「ガス抜き」作戦も、市民の圧力を弱めることはできなかった。その間、テレビをはじめメディアでは「東ドイツ国境が開かれた」との報道が相次ぎ、壁に向かう市民の数は益々膨れ上がった。午後11時過ぎには、ボルンホルマー通りの通過地点における市民と国境警備兵との間の緊張は限界に達しつつあった。ボルンホルマー通りの国境警備兵は、最早為す術もなく自らの判断で、国境を開放した。深夜少し前であった。深夜を過ぎる頃には、ベルリンの7か所の国境通過地点は全て開放された。国境警備兵が呆然と見守る中、数万人の東ドイツ市民が西ベルリンに殺到した。壁を越え、あるいは壁に上り、抱き合う者、握手する者、目に涙を浮かべる者、歌う者、踊る者、皆大きな喜びと感動に包まれた。西ドイツ市民も東ドイツ市民を歓迎し、シャンパンやビールを振るまう者、プレゼントや花束を手渡す者が見られた。深夜過ぎには、ベルリン中がお祭り気分に浸った。西ベルリンの目抜き通りクアフュルステンダムは、人で埋め尽くされた。ここにベルリンの壁は「崩壊」した。」

文中「SED」とあるのはSozialistische Einheitspartei Deutschlandsドイツ社会主義統一党の頭文字であり、東ドイツの共産党である。クレンツは改革、開放を求める市民の圧力により一九八九年一〇月一八日辞任したホーネッカー書記長の後任の書記長である。なお『神のマントが翻るとき』の著者は在イスラエル大使等をつとめたキャリアの外交官だが一九八九年春から一九九二年春までボンの日本大使館に勤務していたという。それ故、記述している事実は信憑性が高く、かつ、叙述はじつに緻密である。

なお、恒川隆男他六名著書の『文学にあらわれた現代ドイツ——東西ドイツの成立から再統一後まで』中「第8章　ドイツ再統一とその後」には次のとおりの記述がある。

「八九年の東ドイツにおける改革運動のひとつの頂点となった、十一月九日の「壁」の「解放」というのは、じつは新旅行法が発効するまでの当座の措置として発表されたものであって、具体的には、当局が出国希望者に対して遅滞なくビザを発行すること、西ドイツあるいは西ベルリンへのすべての通過所が通行できることを保証する、という内容であった。それから週末にかけての数日間に、ポツダム広場など数ヶ所で文字どおり壁をぶち抜いて新通過所が設けられ、およそ百万人の東ドイツ市民が西側を訪問したという。」

『神のマントが翻るとき』にも、この新たな外国旅行についての経過的措置について詳しい説明があり、これが本来一一月一〇日に公表の予定であった、という。国境警備兵に対し明確な指示が中央から与えられなかったのは、まさに暫定的措置公表の直前であったからかもしれない。

*

ベルリンの壁の開放ないし撤去は、私にとっては当然起こるべきことが起ったとしか思われなかった。それは、すでに記述したとおり、それ以前の汎欧州ピクニック事件に見られるような東ドイツ市民の西ドイツへの流入が頻発しているということを耳にしていたからであった。だが、ベルリンの壁の開放・撤去に関連して私が忘れがたいのは「ベルリンの壁開放記念コンサート」である。私はダニエル・バレンボイムが当時たまたまベルリンに滞在しており、壁の開放・撤去を聞き、コンサートの開催を呼びかけ、ベートーヴェンの第九交響曲を指揮した、そのさい、シラー作の合唱中のFreude（歓喜）をFreiheit（自由）と言いかえて、合唱がうたわれた、と憶えていた。だが、本章を執筆するため、調べてみたところ、私がひどい記憶違いをしていたことが分った。

結論的にいえば、「ベルリンの壁開放記念コンサート」と俗称されるコンサートは二回催された。最初はダニエル・バレンボイムの演奏、指揮、西ベルリン市フィルハーモニーにより一九八九年一一月一二日午前一一時から行われたコンサートであり、曲目はベートーヴェン、ピアノ協奏曲第一番、アンコール曲としてモーツァルト、ピアノソナタ第一〇番ハ長調中のアンダンテ・カンタビレ、さらにインタビュー及びベルリンの壁の歴史のナレーションの後、ベートーヴェンの交響曲第七番、またアンコールのスピーチを挟んでモーツァルトの歌劇コシ・ファン・トゥッテ序曲から成る。第二はレナード・バーンスタイン指揮、バイエルン放送交響楽団等により同年一二月二五日に催された、Ode an die Freiheit（「自由への賛歌」と記されている）と題するベートーヴェン第九交響曲のコンサートである。この演奏会ではシラーの原典の「Freude」が「Freiheit」と言いかえられている。このコンサートの主催者ユストゥス・フランツはCDの「序に代えて」において「ベルリンの壁が崩壊したことのよろこぶべき出来事はまさに祝うに値する」と言い、また、この演奏により「世界がひとつになり、神々の美しい火花が絶えることのないよう、よろこびの祝典を催すことにした」と述べていることからみても、これもベルリンの壁開放記念コンサートというにふさわしいものであった。私はバレンボイムの指揮・演奏による前者をレーザー・ディスクで持っており、バーンスタイン指揮の後者をCDで持っているので、両者を混同していたのであった。

本章を執筆するため、あらためてレーザー・ディスクを見直し、当初見たときの感慨を確認したのだが、私は私の記憶にふかく刻まれていたとおりの感慨にふたたび耽ったのであった。すなわち私を感動させたのは、聴衆の東ドイツ市民のひたむきな、くいいるように演奏を瞶《みつ》める態度であった。東ドイツでもモーツァルトやベートーヴェンが演奏される機会は多かったはずだから、彼らは西ベルリンで音楽を聴くことによるドイツ人としての一体感を全身で感じていたのではないか。当日、午前九時にはもう一四〇〇人ほどがフィルハーモニー前に並び、一〇時半には最後の立ち見席の入場券も無くなったという。それに、私の胸をうったのは東ドイツ市民の服装の貧しさであった。背広を着ている者は一人も見なかった。皆、セーターか作業着のようなものを身につけていた。正装の女性など一人もいなかった。そういう女性たちのある者は瞼をおさえ、ある者はハンカチで目を拭っていた。彼らの身じろぎもせずに音楽に没頭している態度こそじつに忘れがたく感動的であった。

モーツァルトのピアノソナタのアンコールの後のインタビューで、バレンボイムが、このコンサートの政治的意味について訊ねられた。バレンボイムは、このコンサートに政治的意味などない、人間的なものだけがあるのだ、と答え、こういう機会を与えられたことは私にとってじつに光栄だ、と語り、藝術的、人間的な意味では東も西も存在しない、と言いきっていた。彼は両親ともロシア生れのユダヤ人でアルゼンチンに移住した。世界的に活躍していたから、母語のスペイン語の他、英語を母語同様に使いこなしているのは何回か耳にしたが、このときはドイツ語で流暢に喋っていた。

私はジャクリーヌ・デュ・プレのファンである。彼女の雄勁で優美な音色によるエルガーのチェロ協奏曲など、胸が締め付けられるほどに魅惑される。彼女がバレンボイムと結婚していた当初、録画されたシューベルトの「鱒」がある。パールマンがヴァイオリン、ズービン・メータがコントラバスをうけもっていた。その当時、彼らには青春の陽光が溢れるように差していた。その後、デュ・プレが多発性硬化症で演奏活動ができなくなってから、バレンボイムはデュ・プレと離婚した。バレンボイムと結婚したため、ユダヤ教に改宗したといわれるデュ・プレが離婚されたことを私は気の毒に思い、バレンボイムを薄情で許し難く感じた。その後、いろいろの事情を知り、たぶん夫婦間の事情は私たちの想像できないものであろうと感じている。

それよりも、バレンボイムが、現在のイスラエル政府が国連決議二四二号に反し、第三次中東戦争による占領地から撤退せず、ゴラン高原に入植をすすめている現状について、イスラエル政府は倫理的に退廃していると厳しく批判し続けていることなどから、私は大いにバレンボイムに敬意を払っている。こうした批判精神とベルリンの壁の開放記念コンサートを崩壊後僅か三、四日の後に催した精神とは同じであろう。Freude（歓喜）を Freiheit（自由）と言い換えて第九交響曲を指揮したバーンスタインもバレンボイムと同じくユダヤ人であってドイツ人ではない。だが、彼もやはり見識も高く、人格的にも卓越した芸術家だと私は考えている。いうまでもなく、現在のイスラエル政府の行動に私は批判的であり、嫌悪しているが、たまたまベルリンの壁の崩壊に関連した二人のすぐれたユダヤ人指揮者がコンサートを主催し、あるいは開催を呼びかけたことに、感慨を覚えている。

私はベルリンの壁の開放・撤去ないし崩壊という事実そのものにいかなる衝撃もうけなかったけれども、その間の東ヨーロッパの社会主義体制諸国の状況、そしてそうした状況下における個々人の行動についてふかい関心をもっていた。

＊

さきにチェコスロバキアの状況について一九八九年の年末ハヴェルが大統領に就任したことにふれたので、これに関連する挿話を記しておきたい。

中野徹雄は一九四四年四月に私が旧制一高に入学し、同じ国文学会で席を並べ、枕を並べて以来、親しい友人であり、中野と結婚した旧姓甲斐田絢子とも二十歳前後以来『世代』の関係での知己である。中野徹雄、絢子夫妻は一男一女をもうけたが、その愛娘がロンドン留学中、チェコスロバキアからの難民でＢＢＣに勤めていた青年と知り合って愛しあうようになり、結婚した。中野絢子は愛娘の夫の家族に挨拶するのが礼儀であると考え、プラハを訪ねた。彼女は飛行機が嫌いなので、シベリア鉄道経由の長旅であった。プラハに着いて、愛娘の夫の母堂と会った。母堂は反体制運動家の一人であった。そのために子息もロンドンに赴くこととなったのだが、母堂も一応平穏に生活しているとはいえ、プラハ市街の外に出ることは禁じられており、四六時中、監視されている、という。こもごもしばらく会話した後、母堂は中野絢子を見送るため、プラハ駅まで来た。列車がプラハ駅を離れ、遠ざかっている間、もう生涯に二度と会う機会はあるまいと考え、母堂の姿が見えなくなるまで、車窓から身を乗りだして手を振った、という。ちなみに中野絢子は津田塾大の出身で、英語が堪能である。

「驚くじゃない、それから一年も経たないうちにビロード革命になって、ハヴェルが大統領に就任したのよ」と絢子が話していたことがある。愛娘夫妻はすでに一女をもうけていた。夫は家族ぐるみプラハに帰国することを希望した。中野夫妻の息女は、ロンドンでこそ生活を共にできるけれども、プラハで暮らすことは気が進まなかった。

しかも、彼女の夫は、プラハに帰国しても、母親の同志であるハヴェルが大統領になったからといって、必ずしもわが世の春が来たわけではなかった。国内にふみとどまって反体制運動を続けていた人々から見ると、ロンドンに脱出、亡命し、安穏に暮らしてきた挙句、いま社会主義体制が崩壊したからといって、大手をふって帰国し、うまい汁を吸おうとするのは論外だ、という見方がつよかった。そういう意味で、白眼視された彼に恵まれた生活が約束されるはずもなかった。以上の記述は、私の想像をまじえて記しているので、正確とは言いきれないが、かなり事実に近いはずである。

彼はプラハへ帰国し、彼女は一人娘と共に日本に帰ってきた。離婚したかどうか、私は知らない。ことに中野徹雄が他界した後、私は中野絢子と話す機会も稀になり、また、こうした微妙な家庭問題に立ち入って質問することは私の趣味ではない。

ただ、これがチェコスロバキアにおける政治体制の変革から派生したささやかな悲劇であることは確かだと思われる。

＊

平成元（一九八九）年はまた天安門事件の起こった年であった。私はかねて中国共産党指導部につよい反感を持っていた。それははじめて北京を訪ねたとき、紫禁城の西側に人造湖があり、その北海といわれる部分は市民の公園の一部として開放されていたが、中海・南海といわれる湖面は市民の立入りは禁止されていたので一隻のボートも見えなかった光景を目にしたことにはじまる。この中海・南海に接する中南海といわれる地域は高い壁をめぐらした約一〇〇万平方メートルの地域であり、これが中国共産党指導部の居住区域であった。中国共産党幹部は市民から隔絶された、この景勝の地に居住し、夏になれば、会議を開くのも北戴河といわれる避暑地である。中国共産党幹部は、かつての延安の時代と違い、中国市民との間に高い壁を設け、特権階級として君臨している。毛沢東が文化大革命を発想したことも、その全体の評価は別として、その動機自体は、当然と私は考えていた。

それ故、天安門広場の市民弾圧の報道に接したときも、中国共産党の専制に対する民衆の反抗に、民衆の流血を見たにすぎないと考えていた。

だが、たまたま趙紫陽『極秘回想録』を読み、その真相を知って私が理解していたような単純なものではないことを知った。この年四月一五日、失脚していた前総書記胡耀邦が死去した。

小島朋之『中国現代史』は「学生たちは要人が居住する中南海や天安門広場に集まり、胡耀邦の名誉回復を求めた。四月二十二日に党中央は胡耀邦の追悼集会を開いたが、かれの名誉回復の措置をとることはなかった。学生たちはこれに抗議し、授業ボイコットを実施するとともに、要求を民主化に拡大しはじめた。しかし、学生たちの抗議と民主化の要求に対して、四月二十六日に『人民日報』社説は「動乱」と批判し、運動の中止を求めたのである」と事件の発端を記している。

趙紫陽の『極秘回想録』（以下「趙紫陽・回想録」という）によれば、四月二六日の『人民日報』社説は「学生デモを「反共産党的、反社会主義的な動機から計画され組織された動乱である」と公式に断定するものだった」という。続いて「趙紫陽・回想録」は「私が北朝鮮訪問に出発する前には、李鵬も他の北京の幹部も、誰一人として私にそのような意見を述べた者はいなかった。彼らは私が北京を離れたとたん、政治局常務委員会を招集して、鄧小平からの支持を獲得した。このような展開は、常務委員会のそれまでの姿勢や原則から逸脱していた」と語っている。

ことわっておけば、趙紫陽は一九八七年一月、党総書記を辞任させられた胡耀邦の後任として総書記代行に、同年一〇月には党総書記に就任していた。形式的にいえば、中国共産党の組織上のトップであった。形式的というのはたんに軍事委員会主席に過ぎない鄧小平が実質的に党の絶対的権力を持っていたからである。このことが天安門事件の収拾を一そう難しくしたようである。

『人民日報』の社説は、趙紫陽が北朝鮮訪問中に掲載されたのだが、北朝鮮へ出発する以前、四月二二日には学生デモへの対応策として「一、授業に戻るように呼びかける。二、対話を維持する。三、犯罪行為を働いた者のみを法によって処罰する」ことを提案していた。「趙紫陽・回想録」は「学生の抗議運動は、たんなる不満の表れであって、政治体制そのものに異議を唱えるものではなかった」と記している。また、「四月二十六日の社説は、学生らを刺激しただけでなく、政府のさまざまな部署、機関、民主諸党派など各方面からも不評を買った。彼らはそのような社説が出たことを理解できず、不満を感じ、怒りさえ覚えた。学生たちの行動は、国の政治や改革の行方を心から憂慮してのことであり、いくつかの重大な社会問題について意見を表明したのは、すべて善意と愛国精神に基づく行動だと、多くの人々は考えていた。」

「五月四日、私はアジア開発銀行の総会で演説を行い、学生デモについて語った。演説原稿は私の見解に沿って鮑彤がかいた。この演説で私は、民主主義と法の原則に基づいた冷静かつ合理的かつ節度ある秩序正しい方法で問題の解決を図る必要があると示唆した。さらに、学生のデモ参加者は党や政府について、よいところは承認し、そうでないところには不満を表明しているだけで、政治体制そのものに異議を唱えているわけではないことを指摘した。（中略）五月五日以降の数日間に、北京の多くの大学が授業を再開した」と「趙紫陽・回想録」は続けている。

李鵬は一九八七年、胡耀邦失脚に伴う新人事で首相に就任した政治局常務委員であったが、李鵬が主催した学生との対話に学生は幻滅を感じ、ゴルバチョフ訪中の機会を利用して大規模な街頭デモとハンガー・ストライキを計画、「五月十三日の午後、二十を超える大学から集まった二百人以上の学生が、警護役を務める千人以上の学生に守られながら、天安門広場に入って座りこみとハンガー・ストライキを開始」「参加者の数は日ごとに増えていった。ハンスト参加者も増え、いちばん多いときで二千~三千人に達した」「そのときの学生たちの行動はまだほとんどが自然発生的なものだった。指令本部が設けられていたが、一人のリーダーが冷静に決定を下すということはなかった」と「趙紫陽・回想録」は記している。

五月一七日午後、趙は鄧小平を訪ねる。その場には政治局常務委員会の全員が顔を揃えていた。趙は四月二六日の社説を修正すべきである、などといった意見を述べ、李鵬らが反論し、最後に「鄧小平が最終的な決断を下した」といい、次のとおり、鄧小平の意見を記している。「事態の進展を見ればわかるように、四月二十六日付社説の判断は正しかった。学生デモがいまだ沈静化しない原因は党内にある。すなわち、趙が五月四日にアジア開発銀行の総会で行った演説が原因なのだ。いまここで後退する姿勢を示せば、事態は急激に悪化し、統制は完全に失われる。よって、北京市内に軍を展開し、戒厳令を敷くこととする。」

その後、趙は五月一九日早朝、李鵬の反対にもかかわらず、天安門広場に学生を訪ね、即席のスピーチでハンストを中止するよう説得を試みる。「しかし学生たちは私の言わんとすることを理解してくれなかった。これから自分たちがどんな目に遭うか、想像することさえできなかった。当然ながら、このスピーチが原因で、その後私は厳しい批判と非難の的になる」とは「趙紫陽・回想録」の記述である。

改革開放路線を提唱し、推進した鄧小平は政治的には頑迷固陋な保守派であった。

六月四日の事実については『中国現代史』の記述を引用する。

「六月に入って、政権は天安門広場に的を絞って、退去勧告を繰り返し出した。そして六月三日の夕刻に戒厳部隊は緊急通告を出し、四日未明には軍事的鎮圧の行動に出たのである。鎮圧のために、戦車や装甲車まで投入された。天安門広場では死者は出なかったといわれるが、周辺では学生や市民に向けて発砲し、武装衝突のために多くの犠牲者が出てしまったのである。政権は当初、死者は三百人弱で、大部分は戒厳部隊の兵士であり、学生は二十三人が死んだにすぎないと言明していた。しかし後の北京市長の報告では、戒厳部隊側の死者は数十人にすぎず、学生は三十六人で、死者二百人の大部分は市民であったと訂正された。」

そこで局面は趙紫陽に対する批判と処分に移る。「趙紫陽・回想録」は「政治局は六月十九〜二十一日に拡大会議を開いた。最初に、四人の常務委員を代表して李鵬が演壇に立ち、「党を分裂させ」「動乱を支持する」という重大な誤ちを犯したと私を非難する報告を発表し、会議の方向を決めた。そして総書記、政治局委員、政治局常務委員の職を解任すべきだと提案した。さらに、私に対してさらなる審査が行われるだろうと述べた」と記し、自己批判を拒否する趙について、翌日「あらゆる公的地位を剥奪する決定が下された」という。また、彼に対する処分の手続について多くの党規約違反があったことが記されている。たとえば、党中央委員会委員を解任するには出席者の三分の二以上の無記名投票による賛成票が必要と党規約により定められているのに、挙手による投票を求めたことなどがその一例である。「趙紫陽・回想録」はその詳細をつぶさに記しているが略する。

趙紫陽は最後までその信念を曲げることがなかった。彼は三つの疑問を投げかけている。

「第一に、この学生運動は反共産党、反社会主義を唱える集団による「計画的な陰謀」で、指導者が存在するとされた。ならば、こう問わざるをえない。指導者は誰だったのか。どのような計画だったのか。どのような陰謀だったのか。そのことを裏付ける証拠は存在するのか。」

「第二に、この抗議運動は中華人民共和国および共産党の打倒を狙ったものだと言われていた。その証拠はどこにあるか。」

「第三に、六月四日の動きは「反革命的な動乱」と言われたが、それを証明できるのか。」

趙紫陽がいう三つの疑問とは、結局第一の疑問に尽きるように思われる。もちろん、回答が否定的なものであろうとは、趙が十分承知していることであり、疑問の形式を採ったのはレトリックにすぎない。

天安門事件の経過で、鄧小平が保守派に賛成して戒厳令を支持することにより、趙紫陽を見捨てたように思われるのだが、その契機として挙げられるのがゴルバチョフ訪中のさいの趙の鄧小平の権力、権威についての説明であった、といわれ、趙は「ゴルバチョフとの会談」について一章さいている。「趙紫陽・回想録」は次のとおり記している。

「ゴルバチョフとの会談で私は次のように説明した。「第十三期中央委員会第一回全体会議において、主要な問題については、今後も舵取り役として鄧小平が必要であると正式に決定した。一九八七年の第十三回党大会以来、主要な問題について、われわれはつねに鄧に報告し意見を求めてきたし、鄧はいつも、われわれの努力と全体としての決定を全面的に支持してくれている」。じつのところ、八七年の決議によれば、鄧は主要な問題に関してつねに報告を受け、意見を求められるだけでなく、会議を招集し、最終的な決定を下す権限もあった。だが私は民衆がどこまで納得するかを考慮して、最後の部分にはあえて触れなかった。私がこのように国民に向けて説明したのは、鄧のためを思ってのことだった。少なくとも鄧の地位が違法ではなく、本当に合法的なものだということを、明確にすることができると思ったのだ。

私がこのような発言をしたのには、もう一つ別の理由があった。ゴルバチョフが中国を訪問したのは、中ソ首脳会談に臨むためだった。じっさいにどの人物がゴルバチョフと会って話をするかが、この首脳会談の意義を象徴的に示す重要な事柄だった。むろん「中ソ首脳会談」といえば、鄧小平とゴルバチョフの会談だと、内外の誰もが承知していた。しかし、ゴルバチョフはソビエト連邦の国家元首で、共産党の書記長であるのに対して、鄧は国家主席でもなければ党総書記でもなく、党中央軍事委員会主席でしかない。私の本意は、ゴルバチョフと、他の誰でもない鄧小平とのあいだで行われる会談こそが最高首脳会談だと、大々的宣言することにあったのだ。」

ところが、これが鄧小平を激怒させることとなった。「これは予想外のことであった。一体全体なぜ鄧は、私がわざと彼を前面に押し出して民衆と対決させ、責任を逃れようとしているなどと考えたのであろうか」と趙は書いている。

私には鄧小平は、政治の前面に立って結果について責任を負うことを嫌い、裏から政治を操ることを好んだ人物だったのではないかと思われる。あるいは文化大革命のときの苛酷な体験が彼をそういう人物にしたのかもしれないが、私はこうした人物を嫌悪する。

こうして彼、趙紫陽は一六年間の幽閉生活の後、二〇〇五（平成一七）年一月一〇日北京で死去した。軟禁状態にはあったがゴルフやビリヤードをたのしむ時もありえたらしい。おそらく彼は有能な経済実務家であったが、教養人ではなかった。そういう境遇では、河南省の開封に移送され、高熱を発しても適切な治療も受けられず、劉衛黄という仮名、無職という肩書で一九六九年一〇月一七日に死去した劉少奇と比べると、同じく政敵を葬り去るのにも、中国共産党幹部はかなりに寛容になったといえるだろう。彼より先に罷免された胡耀邦も一九八九年四月一五日に急逝し、その死が天安門事件の契機となったが、死去そのものは平穏だったようである。

「趙紫陽・回想録」の第一部は「天安門の虐殺」、第二部は「自宅軟禁」と題されており、天安門事件とその後の趙の生活を回顧しているが、第三部は「中国経済急成長の要因」と題し、鄧小平の指導の下に開放改革政策にふみきった第一世代の中国共産党幹部としての趙紫陽の足跡を回想している。この時期に彼が発想し、実行したことが現在の中国経済の発展の基礎をなすものであり、そういう意味で興趣ふかいので若干ふれることにしたい。

＊

「第三部第九章　自由貿易の魔術」は「長年、われわれの経済建設の努力には、かんばしい成果があらわれなかった。たいへんな苦労をしながら、ほんの少しの見返りしか得られない」と始まり、南フランス、イギリス、ギリシャ旅行の体験から学んだことを記している。

「最初に、地中海沿岸の南フランスを訪問した。経済発展で世界的に有名な地域である。気候はたいへん乾燥していて、夏にはまったく雨が降らない。そのような条件の土地では、われわれの従来の考え方に従うなら、作物を植えるために大規模な灌漑を行い、「天と地が定めた条件を変える」ことになる。ところが、フランスではそうはしなかった。かわりにブドウなど乾燥気候に適した作物を植えたのである。かくして、フランスのワイン産業が自然に形成されていった。南仏の農家はひじょうに裕福だ。

イギリスでもう一つの例を見た。東海岸では小麦がひじょうによく育っており、西海岸は牧草で覆われていた。初めての海外視察で、その光景に驚いた私は理由を尋ねた。すると、東海岸はじゅうぶんな日光が降りそそぐので小麦に適しており、西海岸は雨はよく降るがあまり日が当たらないので牧草に適している。だから西海岸では牛の畜産や酪農が盛んだという。

帰途、ギリシャに立ち寄ったおりに、大使館の同志が丘陵地帯を案内してくれた。夏は乾燥していて、雨はまったく降らなかった。われわれのやり方に従えば、農業を営むにはひじょうに過酷な土地だと判断されただろう。われわれなら、大寨《だいさい》のように、灌漑を行い、棚田を作っていたにちがいない。

しかし、ギリシャではそうしなかった。丘陵地帯はオリーヴの木で覆われ、オリーヴオイル産業が繁栄していた。農家の生活水準は高かった。なぜそんなことが可能だったのか。自給自足経済ではなかったからだ。ギリシャは対外貿易に依存していた。自分たちが作ったものを輸出できるという強みを活用し、それと交換に、必要なものは外国から手に入れていたのである。」

こうした教訓から趙紫陽は何を行ったか。

「北京で仕事をするようになっていた一九八一年には、蘭考《らんこう》県（河南省）を視察し、農家の話を聞いた。砂の多い土壌で、ピーナッツを栽培すれば高収量が期待できる土地だった。しかし、わが国の政策は穀物の生産を最優先するとともに、食糧の自給自足に重点をおいていたため、ピーナッツの栽培は認められず、かわりにトウモロコシを植えていた。だが、トウモロコシの収穫量は少なく、農家は政府の方針に対してきわめて批判的だった。

もう一つの例は山東省の北西地域だった。土壌はアルカリ塩を多量に含んでいた。ほとんどの土地が綿花栽培に適していて、高収量が期待できた。だが、政府の方針で、長年、綿花の栽培は認められず、植えていいのは小麦だけだった。その結果、小麦を植えれば植えるほど収穫量は減少し、農家は飢餓寸前の状態だった。

一九八三年、私は山東省の同志と話し合い、綿花を栽培できないか尋ねた。すると、問題は穀物の不足だ、という答えが返ってきた。その後われわれは、山東省北西部の農家について、綿花栽培への転換を決めた。国が綿花を買い取り（当時、国は大量の綿を輸入していた）、同時に、穀物を供給するのである。

その結果、農家は一年から二年で困難な経済状態を克服し、綿の高収穫を達成した。一時は、綿が市場にあふれて供給過剰になるほどだった。農家の収入は急激に増え、地域の生活水準は大幅に向上した。綿生産はさらに副産物も生んだ。綿の実である。綿実油を抽出した後のしぼりかすが肥料になった。アルカリ塩をあまり含んでいない土地では、引き続き小麦が栽培されていたが、この肥料のおかげで収穫量が増えた。こうしてみんなが恩恵を受けたのだ。」

趙紫陽がしたことは、自給自足にこだわることなく、土地に適した農産物を栽培して販売し、穀物の類は購入する、そのために外国が輸入することも意に介しない、ということであった。これはいわば農産物の商品化であり、農業は改革され、産品は内外に解放されることとなった。これが改革開放政策の出発点であった。

趙紫陽が回想録に記している彼のしたことは他にも数多い。しかし、紙幅の都合上、これ以上はふれない。ただ、もう一言加えるなら「趙紫陽・回想録」で彼がくりかえし強調していることは「腐敗への対処」であり、そのために第三部に一章を費している。権力者は必ず堕落し、腐敗する。まして一党独裁の中国において共産党幹部といっても、中央政府から末端の組織に至るまで、さまざまな段階で幹部が存在し、権力をもっている。彼らは常に堕落、腐敗の機会を持っている。高潔な人間は稀である。だから、趙が警告したのだが、現在の中国政府、共産党指導部は趙らを含む前世代の人々が苦闘した結果、偉大な成果をあげている「社会主義市場経済」の果実を享受している。趙は、われわれは未だ社会主義の初期段階にあるから改革開放路線をとらなければならない、と党の長老たちを説得したが、私は中国が真に社会主義国になる時期が到来するか、大いに疑問をもつ。

＊

この年四月から私は毎週一回「私のふるさと散歩」と題する随筆を連載した。たまたま大宮駅東武野田線のプラットフォームで『埼玉新聞』の文化部長をしていた詩人の飯島正治さんに出会ったとき、私から頼みこんで連載を申し入れたのであった。私から頼んで原稿を売り込んだことは、この時以外に、前にも後にもない。そのころ、亡妻はドライブが好きだったので、週末には、どこか私を同行させてドライブしたがっていた。私も助手席に座って見知らぬ土地や社寺などを訪ねることは嫌いでない。その結果、たとえば坂東三十三ヵ所の寺院などは訪ねていたが、埼玉県内でも秩父事件の遺跡を始め、訪ねてみたい場所は数多かった。それに私は愛郷心がつよいので、埼玉の魅力をできるだけ未知の読者に伝えたいと思った。現在はどうか知らないが、一〇月にはいると秩父地方の処々で獅子舞が奉納されるようである。皆野の椋神社の獅子舞をとりあげたことがある。演じ終った少年のあどけない顔に汗が光っていたのを憶えている。渋沢栄一ゆかりのいくつかの地とか秩父事件の田代栄助の墓とか、妻沼の聖天院とか思い出すと懐かしい土地が多い。聖天院の「奥殿をめぐってびっしりと飾られた彫刻に私は驚嘆した。七福神や唐子などモチーフは東照宮のものに似ているが、東照宮よりも百数十年遅れたこの彫刻ははるかに写実的で、人間的である」と私は書いている。その後しばらくして国指定の重要文化財となったはずである。翌年、七〇箇所をとりあげて連載を終了、福武書店から『故園逍遥』と改題して出版した。気軽な読物として書いたものだが、亡妻が健在だった頃を偲ぶ、私にとっては懐かしい著述である。

六月にはリクルート事件により竹下内閣が総辞職し、宇野宗佑が内閣を組織したが、宇野も女性スキャンダルで八月に辞職し、海部俊樹内閣となった。いわゆる五十五年体制末期の政治の退廃を眼にしているかのように感じていた。

ベルリンの壁が撤去ないし崩壊した一一月にはソニーがコロンビア映画を三四億ドルで買収

したことが公表された。私はまったく関与していないが、映画の製作のような投機的要素がつよく、しかも、ソニーが事業の核心としてきたハードウェアでなく、ソフトウェアというべき分野の事業にふみこむのはソニーらしくないと感じていた。

一二月にはルーマニアでチャウシェスク政権が崩壊し、チャウシェスクが処刑された。興奮して意気上る民衆はじつに残酷なものだと痛感した。これは私にとっては東ヨーロッパ社会主義国が雪崩をうって崩壊していく過程の一端にすぎないと思っていたから、民衆の残忍さだけがたえがたく悲しかった。だからといってチャウシェスクに同情したわけではない。人間が、民衆が理性を失うことがありうることが私にはたえがたく辛かったのであった。

*

歴史年表の類には記載されていないことも多いが、この年一二月、アメリカがパナマに侵攻、ノリエガ大統領を拉致し、アメリカ法により裁判にかけ、刑事処罰する、という事件が起こった。これは理性を失った民衆の行為ではなかった。超大国アメリカの理性ある判断による違法行為であった。ノリエガがいかに独裁者であり、いかに麻薬犯罪等に手を染めていたにせよ、独立国の大統領である。アメリカの脅威でもないのに、アメリカにパナマに侵攻する正当性はない。まして裁判によって他国の大統領を処罰できる正義はない。私には何としてもアメリカの暴力が許しがたかった。私は『現代詩手帖』翌年三月号に「寒夜独絃」と題する詩を発表したが、その一説に次のとおりに書いた。

中央アメリカの地峡地帯の小国に
超大国の軍隊が侵入し、政府を顚覆し、
独裁者を拉致し、裁判にかける、という、
そんな無法が許されるか？
（国際政治において法がありうるか？）

＊

一二月二九日、日経平均株価が三万八九一五円になった。バブル経済が頂点に達した。ただし、私は株式とか土地の売買に関心を持たないので、私とは無縁であった。

2

前年一月八日に設立総会を開催した日本商標協会は、平成元（一九八九）年二月に『日本商標協会誌』創刊号を発行し、本格的に活動を開始した。この設立より数ヵ月前に、United States Trademark Association が日本でセミナーを開催した。この団体は通常USTAと略称されていた。その後 International Trademark Association と改称、俗にINTAと略称され、現在では年次総会にはアメリカ合衆国の会員はもちろん世界各国の会員四、五千人が参加するほど活発な活動をしている。例年USTAの年次総会に参加している熱心な商標法、不正競争防止法等の専門家の有志が日本にも対応する団体を設立したいと考えた。私の事務所から例年USTAの総会に参加していた松尾和子弁護士や元東レの法務特許部長であった木村三朗弁理士、日本の代表的大特許事務所である浅村特許事務所の浅村皓弁理士らがそうした有志であった。これらの方々が設立を決めた後で、私は会長就任を求められた。私と松尾弁護士はそれまでも数十年信頼しあってきた同僚であり、その他の方々とも私は親交があった。会長に就任することは名誉であり、お断りする理由はなかった。

創刊号に「会長就任にあたって」という文章を私は寄稿しているが、文中、「商標を採択し、使用し、所有している企業の方々と、法的保護の実務にあたる弁護士、弁理士と法制度の学問的な調査、研鑽をつんでいる学者の方々との三者のバランスのとれた協力がなければ、商標が現代社会に果している機能にふさわしい商標制度を確立し、国内的にも国際的にも発展させていくため、必要な調査、研究を行い、情報を提供し、提言を行っていくことは不可能である」と企業等の方々の参加を呼びかけた。日本商標協会が情報を提供し、提言を行っていく相手はまず特許庁であり、ばあいにより裁判所でもありうるし、ジュネーヴ所在のＷＩＰＯ（World Intellectual Property Organization）世界知的所有権機関でもありうる。私は日本商標協会が何よりも日本特許庁に対して、特許庁の施策について積極的に提言し、また、建設的な批判をする団体とならなければならない、と信じていた。

そのためには協会の財政的基盤の確立が必須であると感じた。設立当時、個人会員三六〇名、法人会員（これには特許事務所を含む）は七五社（うち企業六四社）であり、年会費は個人会員が二万円、法人会員が五万円だから、概算の予算はほぼ一千万円にすぎない。これでは会誌の発行費の他、各種研究会、セミナー等の借室料、研究報告等の発行費、会員との連絡等事務局の諸費用を賄うのはかなりの苦労が必要である。私はせめて企業会員が一五〇社になってほしいと希望していた。日本商標協会のホームページを見ると、二〇二〇（令和二）年一月現在、個人会員五四〇名、企業会員二三三社、特許事務所一一七所である。創立後三〇年を経て、日本商標協会はいまでは財政的にもきわめて充実、健全な状況に発展したようである。特許庁の特許行政、裁判所の知的財産権訴訟の運営についても建設的、かつ、必要であれば、批判的な提言や助言をするためにも財政的基盤が健全でなければならない。いま、日本商標協会はそのような団体になったことが初代の会長として私は心からうれしく感じている。

私は平成七（一九九五）年五月まで会長をつとめ、いわば基礎づくりに私なりに尽力し、後任にひきついだのだが、出発当初から、季刊の協会誌の発刊の他、法制度研究部会、サービスマーク研究部会、国際分類研究部会、不正競争研究部会、判例研究部会、審決研究部会、実務研究部会、模倣対策研究部会、資料収集・整備委員会、研修委員会、編集・出版委員会を設け、それぞれ担当を決め、定期的に会合して、検討、討議などをした。その他、理事会、常務理事会を定期的に開催した。私はこれらの研究部会にはほとんど出席しなかったが、理事会、常務理事会には必ず出席し、任期中、欠席したことはない。

私がともかく大過なく会長をつとめることができたのは、事務局長として事務所の同僚である松尾和子弁護士が全面的に私の職責を助けてくれたからであり、常務理事の一人であり、特許庁出身の熟達した弁理士であり、人格的にもねれた石川義雄さんの援助によることが多かった。その他の人々にお世話になり、ご厄介をおかけしなかったというわけではない。しかし、このお二人の助力は格別であった。たとえば、特許庁との連絡などはいつも石川弁理士の手を煩わしていた。仕事として取りついでくださった話ではないが、石川さんから設立の初期にお聞きした余談があった。それは、日本商標協会、という名称の団体を私たちが設立したことに対して、特許庁の商標担当の審査官、審判官等が非常に不快に思っているということであった。特許庁出身者が日本商標協会という名称の団体を設立する計画があったという。私たちが名称を変更した方が特許庁との関係で円満、友好的な関係を保つことができるのではないか、という意見を表明なさった理事もおいでになった。私は笑止千万、話題にあげるにも値しない、と言いきって、討議もしなかった。このため石川弁理士は特許庁に不義理な思いをなさったかもしれないが、私に愚痴をいうことはなかった。まことに立派な方であった。

ところで、特許庁がらみで忘れられない思い出にマドリッド・プロトコール問題がある。これは『私の昭和史・完結篇　下』にすでに記したので、同書をお読みの方はご承知のことだが、お読みでない方が多いと思うので、あえてここでも記述させていただくこととしたい。

WIPOは政府間の討議、決議機関だが、民間団体にも出席を認め、評決権はないが、発言は許される。日本商標協会も設立直後から、商標関係の会議のさいは招待状が送られてきた。私はよほどのことがない限り、出席することとしていた。そのさい多くのばあい亡妻を同伴した。

ヨーロッパには旧くからマドリッド協定とよばれる商標の国際的登録制度があり、ほとんどのヨーロッパの主要国、非ヨーロッパの少数の国が加盟している。法律制度の違いのため、アメリカ、日本等は加盟していなかったので、アメリカ、日本等が加盟できるよう、WIPOでは特別の議定書（プロトコール）を起案していた。WIPOの会議では、ボクシュ事務総長が、一〇〇名ないし一五〇名の出席者の中から五、六名の人々を招待して昼食を共にすることが多かった。私はボクシュ事務総長とは旧くから面識を得ていたし、どういうわけか、かなり昵懇であった。昼食に招かれる五、六名の中に私は選ばれるのが慣例であった。僥倖にして、私はそういう少数者の一人として処遇されていたといってよい。

この昼食会の席上、私は、日本でマドリッド・プロトコールを解説するシンポジウムを開催したら、WIPOは自費で講師を参加させてくれるだろうか、とボクシュ事務総長に訊ねた。彼は私の質問をたいへん喜び、何としても参加する、自分が日本に行くつもりだが、自分が行けなければ事務次長に赴かせる、という回答であった。

帰国後、私はその旨を理事会に報告し、その承認を得て、シンポジウムの準備を進めていた。その過程で、石川義雄さんから、特許庁の総務部長から呼出しをうけたので、出向いてもらいたい、という連絡があった。そこで、総務部長に面会したところ、日本特許庁としてはマドリッド・プロトコールに加盟するかどうか、まだ決めかねているため、現段階でWIPOの事務総長または次長が来日すると対応に困るので、シンポジウムは取り止めてもらいたい、ということであった。要請、懇請というより、何故、無断でそうした計画を立てたのか、という叱責に近かった。

私は、その場は、特許庁のご意向は承りました、と答えたが、シンポジウムを予定どおり開催した。政府としてマドリッド・プロトコールに加盟することが望ましいかどうかを判断する必要があるとしても、民間人としても加盟が望ましいかどうか、勉強しておく必要がある、と私は信じていたし、こうした活動こそ日本商標協会の存在意義の一だと考えていた。シンポジウムは事務次長に加え、ヨーロッパ諸国の実務家も参加した大規模な充実した催しとなった。私は特許庁の意向はまったく意に介していなかった。むしろ不快に感じていた。こうした事態に対応するためにも財政基盤の自立、確立が必要なのだと確信した。

日本がマドリッド・プロトコールに加盟し、必要な改正を施した商標法を施行したのは平成一二（二〇〇〇）年であり、このシンポジウムが催されたのは平成六（一九九四）年であった。

WIPOの建物はジュネーヴの市街地から少し離れたレマン湖畔を臨む位置にあった。私たちはWIPOの建物の脇の坂を登った場所にあるホテルに泊ることがつねであった。亡妻は私が会議に出ている間、観光などをして時間を潰していた。あるとき、今日は湖畔の公園で同年配の女性とフランス語で二、三時間話しこんだ、という。亡妻は英語の読解力は一応確かだし、会話もまあまあ不自由ないが、フランス語はアテネ・フランセに一年かそこら通ったことがあり、フランス人の修道女にしばらく教えていただいたことがあるだけで、すこぶる覚束ない。それでもフランス語で会話しようとする勇気があり、通じさせ、相手のフランス語を聞き分けることができる異能の持主であった。そうした二、三時間のフランス語会話に堪能した亡妻の表情を思いだすと、たまらなく懐かしい。そういえば、かつてル・コントという洋菓子店があった。サバランやねずみと俗称されるシュークリームが売物であったが、ル・コントさんというフランス人オーナーが存命中、亡妻は彼とうちとけて話しこんだと話していた。私にはどうして会話が成り立ったのか、ふしぎでならない。

＊

平成二（一九九〇）年、私は思潮社の小田久郎に勧められ、従来書きなれている十四行詩や一連四行、四連から成る十六行の定型的な詩でなく、自由に詩想を展開し、できるだけ長い詩を一年間連載することとした。自由に詩想を展開させる、という詩作の動機から、私はその年の私の体験、見聞から私が抱いた心情や思想を詩のかたちに書きとどめることとなった。『現代詩手帖』に一年間毎月発表した作品にこの年の私の平成史が記録されているように思われる。一月号に発表した「中津川渓谷」は秩父山塊の中津川渓谷を訪ねたさいの感懐だが、次の六行からなる一節を含んでいる。

ユーラシア大陸の西、ヨーロッパ半島で
いくつかの国々の秩序が激しく揺れている。
権力もとどめやらぬ勢いは歴史の歩みなのか？
――歴史は視界の奥ふかく隠れている。

うつつは幻であるか？
幻はうつつであるか？

いうまでもなく東ヨーロッパ諸国の社会主義体制が崩壊しつつあり、共産党支配の権力の意外な脆弱さに私はとまどっていた。私が現実を信じきれない思いでいたことをこの詩は示している。

二月号に発表した「浮泛漂蕩」は後にこれらの作品を詩集にまとめたさいの表題作だが、この題名は「単に時代に浮泛漂蕩して、其人は有れども殆んど無きに同じく、所謂時代の塵埃となって終るものも有り」という幸田露伴『渋沢栄一伝』中の言葉に由来している。このころ、私は旧制一高の同級生であり、一時、国文学会で生活を共にした大杉健一が胃癌のため重篤であると聞いていた。次はこの作品の最終連である。

私たちはたしかに「時代」に浮泛し、漂蕩し
「時代」の風濤にまぎれゆく塵埃であった。私たちは
それでも辛酸をかさねてきた。いかに生きるか、よりも
いかに死ぬべきか、に心を砕いてきた。そして、
ようやく死にいたった故旧に私は声もなく語りかける、

――さようなら、友よ、さようなら。

この作品は「バーゼル・フランス駅からパリ行急行に乗りこみ」と始まっているが、当時私はバーゼルに本社を有する製薬会社を代理して日本のある地方都市に所在する製薬会社に仲裁を申立てていた。スイスの会社は日本の会社に数百万ドルを支払って日本の会社が開発した薬剤のライセンスを得、日本の会社は開発にいたる試験報告書一切を引渡すこととなっていたが、副作用としてある種の薬害を生じるのではないかという疑問を抱かせる実験結果を引渡していなかったことが後日になって発覚した。日本の会社は、別の資料からみて、その実験報告書は無視してもよいと考え、開示する必要はないとみなしたと弁解した。アメリカで製剤の許可を得るにはFDA（Food and Drug Administration）アメリカ食品医薬品局にはあらいざらいすべての実験結果を提出し、検討を受けなければならない。スイスの会社である私の依頼者はアメリカにも子会社があり、アメリカが主要な市場であった。日本の会社が秘匿した実験報告書を提出すれば許可が得られないおそれが高かった。そこでライセンス契約を解約し、損害賠償を求めるため、ライセンス契約の規定にしたがい、紛争解決のため、わが国で仲裁の申立を申請したのであった。やがて私の依頼者は全面的に損害賠償を命じる仲裁裁定を得たのだが、じつはまったく同様の事態がアメリカの某会社と前記の日本の会社との間でもおこった。これについても仲裁を申立て、全面的に損害賠償を得たのだが、これはその日本の会社特有の体質、性格かもしれないのだが、日本の行政庁と日本の企業との間にはある種のなれあい的な雰囲気があり、行政指導などの名目で厳格に法律が適用されないばあいがあるのではないか、と私は疑っている。私はその事件のためバーゼルにしばしば用事があったし、パリでも日本の企業が訴えられた事件の打合をしなければならない用件があった。私は自らを社会の「塵埃」のように感じていた。

三月号に発表した「寒夜独絃」についてはすでにふれた。四月号に発表した「霏々とふりつむ雪のように」は青土社の創立者である清水康雄が食道のポリープを病んでいると聞いたときの作だが、別の機会に書いたので、くりかえさない。六月号に「片瀬の山の上で」を発表した。片瀬の飯田桃邸で飯田、日高普と私の三夫婦が花見をしたときの情景を描いた作だが、次の一連を含んでいる。

私たちは語る、東ドイツの選挙について、
バルト海に面した国々の運命について、
日米構造協議について、そしてまた、思う。
私たちの無知について、私たちの無力について、
それらを語ることの愚かしさについて。

バルト三国の状況については松戸清裕『ソ連史』に次の記載がある。

「独ソ不可侵条約の秘密議定書に基づきソ連の勢力圏とされ、まもなくソ連に併合されたバルト三国では、その歴史的経緯に加え、多くのロシア人が移住していたことによって現地の民族が危機意識を強め、反連邦の急先鋒となった。一九八八年六月、エストニア、ラトヴィア、リトアニアの各国で人民戦線が結成された（リトアニアではサユディスと称した）。いずれも民族的価値を尊重し、グラスノスチによる民主化を進め、共和国の権限を強化することを目指すものであった。バルト三国の共和国共産党内でも、これに同調する「改革派」の動きが活発化し始める。

一九八八年一一月、エストニア共和国最高会議は主権宣言を採択するとともに共和国憲法の改正を決定し、連邦の法令は共和国最高会議の批准によって効力を発すると定めた。共和国側の拒否権を定めたのであるが、この時点では、エストニア最高会議内でも独立を追求する者と、連邦内での主権国家を求める者とが入り混じっていたと言われる。ソ連最高会議幹部会は、この決定は連邦憲法に違反し無効であると宣言したが、翌一九八九年にはリトアニアとラトヴィアも主権宣言を採択した。この年の一二月に連邦の最高権力機関であるソ連人民代議員大会が、それまで存在しないとされてきた独ソ不可侵条約付属秘密議定書の存在を確認して非難したことは、バルト三国のソ連加入自体の正当性と合法性を疑わしいものとした。バルト三国は一九九〇年には独立を宣言するに至った。

とはいえ、それによって独立が達成されたわけではない。最も急進的なリトアニアに対しゴルバチョフは独立宣言の取り消しを求め、拒否されると経済封鎖に踏み切った。一九九一年一月にはリトアニアとラトヴィアで、連邦の治安部隊と独立派市民たちとが衝突する事態も起こった。」

飯田邸の花見の時点で、私たちがバルト三国の情勢について、右のように整理されたかたちで情報を得たわけではない。断片的に三国が主権宣言したこと、ソ連との間で紛争の可能性があることなどを知っていたにすぎない。ただ、ここにソ連体制の揺らぎを見ていたことは間違いないし、バルト三国のような小国が独立を維持できるのかという不安をもっていたことも事実である。ただ、私たちは無知、無力であり、そうしたことを語ることの空しさ、愚かさを感じていた。そういえば、たぶんこの時点より一〇年近く前、カナダのモントリオールで、あるパーティに招かれ、リトアニアの難民という人に紹介されたことがあった。私はリトアニアという国をまったく聞いたことがなかったので、恥ずかしい思いをした。私の知識はそんな程度であった。

話題を東ドイツ総選挙に移すと、相変らず東ドイツから西ドイツへの移住が増加し続けていた。『神のマントが翻るとき』によれば「1989年には全体で34万3854人が東ドイツから西ドイツに移住した（東ドイツ以外のソ連・東欧諸国からのドイツ人移住者をも合計すると、1989年に西ドイツに移住した者は72万人を上回った）」という。

このような情勢下で東ドイツで総選挙が行われた。ふたたび『神のマントが翻るとき』から引用する。すでに平成二（一九九〇）年に入っている。

「3月18日、東ドイツの総選挙が行われた。CDUの支援していた「ドイツのための同盟」が予想を大きく上回る48％（東CDUだけでも40・8％）の得票率を達成し、勝利を収めた。コール首相にとっては「夢のような成果」と評価された。東SPDは、21・9％と予想をはるかに下回る結果に終わった。投票率は、93・4％であった。」（CDUはChristlich Demokratische Unionキリスト教民主同盟、いうまでもなくメルケルはコールの後継者である。SPDはSozialdemokratische Partei Deutschlandsドイツ社会民主党。）

東ドイツ総選挙の結果は東ドイツが西ドイツに統合される日が近いことを教えていたように思われた。

＊

拙作「片瀬の山の上で」の一節を引用してバルト三国の状況、東ドイツの総選挙の結果がどういうものであったか、これらに私がどう反応したかを記した。すでに引用した同じ一節では日米構造協議にふれている。日米構造協議は戦後の日本社会に空前の大きな変化をもたらした。その意義の重大さはバルト三国や東西ドイツの問題とは比較にならぬほど、私たちの日常の生活に影響を与えた。そこで、日米構造協議については本項で採りあげることとしたい。拙作は

『現代詩手帖』六月号に発表されたが、同年四月、中間報告が発表された段階で制作したので、最終報告書が発表された同年六月以降に制作したものではなかった。そのため、最終報告書に記された協議結果の全貌、詳細を知っていたわけではない。しかし、協議の方向は中間報告から理解していたはずである。ことわっておけば、手許にある『日米構造問題協議・最終報告』は偶数頁に日本文が、奇数頁に対応する英文が記載されているが、日本文には「構造問題協議」と見出しが記されているが、英文では「Structural Impediments Initiative」と記されており、意味が相当に異なる。英文は直訳すれば、構造的障害対策、といった意味であろうか。NHK取材班による『日米の衝突――ドキュメント構造協議』では「構造障壁改善のための推進会議」とでも訳すべきか、と書かれている。意訳としてもおそらく理解し難い訳語であろう。日本語は日本人に受け入れやすいように表現をことさら漠然としているようである。

アメリカ側の討議・要求の根拠は一年前、レーガン政権のもとで成立した新貿易法スーパー三〇一条（不公正貿易国・慣行の特定と交渉、制裁）にあり、日米構造協議はその最初の適用であった。以下ことわらない限り、前掲『日米の衝突――ドキュメント構造協議』（以下『日米の衝突』という）からの引用である。

一九八九（平成元）年九月の第一回の構造協議の直前に手渡されたアメリカ側の問題意識は、貯蓄・投資パターン、土地利用、流通、系列、価格メカニズム、排他的取引慣行の六項目にわたっていた。それぞれについて詳しい説明が加えられているが、『日米の衝突』ではどの項目も長文なので、私は以下にできるだけ正確に要約して趣旨を把握して記すように努めることとする。

「貯蓄・投資パターン」

日本における、高い水準の貯蓄率と相対的に低い投資の不均衡が経常黒字の原因となっているので、黒字解消のため不均衡の是正が求められる。

投資に関しては、公共投資の配分に関する自らの長期政策の目標を達成するため努力すべきである。

「土地利用」

日本の土地代が高いことは、都市化、線引き、税制（格安な土地保有税と割高な売却税の組合せ）などの政策に直接関係している。

「流通」

アメリカ製品は、価格、品質の両面で国際的にも競争力をもつのに、日本市場に僅かしか参入していないのは、輸入に対する構造的障害と民間の反競争的商習慣による。また、輸送に対する規制、大型店の出店に対する規制などが外国製品の進出を妨げている。（その他の若干は省略する。）

「系列」

製造業、金融業、サービス業のグループの株の持ち合いは高い水準に達しており、製品、サービス、会社の資産の自由な流れを妨げ、友好的な買収さえ問題があるように見せかけている。

「価格メカニズム」

日本の価格決定が、アメリカに対して極めて差別的な例は無数にある。日本企業が不当に安い価格で輸出することを可能にしているのは、日本における外国製品の価格競争力を阻害している要因があるからである。また、新規参入者の機会を制限する長期的な供給、取引関係、流通システムの非効率性等の公的でない貿易障壁が価格形成の阻害要因となっている。

「排他的取引慣行」

日本における外国企業に対する排他的行為の多くは、日本政府の政策と行政から生じている。また、知的所有権に関する日本での扱いにおいて、外国企業は、特許の承認が際立って遅らされている。また、特許がオリジナルとちょっとでも違うと、日本企業はすぐ出願する。これは外国の特許所有者に対して、クロスライセンス契約を結ぶか、費用のかさむ法廷闘争に持ち込むかのいずれかの選択を迫るねらいである。

公共事業の入札の運用ではアメリカ企業は日本市場から締め出されている。

日本における独占禁止法の運用は、欧米のそれに比べて活発なものとはとても言えない。

右に要約した要求は一部はもっともであるが、多くはかなりに思いつきの域を出ないようにみえる。右の中、知的所有権に関する文章は、個人的興味から要約せず、全文を引用したが、翻訳が拙く、理解しにくいといった理由で翻訳を訂正するため審査が遅れる、といった事例はあっても、外国人の出願について差別的に遅らせていた事実はなかった。最終報告にみられるように、日本政府は五年以内に、全般的に三年一ヵ月かかっていた審査処理期間を二年以内に終了するよう、合意したのであった。

この後段も私個人としては興味ふかい。アメリカ企業等の外国企業が発明した基本特許に改良を加え、消費者が使いやすいように工夫するのは日本企業の得意とするところであり、こうした改良品は消費者に歓迎されるから基本特許の権利者もクロスライセンス契約により、改良発明を実施せざるをえなくなる。こうした事態に苦情を述べているわけだが、最終報告では、もちろん、こうした問題は採り上げられていない。

その後平成二（一九九〇）年一月、ベルンにおける日米構造協議において、アメリカは二百項目を越す要求を提出した。『日米の衝突』はこれを見た「日本政府関係者の一人は、まさしくこれはアメリカの第二の占領政策だと表現した」という。同書が掲げている二百項目余のうちの主なものは次のとおりである。

「▼公共投資支出をGNP（国際総生産）比一〇%にすること。

▼公共投資配分の重点を住宅等、都市インフラ整備へシフトすること。

▼CD（現金自動支払機）を二四時間、利用できるようにすること。

▼銀行系カードに分割払い機能を付与すること。

▼土地売却益に対する課税を軽減すること。
▼都市農地に対する課税猶予を廃止すること。
▼借地・借家法を改正すること。
▼中部新空港の建設を即時に決定すること。
▼大店法を将来の一定時期に廃止すること。
▼大規模店が輸入品を扱う場合は店舗の拡大を即時許可すること。
▼検察庁に談合を専門とするセクションを設置すること。
▼独禁法改正により課徴金を大幅に増額すること。
▼政府の審議会や研究会に公正取引委員会の代表を出席させること。
▼銀行による株の保有を現在の五％から二％にすること。
▼外国からの投資について、自国内の事業経営に影響が出るとの理由で審査している規制を撤廃すること。」

さて、六月に決着した日米構造協議について『日米の衝突』は「最終報告における主なポイントは以下のとおりである」と記し、次の諸点を挙げている。

「▼公共投資は下水道や公園など、いわゆる生活関連分野に重点を置き、社会資本の整備を着実に進めていく。向こう一〇年間の投資総額を過去一〇年間の一・五倍を超える、四三〇兆円とする。また、ＪＲ、ＮＴＴなどの設備投資について、公共投資に準ずるものとして、二五兆円を見込む。
▼特許審査期間の短縮については、審査官の増員や事務処理のコンピューター化などにより現在三年一か月かかっている期間を、五年以内に二年に短縮する。
▼外国製品の輸入を一層拡大するため、現在、総理大臣直属の機関として設けられている貿易会議の下に、外国企業の関係者をメンバーに加えた「輸入協議会」を新たに設置する。
▼大店法（大規模小売店舗法）の緩和については、出店計画の表明から実際の出店までの調整期間を、一年程度に短縮するための法改正案を、次の通常国会に提出する。
▼違法な談合やカルテルを行った企業に対して、罰則を強化するため、課徴金の引き上げ幅を明記した、独占禁止法の改正案を次の通常国会に提出する。
▼最終報告に盛り込まれた内容で着実に実施されているかを点検する、フォローアップ会合を開く。会合は最初の一年間は三回、その後は年二回開催し、報告書を作成する。」
恥ずかしいことだが、借地、借家法の改正による定期借地権、定期借家権も日米構造協議の結果、制定されたことを、私はいま日米構造協議の最終報告ではじめて知ったのであった。従来、借地法、借家法は、敗戦後、わが国の裁判所は、借地、借家が極度に逼迫していた事情から、借地人、借家人にきわめて有利に解釈、判断し、そうした判例が高度成長の後になっても墨守されていた。たとえば、借地人が存在する土地を売買したばあい、借地人に土地価格の六〇％ないし七〇％の権利があるので、地主が売買代金の三〇％ないし四〇％を、借地人が六

〇%ないし七〇%を受け取るのが通例である、などといわれていた。これは時代の変化よりも判例を重視する裁判所の愚昧さによるものだが、これが日米構造協議により当然のかたちになったのだといってよい。現在では借地、借家にさいしては、定期借地権、定期借家権の契約を締結することが通常になっており、借地人、借家人は定められた期間以上にいかなる権利も持っていない。

日米構造協議によるアメリカ政府の要求はすさまじい内政干渉という感がつよい。この結果、私たちの社会における生活様式は大きく変化したことは間違いない。たとえば、私たちの日常生活に欠くことのできない施設であるATMも日米構造協議の結果であることもその一例である。これが日米構造協議の結果であることを知ると、あながち日米構造協議におけるアメリカの要求は「第二の占領政策」というのは妥当ではないのかもしれない。ただ、借地借家法の改正にもみられるとおり、日米構造協議が望ましい改革を含んでいたことは事実であり、それぞれを検討すると当否は必ずしも同じではないが、「第二の占領政策」というにふさわしい、わが国の社会の変革をもたらしたことは事実である。

日米構造協議における最大の問題は大店法の改正であった。それまで零細小売業者保護のため、百貨店、スーパーマーケット等の出店や営業について種々の規制がかけられていた。百貨店の週一日の休日とか営業時間の制限などがその例である。アメリカが大店法の廃止を要求したのは玩具の量販店「トイザらス」等の日本市場進出を可能にするためであったといわれるが、私たちにとっては「トイザらス」よりも百貨店やスーパーマーケットの営業の規制緩和の方がはるかに大きな影響をうけているのではないか。

百貨店もスーパーマーケットも競争激甚なようだが、そうした競争の余波として零細小売店は廃業を余儀なくされているばあいが多い。私の娘は、秋になってさんまを注文するとその場で炭火で焼いて売ってくれる魚屋と懇意にしているが、スーパーマーケット等にはそうした人間的なつながりは求められない。私の友人のばあい、近くにスーパーマーケットが出店したため、近所の商店街が消えた。やがて、もっと遠くに、それまでのスーパーマーケットよりも大規模で強力なスーパーマーケットが出店し、近くにあったスーパーマーケットは閉店に追い込まれた。おかげで買物は遠くのスーパーマーケットまで出かけなければならなくなった。これも大店法廃止の余波だが、零細小売店が消えていくのは後継者がいないばあいも多いようだが、大店法の改正がいわゆる商店街の消滅に拍車をかけたことは否定できないであろう。

そこで、拙作「片瀬の山の上で」に戻ると、日米構造協議は、中間報告の段階で、すさまじい内政干渉のように感じていたが、理解できる限度で、私たちが中間報告を批判しても、所詮は無力であり、空しく、私たちが話し合うこと自体が愚かしいとしか思われなかった。

この当時、私は「レゴ」という組立玩具の企業の日本の子会社であるレゴ・ジャパンという会社の無報酬、形式的な社長をつとめていた。K・K・クリスチャンセンという創立者の孫にあたる方が本社を経営していたが、彼は個人としてはデンマーク随一の資産家ということであった。そんな関係で、デンマークのビルントという町にあるレゴの本社を訪ねたことがある。訪問すると、K・K・クリスチャンセン夫妻をはじめ二、三の役員夫妻がレゴランド内のホテルで晩餐会を催してくれたが、K・K・クリスチャンセンも往復とも自分で自動車を運転し、運転手を雇っていなかった。ヨーロッパの金持はそんなものか、と感心したが、必ずしも彼のような人ばかりではないかもしれない。無報酬の社長をひきうけたのは、それなりの経緯があったのだが、記すほどのことではない。形式的な社長だったが、一月に一度くらいは日本駐在のデンマーク人の社員が営業報告や意見を求めに私の事務所に訪ねてきた。ちょうど大店法が廃止され、「トイザらス」が次々に出店しはじめた時期であった。「トイザらス」が一店新規出店すると、ほぼ一ヵ月の売上目標の全額を達成できる、とデンマーク人社員は話していた。それほどすさまじい大量仕入、大量販売であった。レゴ・ジャパンは値引きしない方針だったが、「トイザらス」には若干の値引きをしていたのではないか。イトーヨーカ堂その他多数の玩具取扱店とも取引していたが、「トイザらス」の出店はそれほどに強烈なインパクトをもっていた。その「トイザらス」のアメリカの本社が平成三〇（二〇一八）年三月、会社更生法に相当するチャプターイレブンといわれる手続を申立てたものの、結局買手がつかず、破産手続に移行したという。倒産した理由はアマゾンのインターネット通信販売競争に敗れたためという。日本では店舗数一六〇を超える営業を継続しているようだが、事情は知らない。日本でもインターネット通販との競争は熾烈にちがいない。K・K・クリスチャンセンは事業に失敗し、経営は専門家に任せたいといって引退した。依然として、たぶん大株主の筆頭にとどまっていると思われるが、それ以後、私も名目的な社長を辞め、いまはまったくレゴとは縁がない。

＊

私が『現代詩手帖』九月号に発表した「丸の内仲通り」に次の一節がある。

東ドイツマルクの終焉の日に近く、
サッカーのワールドカップの決勝に近く、
秋篠宮とよぶことになった青年の婚儀に近く、
ヒューストン・サミットの政治経済宣言に近く、
ソビエト共産党第二八回大会の閉幕に近く、
私は疲れている、私は疲れて歩いている。

同じ詩に次の一節もある。

私はもう憤ること、驚くことに倦いている。
世界の未来はマラドーナの涙ほどにも

私の心を動かさない、私が悲しむのは
トロントから届いたただ一通の訃報だけだ。

中村眞一郎さんから、詩集『浮泛漂蕩』について、「きみ、あんな新聞の見出しを並べたような詩を書くのは感心しないな」と言われたことがある。たしかに新聞の見出しのように言葉が粗雑かもしれないが、私は、時代と私との関係を詩という形式で表現したいと思っていた。それ故、中村眞一郎さんの批判であっても、私は忠告を無視していた。

さて五月一八日、ボンにおいて東西ドイツ両政府の間で「通貨・経済・社会同盟の設立に関する条約」が署名された。『神のマントが翻るとき』によれば「個人の貯蓄については年齢に応じて上限が設けられたものの、原則として1対1の交換が認められ、賃金、家賃、奨学金、年金などについても交換レートは1対1に定められた。条約発効日は、7月1日と定められた」。同書はこの条約の署名前「1990年1月1日以降、交換レートは1DMに対し3東マルクに決められていたが、コール首相をはじめ西側CDU関係者は、東ドイツ総選挙に際しての遊説において、東ドイツ市民の貯蓄については原則として1対1で交換する印象を与えていた」という。1対1の交換は大きなインフレや失業をもたらすものと懸念されていたのだが、明らかにコールらは東ドイツ市民の歓心を買うために、こうした遊説を行い、東西ドイツ統一の足場をつくったのであった。こうして東ドイツマルクが消えることは私たちにとっても、東西ドイツの将来を予測する上で、大きな関心であった。

このころ、サッカーのワールドカップ決勝で、マラドーナを擁するアルゼンチンが西ドイツに敗れ、マラドーナが号泣したと伝えられた。ワールドカップにも関心はふかかったが、国際情勢の未来への不安や無力感に私はさいなまれていた。それに、マラドーナはペレ以来の名手といわれていたが、ペレと違って、天才と悪魔が同居した人格、といった評判が高かったので、マラドーナの涙に心を動かされなかったのだとも思われる。

ソ連において人民代議大会が開かれたのは三月一二日であり、翌一三日には大統領制を導入、私的所有権の大幅な拡大等を定めた憲法改正を行い、一五日には、ゴルバチョフを大統領に選任、ソ連の中心的存在であるロシア共和国までもが主権宣言をするに至った。東ヨーロッパ諸国の社会主義体制の崩壊にひき続き、ソ連邦の解体も間近なのではないか、と予感させた。

私は疲労していた。むしろ揺れ動いてやまぬ世界情勢のために精神的に疲れていた。その当時、トロント在住の旧くからの年長の友人、敬愛するアラン・スワビーさんの訃報に接した。当時これほど私の心に痛切に響いた情報は他になかった。スワビーさんについては、私は別に記したので、これ以上くりかえさない。

＊

この年一〇月、株価が二万円を割り、バブルが崩壊した。バブルは株式市場と土地相場だけに起こった。株式のバブル崩壊は私には無縁だったが、土地相場の暴落については、直接的にはいかなる損得もないが、他人事とは思われない。というのは、私の住む大宮の市街地の処々方々に広大な、しかも中途半端な空地を、その後三〇年を経たいまも、日々目にしているからである。大宮の商業地域や市街地も、しきりに土地が買いあさられた。千平方メートル、二千平方メートルの土地に常識はずれの値段がついた。それでも、そうした地域でも数軒の地主が土地を手放さなかった。そのため、虫くい状態で、そうした土地が放置されることとなり、一部は駐車場などに利用されているものの、多くは活用できないままに見捨てられている。私はそうした無残な土地を日々目にし、買いあさって地上げした買主は暴落により大損をしたろう、などと思うのだが、誰も空地をどう活用するか、といった知恵はないようである。大損をしたのは地上げした買主だけではあるまい。土地を担保に貸付をした銀行等も大損をしたであろう。そうした損失は、一部は地上げした大企業や銀行、信用組合等の倒産により清算されたにせよ、平成三〇年余の間の景気の低迷の間、どのように処理されたか、私は知らない。私はこうして見捨てられた土地は憐れだ、と感じるが、それ以上の見識はない。

＊

東西ドイツの統一条約は八月三一日に調印、一〇月三日に発効した。このこと自体は予期したことで、何ら驚くべき事件ではなかった。それでも、私は『現代詩手帖』一九九一年一月号に発表した「バルセロナ・グエル公園」中、次の一節を書いた。

今日ヨーロッパから消えたひとつの国家、
ある思想が私たちの支配を試みた数十年、
その苛烈な実験の終焉のとき。
――国家とはついに虚構にすぎないか?

私が亡妻と同行して国際知的財産保護協会(AIPPI)の会合に出席するためバルセロナを訪れたのは九月下旬であった。まさに東ドイツという国家の終焉の時期であった。私は国家という機構がじつに儚いものだという思いをつよくしていた。また、社会主義という思想による実験の破綻によって、人類はどこにも理想を見出せなくなったかのように感じていた。

そのころ私はかつてごく若いころ一応の面識はあったものの交友関係はなかった勅使河原宏さんと再会し、草月会の相談にのるようになったのだが、その勅使河原宏さんに『アントニー・ガウディー』というドキュメンタリー映画がある。勅使河原宏さんのガウディにうちこむ情熱と愛情にあふれた傑作であり、それこそ嘗めるようにバルセロナにおけるガウディの足跡を描いていた。武満徹の音楽も美しかった。バルセロナではホテルで食べたパエリヤがひどく美味であった。一人前を頼むと夫婦二人で充分な量があった。この会合には毎晩何らかの催しがあったが、私たちはすべて欠席、毎晩パエリヤを堪能していた。もう一度あのパエリヤを味わいたいと思うが、その機会がありえないことは承知しているつもりである。

東西ドイツ統一にさいし、解決しなければならなかった問題はソ連との関係であった。ふたたび『神のマントの翻るとき』から引用する。

「東ドイツには約37万人のソ連軍人（家族や軍属を含めると100万人以上のソ連関係者）が駐留していたが、この駐留ソ連軍に対する財政措置を内容とする経過条約は、ソ連軍の駐留及び撤退経費の支援、ソ連兵のソ連における再配置のための財政支援（ソ連における住宅建設、再教育等）などを定めるものであった。」「西ドイツ側は、駐留費用、撤退費用、住宅建設などの費用は、基本的にはソ連側が負担すべきものであると主張していた。」

交渉経緯は省略する。

「9月10日、コール首相は、再度ゴルバチョフ大統領と電話で会談し、統一ドイツ政府が4年間で120億DMを負担すること及びこれに加えて30億DMの無利子借款を供与することを提案した。このコール首相の提案により、最後の大きなハードルとなったソ連軍の駐留、撤退等の財政面に係わる問題は、ようやく解決を見た（この条約は、ドイツ統一後の10月9日にソ連と統一ドイツの間で署名された）。

遅くとも1994年までのソ連軍の撤退及びドイツに駐留する間のソ連軍の地位を定める「ソ連軍の期限付き駐留の条件及び計画的撤退の態様に関する条約」も、9月26日に原則的に合意された（署名は、10月12日に行われた）。」

ソ連の要求はずいぶん虫の良いように見えるが、日米地位協定によるアメリカ軍の駐日からみれば、その寛容さに私たちは注目すべきだろう。

なお、個人的体験をつけ加えると、東西統一後しばらく、西ドイツ市民の旧東ドイツ市民に対する侮辱的、差別的態度はかなりに烈しかった。それこそ、会う人ごとに、彼らは怠け者で、働くことを知らない、という声を旧西ドイツの人々から聞いた。逆に、貧しい旧東ドイツの市民は、西ドイツの生活は厳しい、情容赦《なさけようしゃ》もない処遇だ、と嘆いている、といった噂を聞いたことがある。

メルケルの長期政権の後の今日ではどうなのか。いまでも旧東ドイツ市民に対して厳しく冷たい眼が注がれていることに変りはない、とも聞くのだが、いまの私には確かめるすべはない。

3

イラクがクウェイトに侵攻したのが平成二（一九九〇）年八月二日であった。一九八八年八月、八年間にわたったイラン・イラク戦争がイランの申入れにより終り、イラクでは約百万人ともいわれる兵士が前線から帰還したが、彼らには職場がなかった。戦争中の人手不足はエジプト、チュニジアなどからの出稼ぎ労働者や女性の進出により埋められていた。戦費のため債務は一千億ドルに達していた。イラクの通貨ディナール（ＩＤ）は、八〇年代半ばまで一ＩＤ＝三・二七ドルに固定されていたが、戦争末期には一ＩＤ＝一ドル程度に下落、輸入品の価格は高騰した。

こうした状況下でサダム・フセインは「石油価格の引き上げを呼びかけ」「サウジアラビアもこれを支持、ＯＰＥＣ全体がイラクの希望に副う方向にあった。にもかかわらず、クウェイトとアラブ首長国連邦は低価格増産路線を続け、遂に価格破壊をもたらした」（酒井啓子『イラクとアメリカ』、以下「クウェイト」「クウェート」の表記は引用文中であっても、すべてクウェイトに統一する）。「これによって、外貨収入の九〇パーセントを原油に依存しているイラクは年間七十億ドルの減収となった。債務の利子返済分も七十億ドルに達した。まさに窒息状態だった」（ピエール・サリンジャー他『湾岸戦争――隠された真実』、以下サリンジャー他『湾岸戦争』という）。サリンジャー他『湾岸戦争』は次のとおり続けている。

「イラクとクウェイトほど異なる国を想像することは難しい。イラクでは、権力と力の夢にとりつかれた独裁者である一人の男にすべての権力が集中している。窮乏状態にある人口千八百万人を抱えた厳しいイラクに対して、クウェイトは富と豊かさの小天地だった。支配者であるサバハ一族は閣僚ポストなど、地位、影響力、利益を分け合っていた。クウェイトの対外投資は実に一千億ドル以上に達し、毎年石油収入を上回る六十億ドル以上の収入をもたらしていた。その恩恵を受けるのはクウェイトの市民権を持つ七十万人の人々であり、この国の経済を動かしている移民労働者――パレスチナ人、フィリピン人、パキスタン人、エジプト人――はわずかなかけらを手にするだけだった。」

こうした情勢の下でクウェイトの低価格政策はイラクに対する挑発ともみられるものであった。このイラクによるクウェイト侵攻の八日前、駐イラクのアメリカ大使グラスビー女史は「アメリカはアラブ諸国同士の紛争には関心がない」とサダム・フセインに語った、といわれる（酒井啓子『イラクとアメリカ』）。これがアメリカがイラクにしかけた罠だったのか、どうかについては諸説あるようだが、サダム・フセインにクウェイト侵攻を決意させた一因になったことは間違いあるまい。彼は何としても情勢を打開しなければならぬ状態に追い込まれていた。

私の記憶では、イラクはアラブ諸民族のためにペルシャ人の国イランと八年間戦い、アラブを防衛したのだから、サウジアラビアやクウェイト等はイラクの債務一千億ドルの中、せめて百億ドルほどはイラクを援助すべきだとサダム・フセインが主張したのに対し、クウェイトはあり余る資産を持ちながら、五億ドルくらいまでなら援助してあげよう、と回答したという。ただし、この私の記憶を裏づける資料は手許に見当たらない。サリンジャー他『湾岸戦争』によれば、イラク代表が「百億ドルの要求を持ち出し、無償供与が不可能ならば借款でもよいと付け加えた。長いやりとりが続いた後、皇太子は九十億ドルの借款供与に同意した。残る十億ドルを拒否したことは、侮辱の意思を示すものとイラク側には感じられた」。そこで、イラク代表は、百億ドル以下で合意することにはサダム・フセイン大統領の同意を得ていない、と答えて交渉は決裂したという。十億ドル値切ったのは嫌がらせにすぎない。私はイラク、クウェイト間の紛争ないしイラクのクウェイト侵攻はエゴイズムの衝突だと感じていた。

そもそも、単純化していえば、クウェイトはオスマン・トルコ帝国の統治下ではイラクのバスラを中心都市とする地域の一部であった。オスマン・トルコ帝国の没落にさいし、英国がクウェイトをバスラを中心とする地域の統治からきりはなして保護領とし、これがサバハ首長一族支配の独立国となった。こうした経緯からイラクにはもともとクウェイトはイラクの一部であるべきだという意識がつよかったといわれている。

「さらにイラクは、九〇年七月後半になると「クウェイトがイラク南部のルメイラ油田を盗掘している」という疑惑まで持ち出して、クウェイト糾弾の手を強めた。だが肝心のクウェイトは七月二一日になってもなお、「イラクとの問題は夏の雲のようなもの」と軽く受け流した。ここに来て、イラクは軍をクウェイト国境に南下させながら軍事圧力を強め、クウェイトとの直接交渉に臨んだ。（中略）イラクの軍事行動は止まらず、三〇日には十万規模の部隊が国境に結集した。その圧倒的な力を背景に、翌日イラクはサウジアラビアの仲介でクウェイトの代表団とサウジ西部のジェッダで会談したが、調停は失敗、交渉は決裂する。

交渉団がイラクに戻ると同時に、国境に張り付いていたイラク軍はそのままクウェイト領内になだれ込み、わずか八時間余でクウェイトを占領した。

八月二日未明、湾岸危機の発生である。」

以上は酒井啓子『イラクとアメリカ』からの引用である。

*

イラクがクウェイトに侵攻したとき、「国際社会は、各国とも即座に非難声明を発出してクウェイトとイラクの資産を凍結した。特にアメリカは、侵攻直後に空母インディペンデンスをペルシャ湾に急派させ、六日のファハド国王・チェイニー国防長官間会談でなされたサウジアラビアの要請に応じて、サウジ防衛のために米兵を派遣することを決定した」と酒井啓子『イラクとアメリカ』は記している。サウジ防衛とはいいかえればサウジアラビアにおけるアメリカの石油に関する利権防衛と同義である。また、同書は「ソ連が予想以上に対米協調姿勢を取ったことで、アメリカの迅速な動きが可能となった」と記し、「対イラク経済制裁が六六一号ということは、国連の発足後五〇年以上の間に採択された決議が六六一件しかなかったということだが、制裁決議から八カ月後にイラクが受諾した停戦決議は六八七号、つまりその八カ月の間に二六もの決議が全ての安保理常任理事国の賛成によって採択された、ということになる」と書いている。

「砂漠の嵐（デザート・ストーム）作戦」と名付けられたイラク攻撃は平成三（一九九一）年一月一七日に開始された。朝日新聞外報部編『ドキュメント 湾岸戦争の二百十一日』は経時的に湾岸戦争の経過を記述しているが、興味ふかい記事だけをさしあたり一つ抄記する。

「ロンドン91・1・21」と記された「電子技術駆使する多国籍軍」に次の記述がある。

「バグダッド市内のホテルにいた英国BBC放送の記者は十七日の多国籍軍の攻撃直後、高度十数メートルを保ちながら道路の上を真っすぐに進むミサイルを目撃した。米国が初めて実戦に使用した巡航ミサイル「トマホーク」だった。

トマホークは、地形の変化にあわせて上昇、下降し、障害物を避けながら地をはうように進むので、レーダーで捕らえるのが難しい。先端部に搭載したコンピューターが、事前に記憶した攻撃目標の位置データを参照して進路を計算、修正して進む「考えるミサイル」だ。イラクの戦略拠点を効果的に破壊したといわれる。」

「レーダー無力化に効果を上げたものに、英独伊共同開発の戦闘機「トルネード」から発射された対レーダー用ミサイル「アラート（ALART）」がある。このミサイルに搭載されたコンピューターには、イラクのレーダーが使うと想定される周波数が何種類も入力されており、発射されたミサイルは、レーダー基地からある周波数を頼りにレーダーを探し出して攻撃する。」

「トルネードには「JP233」という新型爆弾も搭載された。一発百万ポンド（約二億六千万円）のこの爆弾は、小型爆弾をばらまいて飛行場をじゅうたん爆撃する。地上に落下してすぐ爆発する種類のほか、何時間か後になって爆発するようにセットされている種類もあり、飛行場の修復を困難にさせる。」

一月二四日には、前年秋に拠出した二〇億ドルに加え、九〇億ドルの追加拠出を日本政府は決めている。実質的にこの決定をしたのは海部首相ではなく、小沢一郎自民党幹事長であるという噂の高い拠出であった。

こうした高度に発達した殺人機器の前にイラクは敵すべくもなかった。二月二六日には多国籍軍がクウェイト市解放、同日サダム・フセインは実質的に敗北宣言をし、ブッシュ大統領は全面降伏を勧告した。

ここで注意しておきたい問題が三点ある。

第一はサダム・フセインが主張したとされるリンケージ論である。フセインは、何故国連決議に違反してイスラエルは占領地から撤退しないのに、イラクだけがクウェイトから撤退を求められるのか、と主張し、クウェイト占領をイスラエルの占領地から撤退しないことと結びつけ（リンケージ）て、正当化しようとしたことである。アメリカをはじめ、多国籍軍を構成した諸国はイスラエルに気がねして、サダム・フセインの主張にまったく耳を貸さなかったが、これは明らかなダブル・スタンダードである。ベルリンの壁開放記念コンサートに関連して、すでに記したが、優れた指揮者であり、ピアニストであるダニエル・バレンボイムは、ロシア生れの両親をもつアルゼンチン育ちのユダヤ人だが、占領地から撤去することなく、入植を強行しているイスラエル政府を厳しく批判し、倫理的に退廃していると非難した。私にはバレンボイムのような人物こそがユダヤ人の良心だと思われる。

第二に日本政府の対応である。当初一〇億ドル、次いで二〇億ドル、平成三（一九九一）年一月に入って第三次財政支援として九〇億ドルを支援し、湾岸戦争終了後、掃海艇をペルシャ湾に派遣し、機雷処理に協力することとした。宮下明聡『ハンドブック 戦後日本外交史』は次のとおり記述している。

「国際貢献で日本が当時最も得意とした財政支援においても、サウジアラビア、クウェイトに次ぐ第三位の支援額を供与したにもかかわらず、“Too Little, Too Late”と批判された。戦争終結後にクウェイト政府が米紙『ワシントン・ポスト』などに掲載した感謝広告には日本の名前がなかった。」

ただし、私の理解した限りでは日本が拠出した一二〇億ドルの九五%かそこらはアメリカの戦費に充てられ、クウェイトにはほんの些細な額しか渡らなかった。それ故、日本の拠出金の大部分をアメリカに掠めとられたクウェイトが日本に感謝の意を表しなかったのは当然であった。引用を続ける。

「だが、ある意味でこれらは仕方のないことだった。湾岸戦争は戦後日本が依拠してきた「一国平和主義」の妥当性を根本から問う出来事だったのであり、政府を含め大多数の日本人はこの問いに即座に答えを出すことができなかった。外務事務次官の栗山が回顧するように、「この戦争は、日本にその戦後外交のあり方を根底から問い直すことを余儀なくさせた」ものだったのである。

だが、この戦争を契機として日本の政治外交は徐々に変化を見せ始める。九二年には、「国際連合平和維持活動等に対する協力に関する法律」（PKO協力法）が成立し、同年九月に自衛隊がカンボジアに派遣された。」

以下は略すが、湾岸戦争は自衛隊の活動範囲ないしその本質を大きく変質させる契機となった。私見を付け加えるならば、イラクのクウェイト侵攻は両国のエゴイズムの衝突にすぎないし、アメリカを湾岸戦争にふみきらせたのはサウジアラビア防衛、いいかえればサウジアラビアにおける石油利権の防衛のためであり、英国の参戦もアラブにおける利権の防衛のためであった。日本が湾岸戦争に参戦したり、財政的支援をしたりする正当性はなかった。わが国がアメリカの従属的立場にあるために追随し、それでもなおアメリカを初めとする国際社会の満足をえられず、自衛隊の変質を余儀なくさせるに至ったのは、そうした国際関係に由来する。慨嘆にたえないが、これがわが国の国際的位置と思って諦める他ない。

第三は、多国籍軍を構成した諸国のイラクに対する武器輸出である。サリンジャー他『湾岸戦争』に「イラクに対する非通常兵器型軍需物資供給企業リスト」という一覧表が含まれている。目立つほどの数の企業を持つ国をあげると、アメリカ一八社、オーストリア一七社、フランス一六社、イタリア一二社、英国一八社だが、それに加えてドイツ八六社がとびぬけて多い。この一覧表の中「生細」とは生物細菌兵器、「化」とは化学兵器、「ミ」とはミサイル等、「核」とは「核兵器」等だが、ドイツは生物細菌兵器をふくめ、多くの化学兵器、ミサイル関連兵器、核兵器等、あらゆる武器をイラクに供給していた。英米、フランス等にしても生物細菌兵器を除けば、あらゆる種類の武器をイラクに供給していた。これら「死の商人」というべき企業はこうした先進国企業に限られており、これらの兵器が対イラン戦争やクルド人との戦争に用いられ、それらの購入費が一千億ドルといわれるイラクの債務の相当部分を占めたのであった。

なお、この一覧表はケネス・ティンマーマンがパリ所長をつとめるMEDNEWSが実施した調査に基づく、と前掲書に記載され、企業名、国名、供与武器の略号、内容が記されており、一応どういう名称の、どこの国に属する企業が何を供給したかを記しているが、企業の所在地、武器の詳細は必ずしも明らかではない。

『ドキュメント 湾岸戦争の二百十一日』に中東派遣米軍のノーマン・シュワルツコフ司令官の談話が「リヤド91・3・1」で収められているが、次の一節がある。

「イラクがなぜ化学兵器を使わなかったかはわからない。神に感謝する。ただ、推測すれば、まず、火砲の破壊が挙げられる。イラクが化学兵器を発射する場合、火砲あるいは航空機を使っただろう。われわれはイラクの火砲を激しく爆撃したし、また、航空機についてはご承知のとおりだ。」

化学兵器、核兵器等をイラクに売り込んでいた先進諸国の「死の商人」たちを、そして彼らがイラクにこうした兵器を供給することを知らなかったはずがない先進諸国の指導者たちを私は嫌悪し、憎悪している。

私は湾岸戦争を契機に、「しめやかな潮騒」と題する詩を書き、三月『読売新聞』夕刊に発表した。十四行詩の全文を次に引用する。

耳底にかすかに鳴っているしめやかな潮騒、
貝殻をひろいながら見遣っていた日没、
突然藍色の波を焦がした黄金の果実、
漆黒の闇ふかく沈んだ私たちの語らい。

愛といい、正義という、不毛の観念に翻弄され、
誰もたがいに呼びあわず顔をそむけていた、
痛みを分かちあうこともなくただ他人を責めていた、
ひたひたととめどなく押し寄せてる死者の群。

暮れかかる砂漠の廃市、汚濁した海、
汲みあげても汲みあげても尽きぬ死者の悲しみ、
きみたち死者の記憶にもあの黄金の果実があるか。

はるかに天をつんざく雷鳴、耳底にはしめやかな潮騒、
内湾に嗚咽してやまぬ死者たちの憤慨。
雷鳴よ、私たちはもっと寛容でありえたか。

右の作には「押韻詩の試み」と付している。第一連についていえば、第一行、第四行の行末を「い」、第二行、第三行の行末を「つ」と揃えているが、それだけでなく、第一の行末の「潮騒」の語尾 sai をうけて、第二行に「貝殻」と kai とうける、いわば尻取り韻を試みている。全篇こうした押韻で一貫している。私はかねて日本語の詩において押韻により朗読したばあいに

耳に残る美しさを表現できないものか、と考えてこの作を試み、この後にも『未完のフーガ』と題した私家版詩集（後に『新輯・幻花抄』に収録）に一〇篇の同様の押韻詩を平成六（一九九四）年から平成七（一九九五）年にかけて試みて収めているが、残念なことに、押韻効果はないにひとしい。私の未熟のせいかもしれないが、やはり日本語の五音七音を基本とする音数律が私たちの耳に快く響くのかもしれない。しかし機会があれば今後も押韻詩を試みたいと思っている。

右の作品についていえば、イメージが混乱しており、まことに拙い。正義というような不毛な観念に翻弄されて、ペルシャ湾岸で無辜の兵士、市民が死んでいくことを、遠く穏やかな潮騒を聴きながら悼んでいる、といった趣旨である。ちなみにネーバル・インスティチュート（アメリカ海軍学会）版、ノーマン・フリードマン『湾岸戦争——砂漠の勝利』はイラク軍の兵士の戦死者は五万ないし十万としているが、市民の死者は記していない。酒井啓子『イラクとアメリカ』では「兵士、民間人合わせて十万人前後という説もある」という。なお、前掲フリードマンの著書には連合軍兵士の死者は一四七名にすぎないと記されている。

同月の『文藝春秋』に「大洪水」（後に「洪水の前」と改題）を発表した。

鋏や鍋が私たちの文明であった時代、
祖父たちは確実に文明を支配していた。
私たちの文明は日に日に肥大し続け、

私たちはますます矮小になり、
私たちは人工湖の堰堤の下にうごめく蟻の群に似ている。
じきにダムが決潰する、としきりに警鐘が鳴っているのだが、
誰も箱舟を作ろうとはしない。
ただ鬱々と手を拱いて大洪水の到来を待っている
ある文明のたそがれどき。

私は当時から原子力をはじめとする科学技術に依存する現代文明が必ずしも技術を制御できないのではないかと危惧し、またグローバルな金融規制の自由化により資本主義体制も制御できなくなっていくのではないか、と危惧していた。

＊

平和な話題に変えて一息つくことにする。平成三（一九九一）年五月、千代の富士が初日に貴花田との激闘の末敗れた。ここで引退したように憶えていたが、調べてみると、二日目に板井に勝ち、三日目に貴闘力に敗れて引退したのであった。

引退の記者会見における千代の富士の「体力の限界、気力の限界」と声を詰まらせ、声を絞るように語ったときには、私は涙ぐむ思いであった。千代の富士は比較的小柄だが強靭に肉体

を鍛え上げ鋼鉄の鞭のように強く、しなやかで、取口が鮮やかであった。私はかなりの相撲好きである。私が帰宅する時刻には相撲放送は終っているので、結果を気にする私のために、亡妻は場所中、新聞の番組表に勝負のしるしを付けることを習慣にしていた。

ただ貴花田が二代目貴乃花となって、相撲の世界も世代交代があり、貴乃花の昇り坂から全盛の時代には私は貴乃花のファンになった。そういう意味で私はミーハー族の一人である。

ただ二、三の感想を加えれば、両国国技館の桟敷席は四人で座るには余りに狭い。むしろ椅子席にすべきだろう。また、相撲茶屋は番号で区別されているが、どの茶屋でも持ちきれないほどの土産を抱き合せ販売している。公益法人であれば、こうした抱き合せ販売は、公正取引委員会の注意、警告を受けるまでもなく、自粛すべきだろう。それに力士のシコ名があまりに恣意的である。たとえばいまの理事長八角は現役時代のシコ名は北勝海だったはずだが、「勝」に「タ」とよむことまではありうる（たとえば、杜甫『春望詩』に「渾欲不勝簪」（すべてサンにたえざらんとす）とある）が、「ト」と読むことはありえないと思われる。引退したが日馬富士の日をハルと読ませるのは日本語を乱すだけある。阿炎と書いてアビと読ませるのもすこぶる感心しない。もっといえば、場所数が多すぎて怪我をすると治癒するだけの時間がない。私の少年時代、双葉山の時代は年二場所であり、大阪場所などは巡業の場所であった。私の記憶では双葉山が六九連勝した当初は一場所が一〇日か一二日だったのではないか。

私は場所数を減らしても、相撲茶屋を廃止し、抱き合せ販売を止め、多少ゆったりした椅子席にし、観覧券を二、三割値上げしたら採算がとれるはずだと考えている。

＊

この年一二月、マーストリヒト条約が締結され、八〇年代から巨大市場を形成していたヨーロッパ共同体（EC）がヨーロッパ連合（EU）に発展した。いったい、ヨーロッパ諸国はどこまで主権をEUに委ねられるのか、共通通貨ユーロの導入は後日になったとはいえ、私は懸念をもっていた。それでも、アメリカの一強体制よりも対立、対抗する巨大経済圏ができることは望ましいと思っていた。しかし、実情は世界経済はアメリカとかEUといった統治権を越えて、規制を緩和ないし廃止して、グローバルに展開してきたように見える。ただ、EUにより主権が制限されることに、サッチャー以来、イギリスでは反対がつよく、平成末期に英国のEU離脱問題がおこっていることをみても、私はEUの加盟諸国に対する締め付けにはかなりの無理があるのではないか、と感じている。

また、この年、ソ連にも大きな変化があった。松戸清裕『ソ連史』は「多民族の連邦国家であったソ連は一九九一年の後半から末にかけて、連邦を構成していた一五の「民族共和国」へと解体された」と記し、「ソ連解体」の項を次の文章で結んでいる。

「一九九一年一二月八日には、一九二二年に連邦を結成する条約に調印した四者のうちの三者、ロシア、ウクライナ、ベラルーシの首脳が会談し、一九二二年の連邦条約の無効と独立国家共同体（ＣＩＳ）の創設を宣言したことによって、情勢は連邦解体へと一気に動いた。カザフスタンなどは、この三国のみによるＣＩＳ創設宣言に反発を示したが、結局これに合流することを決め、一二月二一日にはバルト三国とグルジアを除く一一ヵ国がＣＩＳ結成で合意した。一二月二五日にはゴルバチョフがソ連大統領の職務停止を宣言するテレビ演説をおこなった。ソ連という国家は、連邦を構成していた共和国によって解体される形で消滅したのである。」

ソ連の東欧社会主義体制諸国に対する覇権が弱体化していることは気づいていたが、ソ連そのものが、これほど脆く解体するとは、暗愚にして、私は予想していなかった。社会主義は人類が抱いたある種の理想であったが、私たちはこの理想を実現できるほどに賢明ではなかった。ただ、社会主義が私たちの夢想にすぎなかったにしても、これに代って理想社会を夢みさせてくれる思想を私たちは持ち合わせていない。憧憬すべき社会を思い描くことができないまま、いま人類は漂流しているようにみえる。

＊

この年九月、潮出版社が刊行する『近代の詩人』一〇巻（別巻として『訳詩集』一巻）の編集、解説に中村眞一郎さんとともに協力するよう、加藤周一さんから依頼され、お引受けした。福永武彦さんがご存命であったなら、福永さんを含む三人で編集、解説をなさるはずだから、福永さんの代役として加藤さんが私を指名してくださったことを私はたいへんうれしく思った。

私は当初は三人を担当するはずだったが、最終的には、正岡子規、石川啄木、高村光太郎、宮沢賢治の四人を担当した。子規、啄木はそれまでつぶさに読んだことがなかったので、全作品を詳細に検討し、掲載する作品を選び、解説を執筆したことはきわめて有益であった。高村光太郎、宮沢賢治はそれまで読みつくしていると考えていたが、読み直し、考え直して、理解を深めることができたように感じた。このシリーズでは、だいぶ遅れて刊行された加藤さん編集、解説の『訳詩集』がきわめてすぐれた著述であった。これまで日本人が多く翻訳してきた欧米等の詩の翻訳から加藤さんの見識で選び、収録した、この翻訳詩集は出色のものであり、加藤さんの著述としても注目すべきものと私は考えているが、ほとんど世人の関心を呼んでいないことを私は残念でたまらない。

また一一月には新潮社から『束の間の幻影――銅版画家駒井哲郎の生涯』を出版した。私が『埼玉新聞』に連載していた「私のふるさと散歩」(『故園逍遥』と改題して福武書店から出版したことは前記のとおり)を平成二(一九九〇)年八月末で止めたのは、この駒井哲郎の伝記にとりかかりたいという気持が鬱勃《うつぼつ》とこみあげてくるのを抑えがたかったからであった。私は、私から申出て駒井の歿後刊行された版画集の年譜の執筆を担当し、そのさい、かなりの数の駒井の友人知人の話を聞き、相当数の聞き書きを作っていた。私はいつの日か、駒井の伝記を書きたいと念願していた。酩酊していないときは穏やかで行儀正しい良家の子弟であり紳士だったが、いったん酔いがまわると手のつけられない人物に変貌し悪口雑言、誰もがもてあました。日本橋の氷問屋の子息として生れ、育ち、「ひ」を「し」と発音するような下町訛りをもちながら、女中つきで山の手で成育したので、洗練された都会人の作法が身についていた。作品についていえば、一連の「樹」にみられるような静謐、高尚な作品群と「ジル・ドレ」のような悪魔的な、また自在に幻想を展開した「束の間の幻影」にみられるような作品群とのきわだった違いの作風をもつ作家であった。つきあって、これほど複雑な陰影をもつ魅力的な人物を私は他に知らなかった。前記した加藤周一、中村眞一郎のお二人も、また駒井を紹介してくれた安東次男も、私は尊敬していたし、それぞれ個性的に強烈な魅力をもっていたが、駒井ほどに複雑な陰影をもっていなかった。私は駒井美子夫人から日記類をお借りし、それまでに聞き書きを残していた方々をふくめ、多くの駒井の知人をお訪ねし、伝記を書き下した。新潮社に勤務していた伊藤貴和子さんが、その間、終始、私を励まし、私に協力し、出版にこぎつけてくださった。『故園逍遙』がいわば亡妻と私の共作だとすれば、この駒井哲郎伝はじつに多くの人々の助力、協力によって初めて出来上がったものであった。実際、絵画について基礎的素養に乏しい私がこうした伝記を書くことは私にとって大きな冒険であった。

同じ一一月、宮澤喜一内閣が成立した。宮澤首相が組閣前、小沢一郎自民党幹事長に挨拶に出向いたことが評判になった。小沢一郎は当時自民党随一の実力者であった。どういう政治的見識をもつか分らない、こうした人物が権力をもつ政界を私は嫌悪している。そのことは別として、私の昭和一九（一九四四）年に入学して以来の旧制一高の同級生林義郎がこの内閣で大蔵大臣に就任した。政治的見識や能力は別として、林は愛すべき人柄であり、いつも莞爾《かんじ》とした笑みをうかべて話しかける人物であった。昭和一九年四月、一高文科に入学した同級生には、皆、徴兵されて二十歳まで生きることはあるまいと覚悟して文科を選んだ仲間なので、私は格別の友情を持ち続けている。

＊

この年の年末、私は代表パートナーを辞任した。一応パートナーとしては残ったが、その後パートナー会議には出席していない。事実上私が事務所の経営の責任者になったのは四七歳のときだから六四歳まで、長すぎるほど私は代表者をつとめていた。私はパートナー制を維持するためには、六三、四歳でパートナーや代表パートナーを辞任、退任し、もっと若い方々に責任と権限を譲り、世代交代をはかって、いつも活力ある事務所としていきたいと考えていた。私が退任した当時は、私だけが代表パートナーではなく、私と松尾和子弁護士、大塚文昭弁理士という三人代表パートナー制であった。三人代表パートナー制であっても、私が最も重い責任を負っていると私は考えていた。私が退任して私に代り、宍戸弁理士が代表パートナーの一人になった。

退任後、パートナー会議に出席しないことにした。それはかりにパートナー会議に私が出席すると、私は必ず発言したくなるにちがいないし、私の発言が尊重されることになれば、代表パートナーを退任した意味がなくなると考えたからであり、事前、事後に相談をうけたり、意見を求められたりして、今日に至っている。いまは何代か代表パートナーが交代し、現在のパートナーはちょうど私より一世代若い。つまり、私の娘たちと同年輩だが、中村合同特許法律事務所、英文では Nakamura & Partners と称する私の事務所は今も内外に高い評判を維持しているようである。私の意図したことは実現されているといってよいだろう。

＊

平成四（一九九二）年に入る。代表パートナーを退いたからといって、弁護士としての日常の多忙さに変りはなかった。訴訟事件の準備書面の起案、打合、出廷、事務所における顧問会社等との法律相談に追われていたし、日本商標協会の会長として理事会、常務理事会には皆勤し、議長をつとめていた。日本商標協会の関係では六月にジュネーヴのWIPOで開催された政府間会議にオブザーバーとして出席、九月にはレゴ本社をデンマークのビルントという町に訪問した。順序は逆になったが、二月にAIPPI（国際工業所有権保護協会）の総会が東京で開催された。私は執行委員会の一員だったはずだが、会期中、海外の依頼企業の方々や提携先の特許事務所、法律事務所の方々が毎日数多く訪ねてきたため、その応接に時間をとられ、会議に出席する暇はほとんどなかった。

そうした日常の雑務を別にすれば、この年一月、クロアチア、スロヴェニアがユーゴスラビアから分離、独立を宣言、直ちにEUが独立を承認した。クロアチア、スロベニアは元来ドイツの勢力圏であり、これら二国の独立にドイツが主導的立場を採り、ユーゴスラビア分裂を促進したことが明らかであった。こうしてドイツが多民族国家である旧ユーゴスラビアを解体させて、多民族間を対立させ、旧来の勢力圏に勢力を拡大していく志向を私は不快に感じていた。

右は当時私が直感的に抱いた感想だったが、歴史家の説述ははるかに詳細、明晰である。柴宜弘『ユーゴスラヴィア現代史』は次のとおり記している。

「この過程で明らかとなったのは、「ドイツ対イギリス」といったEC内の見解の相違であった。ドイツ、イタリア、オーストリアがクロアチアと連携し、イギリスとフランスがセルビアと密接に関係するという、第一次世界大戦以来ヨーロッパ列強がユーゴ諸国・諸地域に示した伝統的な対立の図式がまだ生き続けているようで、興味深いものがあった。

統一後まもないドイツはユーゴ問題に積極的に関与して、冷戦後のEC内で影響力を強めようとしていた。スロヴェニア、クロアチア両共和国の「独立宣言」が出されると、ドイツは初めから民族自決に基づく独立承認とセルビア制裁の立場を貫いた。

これに対して、イギリスは早急な独立承認は複雑なユーゴ内の民族対立を激化させるだけだとしてドイツに反対した。ECはこうした見解の違いを抱えつつ、即時停戦とユーゴの一体性の保持を基本姿勢として、緩やかな主権国家連合案を提示する。しかし、連邦の維持に固執するセルビアのミロシェヴィチ政権の反対にあい、調停に失敗してしまう。国際舞台では、クロアチアやボスニア・ヘルツェゴヴィナの独立にかたくなに反対する「悪者」セルビアとのイメージが定着していく。一方、独立承認を求めるクロアチアの「ドイツ詣で」がさらに頻繁になる。

ユーゴの一体性の保持という方針でまとまっていたEC諸国の足並みが乱れて、民族自決権の行使として独立承認の方針が出された。」

こうしてドイツの無理押しがECの方針となったのだが、『ユーゴスラヴィア現代史』によれば、クロアチア、スロヴェニアの「独立宣言」はもっぱら民族自決という「正義の実現」との関係で考えられていたが、クロアチアの力点は主権国家の宣言にあり、「独立」にあるわけではなかった。一方、スロヴェニアの目的は明らかに「独立」であったように思われるとし、この違いは、スロヴェニアが最も経済的に進んでいたのに対し、クロアチアは経済的・軍事的な裏付けに必ずしも自信を持っていたわけではなかったためだ、としている。同書には、「八八年の統計によると、スロヴェニア共和国の一人あたりの国民総生産は、六一二九ドルで連邦第一位、最低のコソヴォ自治州の七九一ドルと比べると、八倍以上の差があった」という。

だからドイツがクロアチア、スロヴェニアの「独立」を認めたのは、もっぱら、私が感じたとおり、ドイツ人の権力志向、覇権志向だったと思われる。現在のEUはドイツ、フランス二国が主導権を持つといわれるが、現実にも経済力からいってドイツ主導であることは明らかであろう。

私事についていえば、一月『束の間の幻影――銅版画家駒井哲郎の生涯』により読売文学賞（評論伝記部門）を受賞した。詩部門で『羽虫の飛ぶ風景』により受賞して以来二回目の読売文学賞の受賞であった。私は大へん光栄に思った。四月には『浮泛漂蕩』により藤村記念歴程賞を受賞した。このころ、私には詩作を世に問うという気持ちは殆どなくなっていた。そこで、それまでの作品をすべて収めた私家版詩集『中村稔詩集 一九四四―一九九一』を青土社から刊行した。私は、ことにその頃まで制作数がごく少なく、短い（十四行詩が多く）作が主なので、全作品を収めても、そう厚みのある本にはならなかった。

七月には旧友佐野英二郎が急逝した。佐野については『故旧哀傷』中の一篇で記しているし、彼の遺著『バスラーの白い空から』（新装版）の解題でも、あらためて彼を偲ぶ文章を公表したので、ここではふれない。

『現代詩手帖』八月号に「ふたたび「雨ニモマケズ」について」を発表した。書肆ユリイカ刊『宮沢賢治』に収めた「雨ニモマケズ」論を数十年経って考え直し、読み直した上での再掲だが、本質的に私の論旨は変っていないはずであり、こうした評論を再度発表したことにいかなる意味もないといまでは考えている。ただ、これは発表に先立って、入沢康夫さんの依頼により明治大学開催の公開大学「宮沢賢治の世界　思想と藝術」における原稿に手を入れたものであった。この講演の当日、入沢さんからご子息を紹介された。入沢さんがご子息を私の講演を聞かせるために連れておいでになったのだが、わざわざ紹介くださった意図は若干謎である。

宮沢賢治については、この年一一月号の『現代詩手帖』に「私の宮沢賢治体験ふたたび」を発表している。私は多年読み続けてきて、宮沢賢治の童謡より詩を、詩の中では『春と修羅』第一集より第三集所収の作を高く評価し、ふかい感銘をうけるようになってきたが、私の読みが本質的に若いころと違ってきたわけではないように思われるし、こうした評論を発表したこともいまとなっては意味がなかったと後悔している。これもやはり入沢さんの依頼で宮沢賢治学会イーハトーブセンターにおける講演原稿に手を入れたものであった（私は講演にさいしほとんどのばあい原稿を作っている。読み上げるわけではないが、何を話すか、自分にはっきりさせておきたいので、いつも原稿を作っているのである）。ただし、最近になって、同書をふくめ私のこれまでの宮沢賢治の作品に対する読み方が決定的に間違っていたことに気づき、全作品を読み直し、考えをあらためて、私にとっての最終版ともいうべき宮沢賢治論を書きあげた。これは二〇二〇（令和二）年四月に青土社より刊行された。

講演そのものよりも、講演の当日、控室に訪ねておいでになった小平範男、玲子夫妻と知り合ったことが、忘れられない思い出である。小平範男さんは、玲子夫人を指さして、この人は宮沢賢治にあこがれて北海道から花巻に来て、私と知り合ったのです、と紹介した。ただ玲子夫人だけでなく小平範男さんも、夫妻そろって「雨ニモマケズ」に描かれた宮沢賢治の理想像を実践していたような篤農家であり、宇佐見英治さんに心酔していた。彼は奥州市の林檎農家に生れ、その後継者として林檎園を経営していた。たしか無農薬で栽培していたはずである。

糖度計といった器具は使いません、林檎の一つ一つに手でさわって糖度を推測するのですが、手の感触が糖度計で測定するより確かなのです、と語っていた。富士などに蜜を入れる林檎園も多いようですが、私はそういうことはしません、とも話していた。彼の林檎は紅玉にはじまり格別の美味をもっていた。宇佐見さんに心酔するあまり宇佐見さんの著書を出版するまで宇佐見さんにうちこんでいた。私は彼の栽培する各種の林檎をとりよせ、わが家はもちろん、若干の知人にもお送りして好評を博していた。

ところが平成一六(二〇〇四)年、彼は四〇代の若さで急逝した。玲子夫人は範男さんの両親の面倒を見、晩年は介護しながら林檎園を続けていた。ただ、次第に林檎園の規模を縮小し、限られた人々だけの注文を受けていたが、平成二九(二〇一七)年、もう体が続きませんので、と言って林檎園を閉じたようである。その間、お二人のお嬢さんを育てあげた玲子夫人もけなげであった。

宮沢賢治の縁でこうした篤農家を知り、かつ丹精した果実を三〇年近く賞味できたことを私はこの上なく幸福な賢治の私への贈り物であったと考えている。

＊

この年一〇月、天皇、皇后が中国を訪問、「わが国が中国国民に多大の苦難を与えたことは私の深く悲しみとするところ」という談話を天皇がなさったとの報道があった。これでは中国および中国国民に対する謝罪になっていないと感じて、これは何としても謝罪しないという自民党政権の意見を汲んだものであろうか、と推測した。私は満州事変以来の日中戦争を日本の中国に対する侵略とみ、率直に謝罪することが日中両国民の友好関係の回復の出発点であると信じていた。そういう意味で私はこの天皇談話に失望した。

*

天皇、皇后の訪中と同じ、同年一〇月、大蔵省は、都市銀行など二一行の不良債権は九月末で一二兆三〇〇〇億円、うち、四兆円は回収不能と発表した。株式、土地のバブル崩壊により投機的資金を貸付けた都市銀行が蒙った損失であった。どうしたら都市銀行を健全化し、再生できるかが平成という時期の最大の課題の一であった。

*

この年の一二月二〇日、日本近代文学館理事長の小田切進さんが急逝した。そのことが私の後半生を大きく変えることになるとは、訃報に接した時、つゆほども考えていなかった。

ところが、日本近代文学館においてかつて総務部長をつとめ、その後は神奈川近代文学館の事務局長や理事となり、当時は日本近代文学館の理事をつとめていた清水節男さんから依頼をうけ、中村眞一郎さんに後任の理事長に就任してくださるよう説得することになった。そのため、黒井千次さんと、たしか清水節男さんも加わり、私の三人が翌平成五（一九九三）年の二月初めに東京會館の喫茶室で中村眞一郎さんにお目にかかった。そのさい、実務は私共がいたします、名前だけで結構ですから、と話して、眞一郎さんを口説いた。真冬だったが、午後の日がさんさんと差しこんでいた。

中村眞一郎さんも私と同様、それまで日本近代文学館の理事あるいは常務理事であったが、ほとんど理事会に出席したことはなかった。しかし、小田切さんの任期の残りの期間に後任をつとめる理事長は当時の理事、常務理事の中から選任しなければならない。どうして眞一郎さんにお願いすることになったのか、私は知らないが、たぶん眞一郎さんがおもちだった知名度のためだろう。眞一郎さんは承諾、二月の理事会で理事長に選任された。

4

平成五（一九九三）年に入る。

三月、『智恵子抄』裁判について、龍星閣こと沢田伊四郎の上告が棄却され、『智恵子抄』は高村光太郎自身が編集したものであり、沢田に編集の著作権はない、という第一審、控訴審の判断が確定した。この訴訟については終始北川太一さんから多くの教示を受け、さまざまなかたちで協力していただいた。また、この機会に私はかなりふかく高村光太郎の作品を読んだので、理解もふかまり、後年高村光太郎論を執筆したさいの素地を得ることとなった。

この確定判決にもとづき、私は文部省著作権課に沢田の著作権登録の抹消を請求した。この訴訟の原因は、文部省著作権課が、白玉書房版の後記における高村光太郎の沢田に対する感謝の言葉を誤解して軽率に即座に著作権登録したことにあった。しかし、その抹消が登録されたのは、確定判決にもかかわらず、申請から一年半ほど後になった。私はこうした著作権課の怠慢によるとしか思われない抹消登録の遅延に大いに不満を持っているが、そのために実害を蒙ったわけではないので、不満をただ鬱積させているにすぎない。

なお、この判決を評釈して、沢田に著作権ないし共同著作権を認めてよいのではないか、と述べた学者がいる。最近、この十年ほどの間、知的財産権法が脚光を浴び、むやみと知的財産権法を専門とすると称する学者、研究者が増え、その関係の雑誌類もひどく増加した。こうした評釈は、第一に、判決がその根拠とした証拠を綿密に読んでいないことにより、第二に詩を読み馴れていない無知により、第三に、おそらくこれが実情と思われるのだが、異を唱え、判決を批判することによって虚栄心を満足させたいという思いにより、執筆されているのである。知的財産権法が脚光を浴びるようになったことは、私のように半世紀以上知財関係訴訟に関与した者にはうれしい限りなのだが、こうした人々が目につくことは寒心《かんしん》にたえない。

＊

六月初め、川喜多和子さんが来訪なさった。そのさい和子さんから、入院中の母堂川喜多かしこさんの病状が重篤であり、あと二、三カ月もつか、どうかといった状態だと教えられた。和子さんは川喜多長政、かしこ夫妻の一人娘であり、はじめ伊丹十三さんと結婚したが、やがて離婚し、柴田駿さんとともにフランス映画社を創業、柴田さんが社長、和子さんが副社長として大島渚の作品をヨーロッパに紹介したり、良心に訴えるようなヨーロッパの映画の輸入、配給などをしたり、といった事業をしていた。和子さんの相談は、かしこさんの歿後どうするか、といったことだったが、私がどんな意見を申し上げたかは憶えていない。用件が終ってから、たまたま遺産相続、遺言書が話題になった。そのとき、和子さんがふと、私が資産を遺すとしたら、柴田にあげるしかないわね、と呟いたことを鮮明に憶えている。当時、柴田駿さんと和子さんは、法律上は結婚していなかったが、事実上同棲していた。白金に住宅があり、外国から映画人が来日すると招待してパーティを開いたり、私の記憶違いかもしれないが、映写設備もある、といった邸宅であり、敷地も所有していた。

ここでかしこ夫人にふれれば、私はかなりの回数お目にかかっているし、食事に招かれたこともある。あるパーティの席で著名と思われる外国の映画プロデューサーがスピーチし、かしこさんを映画界における最もエレガントな女性、と話すのを聞いたことがある。いつも紫色の和服をお召しになっていた。じつにしとやかな物言いをなさったが、明晰で論理的な意見をおっしゃるのがつねであった。歿後お聞きしたところでは、紫色の和服を沢山お持ちであったが、どれもそれほど高価なものではない、ということであった。賢い方であった。ただ、写真を拝見すると、ごくお若いころは、どうといった特徴もない、どちらかといえば器量よしといった程の方であった。年齢を経るにしたがって、賢く、聡明になり、また、エレガントになったのである。男性も同じだが、女性も、心がけ次第で、魅力的で、気品のある容貌をもつ人格に自らを鍛えることができるのだ、ということを私はかしこ夫人から教えられた感をもっている。

和子さんはエレガントというよりエネルギッシュな感じがつよかった。それだけに野心的にみえた。

ところが、思いがけないことに、六月七日、蜘蛛膜下出血のため、和子さんが急逝した。まだ五三歳の若さであった。かしこさんが他界なさったのは七月二七日であった。和子さんは遺言書を残していなかったので、法律上、婚姻届をしていない柴田さんにはいかなる資産を受け取る権利もなかった。和子さんの資産はかしこさんが受けついだので、かしこさんが他界なさって以後も、柴田さんがひき続き白金の邸宅に住むことができるよう、私はかしこさんの遺産相続人の方々にお願いし、ご了解を得た。一通の書面があるわけでもなく、ただ、私が聞いた事実、実際問題として、柴田さんと和子さんが相当の歳月、白金の邸宅で同棲していた事実を、相続人の方々に説明した結果、関係者の方々全員が納得してくださったのである。

その後、ときに柴田さんと偶然出会うことはあったが、格別用事もないのでお会いしたことはなかった。しかし、フランス映画社の経営が苦しいようですよ、といった噂は時々耳にしていた。やがて倒産したと聞いた。調べてみると、二〇一四（平成二六）年一一月に破産申請をしたということであった。柴田さんはカンヌやベルリンの映画祭の審査員をつとめたりして世界的に映画界では知られていたし、フランス映画社は岩波ホールのような特殊な劇場でだけ上映される、芸術的香気の高い、しかし、多数の観客は望めない、そういった地味だが、価値ある作品を専門に買付け、少数の具眼《ぐがん》の人々を観客とする劇場に配給することを本業にしていた。フランス映画社はいわば映画界の良心のような存在として、柴田さん、和子さんが設立し、和子さんの歿後も柴田さんが続けてきた仕事だったが、そんな良心的な存在を許さない、苛酷な時代となったのかもしれない。負債総額は三千五百万円という。そんな僅かな金額も工面できないほど行詰っていたのだ、と思うと、私は亡き和子さんを偲び、無残の感に耐えなかった。その柴田駿さんが令和元（二〇一九）年一二月一三日に死去なさった旨、新聞に報道されていた。七八歳であったという。フランス映画社の良心的な事業にも触れていたが、私はしばらく痛ましい思いをかみしめていた。

＊

この年、二月には川島廣守セ・リーグ会長に誘われ、春のキャンプ見物のため沖縄にはじめて旅行した。前年には宮崎のキャンプ訪問に同行している。沖縄では野球よりも、普天間基地を眼にした感慨が格別だったし、川島さんに連れていっていただいた沖縄のそばか中華麺のようなものが甚だ美味だったことが、印象に残っている。

六月には又、ジュネーヴのＷＩＰＯ（世界知的所有権機関）の会合に日本商標協会の会長として、出席した。もちろん、オブザーバーという資格である。私としては、機会があり、適切なばあい、発言して意見を言うことがありうるとしても、日本商標協会を知的財産権関係の機関、組織に認知してもらうことを重視していた。

＊

七月の総選挙により細川護熙を党主とする日本新党が相当数の議席を獲得した。日本新党の政策はどれだけ既成政党の政策と違うのか、私には分りにくかったが、自民党や社会党に比べひどく清新な感じを受けた。たぶん選挙民の多くもその清新さに惹かれて日本新党に投票したのであろう。細川は日本新党と、自民党、共産党を除く七党との合計八党による連立内閣を組織、首相となった。

私の記憶では、細川が組閣後最初の記者会見で、先の戦争を「侵略戦争」と明言し、国会の所信表明演説で「侵略行為や植民地支配」への「反省とお詫び」を述べたことに好感をもった。ただ、この発言は国内向けの所信表明であったためか、後の村山談話のようには重視されなかったようにみえる。

小熊英二編『平成史』の「総説」は編者自身が執筆しているが、ここでは細川内閣について次のように記述されている。

「細川政権のもとで、ウルグアイ・ラウンドに対応したコメ市場開放とならび、一連の政治革命が行なわれた。従来の中選挙区制を廃止して小選挙区比例代表並立制を導入し、政治資金規正の強化と公的な政党助成金を導入して、「カネのかかる選挙」と「派閥政治」を改めようとしたのが眼目だった。この政治改革と、最終章で述べる安全保障政策、そしてバブル崩壊後の不良債権処理問題が、一九九〇年代の主要な政治課題となった。

旧来の中選挙区制は、自民党の政治家が複数立候補するため、政策がさして違わない自民党候補どうしの争いになりやすかった。それが利益誘導合戦を招くと同時に、自民党の派閥ごとに候補者が出るので、派閥形成につながるとされていた。小選挙区制になれば、自民党一人と野党一人の対決となり、派閥が解消し政策をめぐる選挙となる。そこへ政党助成金も併用すれば、政治家個人や派閥が資金を集める必要もなくなり、利益誘導が減少して、政権交代可能な二大政党制になると説かれた。反面、それまで得票率が低くても当選できた社会党や小政党の候補が落選することが予想されたが、それは比例代表制を並立させることで解決が図られた。」

私の記憶では、新聞社各紙はこぞって、小選挙区制を支持し、これにより中選挙区制の弊害を是正できると強調していた。その反面、小選挙区制のもつ弊害や危険には言及していなかった。小選挙区比例代表並立制の現行選挙制度はまったく民意を反映しない、誤った制度と私は考えているが、これには中選挙区制の欠点だけを視野に入れていたマスメディアに大いに責任があると信じている。

日本新党の党首である細川護熙が首相として組閣することになったのは、平成五（一九九三）年七月の衆議院議員総選挙の結果、自民党の獲得した議席数が過半数に足りなかったからであった。この総選挙の結果の各党の獲得議席数は次のとおりであった。

自民党　二二三
社会党　七〇
新生党　五五
公明党　五一
日本新党　三五
共産党　一五
民社党　一五
さきがけ　一三
社民連　四
無所属　三〇

過半数は二五六議席である。そこで、自民党から離党していた武村正義らの新党さきがけ、続いて自民党から離党していた羽田孜を党首、小沢一郎を代表幹事とする新生党らが、自民党と共産党を除く連立政権を企図し、連立政権の首相として日本新党の党首細川を首相とする内閣を組織することとなったのであった。さきがけの代表、武村正義は官房長官に就任、羽田孜は副首相に就任し、小沢は閣僚に加わらなかったが、代表幹事として新生党を実質的に支配していた。小沢と武村との間の確執がしばしば伝えられたが、八党の連立内閣であれば、人間性、政治的見識などの違いから、さまざまな軋轢、対立が生じることは当然であった。それはともかくとして、細川内閣の発足にさいして私が意外だったのは第一に三ヶ月章先生が法務大臣として入閣なさったことであり、第二に社会党が連立に加わったことであった。三ヶ月先生はわが国民事訴訟法の権威として法曹界で知らぬ者ない研究者であり、東大教授を経て、多年、法務省の顧問として法律改正などに尽力なさっていた。たまたま府立五中（現在の小石川高校）に私が入学した年に卒業なさった同じ旧制中学の先輩であったし、旧制一高の先輩でもあった関係から、私はかねて面識を得ていた。先生の弁護士事務所にも何回かお訪ねしたこともあり、私の事務所の若い弁護士がアメリカの大学に留学するさいに推薦状をお願いしたこともたびたびあったし、事務所の弁護士たちに民事訴訟法の改正について連続講義していただいたこともある。私はライオン株式会社の顧問弁護士を長年つとめているが、そのきっかけも先生のご推薦によるものであった。それ故、私には先生が法務大臣に就任なさることは、法曹界における権威と名声からみて、まったく無意味に思われた。しかし、先生には先生なりの抱負もあり、名誉欲もおありだったのかもしれない。ただ、たとえば、戦争で死んだ友人たちを思えば、あの戦争が間違っていた、などという気持ちには到底なれない、という感想をお聞きしたこともあり、政治的見解、歴史認識については私とはずいぶん違っていたことも確かである。

もっと不可解だったのは社会党が連立に加わったことであった。何となれば、新生党もさきがけも自民党から離党した党派だから、いわば自民党と似たり寄ったりの保守的体質の政治家集団であり、細川は清新にみえても、その出自からみて、社会党と同調できる思想信条をもつ政治家ではない、と私にはみえたからであった。これは万年野党であった社会党の指導者たちの権力、地位への執着によるものとしか思われなかった。

平成元（一九八九）年、竹下内閣時代に第八次選挙制度審議会が設けられ、小選挙区比例代表並立制が答申され、海部内閣は小選挙区三〇〇、比例代表一七一の法案を国会に提出したが、成立しなかった。次いで、宮沢内閣が小選挙区三〇〇、比例代表二〇〇の法案を国会に提出したが、これも成立しなかった。そこで、細川内閣としては、何としても小選挙区比例代表並立制を成立させる「政治改革」が喫緊の課題であった。小選挙区制であれば、社会党には小選挙区で当選者を得ることが極度に難しいことは、中選挙区制において社会党候補者がつねに二位、三位でしか当選できなかった実績からみて確実である。小選挙区比例代表並立制の成立を目指す細川連立内閣に参加することは社会党として自殺的な愚挙としか私には考えられなかった。細川護熙に『内訟録』と題する、彼の首相在任中の日記を公表した著書がある。その平成五年一〇月三〇日の記述には「午後　ホテルオークラに移り、与党各党党首との政治改革を巡る協議。まず村山社党委員長。小選挙区比例250ずつの定数配分につきては、譲歩の余地なしと極めて姿勢堅し」とあり、一一月一四日の記述には「村山社党委員長公邸へ。同党代表者会議の決定を報告。小選挙区280では自分が腹を切らねばならず。何とか270あたりでと言いつつ275までは覚悟しているが如き態なり」とある。どうしてここまで卑屈になれるのか。

小選挙区制では社会党支持者の投票は死票となるのだから、小選挙区比例代表並立制を推進するなら社会党は連立から離脱する、という姿勢を採るべきであった。ここで社会党は自ら墓穴を掘ったのであった。

結局、細川内閣は小選挙区二五〇、全国一区の比例代表二五〇という法案を国会に提出、衆議院は可決されたが、参議院では社会党左派の造反により否決された。そこで、細川は自民党総裁河野洋平と会談、小選挙区三〇〇、全国一一ブロックの比例代表二〇〇、という自民党案を丸のみして妥協し、この小選挙区比例代表並立制法案を成立させたのであった。社会党としては煮え湯を飲まされたわけだが、なお連立内閣にふみとどまり、やがて自民党と連立内閣を組織するに至るのだから、自壊の道を歩んでいたといってよい。

小選挙区制が民意を反映しないことについては序章で述べたので、くりかえして、その事実を記すことは差し控えるべきかもしれないが、序章を参照していただく手間を省くために、この制度による最初の衆議院選挙である平成八（一九九六）年の総選挙における、自民党と共産党の二党についてだけの得票率と獲得議席数をみると、次のとおりである。

	得票率（小選挙区）	議席数	得票率（比例代表）	議席数
自民党	38・63％	169	32・76％	70

共産党	12・55%	2	13・08%	24

右にみられるように、比例代表では得票率と議席数がほぼ見合っているが、小選挙区では得票率と議席数との間に極端な不公平が生じている。これは小選挙区制において不可避の欠点である「死票」が多いことのあらわれであり、死票とされる民意が無視されることとなるわけである。

この現在の選挙制度に反対であるのと同じく、細川内閣が成立させた政党助成金についても私は反対である。税金から政党が選挙資金をむしりとるような制度が許されていいはずがない。それはともかくとして、平成二八（二〇一六）年から平成三〇（二〇一八）年までの三年間にどれほどの政党助成金が交付されたかをみると、次のとおりである。

	平成28年	29年	30年
自民党	174・3	176・0	174・8
旧民主党	93・4	78・8	55・7
立憲民主党		4・3	27・6
公明党	30・5	31・0	29・4

この数字の単位は億円である。つまり、自民党には毎年、一七〇億円を超える政党助成金が交付されている。政党助成金は議席率と得票率でその金額を決めることになっているが、そのため、これだけ膨大な金額を費消できる政党に他の政党が対抗できるはずがない。政党助成金の使途は自由であり、人件費、事務所費などのほか、政治資金パーティの費用などにも使用できる。かつての日本新党のような新しい政党を立ち上げようと思っても、自民党に交付されているような金額に対抗できるような資金を調達することはできない。しかも、政党助成金を交付する以上、企業団体からの寄付をうけることは禁止すべきなのに、企業団体からの寄付、献金も自由である。小選挙区制は二大政党の対立するような選挙を予期していたはずだが、このような状態は自民党に対抗する政党を産み出すことを極度に困難にしている。いわば自民党を今後もますます肥大化させ、一党独占体制を強化することに政党助成金は役立つであろう。政党助成金は廃止すべきであると私は考える。個人の寄付だけで選挙資金をまかなうような制度が望ましいと考える。たとえば、オリンピックのさい、無報酬のヴォランティアが各種のサービスに従事した。政治に対する関心と意識が高ければ、選挙運動に協力してくれるヴォランティアもたやすく集まるはずである。現在、衆議院選挙でさえ、投票率は56%から60%程度である。それほどに政治に対する意識が乏しい。逆にいえば、有権者が関心をもつほどに興味ふかい政治的争点がない。じつは争点はいくらもあるのだが、政党もメディアも有権者の関心をもつよう仕向けていない。政策としてみれば、問題は山積している。たとえば、日米地位協定は改定すべし、小選挙区制を廃止し、比例代表制を採用すべし、というような政策を選挙スローガンとすることも考えられるのではないか。これらの問題は全国民的規模で議論されるべきだと私は考えている。

＊

細川内閣が成立した、この年八月には円の対ドル相場が一ドル一〇〇円台になった。戦後最高の円高であった。一九八五年のプラザ合意より前は一ドル二三八円程度であったが、プラザ合意後一挙に一二二円まで急激に上った。以降はおおむね一ドル一二〇円台で推移していた。ここで円高の趨勢は止まらなかった。二年後の平成七（一九九五）年四月には一ドル七九・七五円という高値に達した。しかし、その三年後の平成一〇（一九九八）年八月には一ドル一四七・六六円まで円安となったが、これは平成九（一九九七）年七月、タイの金融危機からアジア通貨危機が始まり、円が売られたことなどのためであり、平成一三（二〇〇一）年九月一一日の同時多発テロの頃までは一ドル一二〇円前後で推移していた。このように平成初期ないし一九九〇年代は時に一ドルが一〇〇円を下廻ることもあり、一三五円まで円安になることもある、といった変動をくりかえしていた。その理由はそれぞれに専門家が意見を述べているが、私にはこうした為替相場の変動の推移について発言できるほどの知識はない。

しかし、一ドル一〇〇円ないし一三〇円台でも、この為替相場は日本産業に輸出競争力の弱体化をもたらした。前掲小熊英二の『平成史』総説には「九一（平成三）年から株価の暴落が始まり、同時に冷戦が終結して中国への投資が容易になると、製造業の縮小と海外移転の流れは加速した。九〇年前後まで六％だった日本製造業の海外生産比率は、九〇年代半ばに一〇％、二〇〇〇年代初頭には一五％を超える。とくに自動車など輸送機械ではすでに九五年で二〇・六％、電気機械では同時期に一六・八％が海外生産となっていた。この影響は大手企業に部品を納入していた中小企業におよび、機械金属工業の集積地である東京都大田区とその周辺では、一九八六年から九五年に工場数が約三〇％減少した。」

つまり平成五（一九九三）年という年は、日本産業の空洞化がまさに始まった時期であった。小熊英二は冷戦が終り、中国への投資が容易になったことをその理由にあげているが、中国への投資は冷戦が終ったためというより、鄧小平指導による改革開放路線の結果であると思われるし、その後しばしば問題にされたように、中国への製造設備のための投資は、どこまで強制されたかは別として、中国に対する技術移転をともなうものであったと思われる。

＊

『内訟録』の年表には、平成六（一九九四）年一月二九日政治改革法案を衆参両院で可決、三月四日政治改革法が成立、四月初旬細川首相の佐川急便からの一億円借り入れ問題で国会が空転、同月八日細川首相辞意表明、と記されている。『内訟録』の四月六日の日記に細川は次のとおり書いている。

「このところまさに内憂外患……。深更ひとり書斎にありて、来し方行く末、日本国の将来につきさまざまに思いをめぐらす中で、自らの出処進退につき、このあたりが総理の職を辞すべき潮時と肚を固む。本来、本内閣の使命、役割は、コメの開放、政改法の成立をもって完了したるも同然であり、本決断はむしろ遅きに失したるものにあらずや。されど2つの課題を処理したる後も、日米首脳会談はじめ政治日程目白押しにて退くに退かれず、かかる中、佐川問題などにより国会が長期にわたり空転するに至る。本件につきては私自身全くやましきところあらざるも、資料なども、度重なる事務所移転により失われ、提出することかなわず。そもそも抵当権も抹消して完了したる取引なれば、領収書なども保存の必要はなきはずのものなり。しかしながら長期にわたる国会空転の政治的責任を明確にする以外にとるべき道なしと思料す。」

佐川急便からの一億円の借入も不動産担保に抵当権を設定登記しておこなったものであり、この借入を返済した結果、抵当権が抹消されていた事実からも細川を咎める理由はまったくなかった。借入金を返済したなら領収書を示せ、と言って、国会審議を空転させたのは、自民党の嫌がらせにすぎない。そのために細川が嫌気をさし、辞意をかためたのであった。

ここではふれていないが、細川内閣が問題とされたのは、国民福祉税の提案であった。細川の構想としては基礎年金の財源として国民福祉税を充てるつもりであったが、大蔵省がこの基礎年金の財源とするという目的を切り捨て、唐突に、消費税に代る国民福祉税七%という法案を提出したために、細川内閣に対する批判が高まったのであった。もし、これを基礎年金に充てる財源であることを明確にして提出していたならば、国会審議も世論の動向も違ったものとなっていただろうし、消費税は社会保障費の財源に充てるべきではないか、という現在まで続く問題を解決する端緒となったであろう。

細川内閣は辞職した当時でも五〇%近い支持率を維持していた。細川は辞職する必要はなかったし、もっと彼の構想を推進、実現すべきであったと私は考える。育ちの良い細川には、いわば、政治家に必要な粘り腰がなかった。何としても政治的信条を貫くのだという根気、熱情が欠けていた。

*

時間的に遡ることになるが、前年平成五(一九九三)年九月、いわゆるオスロ合意がイスラエルのラビン首相とPLO代表アラファトの間で調印された。ふつうオスロで交渉が行われたのでオスロ合意といわれているが、調印は九月一三日ワシントンのホワイトハウスでクリントン大統領の立会の下に行われたのである。この調印式のさい、「ノルウェーのホルスト外相は、ゲストである歴代米大統領に囲まれて笑っていた。クリントンは演説の中で、「この合意を生むのに注目すべき役割を果たしたノルウェー政府にも敬意を表したい」と短く付け加えた」と横田勇人『パレスチナ紛争史』は記し、その上で「ラーセンらオスロ・チャンネルを支えたノルウェー・チームは数千人の招待客のいちばん後ろの方でそのささやかな賛辞を聞いた」と付け加えているとおり、この合意を成立させるため仲介したのはノルウェーの社会学者テリエ・ラーセン、その妻で中東に精通した外交官をはじめとする人々であり、「ノルウェー政府はイスラエル労働党と関係が深い一方、PLOに対しても等距離を保つ外交政策をとっていたため、和平交渉の仲介にふさわしい立場にいた」とも前掲『パレスチナ紛争史』は記している。PLOはいうまでもなくパレスチナ解放機構である。

同書には「九三年の一月二十日、ラーセンはオスロから南へ車で二時間のサルプスボルグにある古い屋敷を会場に選び、自らが率いる研究所主催のセミナーという名目で、双方の交渉メンバーを集める」とあり、「秘密交渉をお膳立てしたラーセンは、仲介役として交渉に深く関与した米国と違い、交渉には直接関与せず、双方が本音で話し合えるような環境作りに徹した。交渉メンバーは暖炉の前や小さな図書館で、時には冬の森の中を散策しながら議論した。広々とした別荘風の邸宅は、リラックスして議論するには絶好の環境だった。ラーセンは美味なワインやごちそうを用意し、和やかな雰囲気を演出するよう気を配った」とも記されている。五月初旬の五回目の協議以降はオスロで会合が持たれ、八月一三日には双方のメンバーはふたたびサルプスボルグに集まった、という。この間、七月初めに九回目の交渉が行われ、七月中旬に協議、七月末にも協議があった、とされているから、八月中旬の交渉はたぶん一二回目の交渉ということになるのであろう。イスラエルの外相ペレスが八月一七日から二日間の予定で交渉に加わった。前掲書は次のとおり記している。

「交渉は約八時間に及び、ペレスが「シリアと手を組む」とアラファトに脅しをかける場面もあった。この夜の段階で、以後の交渉で扱う議題について、エルサレム問題、難民問題、ユダヤ人入植地問題、治安対策、境界画定問題、近隣諸国との協力関係——と文書に明記することでイスラエル側が妥協した。一方、軍が撤退してもイスラエルは治安権を行使できること、議会に当たるパレスチナ評議会の所在地は曖昧にすることなどでも対立が解消し、十八日早朝、ついに合意が成立した。」

このいわゆるオスロ合意が報道されたとき、私は烈しい失望を覚えた。むしろ憤りを覚えたというべきかもしれない。この合意により、すべての問題は棚上げ、先送りされ、パレスチナはイスラエルから何の譲歩も得ていない。イスラエルはいかなる妥協もしていない。これは何が両者間の争点であるかについて合意したにすぎないではないか。パレスチナはそれほどに交渉にさいして立場が弱いのか、といった思いに私は誘われたのであった。

ただ前掲『パレスチナ紛争史』は実質的に協議が始まった一九九三（平成五）年一月二一日、ベイリンの属するシンクタンク「経済協力財団」の研究者ヒルシュフェルドが「合意が難しい問題は後回しにすることを提案」「まず、合意できる所から合意するという、オスロ交渉の精神はこの時に固まった。しかし、オスロ交渉でエルサレム問題などの難問を全て先送りしたことが、後の和平交渉でパレスチナ側の立場が弱くなる原因となり、ひいてはアルアクサ・インティファーダが勃発する遠因となるのである」と書いている。

パレスチナ民衆の民衆蜂起、インティファーダの最初は一九八七（昭和六二）年だが、アルアクサ・インティファーダはエルサレム旧市街の聖地内のアルアクサ・モスクで二〇〇〇（平成一二）年九月に起こった。九月二八日、パレスチナ人がイスラエル警官に投石、イスラエル治安部隊がゴム弾で応じ、イスラエル警官三四人、パレスチナ人一〇名が負傷、翌日もパレスチナ人は投石、イスラエル部隊はゴム弾だけでなく実弾も使用、パレスチナ人四人が死亡、双方で約二〇〇人が負傷したという。前掲書には、オスロ合意後「交渉カード持たぬアラファト」という一節もあるが、たぶんベイリンらの善意による交渉が始まったオスロ合意により、パレスチナは多くを失い、インティファーダといっても、現代的兵器を豊富に持つイスラエルに対して、投石するより他の対抗手段を持たなかった。その結果、一部のアラブの人々が過激化することは避けられなかったように思われる。「二〇〇一年三月七日にシャロン政権が誕生すると、イスラム過激派ハマスは、イスラエル市民や兵士に対するテロ活動を一段と活発化させる。六月に若者で賑わうテルアビブのディスコで起きた自爆テロでは、犯人一人を含む二十二人が死亡し、約百二十人が負傷した。二ケタの犠牲者が出たのはインティファーダ勃発以来初めてだった。八月には、エルサレムのレストラン「スバロ」で自爆テロが起き、犯人一人を含む十六人が死亡した。シャロン政権はこれに対して、戦闘機を投入して西岸ラマラのパレスチナ警察本部を攻撃したほか、東エルサレムにあるＰＬＯの事実上のエルサレム拠点「オリエント・ハウス」を占拠した」と『パレスチナ紛争史』は記している。この当時、このように整理されたかたちで情報が伝えられていたわけではないが、インティファーダが投石だけの抵抗暴動であること、自爆テロが行われたことなど、報道に接することは日常的であった。これがオスロ合意のもたらしたものだと私は考え、自爆テロという絶望的抵抗手段がどれほど続くか、どう発展するか、固唾をのむ思いで時局を見守っていた。

＊

このころの私の詩に「私たちの内なる戦場」という作品がある。全篇を引用する。

砲弾が炸裂する、遠くで、
放心した難民が立ち竦んでいる、すぐそこで、
炎が渦をまいて走る、荒廃した都心の片隅で、
砲弾の破片が飛散する、私の内部で。

私たちは私たちの敵を飼育する、
私たちの肌の色の違いに由来する怖れを、

私たちが彼らと違うことに由来する憎しみを、
私たちの敵の飼料として蕃殖させる。

非難と差別を私たちは存在の証しとする。
肥大した敵はたがいに迫害しあっている、
ひからびた私の内部はすでに戦場になっている。

空は夕焼けにその躰を焦がしている、
底知れぬ空に堕ちていくものたちがある、
葬列がくる日もくる日も続いている。

頭韻と脚韻を踏んだ押韻詩の試みだが、自爆テロはすでに私の内部の戦場であった。

*

平成六（一九九四）年一月一七日、山口市湯田温泉の一隅に中原中也記念館が設立され、開館した。中原中也の著作権、原稿、遺品類を相続した弟の思郎さんが死去していたので、思郎夫人の美枝子さんがこれらの権利を相続なさっていた。記念館の開館に先立ち、私は中原美枝子さんから、記念館に寄託する遺稿、遺品類の寄託条件について、美枝子さんの代理人として山口市と話し合ってほしい、という依頼をうけた。私が承諾したので山口市役所の方が丸の内の私の事務所までおいでになった。名刺を拝見すると、山口市の商工観光課長吉田正治という方であった。しごく実直そうな人柄にみえた。山口市は観光施設として記念館を設立、利用するつもりであり、中原中也を宣伝してあげるのだから、中原家が協力するのが当然という姿勢であった。

私は著作権をふくむ、いわゆる知的財産権を専門とする弁護士だし、前年から名目的な理事長の中村眞一郎さんに代って実質的に日本近代文学館の実務運営に携っていたから、後年ほどではないにしても、文学館の在り方について考えていたことが多かった。文学館は、結果として、ある程度、観光に役立つ面はありうるが、本来、観光施設として設立、運営されるべき施設ではない。

私が何を、どう吉田課長にお話ししたか、憶えていない。いわば山口市が構想していたような記念館の基本的思想を変更すること、それにともなう種々の事柄を私は要求した。吉田課長は、三、四回、上京し、丸の内の私の事務所に相談においでになったが、そのたびに、肩を落とし、悄然と帰っていくのを私はまざまざと記憶している。後年、吉田さんから、先生の事務所へ向かうたびに、どないしようか、と思ったもんでした、といった述懐を何回か聞いている。彼が悄然としたのは、私の要請したことが正当だと彼自身が理解したからであり、だからといって私の要請を市長以下の上司に説得して承諾を得られるかが不安だったからであったと思われる。結局において、私の要請、要求のすべてを山口市は受け入れて、中原家から遺稿、遺品類の寄託を無事受け入れることができることとなり、開館に至ったのであった。私はこの交渉をつうじ吉田さんに大いに好感をもった。私は彼を気の毒な目にあわせたが、それは彼が私の言うことに真摯に対応したからであった、その後も私との交際をもち続けたが、私との話合も辛かったけれど思いおこせば懐かしい、と話すのを何度も聞いている。彼は副市長にまで昇進し、多年勤めあげ、先年、退職した。

こうした中原中也の遺稿、遺品類の問題は吉田さんの尽力、努力で解決したけれども、はたして記念館がどんな展示をするのか、私は気がかりに思った。何かと時間を作って、私は山口へ出かけた。展示方法は甚だ不本意であった。たとえば、展示物の変更はできないよう、すべての造作が固定されていたし、その他いろいろ不具合があった。それは我慢するとしても、説明ないしキャプションに間違いが多かった。これは乃村工芸という文学館の展示を数多く手がけている業者の仕事だったが、こうした会社は見栄えのするような飾りつけは得意であっても、文学はまったく素人である。にもかかわらず、『中原中也読本』といった類の啓蒙書をたよりに展示物を配置し、説明やキャプションを自ら作成し、専門家の助言を求めない。そういう意味で、乃村工芸等は傲慢だし、展示を乃村工芸に任せた山口市は無智であった。

開館の数日前であった。私は下関に住む北川透さんに電話し、間違いを修正していただけないか、とお願いした。北川さんは中原中也に関するすぐれた評論の筆者であり、北川さんと私は一応の面識もあった。ところが、北川さんは、山口市教育委員会との関係で山口市に不信感を持っているので、協力したくない、ということで断られた。そこで止むを得ず、やはりすぐれた中原中也研究者であるが、私より年長で面識もない佐藤泰正さんに電話し、お願いした。佐藤さんはこころよく引受けてくださった。すぐ山口に出向き、最低限の間違いを修正してくださった。数百に及ぶ説明、キャプションの一々を点検し、間違いがあれば、同じ位の字数で正しいものに書きかえさせるのだから大変なご苦労をおかけしたわけである。私の山口行も自費、無報酬の自発的な行動だったが、佐藤さんも無償奉仕だったのではないか。このことはこの文章を書いてはじめて気づいたことであり、佐藤さんに申訳ない気持がこみあげるのを抑えられない。

ともかく、こうして中原中也記念館は開館に至った。ちなみに、私はこうしたかたちで中原中也記念館の開館のために尽力したが、中原家からも山口市からもいかなる報酬も交通費もうけとっていない。創元社版の最初の『中原中也全集』を編集して以来、私は中原中也から多くを学び、さまざまの恩恵を受けてきた。この程度のことを無償ですることは当然であった。

＊

一方、三月一三日の理事会で、私は日本近代文学館の副理事長に選任され、黒井千次さんが専務理事に選任された。同時に、その前回の理事会で私が提案した未来構想委員会の委員長に就任、この委員会は今橋映子、紅野謙介、鈴木貞美、曾根博義、津島佑子、十川信介の各氏が委員に就任、四月二七日に第一回の会合を催し、六月一一日の理事会で川村恒明、松下康雄が理事に就任、未来構想委員会の追加委員として佐々木幹郎、島田雅彦のお二人が就任した。

日本近代文学館の理事、委員等はすべて無報酬、交通費も支給されない。だから、理事等に就任していただくのはもっぱら好意を期待してお願いするわけである。ただ、一時、佐々木幹郎の提案で交通費（それに少額の日当も加えられていたかもしれない）が支給されたことがあるが、多年の伝統に反するし、財政的余裕もない、という理由で、ごく短期間で廃止されたはずである。

佐々木幹郎に未来構想委員会の委員になってもらったのは、その一、二年前から『新編・中原中也全集』の編集作業が始まっていたため、私が佐々木幹郎を知り、特異な発想をする人物のような印象をもっていたからであろう。

川村恒明さんは元文化庁長官であり、松下康雄は私の旧制一高以来の友人で、元大蔵次官、当時は太陽神戸銀行の頭取かさくら銀行の会長であった。このお二人に理事になっていただいたのは、私が寄附集めをする計画をこのころから持っていたからにちがいない。現在の公益法人のばあい、寄附金はすべて所得金額から控除され、その分だけ所得税が安くなるので、寄附をうけやすいが、現在と違って財団法人、社団法人に公益、一般の区別がなかった時代も、特的の事業について大蔵省から認可をうければ所得金額から寄付額を控除できる制度があった。そうした認可を受けるさい、主務官庁である文化庁と大蔵省との理解がなければならないが、そういう理解を得るための説明にさいして川村さんや松下の紹介があれば、話しやすくなるのが官僚の世界のつねである。ただ、当時は、文学館の事業支援のため、といった一般的な目的では認可が得られなかったので、特定の事業目的のための寄附集めでなければならなかった。結局、成田分館建設のさい、この認可をうけたのだが、当時は川村さん、松下から何代も代っていた。

そういう動機でお二人に理事就任をお願いしたにちがいないと思うのは、この年七月一五日刊の館報第一四〇号に私は「日本近代文学館の未来のために」という文章を寄せているが、文中、次のとおり書いているからである。

「当初目についたのは財政状態であった。名著復刻の収益を蓄積して下さったおかげで、危機的というには程遠い、健全な資産に支えられているが、今後予想される出費や現在の低金利の下では、財政の建直しも必要であろう。」

近代文学館は一九六三（昭和三八）年四月に開館したから、建物、設備も老朽化しており、その修繕の費用もなまじの額ではなかったし、当時すでに長期金利が二%を割っていたように記憶している。この超低金利時代がいまのゼロ金利時代に続き、景気停滞が文学館の経営を圧迫していたので、私は何とか財政を建直さなければならないと焦っていたのである。

四月、細川首相が辞意を表明、羽田孜が内閣を組織したが、六月には退陣、政局はきわめて不安定となっていたが、自民党が社会党、さきがけとともに社会党委員長村山富市を首相とする連立内閣が成立した。

村山は国会答弁で自衛隊が合憲であることを明言し、日米安保条約を堅持すると述べた。私はこの発言により社会党の存在意義はなくなったと感じ、失望と空しさをつよく感じていたが、事実、この後は社会党は政党らしい政治活動を続けられる集団ではなくなった。

おそらく社会党ないしその委員長村山富市の唯一のわが国の政治に対する貢献はいわゆる村山談話だけであろう。村山談話については後に述べるつもりである。

＊

六月には松本サリン事件がおこった。翌年三月、地下鉄サリン事件がおこり、四月に麻原彰晃こと松本智津夫以下オウム真理教の幹部が逮捕された。オウム真理教についてはやがて私の感想を述べることとするが、松本サリン事件にさいし、河野義行という被害者がこの事件の犯人であるとする警察の発表、マスコミの報道はすさまじいものであった。後に真相が判明し、河野氏に国家公安委員長が詫び、マスコミ各紙も謝罪、釈明の文章を掲載したが、警察の発表をうのみにする大新聞各社の軽佻浮薄さ、それに輪をかけた週刊誌、テレビ局の興味をあおり立てる番組など、わが国マスコミ各社の無節操、無見識は驚くべきものであった。

*

六月、文学館懇談会を開催、二五館三八人が参加、「資料の収集・保存、利用、展覧会などの普及・啓蒙活動、設備・施設、学芸員の研修などの問題をめぐり、各館の現状やこれからの課題、相互協力のあり方などについて、意見を交換した」と七月一五日刊の館報第一四〇号に報告されている。日本近代文学館からは中村眞一郎、黒井千次、保昌正夫、本多浩各氏の他私が出席しているが、これは全国文学館協議会の設立を構想していた私の発案であり、出席者の氏名には懐しい方々がすでに名を連ねている。この会に続いて、一一月一五日刊の館報第一四二号に「全国文学館協議会設立へ」と題して、第二回の懇談会が一〇月二七日に開催され、二二館三三名が集まったと報告され、会長に中村眞一郎、幹事長に私、幹事に北海道文学館、日本現代詩歌文学館、吉川英治記念館、神奈川近代文学館、藤村記念館、姫路文学館の代表を、監事に俳句文学館、鎌倉文学館の代表に就任していただくことになった旨などが記されている。こうして全国文学館協議会は翌年から発足、現在に至っており、全国の数多くの文学館の貴重な情報交換の場となっている。

5

平成七（一九九五）年一月一七日、阪神・淡路大震災がおこった。この日は私の六八歳の誕生日にあたったが、私の事務所の信頼する同僚である熊倉禎男弁護士が、そのすぐれた資質を嘱望していた長女の死去に遭遇した日であった。熊倉弁護士の落胆、失望、憔悴は見るにたえないほど痛々しかった。もちろん、そういう彼の痛々しい表情に接したのは彼の長女が他界してから数日経って事務所に出勤しはじめてから後なのだが、逆縁の辛さを私は思い知らされた。その後も毎年一月一七日になると、私の誕生日よりも、彼の痛切な悲哀に思いを寄せることがつねである。いうまでもなく、私は七〇歳に近づいていたから、誕生日だからといって、よく生きながらえたという感慨はあっても、亡妻や娘たちが祝ってくれるのを有難く感じていたにとどまる。

阪神・淡路大震災は大都市を襲った地震だったからテレビでその惨状を見て衝撃をうけたが、知人に被害もなく、率直にいって私には他人事であった。むしろ東京に直下型地震がおこったら、惨状はこの程度ではとどまらないだろうと思い、全国的規模で被害が広がるだろう、などと想像した。そんな地震が明日にも襲うかもしれないのに、私はそんな事態に眼を背けて毎日を送っていた。

*

三月には地下鉄サリン事件がおこり、五月になって、麻原彰晃こと松本智津夫以下、オウム真理教の幹部が逮捕された。

私はオウム真理教による多くの残虐非道な犯罪に目を奪われたが、むしろ、同様のカルトがことにアメリカに多く存在していることを教えられ、そのことの方が目前のオウム真理教の問題より根がふかいのではないか、と思った。日本でもアメリカでも、おそらく他の先進諸国でも事情は同じだろうが、若い人々の心は飢えている。傷ついている。しかし、既成の宗教は、仏教もキリスト教も、彼らに手を差し伸べていない。既成の宗教が彼らの心の飢えに癒しをもたらすことができるはずだが、既成の宗教はまことに無力である。

かつてはキリスト教であれば、内村鑑三のような伝導者がいた。彼の雄弁は正宗白鳥の心にさえ烈しく訴え、白鳥の晩年にまでふかく心を動かし続けたといわれる。仏教界では、充分な知識に私は乏しいが、清沢満之という人はやはり仏教界に衝撃を与えたという。私は、次女が上智大学で教鞭を執っているので、同大学の元教授であるハム神父と親しいが、ハム神父によれば、いまでは日本に布教に来たいと考えるドイツ人カトリック神父はいない、という。速断・誤解かもしれないが、私には既成宗教は若い人々の心の飢えや渇きを見捨てているようにみえる。

私の亡妻の母は、晩年、熱心なものみの塔の信者であった。同じ信仰をもつ信者たちと大宮の市街地で布教活動をしていた。時に私の知人宅に布教に行き、私に多少の迷惑をかけることもあった。ものみの塔はキリスト教の一派であるが、たぶんもっともラディカルであろう。彼ら信者は聖書以外は何も信じない。十字架を身につけることもなく、磔刑像を礼拝することもない。輸血を拒否し、軍人として戦うことを拒否する。そのため、アメリカでは、アジア太平洋戦争中も、またヴェトナム戦争中も、兵役を拒否し、兵役に赴くかわりに特定の社会奉仕を命じられた。いわば徹底的に平和主義である。アメリカのカルトはオウム真理教のように反社会的でなく、むしろ集団自殺などを選ぶことが多いと聞いている。だから、ものみの塔の活動は日本の一部の若い人々の心の飢えを捉えているかもしれないが、それもごく限られているようである。既成宗教はまことに無力であった。ただ、附け加えておけば、私の孫は三〇歳に近くなって、アメリカ留学の前にカトリックの洗礼をうけた。わが家では亡妻、長女、次女もカトリックであり、私だけが信条として無宗教である。

*

三月一一日の理事会で元大蔵次官の長岡實さんが日本近代文学館の理事に選任された。前年一二月、松下康雄が日本銀行総裁に就任したので、その後任として、私たちより先輩の長岡さんにお願いしたのであった。松下としては無報酬、交通費も自弁なのだから日本近代文学館の理事は続けてもよいのではないか、と日銀の担当と話し合ってくれたが、やはり兼職は差支えるということとなり、その後任として長岡さんを推薦、長岡さんも承諾してくださって、理事に就任することになったのであった。何よりも長岡さんは文学に造詣がふかく、ことに泉鏡花の資料などを秘蔵なさるほどに、文学をお好きだったので、就任が決まったのである。

＊

五月一三日午後、日本近代文学館ではじめて「声のライブラリー」が開催された。当初は第一回は堀田善衛、津島佑子、吉増剛造の三氏が予定されていたが、堀田さんの都合で堀田さんの代りに小島信夫さんにお願いして自作朗読をしていただいた。これは未来構想委員会の会合で発想されたものであった。当時、手書きの原稿を出版社、新聞社等に渡す文学者は少なくなっていた。たまたま未来構想委員会に出席した島田雅彦さんが、ロシアやヨーロッパでさかんにやられている作家の朗読会をやったら面白いんじゃないか、と発言した。その朗読を映像、音声の記録として残したらよいのではないか、というように話題が盛り上がった。「声のライブラリー」という名称を私が提案したところ、佐々木幹郎がばかに乗り気になって、それで行こう、ということになった。私としては音声の記録でなく、音声と映像の記録、当時の録画テープの製作、保存を考えていたので、「声のライブラリー」という名称に魅力を感じなかったが、この名称を皆さんが支持したので、そう決定した。私はこの「声のライブラリー」の構成も私の発想だと憶えているが、あるいは別の方々の意見もまじっているかもしれない。朗読していただくのは作家二人、詩人一人、男性二人、女性一人、三人は老中若の三世代から選ぶ。つまり、たとえば、芥川賞を受賞し、文壇で認められたばかりの年配の人、文壇、詩壇の中堅と目されるような四〇歳台から五〇歳前後の働き盛りの方、大家とみられるような方、といった三世代である。第一回の小島信夫、津島佑子、吉増剛造という顔ぶれはこうした配慮にもとづいて人選し、朗読をお願いしたのであった。司会は佐々木幹郎にお願いした。第二回は安岡章太郎、谷川俊太郎、中沢けいの三氏と司会者は佐々木幹郎、第三回は水上勉、富岡多恵子、辻仁成、司会者佐々木幹郎という顔ぶれである。朗読は各人二〇分、計一時間、休憩をはさんで一時間ほど司会をまじえた四人の雑談、というプログラムである。第二回は九月九日、第三回は一一月一一日に開催している。私はいまでも、同じ文学者がその作品が認められはじめた時期、中年のころ、大家とみられるようになったころ、と生涯に三回自作朗読し、その映像、音声の記録を文学館が保存、収蔵できれば、随分と興味ふかい資料となると思っているが、現在では「声のライブラリー」は私が夢想し、理想とした「声のライブラリー」とはまったく変質してしまったようにみえる。これについては後に記すこととしたい。

現状は知らないが、私が関係していた当時は、朗読のため出演してくださる文学者には四万五〇〇〇円を謝礼として差上げていた。この催しの録画の費用は当初は二〇〇万円強、現在は三〇〇万円強といった額だから、映像、音声の記録を残すことは文学館としては乏しい財政の中からの莫迦にならぬ出費である。ただし、文学館の創立以来、文学館は石橋財団から毎年二〇〇万円、現在は三〇〇万円の寄附をいただいているので、これを録画の費用に充てている。

佐々木幹郎が平成七（一九九五）年七月一五日刊の館報第一四六号に「「声のライブラリー」をめぐって」という文章を寄せているので、次に引用する。

「作家が自作を朗読し、またその作品について語ること。朗読については、日本ではこれまで詩人たちの専売特許のように思われてきた。それを小説家の世界にも広げてはどうか。近代文学館を一般の人にもっと開かれたものにするためにも、また現代の小説家や詩人の声を記録として残すためにも、朗読会を開こう。そういう趣旨で「声のライブラリー」は始まった。第一回目（五月十三日）が終わったとき、会場にいた全員が半ば興奮状態だった。「自作朗読がこんなに面白いものだったとは！」。そんな声を会場のあちこちで聞いた。司会進行役をつとめたわたし自身が、会の途中でわくわくし出したのだった。

自作を今まで読み返したこともなく、もちろん声に出して朗読することも初めてだという小島信夫氏が、短篇「肖像」を虚実織りまぜて語り出したとき、津島佑子氏が「かがやく水の時代」のイメージ豊かな一節を読み出したとき、またブラジルで書いた長編詩「花火の家の入口で」を吉増剛造氏が、聞こえるか聞こえないかの小さな声で朗読し始め、やがて強い調子で歌いあげたとき。作者が自作を声に出して読むことで生まれる不思議な空間が、会場全体を潤したのだと思う。朗読というのは決して、文字で書かれた世界を声でなぞることではなく、作者と聴衆が同時に、作品の生まれる現場に立ち会うこと、それも一回限りの体験を共有することなのだ。」

小島信夫さんがその作品「肖像」を「虚実織りまぜて」朗読した、というのは文章が可笑しい。「肖像」は虚実織りまぜた作かもしれないが、朗読のさい虚実織りまぜたわけではない。小説でも詩でも作者の生理を反映して、休止したり、高揚したりするから、聴衆が自作朗読により作品の生まれる現場に立ち会うような体験をする、という佐々木の言葉には賛成する。そういう意味で自作朗読はつねに興味ふかい。佐々木の文章の結びは次のとおりである。

「今後もこの会を成功させるためには、いくつかの希望がある。まず、もっと会場の雰囲気をリラックスしたものにすること。そうでなくても近代文学館の建物は役所のようにカタイ雰囲気がある。会場に来た聴衆は、いきおい真面目くさってしまう。朗読会というのはあくまでもお祭りなのだ。朗読する人の周りを聴衆が取り囲み、飲物などを自由に口にしながらの軽い気分の時間を作り出せれば、質問もまた活発になるだろう。どんなふうにもこれから実験できるはずだ。登場する詩人や作家、聴衆の顔ぶれにしたがって、変化自在の朗読空間を作り出せればと思う。」

私は「声のライブラリー」を「お祭り」だとは考えない。文学館が収蔵すべき貴重な資料を作る機会であり、面白可笑しく盛り上がればいい、というわけではない。ただ、もっと「リラックスした」雰囲気にしたいという希望には同感である。しかし、くつろいだ雰囲気であるためには、ことに司会者がまず朗読する文学者を、そして聴衆をくつろがせる才能をもつことが必要だろう。そのためには休憩後の座談会でどういうふうに三人から話題を引き出すか、三人の話をどうかみ合せるか、が問題である。私はロンドンのキーツ・ハウスで催された国際詩祭に招かれて朗読したことがあるが、それほどくつろいだ雰囲気ではなかった。飲物についていえば、たしかカルピスと思うが、飲料会社から差入れがあり、聴衆は自由に飲料を口にすることができたのだが、ほとんどの聴衆は口をつけなかった。くつろいだ雰囲気をつくりだすには聴衆の協力も必要だし、わが国の聴衆はおおむね目立つことを嫌い、質問をすることなどを尻ごみする傾向がつよいように思われる。

実現は困難でも、理想は高く、ということが私の信条だが、実際、「声のライブラリー」を実施していくことには多くの困難があった。その第一は、司会者をお願いすることであった。佐々木幹郎がいうように会場をリラックスした雰囲気にするには、司会者が朗読してくださる文学者の作品を読みこみ、休憩後の座談会や朗読前の紹介などのさい、聴衆にそれぞれの文学者の特質を紹介し、三人の間で意見がかみ合うように、意見の違いがあれば違いを浮き出しにして白熱化するように進行させる必要があるが、そこまで広くふかく朗読してくださる文学者を理解している司会者を探しだし、引受けてもらうことは至難である。佐々木幹郎がどこまでそうした司会者の役割を理解していたかはともかくとして、第四回は中村眞一郎、萩野アンナ、安藤元雄、司会は佐々木幹郎だが、佐々木は司会役を四回で降りたので、第五回の司会は三浦雅士にお願いした。朗読してくださったのは安東次男、大庭みな子、大岡玲、第六回は木下順二、別役実、俵万智、司会は三浦雅士といった具合だが、じつに広く多くの文学者とその作品について詳しい三浦雅士も四回司会をつとめて降りてしまった。私は次々と司会をつとめてくださる方を探さなければならなかった。（ここでは敬称は省略する。）

それ以上に難しかったのは、毎回の人選であった。小説家は黒井さんが選んで交渉し、詩人は私が選んで交渉することにしていたが、小説家は概して多忙なのか、なかなか引受けてくださる作家が決まらなかった。小説家二人の世代が決まらないと、つまり、若い作家か、中年の作家か、大家か、のどれか二つの世代の方かが分って、はじめて残りの世代の詩人を私が交渉することとなる。そのため、三人が確定するのがいつも開催日間際のぎりぎりの時期であった。せめて一月前に決まっていれば、周知させるために、いまならインターネットをつうじ、当時でもそれなりの方法で注意を喚起することができたはずだが、それも不可能であった。そのために、どれだけ黒井さんがご苦労なさったかと思うと、申訳なさに身の置き場がないように感じる。

一方、こうして初期に壇上で朗読してくださった方々を思いおこすと、じつに貴重な映像、音声の記録を遺産として残した、と誇らしい気持もつよい。すでに他界なさった方も多い。一例だけあげれば、たとえば、作中の会話を土地訛りで朗読してくださった水上勉の「越前竹人形」など、絶品という他ない自作朗読であった。

そういう意味では、もう二、三年早く始めていれば、遠藤周作、吉行淳之介といった方々の朗読も記録を残すことができたのに、と当時悔んだことを憶えている。同じ第三の新人といわれる作家でいえば、安岡章太郎さんの朗読が素晴らしいものであった。安岡さんはきちんと二〇分でおさまるように、作品を少し手直しし、あらかじめ二〇分でおさまることを確認した上で、朗読してくださったのであった。作品の良さがじかに聴衆に完全に伝わるような感じがつよく、私には感銘ふかく、忘れられない思い出である。だいたい、大家といわれるような方々は、そういう意味で几帳面で、律儀であり、若い世代の方はそうした配慮に乏しいのがつねであった。私はそういう違いも興味ふかく感じた。

*

同じ五月、私は昭和六三（一九八八）年以来つとめていた日本商標協会の会長の再任を辞退して退任した。私は日本商標協会が発足以来私以下同じ人々が執行部を構成しているため、その活動がマンネリズムになっているように感じた。そこで、世代交代を図るためにも退任すべきだと考えた。しかし、会長に就任したのは、私と同年で司法修習生も同期、元裁判官だった弁護士の田倉整君であった。そういう意味で世代交代とはならなかったが、新しい執行部により新風が吹きこまれるであろうと期待した。以後、私は日本商標協会の会合にはまったく出席していない。出席すれば、議題によっては私に意見がありうるし、私が意見を述べれば影響力を持つことは避けられない。そういう事態を私は好まないからである。

*

六月一七日に全国文学館協議会（会員間でふつう全文協と略称している）の総会が初めて開催された。会員館は当時五四館だったはずだが、総会に出席したのは四九館六七名であった。会長は中村眞一郎さんだが、幹事長として私が会議をとりしきった。総会に先立って幹事会を開催、展示情報部会、資料情報部会、総務情報部会の三部会を設けることとした。全国文学館協議会でそれぞれの文学館がかかえている問題はじつに多岐にわたるので、展示物、展示方法、展示企画等の問題を取扱う展示情報部会、資料の収集、保存等の問題を取扱う資料情報部会、財務、学芸員その他人事等の問題を取扱う総務情報部会に分け、毎年、三部会の一を順次とりあげることとし、各部会は見学をかね、全文協に属する、どれかの館が世話人館となって開催することとした。こうした構想は、たぶん私がすべて発想し、幹事会に諮って同意を得た上で、総会で承認されたものであったはずである。

総会は年一回、日本近代文学館で開催し、事業報告、決算報告、次年度の事業計画、予算を報告、承認を得ることとし、その余の時間は出席した各館の状況や悩んでいる問題などを話し合うこととした。

　こうした方法で全文協の討議、意見交換等のため会合するさい、いくつかの問題があった。私がもっとも憂慮したのは、文学館、記念館に職員が一人しかいないので、あるいは、交通費が工面できないので、参加できない館があることであった。とはいえ、会合の都度会報でまとめを記載し、配布しているので、これを読んでくだされば参考になるにちがいないのだが、担当職員一人、予算も不十分な館がどんな苦労をしているか、は会員館のすべての関心であり、問題解決のため助力できるなら助力したいのだが、出席してくださらなければ相談もできないわけである。

　私は各部会を毎回違った館が世話人館となって開催するよう提案し、こうした方法は現在も続いているようだが、世話人館には五〇名ないし七、八〇名の参加者を収容できる会議用ホールが館の内部にあるのが望ましいし、参加者の宿泊のためのホテルの手配、予約、翌日の見学旅行などの世話をお願いすることとなるので、たいへんご苦労をおかけすることになる。そうした苦労を覚悟で世話人館を引受けてくださるようお願いするのは、私にとって毎年心苦しく、つらいことであった。ただ、私が退任して数年になる現在も活発に活動を続けていることからみれば、また、五三館で出発したが今七〇数館に増えていることからみれば、全文協の設立は有意義だったといえるだろう。

　いったい私が副理事長となり、未来構想委員会で「声のライブラリー」、全文協その他いろいろの事業を始めて、事務局の負担が非常に増えた。それまでは毎年七月下旬、読売ホールで開催している「夏の文学教室」はつねに好評で、多数の聴衆を集めているが、それ以外に種々の新事業をこなしていくことができたのは、もっぱら染谷長雄事務局長以下、その名は後に記すが、有能な事務局員の方々のおかげである。私は近代文学館の活性化のための私の野心的な試みを実現させてくださった事務局の皆さんに心から感謝している。

*

六月、フランスが南太平洋のムルロア環礁で核実験を再開することを公表した。一九六〇年サハラ砂漠における一三回の核実験の後、この頃からフランスはムルロア環礁等の南太平洋の公海で核実験を二〇〇回近く実行した。ソ連の崩壊、冷戦の終了後、ソ連による核攻撃が考えられない時代になって、核実験を再開することはフランスがその国家的威信を示すためと思われ、不快きわまるものであった。また、あわせて、公海で核実験を行うことは公道に爆弾を仕掛けるのと等しいことであり、公海を私物化するものとして許しがたい傲慢さだと感じた。

七月には山梨県立文学館において「井伏鱒二『厄除け詩集』について」と題する講演をした。この講演原稿は思潮社刊の現代詩文庫『続・中村稔詩集』に収められているが、論旨には自信もあり愛着をもっている。

八月一五日、終戦五〇年記念日にあたって、村山富市が首相談話を公表した。これが、いわゆる村山談話であり、日本政府がはじめてアジア太平洋戦争に関しその侵略性を認め、謝罪の意を内外に表明した公式の見解であった。この談話で、村山は、わが国の植民地支配や侵略によってアジア諸国に多大の損害と苦痛を与えたことを認め、さらに、この事実について痛切な反省と心からのお詫びをする、と述べた。以後、日本政府の首相らは戦争責任について質問を受けると必ず村山談話のとおり、と答弁することとなった。村山は細川内閣、村山内閣で社会党を自滅に導いた責任者だが、村山談話を公表したことだけは彼の功績として評価してもよい。

＊

九月にはいわゆる住専、住宅金融専門会社の不良債権が八兆四〇〇〇億円に達することが発覚した。都市銀行、地方銀行、生命保険会社、農林中央金庫などから資金を調達し、個人住宅向に融資したので、当然高利でありバブル崩壊により不良債権となったものである。いわばバブルに浮かれた軽率な融資のため痛い目にあったのは、住専、借主はもちろん住専に貸付けていた都市銀行等であった。政府はその管理機構を設立し、整理したが、平成という時代がバブル崩壊後の日本経済の破錠、衰頽の時代であった事実を象徴する事件であり、これが翌々年の北海道拓殖銀行、山一證券の倒産の先駆となったのであった。

＊

この年一一月から、後に『文学館感傷紀行』と題して新潮社から刊行した文学館を訪ねる旅を始めた。誰から頼まれたわけでもない。費用は自弁で、多くは亡妻と同行した。全国文学館協議会加盟の五三館に加えて、宮沢賢治記念館と越谷市立図書館野口冨士男文庫の二個所を訪ねてその感想を記したものである。いわば全文協を充実した組織として育成するためにはそれぞれの文学館の実情を知る必要があるということが当然この紀行の目的だったが、じつはこれらの文学館の展示する文学者について知識をふかくしたいという期待が本音であったかもしれない。同書で採り上げた文学館中、加藤楸邨記念館、海音寺潮五郎記念館、東京都近代文学博物館、大阪市国際児童文学館など、いまは閉鎖されてしまった館も少なくない。とりわけ私が残念に思うのは大阪市国際児童文学館が閉鎖したことである。これほど貴重な児童書の収集、保存は大阪市の誇るべき文化的資産であり、これを閉館したことこそ大阪市政の文化の理解の貧しさを示している。

それぞれの文学館から私が教えられることは多かったが、忘れられないのはお会いした人々であった。私が敬愛してやまない日高普の軍隊時代の上官であった沢田誠一さんが北海道文学館などの推進者のお一人であったことから、同館で沢田さんに初めてお目にかかったことが一つの事件であった。その他多くの方々が印象ふかく私の記憶に刻まれているが、その若干だけを挙げておく。まず、小林多喜二、伊藤整を大事にすることはもちろんだが、小樽独自の文化活動の顕彰に情熱を燃やしていた小樽文学館の玉川薫さん、多くの文学館が自治体から財政的支援の乏しいことを嘆いている中で、むしろ所在の馬籠（現在は岐阜県中津川市に属する）地区に寄附をしているという馬籠の藤村記念館の牧野式子さん、「啄木、賢治のふるさと岩手」と観光の目玉にしながら、岩手県からはろくな財政的支援も受けられないので、孤軍奮闘、けなげに啄木の造詣をふかめ、運営に当たっている啄木記念館の山本玲子さん、一年に七回も展示替えをするという武者小路実篤記念館の伊藤陽子さんなど。多くの文学館は五年、一〇年に一度しか展示替えをしない。そのように造りつけてしまうのが展示業者の商法だが、頻繁に展示替えをすれば、月一度散歩の途次に立ち寄ると、いつも目新しい展示から新しい魅力を発見できるので、それだけ来館者も増えることとなる。しかし一年に七回も展示替えをすることは並大抵の努力ではできない。この紀行で私はこうした卓越した、すばらしい人々に数多く出会ったのであった。

翌平成八（一九九六）年の週末の多くはこの紀行とその感想の執筆のために費されたといってよい。しかも「声のライブラリー」は土曜日に催されたし、近代文学館の会合も土曜が多かった。週日は弁護士の業務に追われていたので、その当時、私は週七日働いていたように思われる。

平成八（一九九六）年、二月には山口市が制定した中原中也賞の選考委員となった。佐藤泰正、北川透、佐々木幹郎、荒川洋治といった方々が同じく選考委員となった。山口市教育委員会は北川透さんが抱いていた不信感を解消するため努力し、北川さんも山口市教育委員会の誠意に納得したようであった。

ついでに記しておけば、九月には中原中也の会が設立され、推されて会長に就任した。私は宮沢賢治学会イーハトーブセンターの会員なので、この時期に近い翌年、平成九（一九九七）年度の、会議案書をみると、個人会員の会費の合計は六九〇万円にすぎないのに、花巻市からの補助金が九〇〇万円である。支出をみると、理事会出席旅費及び宿泊費として一五〇万円が計上されている。花巻で開催される理事会に東京在住の理事が交通費、宿泊費自弁で出席することが難しいから、こういう費用を計上しているのだろうが、こうした収入、経費をみると、この学会はその運営を花巻市に大いに依存しており、宮沢賢治記念館は花巻市の観光施設であり、この学会も花巻市が観光のために支援していることははっきりしている。このような学会で宮沢賢治を客観的に研究したり、客観的な研究発表をしたりすることは事実上難しいにちがいない。文学者の研究団体は自立した組織でなければならない。中原中也の会の研究成果を中原中也記念館が研究誌として発行することは止むをえないとしても、内容に山口市ないし中也記念館は口出しできないこととしなければならない。私は、中也の会は山口市ないし記念館の事業について批判的であるとともに建設的な意見を言う立場を持つべきだ、と発会にさいし発言した。そのためにはできるだけ多くの会員を集め、会員からの会費で支出に充てるべきであり、理事の多数は東京在住なのだから、理事会を山口で開催することにこだわるべきではないとも考えていた。実行が困難であっても、私は中原中也の会をそういう組織にしたいと願っていた。

＊

六月、中国が核実験を行い、核保有国となった。ソ連崩壊後の核実験は中国の大国意識のあらわれであり、中国がその威信を示すためであると私は感じ、不快であった。しかも、中国の核実験に対しフランスの核実験再開と同様、アメリカをはじめどこからも抗議の声が出なかった。私は大国のダブル・スタンダードをここでも見たように思った。

＊

普天間基地の移転については、平成八（一九九六）年四月一二日、駐日アメリカ大使モンデールと橋本龍太郎首相との間で合意が成立し、公表された。その要旨が

・五—七年以内の返還、岩国、嘉手納に機能移転
・県内にヘリポート新設

ということであった。ところが、私の記憶は数日後か数カ月後か、はっきりしないのだが、ア

メリカが要求するヘリポートとは二〇〇〇メートルかそこらの滑走路を有する空港であることが判明し、その旨報道された。要求される滑走路が二本だったようにも憶えているが、私の手許の資料でははっきりしない。

この普天間基地の返還問題の発端は、前年九月四日、基地所属のアメリカ軍兵士が一二歳の地元の少女を拉致、強姦し、しかもアメリカ軍が容疑者三名の引渡しを拒否したことから、相次いで抗議運動が盛り上がり、一〇月三一日の県民総決起大会には八万五〇〇〇人が参加したことに応えたものであった。

一本ないし二本の通常の戦闘機等が離着陸できる滑走路を有する空港をヘリポートと称して日本人を言いくるめようとするアメリカ政府に私は烈しい憤りを感じた。私の手許にある僅かな資料の範囲でも、アメリカ側にはそれなりの事情があったかもしれないにしても、最終的に明らかになったことは、沖縄に普天間基地に代る基地を新設しなければ、普天間は返還しないということであり、これがたやすく解決できる問題でないことは明確であった。そのため、平成という時代が終っても、なお、解決することなく、沖縄県民の抵抗は続いているが、当時の私はひたすらアメリカ政府の欺瞞に腸が煮えくりかえる思いをしていた。

*

五月、私はオランダのユトレヒトで催された、あるセミナーの講師に招かれ、五日間ほどユトレヒトに滞在した。私の担当はわが国の特許侵害訴訟の実務、実情であった。この種のセミナーで講師をつとめたからといって、特許侵害訴訟についてその代理人となるよう依頼されることには結びつかない。だから、実益があるわけではないのだが、これも社交の一種であると同時に、わが国の特許侵害訴訟の実情をヨーロッパの人々に知ってもらうことも特許侵害訴訟の専門家の義務の一つなのではないか、と私は考えていた。

ただ、そのさい、セミナー終了後、キューケンホフを見物した。私はオランダには一〇回近く訪ねているが、この時しかチューリップの季節に出会ったことはなかった。そのさいの感想を「キューケンホフ、五月」という詩に書きとどめている。拙い作品だが全文を引用する。

ブナの並木もみどりはまだ淡い。
昨日の雨に洗われたみずみずしい芝生に、
色とりどりのチューリップ、ヒヤシンス、また、スイセン、
キューケンホフ、五月、そぞろあるく人々。

眼を移せば、カシ、ハンノキ、スズカケ、マロニエ。
黄にこぼれるレンギョウ、そして、ヤマブキ。
ライラック、リンゴはいっぱいの花をつけているが、

シャクナゲはまだ咲きはじめたばかり。

キューケンホフ、五月、ヒトがつくりだした自然。
――これはひとつの言葉の矛盾である。
キューケンホフ、五月、自然を冒瀆する自然。
ヒトがここに在ることは許されているのか。

私はこの淫らな景色にまぎれこんだ火星人のように、
何故かふきだしたい笑いを怺えている。
樹々と花々との間の池を遊泳する白鳥、
水面に映るウコンザクラがいま満開なのだ。

キューケンホフは借景をとりこんだ日本庭園にも幾何学的なヨーロッパの庭園にも似ていない。公園にはちがいないが遊び、くつろぐ場所ではない。チューリップを中心にしているが、周辺にはさまざまな巨木が聳える遊歩道があり、足許にはまた、さまざまな花々が咲き乱れていた。キューケンホフには自然の美しさだけを集めた、人工的な自然が存在した。わが国にもチューリップその他の花を沢山栽培した場所はいくらもあるが、チューリップを中心に、これほど多様な樹木と花々を配して、来園者の心を浮き立たせるような造園を、私は他に知らない。たしか牧野富太郎の随筆に、花とは生殖器だ、と記されていたように記憶しているが、花々は私たちの心を浮き立たせ、魅惑する。花々が豪奢に咲きほこっている魅力は、私たちが異性に惹かれて心が浮き立つ淫らさと似ている。キューケンホフで私が感じたのはそうした淫らなほどの花々の美しさであり、淫らな感じをもつことに私は可笑しく思った。キューケンホフはじつに美しい。ここには人間がつくりだした自然があり、その自然の美は本来の自然のもつ美を超える人工の美であった。

私はキューケンホフを出てから、沼のほとりでウナギの燻製を作っている、ささやかな作業場に案内された。ウナギの燻製、英語でいえばスモークト・イールは、スモークサーモンと同様に、オランダではふだん前菜の一として供されている。スモークサーモンよりも濃厚で、味がしっとりしている。私はスモークト・イールが好みなので、タクシーの運転手の勧めにしたがって、作業場を訪ねた。その一角に小部屋があり、粗末な机と椅子、それに手を洗う水道の栓があった。燻製したばかりのウナギはほかほかしていた。宴会やディナーで供されるスモークト・イールよりもはるかに芳香に富んでいて、舌触りも格別であった。殺風景な作業場の一角で食べたウナギの燻製の味を私は生涯忘れない。

この年はじめて小山弘志さんを囲んでお能を観る会を一高国文学会関係の人々に呼びかけて催した。小山さんは元東京大学教授、国文学研究資料館館長で、能・狂言のわが国における第一人者である。身近に小山さんのような権威がおいでになるのだから、少しでも小山さんから教示を得て、能に対する理解をふかめたい、ということが私の願いであった。第一回には中村眞一郎、加藤周一、白井健三郎、日高普、いいだもらが皆さんご夫妻で参加してくださった。もちろん私も亡妻を伴って参加した。観能後の雑談会で、中村眞一郎、加藤周一、いいだらが活発に小山さんに質問、議論し、きわめて愉しく、しかも有意義な会であった。

観能後の雑談会が終ってから、小山さんが二次会に行こうと、中村、加藤、白井といった方々を、小山さんの馴染みの酒場に誘った。シャンソン歌手として知られる白井夫人の小海智子さんが白井さんの健康を気づかって、押しとどめたが、白井さんが、もうこれきり、中村や加藤と会う機会もないのだから、と大声で小海さんをふりきったのが痛ましかった。事実、翌年二月に白井さんは他界した。

小山さんはひどく緻密で丁寧な方であった。毎回、違う流派のすぐれた方の舞台を観るよう手配するのだが、流派によって、同じ演目でも詞章が微妙に違っている。そのため、案内状に添える詞章を各回ご自分の手で、お書きになって、これをパーソナル・コンピューターで印刷するよう、私に命じられた。初めて観る能は詞章を参照しながらでないと理解しにくいからである。私は一応入力した上で、公私混同だが、事務所の秘書にレイアウトを整えてもらっていた。

この会もいろいろな事情で次第に参加者が増え、七〇名ほどになった。そうなると、小山さんとしても演目を選び、入場券を入手するのに苦労を余儀なくされることになった。それに、加藤周一さんが亡くなり、小山さんもだいぶお疲れになった。そこで、二〇〇九年で終えることとした。小山さんは翌々年二〇一一年に他界なさった。

*

平成八（一九九六）年一〇月二〇日は衆議院総選挙が行われた。

自民党は比例代表で得票率32・76％であったが七〇議席、野党の新進党は得票率28・04％で議席数六〇、民主党は得票率16・10％に対し議席数三五であったが、小選挙区では自民党は得票率38・63％に対し議席数一六九（比例代表と併せ議席数二三九）であったが、新進党は得票率27・97％について議席数九六（比例代表と併せ議席数一五六）、民主党は小選挙区の得票率が10・62％だが議席数は一七（比例代表と併せ議席数五二）であった。社会党は社会民主党に改称していたが比例代表の得票率6・38％、議席数一一、小選挙区で得票率2・19％、議席数四（比例代表と併せ議席数一五）と惨敗した。くりかえし述べてきたとおり、細川連立内閣に加わって以来、社会党はひたすら自壊の道を歩んで、この惨状に至ったのであった。投票率は過去最低、六〇％を下廻り、小選挙区で59・65％、比例代表で59・62％であった。

比例代表では得票率と議席数がほぼ見合っているのに比し、小選挙区では得票率と議席数の対応が大きな違いを示している。たとえば、民主党は小選挙区の得票率が自民党の四分の一を超えているが、自民党の一六九議席に比し僅か一七議席にすぎない。日本共産党に至っては小選挙区の得票率12・55％で自民党の得票率の四分の一よりはるかに多いが獲得議席数は僅か二議席である。

いわば投票率六〇％以下の有権者の三割ほどの支持、つまり有権者の二割に満たない得票で自民党は二三九議席を得たのである。これほど民意を反映しない選挙制度に私は納得できない。

＊

平成九（一九九七）年に入り、一月、日本近代文学館において「文学館職員のための研修講座」を初めて開催した。これも確か未来構想委員会の発案の一であったはずである。日本近代文学館には染谷事務局長をはじめ、渡辺展亨、安部秀次郎、明石一郎、鎌田和也、原祐子、小林章子、富樫瓔子さんなど、文学館職員として非常に豊かな知識、経験、ノウハウを持っている方々が多い。彼らのそうした知識、経験、ノウハウを各地の文学館職員に伝えて、新しく設立された文学館職員の業務の質を図ることが目的であった。その後もこの講座は多年続いたはずである。

四月には日本近代文学館で「文学者を肉筆で読む」と題する講座を初めて開催した。これも未来構想委員会の発案の一であったはずである。文学者の肉筆原稿をたんに展示するだけでなく、目前において、作者の筆跡、推敲の過程などを詳しく検証すると、展示によって一瞥するのとは違った、ふかい興趣がある。私自身、石川啄木の『呼子と口笛』について講師を務めたことがあるが、こうした興趣を受講者に伝え、共有することを目的としたものであった。これもその後長く続いたはずである。

似たような企画だが、八月から日本近代文学館で「文学館演習」を始めた。これは大学院生、大学生を対象にした収蔵資料による演習であり、十川信介さんの尽力により、この演習は各大学の修得単位として認められることとなった。十川さんが文部省にたびたび足を運んで、内容を説明し、担当官を説得した結果であった。

時間的に戻るが、四月、ペルー、リマの日本大使館人質事件が、ペルー特殊部隊が突入、ゲリラ一四名を射殺して解決した。しかし、全員射殺という、むごい解決手段には批判的意見も多かったように憶えている。ゲリラを逮捕、裁判をつうじて、その動機等を解明し、関与の程度により刑罰に軽重がある、という解決が望ましいことはいうまでもない。私はそうした解決が望ましいにきまっていても、はたしてそうした解決が実際上望みえたか、疑問に感じた。正直、この種の事態の報道に接すると、私は定見をもつことができず、迷いに迷うのがつねであった。

6

平成九（一九九七）年三月、ロンドンのBWT事務所のシニア・パートナーをつとめていたデーヴィッド・ハーディスティ弁理士が引退することになった。その引退記念の晩餐会を催すので、出席し、ハーディスティのために挨拶してもらいたいと要請された。ハーディスティとの多年の友情、BWT事務所との深い業務上の提携関係から、私はよろこんで出席した。晩餐会はミドル・テンプル・ホールで催された。三人の高裁判事、七人のQ・Cをふくむロンドンの特許法曹界の人々、それにオーストラリア、ブラジル、アメリカ合衆国等からも多数の客が招待され、ホールは満席であった（Q・CはQueen's Counselの略であり、勅選弁護士と翻訳されることが多い。卓越した老練な弁護士に与えられるたんに名誉ある称号にすぎないが、法曹一元制の英国では判事はQ・Cから選ばれるのが通例である。国王が男性であればキングス・カウンセル、K・Cといわれる）。

この席で送別の挨拶をしたのは英国の特許高裁のJ判事と私の二人だけであった。この晩餐会の模様については『スギの下かげ』に収めた「ミドル・テムプル・ホールの一夜」という随筆で回想したことがあるので、ここではくりかえさない。ただ、私が指名されたことは、すべての来賓にとって、私が挨拶するのはふしぎでないという程度に、私が特許業界で受けとられているのだと感じ、私は挨拶を依頼されたことをうれしく、名誉に思った。

*

この年九月一〇日、かねて訴訟を続けていた富士通対テキサス・インスツルメンツ（以下「TI」という）の損害賠償請求事件について東京高裁においてTI敗訴の判決が言渡された。事件の争点は多岐にわたるが、実質的には富士通が製造販売していた集積回路がTIの有する特許第三二〇二七五号（以下「二七五号特許」という）を侵害するかであり、TIに対し二七五号特許を行使することは権利濫用であって許されない、と判示していた。TIを代理して多年並大抵ではない非常な努力を払ってきた私としてはまことに意外きわまる衝撃的な判決であった。

一審判決でもTIは敗訴していたが、その理由は富士通の集積回路が二七五号特許を侵害しないという理由であった。この理由はじつに非論理的なこじつけに近いものであったので、控訴審においては地裁判決の非論理性を攻撃し、東京高裁にこの非論理性を納得させ、侵害を認めてもらうことにあらゆる努力を傾注していた。そのため、多岐にわたる、その他の争点については一審で主張したことをくりかえすにとどまり、行き届いた反論をしていなかった。

口頭弁論の都度、TI本社から二名のアメリカ人、一名の日本人担当者が来日し、私が知る限りの通訳者の中で抜群に卓越した方として敬意を払っていた通訳者も加わって、入念に打合せをした。彼らとの討議は主として私が行ったが、時に同僚の弁護士や通訳者が発言することもあった。私たちとしては万全の議論を展開したつもりであった。

ところで、特許法には特許出願に関し分割出願という制度がある。当初特許出願した明細書に特許請求された発明以外にも別の特許に値すると信じる発明が記載されているばあい、その発明について分割出願することができ、この分割出願は原出願の日に出願したものとみなされる。分割出願からさらに分割出願をすることもできる。いうまでもなく、分割出願が許される発明は原出願の明細書に記載されていた発明であって、原出願の発明と分割出願で特許請求した発明とは別異の発明でなければならない。発明者のジャック・キルビーの名前から特許法の研究者、実務家からキルビー特許と呼ばれることが多い本件発明の原出願は昭和三五（一九六〇）年二月六日に出願された。そのさい、パリ同盟条約にもとづきその基礎となったアメリカ出願の優先権を主張していたので、アメリカにおける出願日である一九五九年二月六日及び二月一二日にわが国でも出願したものとみなされる。その分割出願は一九六四（昭和三九）年一月三〇日に出願されたものであり、さらに、その分割出願の分割出願として、昭和四六（一九七一）年一二月二一日に出願され、特許されたのが二七五号特許であった。

富士通は数多くの主張をしていたが、その中には次の主張が含まれていた。すなわち、二七五号特許発明は分割前の原出願の特許発明と同一であるから、本来の出願に関する優先主張日である一九五九年二月に出願したとみなされることはできない。したがって、この出願がなされた昭和四六年一二月に出願したとみなされるべきであるので、特許出願後二〇年を経た一九九一年一二月に特許期間は満了しているから、ＴＩは二七五号特許を行使することはできないというのである。

二七五号特許発明とこれが分割された元の出願にかかる発明が別異の発明でなく、同一発明であるという主張は、二七五号特許が許可される以前、多数の集積回路メーカーから異議申立がなされたさいに議論された問題であり、この異議申立は理由がないので成立たないとして却下され、その結果、二七五号特許が成立した経緯があった。しかも、異議申立の却下決定を受けた各社はすべてＴＩから二七五号特許のライセンスをうけ、ＴＩに実施料を支払っていた。このような経過からみて、これら二つの発明ははっきり区別できる別発明であり、同一発明だから出願日が繰下るという富士通の主張の誤りは明らかだと私たちは信じていた。その旨の主張は一審でもしていたし、控訴審でも説明していた。

ところが、前記のとおり、東京高裁は二七五号特許発明は分割前の原出願の発明に照らし「無効とされる蓋然性がきわめて高い特許権に基づき第三者に対して権利を行使することは、権利の濫用として許されるべきことではない」と判断して、ＴＩの主張を斥けたのであった。

抽象論としては、無効とされる蓋然性がきわめて高い特許権に基づき、差止や損害賠償の請求権を認めるべきでないという考えに私は同感である。それまで、明らかに無効原因のある特許権に基づく権利行使について、その対応に裁判所は苦労してきた。裁判所は、特許権の有効、無効を判断する権限をもたないとするのが通説、判例であり、こうした通説、判例を疑う者はなかった。この東京高裁判決をした三人の裁判官中、裁判長の牧野利秋判事は人格高潔、穏和、つねに冷静、公平な方であり、私が敬意を払ってきた裁判官であった。抽象論としては、何時、こうした権利濫用の法理によって無効とされる蓋然性がきわめて高い特許権の行使を許さない、とする判決がなされてもふしぎではないと私は考えていた。

しかし、本件がそれほど「無効とされる蓋然性がきわめて高い」特許といえるか、私は、負け犬の遠吠えに似ているが、どうしても釈然としない。なお、この富士通対TI事件の東京高裁判決は通常キルビー判決とよばれ、ひろく特許法関係の参考書、論説などに引用されることが多い。

そもそも、富士通は発明が同一だから出願日が繰下ると主張していたのであり、権利濫用の主張はしていなかった。判決書の中で、富士通は「本件特許権の存続期間の満了による消滅及び権利濫用の抗弁をそれと明示してはいないが、本件発明と原発明が実質的に同一であることを理由とする本件分割出願の不適法を主張し、本件特許が無効とされるべきことと述べている以上、これらの抗弁を基礎づける事実は弁論に上程されているものと認めて差し支えないというべきである」と記しているが、私たちにとっては「権利濫用」という理由によって敗訴するのはまったく不意打ちであった。

口頭弁論のさい、裁判長から富士通代理人に「権利濫用の主張も含んでいるのか」と一言質問すれば、裁判所の関心がそういう方向に向いていることが私たちにも理解でき、同一発明ではないという議論をいくらも精緻にくみ立て、裁判所に提出できたのだが、この問題に裁判所が関心を持っているというような示唆はまったく示されなかったので、この問題に焦点をあてた詳細な議論を提出する機会を奪われたまま、判決を見て、従来の学説、判例に反する、画期的な論理により敗訴したことを知ったのであった。

第一、すでに述べたとおり、事実として、富士通を除く集積回路メーカーの全社が有効性を認めてライセンスを取得し、実施料を支払っている事実からみても「無効とされる蓋然性がきわめて高い」ということは客観的な社会常識に反するのではないか。

私はこの東京高裁判決は私たちにとって騙しうちにあったように感じている。こういう手法は私が理解する牧野判事の人格と合致しない。

この控訴審判決に対する最高裁の上告審判決は平成一二（二〇〇〇）年四月一一日に言渡されたが、上告を棄却し、控訴審判決を維持したのだが、表現は僅かに違っている。すなわち、最高裁判決は「本件特許のように、特許に無効理由が存在することが明らかで、無効審判請求がされた場合には無効審決の確定により当該特許が無効とされることが確実に予見される場合にも、その特許権に基づく差止め、損害賠償等の請求が許されると解することは、次の諸点にかんがみ、相当ではない。」

最高裁判決が挙げている「次の諸点」は省略する。控訴審判決においては「無効とされる蓋然性がきわめて高い特許」の権利行使は権利濫用として許されないと述べていたのに対し、最高裁は「特許に無効理由が存在することが明らか」な場合には特許権の行使が許されない、と述べたのであり、「きわめて蓋然性が高い」と「明らか」ないし「明白」とは同義ではない。蓋然性が高いといえば、七〇%ないし八〇%の確実さを言うだろうし、きわめて蓋然性が高いといえば、九〇%ほどの確実さが予測できるということだが、「明らか」「明白」といえば、一〇〇%確実に結論が予測できることをいうと解するのが通常であろう。

事実審理をしていない上告審が、どうして二七五号特許が「明らか」に無効理由を有するとまで断言したのかはまことに不可解であり、すでに述べたとおり、これは上告審の判断の間違いであると私は確信している。

ただ、「本件特許」すなわち二七五号特許についていうのでなく、一般論としては、「明らかに無効理由を有する特許権」の権利行使を権利濫用とみて許さない、とする考え方には私は異存がない。この法理を二七五号特許に適用することが間違いだと私はつよく主張しているのであることはくりかえすまでもあるまい。

＊

この最高裁判決がなされた後、特許法が改正され、特許法第一〇四条の三という条文が新たに加えられた。その第一項は次のとおりである。

「特許権又は専用実施権の侵害に係る訴訟において、当該特許が特許無効審判により又は当該特許権の存続期間の延長登録が延長登録無効審判により無効とされるべきものと認められるときは、特許権者又は専門実施権者は、相手方に対しその権利を行使することができない。」

特許法には特許無効審判という制度があり、特許庁が審判を審理し、審決し、この審決に不服のある当事者は知的財産高等裁判所（かつては東京高裁）に審決取消を求める訴えを提起できる。この特許法第一〇四条の三の第一項により、特許侵害訴訟において侵害行為を行っている、あるいは行ったとされる者は、従来どおり、相手方である特許権者の特許権の無効審判を請求できるのだが、これに加えて、裁判所に係属している侵害訴訟においても相手方の特許権者の無効を主張できることになったわけである。条文にみられるとおり、最高裁が判示した無効とされることが「明らか」、明白性という要件は規定されていないから、無効理由が明らかでなくても、無効とされる蓋然性が低くても、侵害訴訟が係属している裁判所において相手方の特許権の無効を主張できることとなったわけである。

この制度をふつうダブル・トラックと呼んでいるが、特許権者が特許権侵害禁止等訴訟の根拠とする特許権の無効を主張するため、二重の方法、手段がある。こうした制度の下では、特許権者は特許庁の無効審判で無効とされる危険と裁判所が無効と判断する危険という、二重の危険を覚悟し、特許庁も裁判所も確実に特許権を有効と認めてくれるであろうという確信がなければ、訴訟提起にふみきることはできない。

およそほとんどすべての特許発明は先行技術の累積にもとづきなされている。原告の特許発明は似たような公知の技術Aと技術Bとの組合せにすぎないから無効だ、といった主張をくみたてられないことは稀である。特許権者はこうした泥沼のような論争を特許庁の無効審判と裁判所の侵害訴訟の双方で続けて勝訴できる確信がなければ、特許権を行使できない。よほど手間、費用をかけることを惜しまず、特許庁でも裁判所でも無効と判断されることはあるまいという確信がなければ、特許権侵害訴訟を提起するのは躊躇せざるをえない。このような制度の下で真に発明が保護されるか、私は強い疑問を持っている。

このような制度をもつ先進国はわが国だけである。この制度はまた、特許庁における審査の意義を著しく貶めているように思われる。もっと重大なことは、これまで特許庁の無効審判のように「審判が審理の対象としている事項を処理するには高度な技術的専門性を必要とするために高等裁判所に出訴させるよりは、その前に技術の専門官庁である特許庁に審理させるのが妥当」（中山信弘『特許法・第五版』）であるとの思想にもとづき、特許の有効性を争うのはまず無効審判によることとしてきた特許法制と根底から矛盾するのではないか、ということである。私としては、審査の結果、特許に値すると特許庁が認めた以上、特許権は有効と推定され、無効と主張する者が無効であることの立証責任を負う、というような制度であってもよいのではないか、と考えている。

この疑問が多い制度がＴＩ対富士通訴訟の生んだ副産物であった。

この年一〇月、北朝鮮で金正日の労働党総書記就任が発表された。金日成歿後三年三ヵ月を経過していた。社会主義国において、その政治権力の最高指導者が世襲されることに驚いた。社会主義社会においては民主的な討議が封じられる結果、家元制と同様、指導者層間の血なまぐさい権力争いを避けるためには世襲しかないのか、と感じた。あるいは、金日成一族に権力が集中している結果かもしれない、とも想像した。私にとって不可解な事態に、他国のことながら、私はとまどいを感じていた。

*

一一月に入ると、三洋証券が会社更生法を申請、北海道拓殖銀行、山一證券が自主廃業した。山一證券の最後の社長が涙ながらに謝罪の言葉を述べているのがテレビで放映された。バブル崩壊がボディ・ブロウのように日本経済に深刻な打撃を与えはじめたことに衝撃を感じた。それまで、バブルは株式、土地だけのことだから、日本経済にふかい傷痕を残すものではあるまいと私は考えていたので、今後どこまで影響が及ぶのか、危惧することになった。

同月、『文学館感傷紀行』を新潮社から出版した。また、一高入学以来の友人である弁護士平本祐二が他界した。平本については別に記したので、あらためて述べることは差し控える。

一二月、中村眞一郎さんが逝去した。中村眞一郎さんについても別に記しているので、多年にわたり抱いていた敬意や若干の不満を感じていた心情については記さない。

同月、鷹羽狩行さんがＮＨＫと共に長谷川紀子という女性から訴えられていた訴訟の控訴審の代理人となることを依頼された。鷹羽さんは『ＮＨＫ俳壇』と称する雑誌の投句欄を二人の選者のうちの一人として担当し、彼女が投稿した句を添削して入選句として雑誌に掲載したところ、添削したことが著作者人格権を侵害するとして訴えられ、第一審では、師匠が弟子の作句を添削するのは松尾芭蕉以来の伝統であるという理由で勝訴していた。しかし、女性は控訴審では芭蕉の時代と現代とは法律も慣習も違うと主張したので、第一審を担当した弁護士が対応に自信が持てないと言っているということであった。そこで私は鷹羽さん、ＮＨＫの代理人として控訴審を担当することを承諾した。その結果については後に述べる。

＊

この年、川島廣守セ・リーグ会長がコミッショナーに就任した。セ・リーグ会長時代と同様、私はほとんど毎日のように川島さんから諸事万端、法律問題に限らず、相談をうけていた。ある時、オーナー会議に出席、求められて私が意見を述べたところ、オーナー中唯一私を親しく知っている松田耕平さんが
「中村弁護士がセ・リーグの顧問を続けながらコミッショナーの顧問をするのは問題がある

のではないか」

と発言した。私を熟知していたからこその発言だったにちがいないが、まことにそのとおりであった。

私はセ・リーグ顧問を辞任し、専らコミッショナー顧問として助言することとなり、その結果、コミッショナー事務局の多くの方々と親しく知り合うこととなった。

＊

平成一〇（一九九八）年に入る。

三月に渋沢孝輔さんが死去した。独自の境地をひらいた詩人であったが、『蒲原有明論』にみられるように高い評価をうけている評論も発表していたし、フランス文学に造詣がふかかった。法要のさい、同年の東大卒である大岡信さんと共に弔辞を捧げた。

この法要の日、三月二八日の午後、日本近代文学館の理事会が開かれ、私は中村真一郎さんの後任の理事長に選任された。選任されることを希望していたわけではないが、選任されれば受けざるをえないだろうと覚悟していた。日本近代文学館の理事者にすぐれた研究者、学者、作家をはじめとする文学者は多いけれども、財務や経営について私以上に関心、造詣のふかい方はおいでにならないと私は考えていた。私はともかく一〇〇人前後の所員を有する事務所を十数年にわたり経営してきた経験があったからである。副理事長には黒井千次さん、専務理事に十川信介さんが選任された。紅野敏郎、保昌正夫、竹盛天雄といった早稲田大学出身の方々が近代文学館の活動について熱意をもっていたので、京都大学出身の十川さんに中立的立場から文学館の経営に関与していただくのが望ましいと考えていたのであった。私は日本近代文学館の理事長に就任したことにともない、六月、全国文学館協議会の理事長に就任し、幹事長には山崎一穎さんに就任をお願いした。山崎さんは森鷗外研究の権威だが、跡見学園大学の理事長でもあったので、経営にも知識があるだろうと私は見込んでいた。

*

日本銀行の営業局証券課長が収賄容疑で逮捕され、当時、総裁であった松下康雄が責任をとって辞任した。理事、局長級であれば監督すべき立場にあるから、そうした方々に不祥事があれば辞任は止むを得ないとしても、総裁が監督しようもない一課長の収賄容疑で何故総裁が辞任しなければならないのか、私には理解できなかった。わが国における いわゆる引責辞職については、松下康雄のばあいだけでなく、しばしば私には納得できない事例がある。おそらくわが国では責任の所在が明確でないばあいが多いことにその原因の一があるだろう。たとえば稟議という手続が日常的に企業では行われている。ある業務の最下級の担当者が自ら、あるいは上司に命じられて、ある企画を立てたとする。担当者が起案した企画書は次々に上司、その上司へと廻付され、承認印をすべて押捺し終えると、その企画が実施されることとなる。このようになされた上で、この企画の実施が失敗したばあい、あるいは違法であることが発覚したばあい、誰に最終的な責任があるかは明らかでない。押捺した全員が連帯して責任を負うことも考えられるが、通常は誰も責任を問われることなく、終るのが日本社会の慣行のようである。この無責任体制が逆に働くと、責任を負うべき立場にない者が責任を負うこととなる。松下康雄の事例はいわば無責任体制社会の一面だと私には思われる。

ただ、松下康雄のばあいについては、彼に直接確かめたことはないが、北海道拓殖銀行、山一證券の倒産以後も話題としてさほど大きく採りあげられなかったとはいえ、中小の金融機関について次々に救済が必要となり、どのようなかたちで収拾するかについて日々苦労し、日銀総裁としてほとほと疲労困憊していたようである。営業局証券課長が収賄容疑で逮捕されるとすぐに松下が辞表を提出したのは、当時の金融危機に対処する負担に耐えられなかったからではないか、とも感じている。

ついでだが、五月、ＥＵに単一通貨ユーロの導入が決まり、私ははたして単一通貨ユーロが、必ずしも唯一のユーロ発券の中央銀行をもつことなく、ＥＵ加盟各国の中央銀行が発券できるのであれば、将来どうなるのか、関心をもっていたが、好奇心以上の関心ではなかった。

＊

四月、北アイルランド紛争の平和交渉が合意に達した。私は合意を奇蹟のように感じ、ＩＲ

Aもアイルランドも双方が長期間にわたる苛酷な闘争を続けていたが、双方が紛争に疲れはてたのではないか、そのため、紛争を続けることを空しく感じたのではないか、と想像した。不謹慎ながら、ベルリンの壁を舞台にしたエスピオナージ小説の名作も壁の崩壊により書かれなくなったことに続き、今後はアイルランド紛争を素材にした、ジャック・ヒギンズの『死にゆく者への祈り』のような作品が現れることがなくなったことを少し残念に思った。

*

七月には橋本龍太郎内閣が総辞職し、小渕恵三を首相とする内閣が発足した。

八月には前述の俳句添削事件の控訴審の判決が言渡され、控訴が棄却された。鷹羽狩行さん、NHKの勝訴判決であった。『智恵子抄』事件に次いで、私の文学上の知識が訴訟に役立ったもう一つの事件であり、こうした文学的知識が訴訟に役立ったのはこの二件だけなので、私としては稀有に愉しい思い出となっている事件である。ただし、俳句については、私は読者であっても、実作の経験はない。事件は次のようなものであった。

投稿句は三句である。

波の爪砂をつまんで桜貝（以下「本件俳句A」という）

井戸水からメロンの網目がたぐらるる（以下「本件俳句B」という）

みのうえに蓑虫銀糸の雨も編め（以下「本件俳句C」という）

いずれも見るべきところのない駄句だが、鷹羽狩行さんは次のとおりに添削した上で採用して、添削された句が雑誌に掲載された。

砂浜に波が爪たて桜貝（以下「本件入選句A」という）
井戸水からメロンの網がたぐらるる（以下「本件入選句B」という）
蓑虫の蓑は銀糸の雨も編む（以下「本件入選句C」という）

佳句とは到底いえないけれど、添削された入選句はさすがに俳句として体をなしている。

私はこうした添削の上で入選作として採用することは慣行としてあり得ると思っていたので、事務所の同僚の弁護士に俳句文学館にはいくらも資料があるはずだから、俳句文学館へ行って探してください、と頼んだ。ところが、同僚は、俳句文学館には夥しい資料はありますが、どこを探したらいいのか、手のつけようがない、ということであった。私自身は俳句文学館へ出向くことが億劫だったので、わが家の書庫の蔵書をあたってみることにした。私は子規全集はもちろん、飯田蛇笏全集、加藤楸邨全集、石田波郷全集、中村草田男全集などを収蔵しているので、これらの全集の中、子規全集は別として、随筆の類を収めている巻をとりだし、俳句を作り始め、新聞、雑誌等に投稿した時期の思い出話を書いている文章を探した。作家にとってその出発期は思い出ふかい時期だから、こうした文章を誰もが書いていたし、採用されたときは選者によりどのように添削されたかが記されていた。私は数時間で必要な証拠を見つけだすことができたので、これらを書証として裁判所に提示することにした。

子規のばあいは、選者として投句を添削し、その上で新聞に掲載した事例を数多く記していた。これらも書証として裁判所に提出した。

一方、私は知人を介して、鈴木豊一さんに紹介していただいた。鈴木さんは俳句界随一の統合誌である（結社誌ではない）『俳句』（角川書店刊）の編集長を多年つとめ、俳句界の現状に通暁している人物として知られていた。私は選者を指定して投句したばあい、選者が添削して採用することはごく当り前のことだという話を鈴木さんからお聞きした。詳細な報告書を書いていただいた上で、証人として裁判所に出廷し、証言していただいた。

その結果、こうした添削は「事実たる慣習」にあたるものとして適法であると東京高裁は判断し、長谷川紀子の控訴を棄却したのであった。なお、この雑誌には鷹羽さんの他にもう一人選者が存在し、投句者は鷹羽さんを選者と指定して投句したのである。

また、「事実たる慣習」は「慣習法」に近いが別の法源として民法の教科書に必ず書かれているが、裁判例をあげているのは、浅学な私は見たことがなかった。「事実たる慣習」による判決は、あるとしても稀にちがいない。第一審は投句者に「黙示の承認」があったとして投句者の訴えを斥けたのだが、本件のばあい、黙示にせよ、投句者に添削されることについて承認があったとみるのは難しい。やはり、選者による添削は、民法九二条に規定されている「事実たる慣習」とみるのが妥当であろう。

ところで、法律書の出版社として定評のある有斐閣が『著作権判例百選』という刊行物を『別冊ジュリスト』として刊行している。民法をはじめ、特許法等もふくめ、同種の刊行物を数多く出版しており、有斐閣および編者の名声、信用により高い評価をうけている。この中で「54 俳句の添削――入選句添削事件」として本件控訴審判決が採り上げられている。筆者は、著作権研究所専任研究員という肩書の戸波美代という方である。

ここで戸波氏は次のとおり控訴審判決を批判している。

「裁判所は、「事実たる慣習」の認定の際に、通常は句会の会員のみが購入する会員誌（結社誌）の投句欄と一般の新聞、雑誌の投句欄を同様に扱っている。しかし、特定の句会に属さない者が購入する一般の新聞、雑誌の投句欄について、このような「事実たる慣習」が認められるか否かはなお明らかではないと思われる。他人の改変した著作物を自らの著作物として公表することを認めるこのような慣習は、本来句会の主催者と会員という極めて密接な師弟関係のなかで培われてきたものである。著作者の意思を必ずしも尊重するとはいえないこのような慣習を、裁判所が一般の新聞、雑誌の投句欄について「事実たる慣習」と認定してしまうことには疑問が残される。」

この評者の批判は、第一に私たちが裁判所に提出した書証や鈴木豊一さんの証言はすべて一般の新聞、雑誌への投句にさいして選者が添削するばあいが多いことを示していることを無視している。（『朝日新聞』の投稿欄だけは複数の選者の共通選なので、添削することはない。これが唯一の例外である。）評者は書証等、裁判記録を見ずに、想像で批判し、「疑問が残される」などというのであって、傲岸不遜も甚だしい。

また、評者が「句会」というのは、俳句の世界でいう結社の意にちがいない。こういう言葉の用法からみても、評者は俳句について知識が乏しいことが分るのだが、さらに進んで「本件では、選者を指定したX（控訴人）の添削への包括的同意を前提に、選者による添削の限界について検討する必要があったと思われる」と述べ、添削された表現が投句者の意とは違うとまで論じているので、無知もここまでくると、唖然とする。こうした裁判例批評は学者、研究者のふみこむべき領域ではない。俳句とはどういうものか、をつきつめて考えてきた専門家だけが添削が妥当であるかどうかを論じられるのである。

評者は俳句Aについて「原句の比喩からは、X（控訴人）の桜貝への優しい感情が読みとれるが、添削句の比喩からは、桜貝への攻撃的な感情が読みとれる」という。本件俳句Aにも本件入選句´Aにも比喩など存在しない。たんなる写生句である。砂浜に波が砂をつまんでいる、そういう砂浜に桜貝がころがっている、という平凡な叙景だが、本件俳句Aでは上五、中七と下五の関係がはっきりしないので、本件入選句´Aでは、砂浜に波が砂に爪立てているようだという叙景とそういう砂浜に桜貝が落ちている、というように風景を明確にしたにとどまる。本件俳句Aに作者の「桜貝への優しい感情」など認められない。評者の思いこみにすぎない。

本件俳句Bでは「メロンの表面の網目模様と、引き上げる網の網目とを重ね合わせる表現の工夫を試みたようである」と評者はいうが、そうした面白さでは俳句の興趣とはいえない。そもそも網目がたぐられるということはないのだから、本件入選句Bのように素直に表現することにより、せめて読者に夏の涼気を感じられればよいのである。

本件俳句Cの上五「みのうえに」には何を言いたいのか、はっきりしない。本件入選句Cではじめて情景が浮かんでくるといってよい。

評者は俳句の感興を知らない。かりに俳句に詳しいとしても、添削が妥当かどうかは、判例解説の域を出ている。

私は右を『著作権判例百選』（第三版）によったが、この解説は初版以来、同じである。私は証拠も検討することなく無責任な批判をし、俳句をどう読むか無知な評者の妄言を許しているとしか思えない編者の見識を疑っている。私が知的財産権関係の訴訟を手掛けはじめてから、数十年になるが、当初は知的財産権に関心をもつ弁護士も学者もごく少数、おそらく一〇名には達していなかったように憶えている。いまでは知的財産権法の研究は流行の先端に位置しているように思われる。あらゆる大学が知的財産権を担当する教授等の教職員をかかえ、発表される論文等は夥しい。その中には、この事件の評者のような方も少なくないだろうと感じさせる判例批評であった。

＊

一〇月には日本長期信用銀行が、一二月には日本債券信用銀行が、いずれも債務超過のため一時国有化された。住専七社に続く、バブル経済期における放漫、無責任経営の結果であると考え、住専の社長の多くも大蔵省出身者であったことを想起し、政府系銀行の不健全体質を不快に感じた。しかし、こうした金融情勢が、翌平成一一（一九九九）年二月の金融再生委員会による大手銀行一五行に対する約一五兆円の公的資金の投入を促し、八月に、第一勧銀、富士、日本興業銀行の三行が二〇〇二年を目途に統合し、みずほファイナンシャルグループとなることを公表せざるをえないほどに脆弱化しているとは思いも及ばなかった。かつては事務所の代表者として日々健全経営に気づかい、当時は日本近代文学館の理事長として資金運用に悩んでいた私としては、こうした救済が受けられる金融機関が羨望にたえなかったし、反面、つよい憤りを感じていた。

＊

一二月、日本藝術院会員に選ばれた。その二年ほど前、中村眞一郎さんから会員に推薦したいから、選ばれたら断らないでもらいたい、と言われたことがあった。私は大岡昇平さんや武田泰淳さんに倣って、選ばれても藝術院会員にはならないつもりだったが、中村眞一郎さんから頼まれると、お断りすることはできなかった。このときは選ばれなかったし、中村眞一郎さんも他界なさったので、もうこの話はないものと思っていたところ、翌年選ばれた旨、大岡信さんから、私の留守中、電話があり、電話をうけた次女が、有難うございます、とご返事したということであった。そんな経緯で藝術院会員になって会合に出てみると、阿川弘之、三浦朱門といった方々が会員間の談話をとりしきっているかのような雰囲気であった。こういう状況だから、中村眞一郎さんの話し相手もいなかったので、私に声をかけたのだと納得した。私は決して社交的ではないが、多年、弁護士を業としてきたので、誰とも一応はうちとけて会話できる。だから、中村眞一郎さんのように孤立をかこつこともない。

＊

先走ったが、平成一一（一九九九）年二月二一日に、青土社の創業者であった清水康雄が死去した。清水については別に何回か書いているので、改めて書かない。

＊

この年四月に一高時代以来の友人副島有年が死去した。副島については別に書くつもりだったが、その機会がなかったので、ここで多少詳しく彼の思い出を記すこととする。

私たちが一高に入学して間もないころ、文科の学生六〇名ほどが、何かの用件で、講堂の前で、三々五々集っていたことがあった。そのとき、突然、中の一名が

「気をつけ、整列！」

と号令をかけた。その男が級長か何かなのかと思って、一同が整列した。すぐはっきりしたことだが、号令をかけたのは級長でも何でもなかった。自発的に号令したのであった。それが副島有年であった。高師付属中学の出身で、高師付属時代は陸上競技の選手だったそうだが、一高ではラグビー部に属していた。国文学会は明寮の二階だったが、ラグビー部は三階だったので、同級でもあり、終始顔を合わせていた。私は、自己顕示欲のつよい男だ、と感じていたので、一高時代はもちろん、卒業後もあまり好感をもっていなかった。後年聞いたところでは、彼はきちんとしていないと気がすまない性質なので、必ずしも自己顕示欲がつよいわけではないという。

東大を卒業後、大蔵省に入省した。私の同級生は松下康雄をはじめ七、八名が大蔵省に入った。松下が次官まで昇進、福島豊一が国土庁次官、渡辺喜一が財務官にまでなったが、その他も殆んどが本省の局長かそこらまでに出世した。私の記憶と理解によれば、副島は銀行局保険部長になった。その当時、ソニーの役員を副島に紹介した記憶がある。ソニーがアメリカの生命保険会社と合弁で生命保険会社の設立を計画中であった。ただ、ソニーはいろいろな関係で大蔵省と接触していたから、私が副島を紹介したとしても、どれほど役に立ったかは疑問であ

る。

私が副島有年という人物を考え直す契機になったのは、彼が保険部長から関税局長に昇進した後、在米公使に自ら希望して転職したと聞いてからであった。通常は在米公使を経験した者が帰国して局長になるので、局長から在米公使になるのは降格なのだが、副島は降格になっても是非アメリカでしたい仕事がある、といって希望を貫いたと聞いた。もっとも公使といっても、みんなが同じ地位というわけではないというから、降格ではない、と聞いたこともある。

彼と親しくなったのは、退官後、日本ヒルトンホテルの社長か会長に就任して以後である。新宿のヒルトンホテルで会合する機会が多かった。おおむね夫婦であり、主として昭和一九（一九四四）年一高の文科に入学した仲間であった。在学中徴兵されるのを覚悟して入学した連中であった。戦争中は理科に在学して徴兵をまぬがれ、敗戦後は文科に転科する、といった器用な世渡りのできない、そういう同級生だけがわれわれの本当の友人だ、と副島は考えていた。そんなことから私たち夫婦にも声がかかり、ずいぶん安い会費で豪華なご馳走にありついた。それはヒルトンホテル一般の客にも供される特別なメニューだったのだが、ふつうの方はご存知なかった。

そんな会合の席かどこか、そのころ、副島が結婚したときのエピソードを聞いた。私などが入学したとき、三年生で寮の副委員長をしていた服部幸三という方がおいでになった。服部さんは大学卒業後、藝大の音楽学部で教鞭を執っていた。その教え子の女性を副島に紹介し、結

婚させようと服部さんが考えた。副島は音楽について知識が貧しい。一夜漬けでクラシック音楽の勉強をした。見合の席で、副島は

「シューベルトのサケという曲が好きです」

と話した。服部さんは、これで、この話は終いだと思ったそうである。もちろん、シューベルトのピアノ五重奏曲はマスであってサケではない。ところが、相手の弘子さんは、それほど熱心に勉強してこの席に来てくださったのか、と感じいったという。福島の失言が彼女を感動させ、彼らは結婚することとなった。

この話はずいぶん広く知られているようである。いつか辻井喬という詩人として交際があった堤清二さんと会って、たまたま副島の話が出たとき、堤さんは、学校も違うのに、ああ、かのシューベルトのサケの副島さんだ、と言った。堤清二さんも交際範囲が広く、そうした挿話を好む人であった。

いつか青山の副島のマンションに招かれたことがある。私が若干奇異に感じたのは、弘子夫人は副島を「副島さん」と呼び、副島は夫人を「弘子さん」と呼んでいた。ずいぶん他人行儀のように思ったが、夫婦仲はすこぶる睦まじかったのである。

見沼用水東縁を彼ら夫妻と私たち夫妻と四人で散歩したことがある。副島はいかにもハイキングという服装であらわれた。私の考えでは、武蔵野の風光を愉しむには見沼用水東縁が候補の随一である。野趣が残っているし、散歩道が整備され、野草の類、野鳥の類も豊富である。

帰途クマカヤソウの自生地などを見物し、わが家で休息した。なるほど、大宮を離れられない理由が分ったよ、と彼は語っていた。

その彼が胃癌で癌センターに入院した。初期なので、どうといった手術でもない、ということであった。手術後一週間ほどして見舞に行くと、ロビーに出てきた。しばらく話しこんだが意気軒昂であった。

ところが癌センターで予後を過している間、感染症に冒され、感染症が意外にしつこく、結局命とりになった。不条理きわまる事件であった。

数十年間誤解し、ようやく本性を知って十数年にすぎない交友であった。

＊

この年五月、美術出版社から『駒井哲郎 若き日の手紙』が出版され、「序にかえて」という文章を寄稿した。駒井の最初期、敬愛した夫人に宛てた日記体書簡集であり、駒井の制作の秘密を語っている感のある著書だが、書簡の所有者との間で意見のくいちがいもあり、出版にこぎつけるまで苦労が多かった。

＊

一〇月、いわゆる金融ビッグバンが実施され、株式売買手数料の自由化、銀行の証券業務の自由化が行われた。規制緩和がつねに正しいとする風潮が望ましいとは思われない。私にはあらゆる規制をとりはずし、資本はじめあらゆる取引をグローバル化することが資本主義の究極の目標とすれば、これは資本主義の末期的症状であろうと考えていた。

*

この年、上智大学ドイツ文学科で教鞭をとっている次女がサバティカルにあたっていた。次女は彼女が好み、全集を翻訳、刊行しているゲオルク・トラークルの生地ザルツブルクに留学することとした。一一月初旬、私たち夫婦は休暇をとってザルツブルクに次女を訪ねた。

私と亡妻は私たちに馴染みふかいミュンヘンに一泊、次女とミュンヘンの私の定宿であるフィアヤーレスツァイテンで落ちあい、列車でザルツブルクに着き、次女が三室ほど借りているアパートの一室で荷をほどき、ここで過すこととした。このアパートはザルツァッハ河の右岸、ミラベル宮殿とその前庭に近かった。

到着した、その夜、ミラベル宮殿でバロック音楽のコンサートがあると聞いたので、出かけてみた。美しく典雅だったが、退屈でもあった。家人が演奏の途中で何回か、短いとはいえ、居眠りした。私は彼女が鼾をかくのではないか、と心配したが、それほど寝こけたわけではなかった。あるいは、当時すでに彼女は体力が落ちていたのかもしれない。日本からヨーロッパの都市に到着した当日なら時差も考えられるが、一晩ミュンヘンで泊ってきたのだから、時差のためとは思われない。それ故、この当時すでに家人はじつは発症していたのかもしれないという疑いを抱き続けている。

翌日から私は次女に案内され、トラークルの詩の銘板を嵌めこんである場所を五カ所ほど訪ねた。このことは『スギの下かげ』と題する随筆集に収めた「「美しい町」にて」という文章で詳しく記したので、くりかえさない。また、私たちはザルツブルクの南一〇キロのヘルブルン宮殿を見物した。子供だましのような噴水で知られる宮殿である。この宮殿の庭園で次女が私たち夫婦のスナップ写真をとった。この写真の家人がよく彼女の俤をとらえているので、今もわが家の食堂の脇に飾ってある。

私たちはまた一晩泊りでザルツカンマーグートに遊んだ。オペレッタで知られるザンクト・ヴォルフガング湖の湖畔のイム・ヴァイセン・レッスル（Im Weissen Rössl 白馬亭とでも訳すべきか）に宿泊、自動車を借りきって処々を観光した。ザルツカンマーグートの風景はじつに美しかった。同時に、たとえばトラウン湖畔の絶壁にのりだすように建っているトラウン教会の建物、その内部、教会に接している墓地の美しさは酔いしれるほどであった。黒光りした錬鉄に金箔で縁どりした紋章などのある墓地や墓地をとりかこむ花壇など、あたかも生と死の境に私たちが立っているかのような錯覚を感じた。ザルツブルク市内のザンクト・ペーター教会の墓地もまた、これとは違った幽遠な風趣の美しさがあった。

この旅行の最後に私たちは次女の案内で、ドイツ近代文学館を訪ねた。そのため、私たちはシュトゥットガルトに泊まり、同地からマルバッハに赴いた。シュトゥットガルト、マルバッハ間は、いわゆるSバーンで、三、四〇分の距離であった。この町には近代文学館以外にはこれといった街並みも見られなかった。近代文学館には展示棟もあったが、主たる施設は、いわば研究棟であり、近代ドイツの文学者の遺稿その他を収集、保存し、研究者の閲覧に供していることがその本来の責務のようにみえた。この閲覧設備の行き届いていることにも驚いたが、もっと驚いたのはこの文学館が宿泊設備を備えていることであった。次女はパウル・ツェランの遺稿・資料の研究のために何回か、この文学館を訪れ、その宿泊設備を利用したことがあるという。この宿泊設備には三〇平方メートルほどの居室に、トイレ、シャワー、キチネットの付いた個室が三〇室もあり、それぞれの個室にはもちろん、机、椅子、ベッド、電話、Wi-Fi設備があり、その他、共同の洗濯・乾燥室、面会室、会議室を備えている。二泊以上の宿泊が条件で、値段は長期ほど割安になるが、三泊から二〇泊までが、一泊三二ユーロだから、一泊五〇〇〇円ほどであろう。二一泊以上は一泊二五ユーロだそうである。料金には部屋の掃除、リネン類の取り換えなど、通常のホテルと同じサービスを提供する費用も含まれている。この文学館はまさに研究者のための文学館であった。私は本来の文学館とはこういう施設でなければならないのだ、と感じ、激しい衝撃を受けたのであった。

私たちはこうして、久しぶりに次女に会い、次女の案内でザルツブルクとその近所を観光し、さらにマルバッハの近代文学館を見学して帰国した。私たち夫婦が結婚以来至上の幸せを感じた旅行であった。

＊

一二月二日、私は京都に旅行した。中原中也の会の企画により、中原が京都時代に下宿していた三軒の家が残っているということで、それらを見物するという予定であった。

二日夜、ホテルに家人から電話があった。体の具合が悪いため大宮のメディカルセンターで診察してもらったところ、肺炎と診断され、即時入院するように言われたが、あなたが留守なので、入院は明日にすることにした、ということであった。

翌朝、すぐ私は京都を発って帰宅した。東京に住んでいる長女は私の帰宅する前に駆けつけて私の帰宅を待っていた。入院に先立って、家人は発熱して体調が悪いのをおして、私のズボンにアイロンをかけたようである。入院中、私に不自由させないための心遣いであった。しかし、そんな労働ができるような体調ではなかった。長女の話では、家人は入院するとすぐ移動も車椅子ですることになったという。これも私は憶えていない。

主治医は、必ず治りますからご心配無用ですよ、と言い、小児科医である私の兄も、「おれがついているから大丈夫だ」と受けあった。かけだしの小児科医である兄の長男もそのメディカルセンターに勤務していた。彼も、心配いりませんよ、と安請け合いした。

口をそろえて、そう言うし、肺炎はありふれた病気なので、私も家人の症状がどれほど深刻か、まったく考えなかった。私は家人が二、三週間ほどで帰宅できるものと信じていた。愚かだったという他ない。

家人が入院したと聞き、次女は直ぐザルツブルクから帰国した。その時点では、家人は点滴の器具を持って廊下を歩くことができるほど、元気であった、という。

主治医らの言葉にかかわらず、家人は日に日に衰弱していくようにみえた。

呼吸機能が極度に低下したので挿管することにしたい、と主治医が話してくれたのは一二月二〇日ころであった。呼吸機能が回復すれば直ぐ取り外しますから、ということであった。挿管を口にとりつけたため、会話ができなくなった。麻酔で家人を眠らせているようであった。日々病状は急激に悪化した。こうして、家人はメディカルセンターで年を越すことになった。

7

家人は平成一二（二〇〇〇）年一月八日午後一一時四八分息をひきとった。間質性肺炎ということであった。主治医や兄の安請け合いは何の甲斐もなかった。亡妻ははじめ高熱を発した。入院のさいは肺炎と診断され、他界したとき、カトリック信者であった彼女の信仰から言えば「帰天」したとき、死亡診断書に死因は間質性肺炎と書かれていた。したがって、肺臓に炎症を生じて、これが彼女の生命を奪ったことは間違いないのだが、何故、肺臓に炎症を生じたか、その原因は明らかではない。大宮メディカルセンターに入院後、何らかの感染菌に感染したことによるのではないか、と治療に当たった医師は考えて、いろいろの検査などを試み、感染症が特定できればそれなりの適切な治療を施すことができる、と言い、できるだけの努力をしてくれたようだが、最後まで、特定に至らなかった。そこで、肺炎を生じた原因は分からないままに、亡妻は帰天したのであった。

私は、亡妻は結局、原爆症のために帰天したのではないか、と推測している。昭和二〇（一九四五）年八月六日、一七歳であった彼女は早朝から、勤労動員先の広島市の福屋デパートに出勤していた。その結果、同デパートの二階で、原爆投下に遭遇した。福屋デパートは爆心地から数百メートルの距離だが、彼女は太い柱の陰にいたので、無事であった。たまたま倒れて来た机の角で背を傷つけられただけの軽傷であった。その後、彼女は、いくつもの川を泳いで渡ったりして、終日、広島市内を彷徨し、その夜は、広島市街地の東側の端にあった「東練兵場」で一夜を明かし、翌七日、また福屋デパートに出勤したが、誰も見かけなかったので、広島市から西に数キロ離れた廿日市の疎開先に徒歩で帰宅した。（彼女の一家は大阪で空襲のため罹災し、亡妻の母の実家が広島であったので、その縁故を頼って疎開していたのであった。）この六日、七日の行動は一七歳の少女が一二分の放射能を浴びるに足るものであったにちがいない。だが、このような事情を話すことを亡妻は極度に嫌っていた。当日の記憶は何とかして抹消したいと思っていたかのように思われる。上記したことは、彼女が生前断片的に語っていたことをつなぎ合わせたものである。それ故、彼女は原爆の被害者として名乗り出たことはなかったが、間違いなく、原爆被害者であった。したがって、彼女が原爆症を発症したと考えるのがどうしても妥当のように思われるのである。私は亡妻の死去を悲劇として見たいわけではない。そう考える以外に説明しようのない死であり、帰天であったことを書き添えておきたいのである。

帰天した遺体は九日の深夜、そっと病院の裏口から霊柩車に運びこまれて、帰宅した。病院の正面出入口は生きた者だけの通路であり、死者は正面から出ることを許されない。これは死者を不浄とみる思想に由来するにちがいない。もちろん死者が不浄であるはずはない。私はこうした病院の慣習に烈しい憎悪を感じる。日夜、こうした光景に接して当然と感じている医師、看護師らの心情が私には理解できない。

この当時、私が勅使河原宏さんと親しく、彼が相談を持ちかける事柄について意見を述べたり、進言したりしていたことは前に記した。そうした関係で草月会の機関誌『草月』に詩を寄稿するよう依頼をうけた。『草月』は隔月刊であった。その平成一二年四月号に発表した「レンギョウの黄が眼につきささるとき」の第三連、第四連は次のとおりである。なお、各連四行、五連から成る作である。

ナラ、コナラ、ブナの嫩葉のさやぎを聞き、
季節の推移に私の心がさわぐのは、
確実に循環するものへの嫉妬の故であり、
ついに回帰しないものへの悔恨の故である。

レンギョウの群落が私の眼につきささるとき、
美は私との関係において存在する。
死が私たちの生をかぎるから、私たちの生があり、
愛は必ず生と死を越えるにちがいない。

愛という言葉が安易に用いられており、拙い作だが、それなりに亡妻の死の直後の私の心情の告白であった。なお、『草月』という雑誌の性質上、私は連載する詩には必ず何かしらの花を読みこむこととした。

一月二〇日、聖イグナチオ教会で亡妻の葬儀が営まれた。荘厳、清楚で、しかも静謐な祭壇がしつらえられていた。ハム神父にミサをあげてくださるようお願いしていたが、インモース神父もミサに加わってくださったばかりか、驚いたことに、聖イグナチオ教会の主任司祭の山本神父もミサをあげるのに加わってくださった。ハム神父もインモース神父も上智大学の教授であり、次女の恩師であった。これらお二人の神父にはトラークルやツェランなどの翻訳について殊に懇切なご指導、ご助言をいただいた関係で、私たち一家は格別に親愛感をもっていた。

ミサの後、ハム神父の説教があった。私たちは生きている者たちだけの世界で生活しているのだが、じつは私たちの世界はごく僅かな生者と膨大な数の死者とで成り立っているのであり、私たちの世界はそういう世界のほんの一部にすぎない。私たちは死者たちによって生かされていることを忘れてはならない。私たちはつねに死者たちに感謝し、死者たちに敬虔な気持を抱いていなければならない。二〇年近い前のことだから、私の記憶はおぼろだが、たしか、ハム神父の説教はそんな趣旨だったと憶えている。

聖イグナチオ教会の会衆席はずいぶん広く多数収容できるが、席がとれないほど多くの弔問客が訪れてくださった。私の事務所の主だった人々をはじめ、依頼者の方々、亡妻の友人たち、私の文学関係の知人たち、弁護士、弁理士の知人たちなど、私としては恐縮にたえないほどの方々がおいでくださった。事務所の若い方々や日本近代文学館の事務局の方々が受付などに真冬の厳しい寒さの中、立ち働いてくださった。祭壇の中央で、次女がヘルブルン宮殿で撮ったスナップ写真の亡妻が微笑んでいた。帰天のときから二週間近く経っていることを思うと、夢のようであった。人生は所詮、夢幻の中に過ぎ去るのだ、という感を私はふかくしていた。

*

三月、角川書店から『新編・中原中也全集』第一巻が刊行された。大岡昇平、吉田熙生、佐々木幹郎、宇佐美斉と共に私も編集委員に名を連ねた。大岡昇平、吉田熙生のお二人はすでに他界していたが、従来の全集をふまえて『新編・中原中也全集』が編集されるので、従来の全集の編集に関するお二人の寄与、貢献を明確にする意味で、お二人も編集委員に名を連ねることとなったのであった。京都大学教授であり、ランボー研究者である宇佐美斉が翻訳の巻を担当し、その他の巻をふくめ、実務全般を佐々木幹郎が担当し、私は随時、求められれば助言し、また、角川書店との折衝等にあたることが期待されていた。本文篇と解説篇の二分冊とすることは『校本・宮澤賢治全集』に倣ったものだが、佐々木のこのような形態に倣いたいという提案についても私は異議も唱えず、何の意見も言わなかった。編集実務に私は関心がなかった。

角川書店（実際はその子会社である角川学芸出版）と編集者側を代表して編集に必要ないろいろな条件を折衝し、取り決めるのが私に期待されていた役割であった。編集、刊行までの間、教職などによる定収入を持たない佐々木幹郎が毎月一定額を編集謝礼の前借として受け取れるように私は角川と取り決めた。ただ、弁護士として恥ずかしいことだが、私は角川との間で何時までに編集作業を終えるということを取り決めていなかった。もちろん、新しく編集し直して、できるだけ完璧な全集にすることを目的にしていたから、何年何月までに仕上げるといった約束はできないが、せめて目標として二年以内とか三年以内とかいう期限は決めておくべきであった。そのため、第一巻刊行までにひどく年月を要したのであった。

佐々木幹郎が中心となり、角川学芸出版の人々が加わり、いわば、中原中也全集編集室が発足したのが一九九六年二月だから、第一巻の刊行まで四年の歳月を要したわけだが、第二巻以降の刊行までもさらに長い歳月がかかったのであった。

＊

四月、小渕恵三首相が脳梗塞で倒れ、自民党幹事長であった森喜朗が首相に就任、内閣を組織した。森内閣が発足して一カ月後の五月一五日、森は「日本の国はまさに天皇を中心とする神の国である」と発言して、失笑を買った。いかに神道政治連盟国会議員懇談会の祝賀会の席上の発言であったとはいえ、この人の精神状態は正常なのか疑問を抱かせるに充分であった。六月三日には、共産党が政権に参加する可能性があると言い、そのばあい、どうやって国体を守るか、と発言した。森喜朗は本性として明治憲法下で生きている人物である。

そういう人物が間もなく失脚したのは当然として、その森喜朗を東京オリンピックの組織委員会の委員長に指名した安倍晋三にも似たような体質があるのではないか。安倍が靖国神社参拝にこだわるのも、たんにアジア太平洋戦争に関する歴史認識が間違っているためではなく、明治憲法下の人物と同様の資質をもっているからではないか、と私は疑っている。

ついでに、ここで私は日本共産党について私がかねて抱いていている疑問を記しておきたい。ソ連が崩壊し、中国が一党独裁の体制下で改革開放路線と称して、社会主義とはまったく異なる施政を行って経済発展している現在、わが国で日本共産党が衆議院の議席の過半数を獲得して、政権をとるなどということは夢のまた夢だが、かりにそういう事態になったと仮定したばあい、あるいは他党との連立政権に参加するばあい、どんな政策を採るつもりなのか。まさか、スターリン独裁に至ったソ連、文化大革命に至った中国の社会主義の失敗の轍を踏むことはあるまい。社会主義という思想は私たち人間が実際の政治に採用するには手に余る夢想にすぎなかった、とはおそらく誰もが理解した事実であろう。そうであれば、日本共産党も、ソ連や中国の誤りに学んだ、現実的な路線を選択せざるを得ないであろう。そうとすれば、どういう路線を選択するのか。日本共産党とすれば日米安保条約の廃棄を目指すことは当然であろうが、たとえば象徴天皇制は現実的路線を採るばあいにどうしても廃止しなければならないか。日本共産党は現実的に実現できる路線としてどんな政治体制を構想しているのか。日本共産党が連立政権に参加するとすれば、どこまで現実的な路線を構想しているかが、その鍵となるであろう。そういう意味で日本共産党はこれを明らかにする責務があると私は考えている。ついでにいえば、ソ連、中国、北朝鮮などの歴史から「共産党」という名称にはマイナスイメージしかない。こうした負のイメージを有権者がもたないように日本共産党はその名称を変更すべきだと私は考えている。

＊

五月、私は昭和四八（一九七三）年以来、つとめてきた日本文藝家協会の理事を辞任した。たまたま江藤淳理事長が自死したため、吉村昭さんが代行をつとめ、五月の総会で高井有一さんが新理事長に選任されることになっていたので、高井さんに私を理事に再任しないようお願いしていたのかもしれない。

私が憶えているところでは、三浦朱門さんが理事長の時代、三浦さんがどこからか、財団法人、社団法人の人件費が五〇％（これが六〇％であったか、その比率ははっきり憶えていないが、ここでは一応五〇％として話をすすめることとする）を超えるような財団法人や社団法人は財政が不健全だから、人件費の比率を五〇％以下にすべきだ、と聞いてきた。三浦さんが調べてみると、文藝家協会の人件費は三浦さんが聞いてきた比率を超えていた。そこで、三浦さんは、事務局で高い給与の支払を受けている人々に退職してもらうことにしたい、という方針を理事会で提案し、理事会の承認を得た。私は三浦さんの考えは間違っていると思っていたが、発言を差し控えていた。何故かといえば、私は文藝家協会の経費がどういう内訳になっているのか知らなかったし、かりに反対しても三浦さんの信念を変えることはできないと感じていたため、であった。

三浦さんのいう高い給与をうけていたのは第一に事務局長である高野昭さんであった。彼は読売新聞社の文化部長を定年退職して、日本文藝家協会の事務局長に迎えられたので、読売新聞社に勤務していた時期の給与の八割かそこらの給与をうけていたのではないか。次いで事務局勤務が長く、税務や著作権法について専門家はだしに詳しい井口一男君以下、いわばヴェテランの職員たちであった。三浦さんの方針にしたがって、彼らは次々に退職を余儀なくされ、数年のうちに事務局はひどく弱体化した。税務について相談したい会員が事務局に来訪しても答えられる職員は存在しなくなったのである。

いったい日本文藝家協会は、日本近代文学館のような事業（資料の蒐集、整理、保存、展示等）を行っている団体ではない。協会は会員の親睦を別にすれば、主として税務、著作権などの関係で会員に困ったことがあった時に、その相談にのり、適宜助言することが業務である。その他の事業といえば、著作権法の改正のさいに意見を述べ、声明を出したり、著作物の流通について意見を公表したりするほどのことであり、『文藝年鑑』を刊行したり、各年度の名作集の類を編集して編集の報酬を受領することなどにすぎない。それ故、理事会で各種の問題を討議し、意見をまとめ、公表したりすることを別とすれば、事務局こそ協会の心臓であり、もっとも重視すべき機関なのである。

三浦さんが聞きかじってきた誤った情報にしたがって、余人をもって代えられない高野昭さん以下ヴェテランの事務局員を次々に退職させることに私は耐えがたかった。私は、もし厄介な法律問題がもちこまれたときは、私の事務所の同僚に相談したらいい、と弱体化しつつあった事務局に言い残して、文藝家協会と縁を切った。あるいは、私が三浦さんに彼の意見の誤りを進言すべきだったかもしれない。しかし、私は三浦さんが虚心に私の進言に耳を貸してくださるとはどうしても思えなかった。

*

六月に日本近代文学館において私は「石川啄木　貧苦と挫折を超えて」を企画、監修、解説を担当して開催した。石川啄木に関わる資料はその約半分を土岐善麿（哀果）経由で日本近代文学館が収蔵し、約半分を節子夫人から宮崎郁雨らを経て函館市中央図書館に収蔵されており、これらの収蔵資料を除くと原資料は殆ど存在しない（たとえば澁民の石川啄木記念館の収蔵資料は主として岩城之徳さんが研究のために蒐集した二次資料である。ただし私は啄木記念館の努力を高く評価しており、このことと収蔵資料の問題は別である）。この展覧会の監修、解説を執筆したこと、「肉筆を読む」講座で「呼子と口笛」の講読をしたことなどが、後に『石川啄木論』をまとめる契機となった。それは別として、この石川啄木展は一括、「展示パッケージ」（通常「展示パック」と称している）として地方の文学館に貸出し、その謝礼を近代文学館の財政の一部に充てるという企画の最初であった。近年、地方都市に次々に文学館ないし文学者の記念館が設立されたが、収蔵資料に乏しく、展示替えをして新しい観覧者を呼びこもうと思っても新たに展示すべき資料がない館が多い。こうした館が自力で資料を処々方々から借りうけ、展示しようとすると、監修、解説などの謝礼を含め四、五百万円の費用がかかる。そこで、近代文学館の展示パックを二、三百万円で借受けることができれば、近代文学館にとっても地方の文学館にとっても、双方の利益になるはずだと私は考えたのであった。こうした目論見で「愛の手紙」「パリ憧憬」「文学・青春」「与謝野寛・晶子」「格差社会の文学『蟹工船』その前・その後」などを展示パックとして制作した。一時はかなり近代文学館の財政に寄与したとはいえ、年々地方の文学館の予算が削減され、期待したほどの成果はあげていない。

いったい文学館がどんな展示をするかはきわめて難しい。たとえば太宰治の「お伽草紙」の完全原稿が収蔵されることになったからといって太宰の筆跡や推敲にどれだけの人が興味をもつか。展示はつねにかなり普遍的、悪くいえば通俗的な興味を観覧者に抱かせるものでなくてはならない。たとえば、そういう意味で「愛の手紙」など、興趣が汲みとりやすく、成功した企画であった。これは青土社から単行本としても出版され、最近はその新装版まで出版され、その著作権使用料でも、いくらか文学館の財政に貢献したのだが、それでも真の興趣が充分伝えられているかは疑問である。また、「愛の手紙」は一応成功した企画であったと私は考えているが、この題名から内容に興味をもてるものかどうか、一般の方々には分りにくいのではないか。それ故、来館者が積極的に足を運ぶのを躊躇するのではないか。「愛の手紙」はともかく、「文学・青春」展は青春期の作品、青春を描いた作品を兼ねた題名だが、多くの来館者を期待するには抽象的にすぎ、企画も題名もよくないのではないか。「パリ憧憬」についていえば、日本人観光客が興味をもつ懐かしいパリの魅力が文学作品に描かれていることは稀だし、描かれていても、それを展示できる資料がなければ、来館者が興味をもつことはできない。私は展示の企画として興味ふかいものでも、展示できる資料が乏しければ、興趣ふかい展示パックは制作できないし、また、展示パックはその題名から展示の内容を想像できるような、そして展示を見たいと思うようなものでなければならないと考える。そういう意味では個人文学者の展示はその作品に親しんでいる読者が多い文学者であれば、かなりの来館者が期待できるが、「文学・青春」のような題名では一般の文学愛好者といえどもどれほど感興を覚える展示がされるのか想像できないから、好ましい企画ではない。これは展示パックを推進した私のいまになって反省している問題である。

また、芥川龍之介展についていえば、芥川龍之介関連の資料は、歿後、文子夫人から、夫人歿後は比呂志さんから、比呂志さん歿後はその遺族から、といったように何回も洗いざらいご寄贈いただいているので、近代文学館が誇る収蔵資料の一である。そこで芥川龍之介展について考えると、たとえば、芥川の文子夫人宛葉書や封書には、宛名が時に、「文子様」であったり、時に「文子へ」であったり、宛名だけでも多様であり、それにはそれなりの理由が手紙から汲みとれるはずである。そういう興趣を来館者に覚えてもらえるようなキャプションを作るのも至難である。概して専門家の解説、説明は専門家好みで、一般観覧者には分りにくいことが多い。

私が馬場あき子さんに協力していただいて「恋うたの現在」という展観を作成したことがある。これは現在の歌人三、四〇人の方々に恋うたを色紙あるいは半折に揮毫していただいたものだが、テーマが分りやすく、歌人による個性の違いがくっきりあらわれ、また、属する結社の歌風の違いもあり、なかなか感興ふかいものであった。文学館の展観は、このように新しく作ることもありうるわけである。こうしたことは、文学館の財政に苦慮していた挙句の創意であった。しかし、このような企画は短歌、俳句のような短詩系文学の作品については可能であっても、小説については不可能であろう。ひろく読書人、知識人の興味をそそるような展示を企画、構成することはきわめて難しい。

＊

七月にはそごうグループが民事再生法を申請した。債務一兆八七〇〇億円と報じられていた。

＊

この年、大宮市が制定した現代短歌新人賞の選考委員となった。

この数年前から、私は大宮市に女性歌人のための文学館を設立することを提案していた。男性の歌人については、斎藤茂吉、土屋文明、島木赤彦、若山牧水らをはじめとして、個人文学館が設立されている歌人が多いが、女性歌人のばあいは、仙台市郊外の原阿佐緒記念館を別にすれば、与謝野晶子でさえ堺市の公民館の一階にコーナーがあるばかりだと聞いていた。ところが、ことに戦後は、すぐれた女性歌人が数多い。女性歌人のための文学館が存在しないのはこれら女性歌人が通常、結社の主催者でないためかもしれない。それにしても、すぐれた女性歌人の原稿、色紙、半折、日常の愛用品等の資料を蒐集、保存し、随時、展示することは大いに文化的意義が高く、大宮市の文化的イメージを周知化させるにも役立つはずだ、と考えていた。私は大宮市を女性歌人の聖地にしたいと本気で思っていた。たまたま、多年大宮に住んでおいでになった大西民子さんが他界され、親族のない大西さんはその遺言で、著作権をふくめ、全資産を生前、いろいろ生活のお役に立っていた岩槻在住の原山喜亥さんに遺贈なさった。原山さんはまた、こうした貴重な文学的遺産は私物化すべきではないと考え、すべてを大宮市に寄附した。そこで、大宮市も一時はかなり真剣に女性歌人の文学館の設立を検討し、そのために森鷗外の長男森於菟氏が一時期住居にしていた盆栽町の土地家屋を買取ることまでした。この土地を馬場あき子さんらと共に私など、大宮市の職員に案内されて、見に行ったこともあった。環境は閑静な住宅地の一角で、近くに何軒かの盆栽園もあり（いまでは盆栽会館が建てられているが、その近くであり）、氷川神社、大宮公園とも比較的近く、申し分なかった。

しかし、やがてその土地が狭い、とか何とか、いろいろの理由でその文学館構想は流れてしまった。（その間、若く自死した独自の歌風をもつ永井陽子さんの著作権、遺品類も大宮市に寄贈された。）

私の想像では、同じころ大宮市で盆栽会館の構想が進行していたので、盆栽といえば、今日では海外にも愛好者が多いから、観光施設として役立つと考えたらしい。その開館前、盆栽会館は年間の来館者一五万人ないし一六万人を見込んでいたという。ところが平成二二（二〇一〇）年は六万五千余人、翌年は五万人にも達せず、年々来館者は減少し、経費一億八千万円弱に対し収入は一三〇〇万に達していないという。それなら、よほど女性歌人文学館の方がコスト・パフォーマンスもよく、文化的意義もはるかに高かったはずである。

現代短歌新人賞は、こうして構想段階で流れてしまった女性歌人文学館構想の一環として、私が提案したものであった。当然、女性歌人に対する賞であることも明示したいと思ったが、浦和在住の選考委員である加藤克巳さんが、男性でもすぐれた新人の歌集が出れば男性にも賞を差上げる、ということでいいじゃないか、と強硬に主張なさったので、募集、選考にさいして特に男性は除外しないこととした。しかし、事実上、つねに女性歌人が受賞し、今日に至っている。この贈受賞は馬場さんのお骨折で当初は『ミマン』に、『ミマン』廃刊後は『ミセス』に毎年紹介され、受賞歌集中の秀詠三〇首と受賞者の言葉、選考委員の選考の辞などが紹介され、幸い、才能豊かな若い歌人たちを多く選んできたため、歌壇でももっとも権威のある新人賞の一、二の一つとみなされているそうである。

大西さん、永井さんの遺品類についていえば、その整理は完了したが、まったく利用されることなく、放置されていた。最近、新築された大宮図書館の中に大西さんのためのコーナーが設けられたが、率直な感想をいえば、展示方法といい、キャプションといい、非常に貧しい。

＊

亡妻を偲んだ詩集『幻花抄』には、必ずしも私の想念を過不足なく表現している作ばかりでなく、不満な作も多く収められているが、一応私が納得している作「花野の涯、ススキ原の彼方に」を全篇次に引用することとしたい。

ハギ、リンドウなどの咲き乱れる花野の涯に
人が歩み去り、歩み去ってふりかえらない。
わたりゆく風に靡く銀色のススキ原の彼方に
人は消え、呼びかけても答えない。

追われるままに粗雑な書面を起案し、
その時々の気分で来客と応待し、
錯綜した人間関係に浮遊する繁忙の日々、
気付くといつも私に寄りそっている人がいる。

花野の涯に暗くふかい沼はない、
ススキ原の彼方に光の溢れる天はない。
花野の涯、ススキ原の彼方に
時もなく場所もなく、ただ人だけがいる。

私たちがたがいに傷つけ、傷つけられながら
はぐくんだ絆をつよめてきた四十余年の歳月、
いま私が人と別れた嘆きも、所詮は
人間がみな演じてきた喜劇の一つにすぎない。

ハギ、リンドウなどの咲き乱れる花野が私の内にある。

わたりゆく風に靡く銀色のススキ原が私の内にある。
花野の涯、ススキ原の彼方に人はいる、
私の内にある花野の涯、ススキ原の彼方に人がいる。

『草月』二〇〇〇（平成一二）年一〇月号に発表した作品である。

*

この年、私はある稀な事件のために多忙をきわめていた。通常弁護士が取扱う事件は土地、家屋に関する紛争、金銭の貸借、物品の取引等に関する紛争、相続に関する紛争、それに私の専門とされている知的財産権に関する紛争などである。私のばあいは知的財産権関係の紛争や相談のほか、国際的取引に関連する紛争や相談が主である。そういう意味で、この年、私が依頼されたのは私自身も、また、ふだん弁護士が取扱わない事件であった。それはホテルの管理、運営に関する紛争であった。それまで私はホテルがどのように管理、運営されるのかまったく知らなかったが、ホテル・マネージメントに関する英文の著書もあり、こうした著書によると、私が取扱ったホテルの管理・運営に関する契約は当業界ではごくありふれたものであり、契約に関する紛争も珍しくはないようである。
私の依頼者は東急電鉄の子会社であり、後に東急電鉄に吸収されてその一部門となった株式会社東急ホテルチェーン（以下「東急」という）であり、相手方は株式会社東京ベイホテルズと称する、実質的にはその親会社である第一不動産という不動産会社（以下「相手方」という）であった。私の依頼者には東急の役員等も手続上含まれているが、紛争の当事者であっても、紛争の本質とは関係ないので、一応、無視して説明する。東急は当時キャピトル東急ホテル、赤坂東急ホテル等約二〇のホテルの運営・経営を行っていた。

相手方は舞浜のディズニーランドに隣接する地区に約一万坪のホテル用地を所有し、後に「東京ベイホテル東急」と称することとなったホテルに関し、東急との間で昭和六三（一九八八）年一二月「ホテル建設・開業準備に関する助言、指導の提供並びにホテル運営・管理に関する受委託契約書」（以下「本件契約」という）を締結し、本件契約にしたがい本件ホテルが建設され、東急がその運営・管理してきたところ、相手方は東急が本件契約に違反したので契約を解除したと主張し、本件契約の終了の確認、損害賠償等を請求した。東急は当時はキャピトル東急ホテルと称し東急が運営・管理していたが、同ホテルが建設された当初はヒルトンホテルと受委託契約を締結し、ヒルトンホテル東急として運営・管理されていたが、ヒルトンから契約を解除され、止むをえず東急が運営・管理してキャピトルホテル東急と称することとなったが、そのさい、ヒルトンとの間で訴訟があり、敗訴した経験があった。そこで、多年東急グループの総帥であった故五島昇氏は危い訴訟事件がおこったときは、日常の法律案件を扱っている顧問弁護士だけでなく、有能として知られた弁護士を代理人として選任するよう、つねづね語っていたという。そこで、東急は川島廣守コミッショナーに助言を求め、私にこの訴訟事件を代理するよう依頼し、また、別の経路で、著名な某大学の法学部教授である弁護士を代理人として選任した。ただ、この弁護士は刑事法の大家ではあったが民事訴訟の経験は殆どなかったので、会議に何回か出席しただけで、結局、一度も法廷には出頭しなかった。東急の顧問弁護士は初めから自分たちの手に負えない事件という態度だったので、必然的に私が全面的に法廷闘争を引受けることとなった。私の事務所の同僚一、二名も東急の代理人として名前を連ねているが、実質的に裁判所に提出する書面の起案、法廷における弁論、採るべき方針の決定等のすべてを私が自ら行ったのであった。

以下に何が争点となったか、裁判所がどう判断したか、を記す。

第一の争点は、東急が予算達成義務に違反したか、どうかであった。裁判所はまず、東急が相手方の意向を尊重せず、善良な管理者の義務を尽くして予算を作成する義務に違反したという相手方の主張は理由がない、と判断した。次に、平成一一年度及び平成一二年度の営業収益及び営業粗利益の達成率が相手方の主張のとおりであるとしても、東急が予算を達成するための努力を怠ったとまで認めることはできない、と判断した。

第二の争点は経費削減義務に違反したか、どうかであった。裁判所は、東急が、人件費、業務委託料等の経費の削減を怠り、それにより相手方のオーナーとしての利益を著しく損なうなどオペレーター（運営受託者）としての裁量の範囲を逸脱したと認められる場合に限って本件契約上の義務に違反したものと認めるのが相当である、と決定した上で、営業収益に対して人件費の占める割合も一定していると認められ、シェラトンホテル等、他のホテルと比較して不相当に高額とは認められない、と判断した。

第三に外部業務委託料の削減義務に違反したか、どうかが争点であったが、東急リネンサプライ等の外部業者と東急との交渉等を検討した上で、東急が外部委託業者に対する委任料等の経費を削減するため、一定の努力をしてきた、と裁判所は認め、相手方の主張した、東急が相見積もりを取っていないことなどだけでは運営受託者としての裁量の範囲を逸脱したとは認められない、と判断した。

その他、相手方は、子会社を利用して東急が鞘抜きしているとか、他の周辺ホテルに比して業績が劣っているとか、衛生管理義務に違反しているとか、いくつかの主張をしていたので、これらについても東急として反論し、判決は東急の反論を認めて、契約義務違反はない、と判断した。

その他、相手方は、民法六五一条違反とか、契約上の義務違反の有無とは別に、契約の継続に支障をきたす事由があるとか、主張していたが、いずれも東急の反論が採用され、相手方の主張は斥けられている。

逆に、相手方が東急の受託業務を妨害しているので、妨害行為の差止めを求める反訴を東急は提起していたが、この請求は認められ、いわば、東急は完勝した。

この事件を取扱うまで私はホテルの経営について、土地、建物、設備等の所有者（オーナー）がホテルを経営しているものと思っていたが、じつはオーナーとオペレーターとの間で受委託契約を締結して、オペレーターが運営・管理する事例が非常に多いのだ、ということを学び、ホテル業界の実情をかいま見た感をもった。

また、判決で見られるとおり、どこまでがオペレーターの「裁量の範囲」であるか、がきわめてきわどい微妙な問題であり、東急の行為がすべて「裁量」の範囲であることを理論づけることと証拠によって裏づけることに私は能力の限りを尽くしたように憶えている。

右の説明は東急と相手方との基本的訴訟の判決に関するものだが、付随的に仮処分事件、損害賠償事件等もあったので、じつは総計一五件の訴訟があり、全訴訟に勝訴することによって、私は川島コミッショナーの推薦にふさわしい仕事をした、と思っている。私の業務範囲が知的財産権事件に限られないことに加え、有益かつ愉しい思い出となった事件なので、記しておくこととした。

なお、二点付記する。この圧勝の結果、相手方は控訴することなく、一審判決の結果がすべて確定し、両者間の紛争は終息した。また、こうした結末に至ったことについては、東急の顧問弁護士をふくめ、私の事務所に所属する弁護士を除く、他の弁護士の実質的な協力はうけなかったが、中村忠勝総支配人をはじめとする東急の方々から事実に関し貴重な情報をいただき、また、献身的な協力を得た。こうした協力なしには、このような結末は得られなかったことは間違いない。

＊

平成一三（二〇〇一）年に入り、『ユリイカ』一月号から「人間に関する断章」と題して「愛について」「父について」等の随想を連載、一二月号に「言葉について」を掲載した。これが『ユリイカ』に随想等を連載した最初であった。この連載は翌年二月、青土社から『人間に関する断章』として刊行された。その後は平成一四（二〇〇二）年一月号から平成二三（二〇一一）年一二月号まで「私の昭和史」を連載、その後も今日に至るまで、随想・回想の類を連載させていただいている。

＊

この年、平成一三（二〇〇一）年一月、内閣府設置法が施行された。この法律の施行は戦後行政制度における革新的な意義をもっている。この法律において第三章第三節第二款「重要政策に関する会議」の第二目「経済財政諮問会議」は次のとおり規定している。

第一九条一項　経済財政諮問会議（以下この目において「会議」という。）は次に掲げる事務をつかさどる。

一　内閣総理大臣の諮問に応じて経済全般の運営の基本方針、財政運営の基本、予算編成の基本方針その他の経済財政政策（第四条第一項第一号から第三号までに掲げる事項について講じられる政策をいう。以下同じ。）に関する重要事項について調査審議すること。

二　内閣総理大臣又は関係各大臣の諮問に応じて国土形成計画法（昭和二十五年法律第二百五号）第六条第二項に規定する全国計画その他の経済財政政策に関連する重要事項について、経済全般の見地から政策の一貫性及び整合性を確保するため調査審議すること。

三　前二号に規定する重要事項に関し、それぞれ当該各号に規定する大臣に意見を述べること。

第二〇条　会議は、議長及び議員十人以内をもって組織する。

第二一条一項　議長は、内閣総理大臣をもって充てる。

二項　議長は、会務を総理する。

第二二条における議員についての規定をみると、同条第一項第一号以下に内閣官房長官、経済財政政策担当大臣等がこの会議の議員となることが定められているが、第七号に「経済又は財政に関する政策について優れた見識を有する者のうちから、内閣総理大臣が任命する者」として国会に議席を持たない民間人が議員として加わることが定められていることが注目に値する。しかも、同条第三項には「第一項第七号に掲げる議員の数は、同項各号に掲げる議員の総数の十分の四未満であってはならない」という規定がある。そこで首相がお気に入りの財界人、学者等が過半数を占めても差支えないこととなっている

「諮問」とは「〔官庁などで上の者が下の者に〕政策などについて意見をたずねること」をふつう意味する（『三省堂国語辞典・第七版』）から、首相自らが議長として主宰する会議を諮問会議と称するのは、いかにも実質と表現が一致しない感を与えるが、問題はいうまでもなく、この会議の機能権限にある。

竹中治堅『首相支配』は次のとおり記している。

「経済財政諮問会議は、経済や財政について議論を行うことになっている。およそ国内政策のなかで経済や財政が関係しないものはない。したがって、この会議では国内政策全般について議論することができるのである。」

特に重要なのは、経済財政諮問会議の場合、実際の会議の場で、実質的な議論が行われ、決定を下せるということにある。首相は経済財政諮問会議の議長を務める権限をもち、議題の設定や議論の帰結に大きな影響を及ぼせる。こうして、首相は政策に自分の考えを反映させるためにこの会議を活用できるようになった。

四月に小泉純一郎が首相に就任し、内閣を組織したが、発足にあたり、小泉は次のように述べたという。

「私は自ら経済財政諮問会議を主導するなど、省庁改革により強化された内閣機能を十分に

活用し、内閣の長として首相の責任を全うしていく決意だ。」

ちなみに、小泉は国会に議席を持たなかった慶應義塾大学教授竹中平蔵を経済財政担当大臣に起用、竹中が会議の準備、司会、進行をつとめた。

こうして経済財政諮問会議を活用することは首相の権限を強化することでもあったが、反面では、各省庁の縄張り意識による弊害があったにしても、それまで各省庁が持っていた権限を剥奪することを意味した。経済財政諮問会議が重要と認めて調査、審議、決定した政策を、各省庁はそのまま実行せざるをえない下請機関となったのであった。私事になるが、私の旧制一高の同級生の多くが官僚になったが、彼らはおおむね課長の職にあるころから、国運を担っているといった気概をもって仕事をしていた。経済財政諮問会議の活用はそうした気概をもつ官僚たちの意欲を大いに阻害したにちがいない。

*

五月、大宮市が浦和市、与野市と合併してさいたま市となり、政令指定都市となった。大宮市の市議会議員をはじめ、市の関係者が合併交渉のさい、都市名は大宮市、庁舎の所在地も大宮などと余りに勝手な主張に固執し、呆れた与野が浦和と連合して、大宮の希望はことごとく容れられないこととなった。大宮市が合併したこと、新しい市の名称としてさいたま市となったこと、政令指定都市となったことは、私の生活にとっていかなる便宜ももたらしていない。

女性歌人の文学館の構想が立ち消えとなったことだけが私自身の関係する合併の結果である。それ以上に不快なことはさいたま市という名称である。誰が、どのような手続で、この名称を選んだのか、私は知らない。しかし、行田市に属する地域にさきたま古墳群があり、行田市の字に埼玉がある。こうした事実を無視して、さいたま市と名のるのは、あたかも他人の名を奪い取ったかの感がつよい。

それでも山梨県に、甲府市があるのに、甲斐市、甲州市が生れ、山梨市まで名づけられたことを聞くと、さいたま市民は山梨県民よりもましだと考えるべきかもしれない。

いったい、いわゆる平成の大合併は何のために行われたのか。小熊英二編著『平成史』の小熊英二執筆の「総説」には、平成の大合併により「約一五〇〇の自治体が消え、一九九五年から二〇〇八年までに地方公務員は三二八万から二九〇万に減少した。並行して、金融危機後の景気対策で九八年にピークの一四兆九千億に達した国の公共事業関係益（補正含む）が、二〇〇八年には七兆三千億まで低下した。公務員と建設業は地方の主要な就職先であり、九〇年代の構造変動をカバーしていた部分が失われると、高齢化とあいまって一気に疲弊が進んだ。」

なお上林陽治『非正規公務員の現在』によると、二〇一二年度の自治労調査は、一般行政職部内と公営企業等会計部内の両部への「正規の地方公務員数は、同年の総務省「平成二四年地方公共団体定員管理調査」によると一二七万九二一人であり」、全国の推定非正規公務員の約七〇万と比べると、「三人に一人は非正規公務員」である、と記している。

こうしてみると、平成の大合併は公務員の大幅な減少をもたらし、公務員中でも年々非正規公務員の比率の増大をもたらしていることが明確である。

その結果として、平成の大合併は公共サービスの低下をもたらしたと総括してもよいのではないか。

*

この前年、事情があって、吉田健一さんの息女暁子さんから北軽井沢大学村の吉田さんの山荘を譲り受けることとなり、修理が終って、この年の八月から酷暑の候は旧吉田山荘で過すこととなった。

この旧吉田山荘の和室の壁に墨くろぐろと

雲横奏嶺家何在
雪擁藍関馬不前

という韓愈の詩の一部を吉田さんが酔余書いていた。また厨房の壁には

空山不見人

但聞人語響
返景入深林
復照青苔上

という王維の詩が落書されていた。名筆とはいえないが、じつに味のある個性的な書であった。昭和初年に建てられた旧い家を修復するより、とり壊して新築する方が値段も安いし、使い勝手もよいにきまっているが、私は是非吉田さんの書を残したいと思った。

旧制一高の後輩で大学村に山荘を持つ友人、宇田健の親しい工務店の丁寧な仕事により、吉田さんの書を無事保存したかたちで、山荘は修復された。山荘に滞在すると、いつも吉田健一さんに見守られている感じがする。

＊

この年の八月一五日、小泉首相が靖国神社に参拝した。中国に対する侵略をどう考えているのか、勝算もないのにアメリカ、イギリス、オランダ等諸国に戦端を開き、内外の人々に夥しい被害を与えた指導者たちが靖国神社に祀られていることを小泉はどう考えているか、私には理解できなかった。歴史に対する無知による愚昧さとしか思われなかった。

＊

九・一一事件によりニューヨークの世界貿易センタービル二棟、ワシントンの国防総省に対する同時多発テロがおこった。世界貿易センタービルの倒壊により無辜の人々が多数殺戮されたことはいたましい限りであった。同時に、私はイスラエルによるパレスチナの人々に対する残虐、無法な行為を思い出していた。アラブ過激派をここまで追いつめたのは何かを想い、イスラム教徒とキリスト教徒との間の和解、さらにユダヤ教徒の和解がはるかに遠い、夢まぼろしの未来にしか成立しないだろうし、その間、過激派がその活動を止めることはあるまいと信じていた。オサマ・ビン・ラディンが主犯とブッシュ（子）大統領は断定したが、オサマ・ビン・ラディンを捕え、処刑しても、第二、第三のオサマ・ビン・ラディンは必ず報復し、テロが終息することはないだろうと思った。ブッシュのように理性を欠いた人物が世界随一の大国、アメリカの指導者であることに、私はふかく嘆息するばかりであった。タリバンとアルカイダに対する軍事行動として一〇月、アメリカはアフガニスタンを攻撃したが、その無意味なことを理解しないブッシュの無定見にもひたすら嘆きをつよくするばかりであった。（アメリカ軍がいまだにアフガニスタンの泥沼から撤退できないことは知られているとおりである。）そういう愚昧なアメリカのご機嫌をとり結ぶため、アメリカの軍事力支援のため、わが国政府はテロ対策特別措置法を制定した。私はただ不快であった。

＊

一一月、東大阪市に司馬遼太郎記念館が開館した。この記念館については構想の当初から司馬遼太郎夫人福田みどりさんの代理人である、みどり夫人の弟の上村洋行さんとその連れ合いの元子夫人から種々相談にあずかっていた。建築に関しては設計者の安藤忠雄さんに事務所にお越しいただき、上村夫妻ともども充分な打合せをした。

その結果、比較的狭い展示室、ゆったりした収蔵庫、ホール、容易に展示替えのできる展示施設など、何よりも維持費を抑制するため、できるだけ建築物として小規模にした、私としては理想に近い個人文学者記念館となった。司馬さんの人徳、遺徳もあり、地元の方々の全面的協力が得られたことも幸いであった。この記念館はいまでも私の理想に近いかたちで運営されている。

＊

この年一二月、エンロンがふつうチャプターイレブンといわれる連邦法第十一章による会社更生を申請した。負債は八〇億ドルといわれた。エンロンは結局倒産、エンロンの粉飾決算に加担したアーサー・アンダーセン会計事務所も解散を余儀なくされた。アーサー・アンダーセン会計事務所は世界の五大会計事務所の一であり、世界的大企業の多くを依頼者にもっていた。

こうした大会計事務所が解散を余儀なくされるほど粉飾決算にふかくかかわっていたこと、その倫理的頽廃に、私はエンロンの倒産以上の衝撃をうけた。

＊

この連載を始めた時期と現状は社会状況がまるで変っている。いうまでもなく、新型コロナ・ヴィールスの蔓延である。中国の武漢から始まった感染症の第一波から現在はヨーロッパ由来の第二波が到来しているという。政府も東京都も非常事態宣言とか東京アラートなどによって抑え込む方針だったようだが、六月上旬に方針を変更し、現在では産業・経済の活性化とヴィールス抑え込みの二兎を追うことにしたらしい。ライブハウス、パチンコ屋、接客をともなう飲食店など、ほとんどの営業がすべて自粛を求められなくなり、深夜営業も自由になり、入場員一〇〇〇人未満の会場のイベントも催すことができることとなり、観光地への旅行を含め、都道府県をまたがる旅行も自由になった。この結果、多くの場所や地域において、いわゆる三密状態が生じることは避けられないと思われるのだが、いわば背に腹はかえられないということだろうが、私たちが感染症に罹る危険が増幅していることも間違いあるまい。東京都における感染者数は最近むしろ増加傾向にあるようにみえる。私自身は三月以来、徒歩で三分ほどの大宮公園で二、三〇分、散歩することを除き、まったく外出もせず、来客とも会わず、蟄居の日々を送っている。暇にまかせて、次のようなものを書いたのでご紹介する。詩というよりは戯れ歌である。

新型コロナ・ヴィールスが怖い
どこに潜んでいるか分らないから怖い
いつ襲ってくるか分らないから怖い
どうして感染するか分らないから怖い

PCR検査によって陰性といわれても、
明日、陽性となるかも知れないのだから怖い
感染しても感染したことが分らないのだから怖い
感染していて気づかない人がいるから怖い

だから、すれ違う人が怖い
顔見知りでも、顔見知りでなくても、
感染させられるかもしれないから他人が怖い

ある秘密結社が人類撲滅の陰謀をめぐらせて

世界中の処々方々にヴィールスを撒き散らしているのだ、
そんな噂を、信じないけれど、信じたくなるほど、怖い。

8

平成一四（二〇〇二）年に入る。この年私は『ユリイカ』一月号から「私の昭和史」を連載しはじめた。一九四五（昭和二〇）年八月一五日まで綴った第一巻に続く、戦後篇上下、完結篇上下の五巻で完結したこの著述は、私が生きた時代環境における私の半生を回想した著述であり、人によっては私の代表作と目しているようだが、私自身は必ずしもそう考えてはいない。しかし、こうした齟齬は筆者と読者の間につねに存在するから、私が異論を唱えても詮方ないことである。

この年をふりかえって、私は『現代詩手帖』一月号に発表した詩「戦争について」に愛着をもっている。この詩は平成一六（二〇〇四）年二月に刊行した『中村稔著作集』第一巻「詩」中詩集に収録しなかった作品として収められているが、ほとんど知られていないと思うので、ここに引用しておきたい。ひとつには、これはこういう主題が詩となりえるかを試みた作品だからである。一連五行、八連から成る、私としては長篇詩である。

食堂の窓の外にサザンカが一輪、
ほのかな花をつけ、そして十日あまり、
帯状の高気圧が本州の太平洋岸にとどまり、
いま数十のサザンカが侘びしい花をひらき、
つややかな葉の茂みから頭をもたげている。

かつて同じ食堂の窓の外のサザンカを
私は人と共に見た。私たちが何を話したか、
私たちはただ黙って向かいあっていたのか、
すべては茫々たる時間の果てに在り、
数十のサザンカが私を見ている。

砂漠と岩山地帯の国はラマダンに入り、
まだ今日も空襲が続いている。
餓死寸前の数十万の難民におそいかかる戦火、
東西文明の十字路として栄えた地域の
無数の古代遺跡が破壊されたという。

私にとって「戦争」とは映像と活字の中にしかない。
かの戦士たち、かの難民たち、失われた古代遺跡に
私の心が痛まないといえば、それも嘘だが、
サザンカを見やりながら私が心を痛めたところで
どうなることでもないこともまた、本当なのだ。

「戦争」とは暴力である、錯綜する利害関係、
その網目を断ち切る暴力である。
肌の色が違うから、言葉、文化、宗教、信条が違うから、
また世界の富が偏在するから、利害関係が増幅し、
その網目がもつれてほぐれないとき、暴力が身をのりだす。

古来、暴力によって無辜の人々を大量殺戮し、
ある文明を抹殺した者を英雄と呼んだ。
「ならず者」の軍隊はどうやら追いつめられたらしい。
やがて新しい「秩序」といわれるものがつくられ、

新しい英雄が誕生する日も近いかもしれない。

だが、英雄とは幻覚にすぎない。殉教者が幻覚であると同様に。
サザンカが私を見ている、確かにサザンカは実在する。
毎年、同じ季節、同じ花が咲くことの何とふしぎなこと！
私たちは自然ほどに賢くない、しかし、
自然は私たち人類に対しあまりに無力である。

私は茫々たる時間にまぎれゆく生物である、
かの戦士たち、かの難民たち、かの古代遺跡も
茫々たる時間の砂塵に捲きこまれゆく砂礫である。
かの英雄もまた茫々たる時間の闇に溶けゆく一個のウィルスである。
かの殉教者たちと同様に——そして残る茫々たる時間の闇。

前年、平成一三（二〇〇一）年一〇月にはアメリカがオサマ・ビン・ラディンらアルカイダに対する軍事行動を開始、アフガニスタンを空爆、一一月にはアフガニスタンの反タリバン勢力北部同盟が首都カブールを制圧。タリバンをめぐる戦闘とその被害は日々深刻になっていた。

こうした情勢をうけて、アメリカのブッシュ大統領（ブッシュ元大統領の子の大統領だが、以下ことわることはしない）は一月二九日上下両院本会議において一般教書演説を行った。「五週間前にアフガニスタン新政府の暫定指導者に就任したハミド・カルザイ議長も出席していた」とボブ・ウッドワード『攻撃計画――ブッシュのイラク戦争』（以下『ブッシュ・攻撃計画』という）は記している。『ブッシュ・攻撃計画』は続けて次のように記している。

「ブッシュはまずカルザイに歓迎の辞を述べ、タリバン政権打倒に成功したアメリカの軍事作戦について述べたが、その後のことを説明するのが真の目的だった。われわれの大きな目標は、大量破壊兵器を得ようとする政権とテロリストのもたらす脅威を払拭することである、とブッシュは述べた。北朝鮮とイランにはそれぞれ一センテンスを、イラクには五センテンスを割いた。

「こうした国々とその同盟者のテロリストは、悪の枢軸を形作っている」とブッシュは述べた。「世界平和を脅かすべく武装している。大量破壊兵器の入手をはかるこれらの国は、ますます増大する深刻な危険をもたらしている」

ブッシュは断言した。「わたしは危険が蓄積するあいだ、物事を座視するようなことはしない」」

『ブッシュ・攻撃計画』はまた、この一般教書演説で、ブッシュが「アメリカは人間の尊厳という譲ることのできない要求のために、断固とした態度をとるつもりである」と述べ、「確固たる目的を持ち、われわれは力強く前進する。われわれは自由の代償を身をもって知った。自由の力を身をもって示した。そして、この大いなる戦いに際して、アメリカ国民の皆さん、われわれは自由の勝利を目にすることになるでしょう」と結んだと記し、次のとおり注釈を加えている。

「マスコミは〝悪の枢軸〟という語句に飛びついた。新しい概念なので、あれこれ解釈できる。この三カ国は、これまで知られていなかったようなところで結びついているのか？　三カ国はブッシュの戦争の対象なのか？　ブッシュは危険に挑んでいる。やっちまえ、というカウボーイ流の勇ましい物言いで、三カ国を照準に捉え、父親の宿敵サダム・フセインにはことに挑発的な言葉を使っている。ホワイトハウスは、戦争が間近いという噂を否定し、〝枢軸〟は名指しした三カ国のあいだに存在するのではなく、武器とテロリズムの結びつきを指すのだと、なぜか中途半端に念を押した。しかし、第二次世界大戦の〝枢軸国〟とレーガン大統領の〝悪の帝国〟という言葉を想起する〝悪の枢軸〟というフレーズの力が、そうした細かい事柄すべてを圧倒してしまった。」

ブッシュの「悪の枢軸」発言はわが国でも大きく報道された。私はその愚昧さに唖然とした。ブッシュのあげた三カ国の間で彼のいうような緊密な協力関係が成立しえないことははっきりしている。これはブッシュの空想ないし妄想であり、こうした空想、妄想がカウボーイ的冒険主義と相俟って戦争に発展することを私は危惧した。ことにイラクとの戦争は不可避のようにみえたが、反面、国連安保理等の手続を経ることなく、戦争にふみきることはあるまい、と考えていた。

*

三月、私は詩集『新輯・幻花抄』を青土社から刊行した。これはそれまですべて私家版で少部数刊行していた『残花抄』『未完のフーガ』『幻花抄』の三詩集をあわせ収めたものだが、『浮泛漂蕩』以来一〇年ぶりの詩集であった。収めた詩は三〇篇、このころになると、私は詩作を世に問うという気持はまったくなくなっていた。私家版詩集を差上げなかった方々にも私の詩に興味をお持ちの方がおありだという、清水一人さんの勧めによって刊行したものであった。

この詩集を刊行した時点よりだいぶ前から安東次男が肺気腫と気管支喘息のため、重篤な病状にあった。前年三月、私が安東の世田谷区桜の自宅に見舞ったときは、居間から玄関までの五、六歩を這って見送りに出るような状態だったが、それには脳梗塞の発作もあったためらしい。当初、駒沢の国立医療センターに入院、結核菌が検出されて瀬田の日産玉川病院に転院、その後、病状は悪化の一途を辿り、九月には治療の方法はなく、全身、機能が衰弱しており、手の施しようがない、という宣告をうけた。わが国の医療制度では治療を施せない病人を三ヵ月以上入院させておくわけにはいかない、ということで、三ヵ月毎に転院をくりかえした。三ヵ月目にあたるというので四〇度近い発熱があるのに、無理矢理転院させられたこともあった。その挙句、平成一四（二〇〇二）年四月九日息をひきとった。安東は大正八（一九一九）年七月生れだから、八二歳であった。その間、私は週に一度、土曜日に見舞にいくように心がけていた。夫人の多恵子さんがいつも付添っていたが、多恵子さんに差支えがあるときは、多恵子さんの甥にあたる方の夫人が懇切に面倒をみていた。粟津則雄もかなりの頻度で安東を見舞っていたようだが、遭遇することはなかった。

私の家に二、三ヵ月に一度、飯島耕一から電話があり、安東の状態を訊ねられたが、その他、粟津則雄がしばしば見舞っていたことを除けば、安東の文学関係の友人たちの見舞はみかけなかった。もちろん八〇歳を越えれば、同世代の友人たちの多くは他界しているし、そうでなくても行動が不自由になっていることが多いから、見舞客の少ないことは当然だが、私たちの世代やそれより若い世代の人々で安東とつきあいのふかかった友人も多かったはずだが、彼が性狷介だったので、敬して遠ざけられていたのであろう。

私には安東が性狷介とはいえ、稚気愛すべきものがあるように思っていたし、彼の文学的業績を人一倍高く評価し、愛していたから、生涯を通して、私は安東を余人をもって代えられない知己・先輩と考えていた。いまでもそういう考えに変りはない。

安東の作品についてはこれまで何回も書いてきたが、『澱河歌の周辺』を読んだときはこじつけめいた感がつよかったが、後年江戸俳諧について彼が理解をふかくしたことは間違いあるまい。彼の芭蕉七部集の評釈やその後の新解など、私にはこれらの著書を批評できる学識がないが、ずいぶん難しい仕事に挑んだことに感心する。西鶴を読んだとき、西鶴は源氏物語よりはるかに難しいとつくづく感じたことがある。源氏物語は王朝期の貴族階級の用語と日常を知れば一応読みこなせるが、西鶴のばあい、武士、町人、農民のあらゆる階級による言葉の違い、日常の生活習慣の違い、関東、関西など地域の違いなど、つぶさに知らなければ一応読むことさえできない。俳諧についてはこうした違いに加え、趣味、嗜好の類まで知らなければ一通りの解釈もできない。私は安東の解釈には深読みによる誤りがありうるだろうと想像しているが、誤りがあっても非難できるほど、私には学識がない。むしろ安東の果敢な試みを賞讃したいと考えている。

安東の業績中、私が特に高く評価するのは晩年の俳句である。次に掲げる句など前人未踏、かつ、後人がふみ入ることのできぬ句境を開いたものと考えている。

乱世と濁世といずれ根深汁
初夢を余生のごとく見ていたり
春寒や棄民にとほき夕ごころ
この国を捨てばやとおもふ更衣

こうして彼の句を拾いあげてみると、安東への思いが切であり、懐しさにたえられないのだが、同時に、彼の、どうだ見たか、といった得意の表情を思いだすのである。

＊

五月、大手銀行のかかえる不良債権の残高が二六兆七八一四億円に達すると報道された。大手銀行も危機的状態にあることを知った。

九月には小泉首相が北朝鮮（朝鮮民主主義人民共和国）を訪問した。このとき、北朝鮮側から、国家機関の行動として、日本人を拉致していたこと、五人生存、八人が死亡したことが告白された。これは私たちにとってじつに衝撃的な報道であった。つまり、国家として「拉致」といった犯罪行為を行うということが私には信じられなかった。しかも、八名死去という北朝鮮側の伝えた情報は信用できなかった。このとき、平壌共同宣言において、拉致について北朝鮮側が謝罪しない限り、共同宣言に署名すべきでない、と安倍晋三官房副長官が進言、金正日国防委員長は口頭で謝罪したが、共同声明には謝罪の辞は入らなかった、といわれる。

このとき、北朝鮮は拉致問題を告白することにあわせて、賠償請求をしない代りに経済援助を求めていた。いわば、賠償請求権の放棄や拉致問題の告白という恥辱をしのんでも、経済援助を必要としていたのであった。日本側はまず経済援助を約束し、段階的に援助を実施することとし、あわせて、拉致問題の真相究明、生存拉致被害者の実情調査、速やかな帰国を要求すべきであった、と私は考える。小泉首相以下日本側は、北朝鮮が国家機関による拉致の告白という、まったく予期しなかった事態に狼狽し、採るべき手段を見失っていた。謝罪するか、どうかは面目の問題であっても、北朝鮮にとって実質的な問題でなかった。その後、経済援助は棚上げにし、もっぱら拉致問題の真相究明を北朝鮮に迫った。北朝鮮としては完全な思惑違いであった。拉致問題に真摯にとりくむことなく、むしろ日本は北朝鮮が日本を敵国視する方向に追いやったのであった。私は日本外交の拙劣さに烈しい失望を覚えていた。

＊

一〇月には一高時代以来の友人小柴昌俊がノーベル物理学賞を受賞した。私は『朝日新聞』から感想を求められ、友人の受賞がうれしい、という以上の感想がなかったので、困惑した。翌朝、私の感想と並んで松下康雄の感想も掲載されていた。小柴が『朝日新聞』に専門分野を異にする友人二人を指名して取材させ、意外な友人をもっていることを報道してもらいたかったのであろうと想像した。松下も私も、その後、小柴が賞金を基礎に寄附を集め、基礎科学振興のための財団を設立したさい、多年その理事をつとめることとなった。

＊

このころ、私は与野本町にあるさいたま芸術劇場にしばしばコンサートを聴きにいった。そんなことから芸術総監督であり、たぶんさいたま芸術劇場を運営している埼玉芸術文化振興財団の理事長を兼ねていた作曲家の諸井誠さんと親しく交際するようになった。とりわけ、諸井さん解説による仲道郁代さんのベートーヴェンのピアノソナタ全曲の連続演奏会は聴きごたえがあった。諸井さんの解説は私などにはなるほどそういう構成なのかと感嘆を禁じえない明晰な分析であった。

そういう縁故から、すでに記したことがあるが、埼玉芸術文化振興財団と日本近代文学館との共同企画で、「恋うたの現在」という展覧会を制作、展観したのであった。最初はさいたま芸術劇場で展示し、その後、近代文学館でも展示、その他いくつかの文学館で展示した憶えがある。これは馬場あき子さんにお願いして、人選し、いま活躍している歌人の方々に自信作である恋うたを色紙などに自筆で描いていただいたものである。文学館の展示は必ずしも著名作家の遺稿などに限られない。二〇代の歌人から六〇代、七〇代の歌人に至るまで、数十人の著名な歌人の恋うたを並べてみると、年代、時代、個性などの違いによる「恋」のさまざまなかたちが出現し、興趣つきないものがある。それぞれの作には自歌解説を付けていただいたが、これもあわせ読むことにより、作者の意図が窺われ、一そう感興をそそるのである。私は日本近代文学館の理事長として、従来の文学者展とは違った、新しい企画による展観によって、文学館に新しい魅力をふきこみたいと願っていた。

一一月には高知県立文学館で「石川啄木の新しさと魅力」という題で講演した。展示パックとしての石川啄木展を高知県立文学館で借りてくれたので、その展観の機会に講演会を催したいということであった。講演者は佐佐木幸綱さんと私の二人であった。この類の講演は数多くしているので、一々は記さない。ただ、この日、講演の後、夕食をふるまっていただき、佐佐木さんが土地の酒豪たちと競うようにぐいぐいと豪快に酒盃を傾けていたのが記憶に鮮やかである。そういう佐佐木さんの姿を羨望に耐えない眼差しで見ながら私はウーロン茶を飲んでいた。そして、宴席の途中で失礼し、学芸員の津田加須子さん運転の車で空港に送っていただいたのであった。

＊

平成一五（二〇〇三）年に入り、その三月、母が死去した。九六歳という長寿であったが、その晩年、四、五年は手に負えぬほどに我がつよかった。私の妹が同居し、つらい思いをこらえて母の面倒をみた。私は休日に見舞う程度であった。母の死去により妹はその介護の重圧から解放された。重圧に耐えていたために気持が張りつめていたのであろう。母が死去すると、妹が烈しい鬱病に罹った。妹の心情を思えば鬱状態に陥ることは止むをえなかった。私は妹にどう対応したらよいか分らなかった。ただ、妹を見守っていただけであった。

四月にはレゴ・ジャパン株式会社の社長を任期満了により退任した。レゴ本社ではオーナーのK・K・クリスチャンセンが業績不振のため退任し、外部から経営者を迎え入れて経営を一任した。もともと私の社長職は名義だけで実質的にレゴ・ジャパンの経営には関与していなかったし、私が名義だけ社長になっていたのもK・K・クリスチャンセンとの親交によるものだったから、彼が退任した以上、私がレゴ・ジャパンの社長にとどまる理由はなかった。それ以来、私はレゴ社とまったく縁がなくなり、レゴ本社の人たちはもちろん、レゴ・ジャパンの誰とも会ったことはない。レゴの関係者から一度の電話さえもらったこともなく、完全に人間的な交流がなくなり、絶縁されたようなかたちになっている。無報酬であっても、いろいろと相談にのり、求められれば法律的な事柄はもちろん、経営上の問題についても意見を言ってきたし、忘年会のような会合にも顔を出すようにいわれれば、つきあってきたので、絶縁されたような状態にあることは私にはかなり不本意である。とはいえ、多年、社長という立場にあったので、いまだに私はレゴの製品に愛着をもち、時に往時も懐しく思いだすことがある。

同月、私は財団法人高見順文学振興会の理事長を辞任した。これは高見夫人が死去した結果の後始末がついたためであった。高見夫人は高見順さんの最晩年、高見さんが愛人との間に設けた高見恭子さんを養女とし、戸籍上養子縁組をしていた。高見さんの気持を少しでも安らかにさせてあげたいという動機だった。高見さんが恭子さんを認知しておくだけでよかったはずだが、夫人も恭子さんと養子縁組をしていたために、恭子さんは夫人の遺産に関して権利を持つこととなった。恭子さんは相続人として当然の法律上の権利を主張した。夫人は遺産の処分についてその意向をこまごまと身近にいた人々に漏らしていたようだが、あまりにこまごました事柄だったので、詳細を記した遺言書を作成なさるのが面倒だったのであろう。それらの夫人の意向は遺言書には書かれていなかった。そのため、遺産の配分は予想外に厄介なことになり、振興会の理事長として、また、弁護士として、私はほとほと手を焼いた。それらの始末がついた段階で、夫人が亡くなった以上、これ以上、振興会の面倒をみる必要はあるまいと考えたのであった。

＊

三月二〇日、アメリカ空軍がイラクの首都バグダードを空襲、いわゆるイラク戦争が始まった。私はいまだにアメリカがイラクを敵視してきた理由が理解できない。ただ、サダム・フセイン政権下のイラクに対する敵視政策はブッシュ（子）大統領の発案ではなく、クリントン政権から引き継いだものだ、と『ブッシュ・攻撃計画』は記している。この対イラク政策の根幹をなす政策は、同書によれば、〝政権転覆〟である。「一九九八年に議会が成立させ、クリントン大統領が署名した法案は、イラク反体制派に九七〇〇万ドルの援助を行ない、〝サダム・フセインを頭目とする政権を取り除いて、民主的な政府の出現を促す〟ことを正式に承認している」と同書は記している。

酒井啓子『イラク 戦争と占領』も、「アメリカのブッシュ政権が、イラクを標的とした、結果的にあまりにも無謀なこの戦争を決意するに至った最終的な理由は、いったい何だったのだろうか。この問いにはまだ確たる答えが示されていない」と書いているが、アメリカ議会がサダム・フセイン政権の転覆のため九七〇〇万ドルという巨額の資金をイラク反体制派に与えることとした理由も判然としない。イラク戦争に関する多くの著書の中で、私は酒井啓子の前掲著書がイラク戦争に関するもっとも客観的で妥当な解釈を示していると考えている。だいぶ以前から中東問題について私は酒井啓子の著書によりずいぶん啓発されてきたが、酒井啓子は『イラク 戦争と占領』でもイラクへの戦争という選択の決断に関しこう書いている。

「二〇〇一年の9・11同時多発テロ事件がなければ、その決断は下されなかっただろう。米ランド研究所のジェラルド・グリーン研究員が戦後、ある会議の席上で指摘していたが、9・11事件は中東問題をアメリカの国内問題に変えてしまった。そしてブッシュ政権は、それ以降、「アメリカの国民がテロの不安に再び駆られることなく、安心して生活できるために、政府がそのために常に努力しているのだ、ということを示すために、中東で「テロに対する戦い」を継続していかなければならなくなった」のである。

だが、イラクを直接攻撃することで「アメリカ人の安寧」が得られるかどうかについては、9・11直後から明示的だったわけでは必ずしもない。前著でも述べたことだが、ブッシュ政権は即座にイラクを攻撃の対象としたわけではない。むしろメディアや一部の対イラク強硬派のフセイン政権糾弾の先走りに、慎重な姿勢すら見せていた気配がある。

なんといっても、「イラクを叩く」という方針が具体性を帯びてきたのは、二〇〇一年末のアフガニスタン戦争での、予想外の早い軍事的成功によってであろう。ソ連を長年てこずらせたアフガニスタンで、わずか一ヶ月程度で政権の交替を実現した、という自信が、イラクでの政権交替も容易に可能だ、という認識を生んだ。とうてい根付くはずもなかろう、とその安定性が懸念されていたアフガニスタンのカルザイ外来政権が、形だけでもなんとか維持されている。同じように次期政権の受け皿がない、と言われるイラクでも、それなりに亡命政権を埋め込んでしまえば、案外もつのではないか。アフガニスタンでのそれなりの「成功」が、イラクでの武力による政権交替を楽観的に見せたに違いない。それが本当に成功だったかどうかは、別にしても。」

こうした背景の下に、二〇〇二年年頭のブッシュの一般教書演説における「悪の枢軸」発言がなされ、「ほとんど中止しかけていた亡命イラク人の反フセイン活動への資金援助を、いきなり増額するに至ったのである」と酒井啓子は記している。

研究者が評価をまじえずに客観的に事実を叙述すれば、右のような記述にとどまるのであろうが、一般読者の眼からみると、九・一一同時多発テロ事件とイラクのサダム・フセイン政権とのつながりはもちろん、アルカイダやオサマ・ビン・ラディンとサダム・フセインとの結びつきもまるで確証はおろか徴候さえ見出せないと思われる。しかも、九・一一同時多発テロ事件が中東問題をアメリカの国内問題に変えたという。この事実は、私はここでも酒井啓子の引用するジェラルド・グリーン研究員の見解を疑問の余地なく受け入れているのだが、アメリカのメディアをはじめとする多数の人々が冷静な判断能力を失い、妄想にとらわれていたからだとしか思われない。

また、反体制亡命イラク人に対する資金援助も、いわばイラクに対する主権侵害行為であり、アフガニスタン侵攻とカルザイ政権の維持もやはりアフガニスタンに対する主権侵害としか思われない。逆に、アメリカに対し、あるいはブッシュ政権に対し、同様の行動を他国政府が採ったとすれば、アメリカは直ちに攻撃にふみきったにちがいない。中東問題がアメリカの国内問題に変えられたというけれども、じつはアメリカはイラクに対し潜在的主権ないし潜在的発言権の如きものを持っている、といった思い上った傲慢な偏見を持っていたのではないか。

私はアメリカにはイラク戦争を正当化できる根拠はないと考えているが、その基点としては、イラクをふくめた中東地域に対する、こうしたアメリカの傲りがあるのではないか、と考えている。

＊

イスラエルにおける第二次インティファーダの激化のため、アメリカの対イラク攻撃の準備は遅れていたが、七月八日になってブッシュは「フセイン政権は排除されなければならない」と発言し、同じころ『ニューヨーク・タイムズ』紙が具体的な対イラク攻撃計画をリークした、と酒井啓子は書き、さらに、アメリカ国内では、「戦闘自体もさることながら戦後処理にも多くのコストと長い米軍の駐留が必要になるのではないか」という懸念が表明され、また、「国際社会が納得のいくような形でイラクを追い詰めていくべき」だ、といった意見が主張され、「ブッシュ政権は国際社会にも納得のいく「戦争理由」を探すこととなった。それがイラクの大量破壊兵器保有疑惑であり、国連の査察活動に対する非協力姿勢である」と酒井啓子は説いている。

「この頃から、アメリカの急ぎがちで強引な国連の動かし方に疑義を呈し始めていたのが、フランスとロシアである」。これら両国にとって「最も大きな懸念材料は、もしアメリカがイラクのフセイン政権を打倒して新たな政権を樹立した場合、自国がフセイン政権と取り交わした利権契約はどうなるのか、フセイン政権時代に積み上げられた膨大な借金を返してもらえるのか、ということだった」とはやはり酒井啓子の記しているところである。

そうした状況下で、一一月八日、対イラク警告決議が安保理事会で採択された。この国連決議一四四一号の内容は「それまでのイラク政府の対応を見る限りでは、到底受け入れられるようなものではなかった」と前置きして、酒井啓子は次のとおり説明している。

「まず、「決議採択から一週間以内に査察を受け入れ、三〇日以内にすべての大量破壊兵器に関する情報を開示し、提出すべし」という日程自体が、どだい無理な要求である。さらには査察団が、「イラクの陸空の交通を自由に封鎖できる」、「無人偵察機を自由に飛行させられる」、「自由に口頭・文書での情報にアクセスでき、これらの情報を自由に差し押さえできる」ものとしており、力ずくでも彼らが「自由」に国内を動き回れることになっている。そもそもイラク政府が「スパイ」と断ずる査察官が勝手にイラク国内の要所を家捜ししてまわること自体、これまでイラク政府が「主権の侵害」と非難してやまないことだった。

主権侵害という点で言えば、次の項目はその最たるものだろう。「イラク人科学者など、査察に協力してインタビューに応じた者に対しては、希望があれば家族ともども亡命できるよう保障する」。つまり国連に協力して「内部機密」を暴露した者は、その後拷問や迫害にあって到底フセイン政権下では生きていけないだろうから、家族ともども亡命できるよう手立てする、という内容である。」

このようなイラクの主権を無視した決議が採択されたのは、アメリカという超大国が提案し、ロシア、フランス等列強が同調したからであって、もし同様の提案を、かりに日本がどこかの国に関して提案したとしても、採択されることはありえないだろう。これはアメリカのイラクに対する挑発だが、こうした決議にもちこむこと自体、国連を道具にした暴力行為としか思われない。

意外なことに、サダム・フセインはこの決議を受け入れた。何としても戦争を回避することこそサダム・フセインの目的であった。

その後、査察団の中間報告が提出され、一月二七日に最終報告書が提出された。ふたたび酒井啓子の著書から引用する。

「「シロ」っぽさの強かった中間報告に比較して、最終報告はかなり「クロ」さを強く出したものになってはいたものの、相変わらず決定的な「証拠」を欠いたものであった。それを補うかのように、翌二八日、ブッシュ米大統領は二〇〇三年の一般教書演説で、改めてフセイン政権の非人道性、脅威を強調する演説を行なう。「大量破壊兵器の開発」という点で確証を得られなかった分、フセイン政権下で行なわれている反政府勢力に対する拷問や弾圧の残虐さを、演説の場には不似合いなほどに生々しく表現してみたり、改めてビン・ラーディンとフセイン政権の関係を示唆してみたりして、「攻撃事由」の複線化を図った。さらに二月五日には、「証拠」不在の弱みを補うためにパウエル国務長官が、国連の席上で盗聴記録などを公開して、イラク政府が大量破壊兵器を隠匿していたとの主張を繰り返した。」

その後、フランスやドイツがアメリカの武力行使に拒絶反応を示し、フランスのド・ビルパン外相が、武力行使は正当化されず、査察継続が戦争にとって代られるべきであることを含む感動的な演説をしたという。

これより以前だが、『ブッシュ・攻撃計画』は一月二〇日の国連安全保障理事会の会議後、パウエル国務長官が「フランスのドビルパン外相が、「なにひとつない！　なにひとつ！」と叫んだ」のを聞いたと記している。発言の趣旨は、戦争を正当化する理由のことだ、と説明し、次のとおり続けている。

「パウエルは憤激のあまり、胸の内をぶちまけたくなった。フセインに圧力をかける手段は、戦争の脅しに直接通じる物事しかない。それなのにフランス外相はその脅しを国連のテーブルから払いのけてしまった。愚かしいにもほどがある。ドビルパンのこのひとことで、国連は無意味な存在と化してしまった。

ブッシュはこう回顧している。「ドビルパンが口を開いたとき、フセインはこれでまた、ごまかしをつづけようとするだろうと思った。なにしろ、知らず知らず自分を助けてくれる人間がいるわけだから」

アメリカはこれで制約から解放された、と考えた向きもあった。もっと楽になったのは、イギリスのブレア首相だっただろう。拒否権を持つフランスが、戦争は選択肢ではないと決断したのなら、国連のプロセスそのものが進展しなくなる。ブッシュもブレアも、国連に頼る努力をしたのだが、フランスに邪魔されたという言い訳が立つ。」

この著書の著者は、フランス外相の発言でアメリカが制約から解放されたという見方をしているが、見方を変えれば、国連から見放されたということであり、湾岸戦争のときと違って、国連からイラク攻撃の正当性についてお墨付を貰えなかったということであった。

同書には、また、次のとおりの記述がある。

「CIAは、サダム・フセインが大量破壊兵器を保有していると断定的に言明したことは、一度もない。二〇〇〇年の正式な国家情報評価(NIE)は、フセインが化学兵器用物質を〝少量の備蓄を維持している〟――だが、弾頭はない――と結論づけている。」

要するに、国連査察団の最終報告に見られるとおり、サダム・フセイン政権のイラクが大量破壊兵器等を保有している証拠はなかった。しかも、ブッシュ、ブレアはイラク攻撃にふみきったのであった。

＊

三月二〇日に始まったイラク攻撃は「順調」には進まなかった。その「最大の理由は、イラク国内で反政府暴動や投降が起きなかったことにある」と酒井啓子は記している。それでも四月九日にはバグダードを攻略、フセイン像が引き倒された。その間「三月二五日にカタールの汎アラブ衛星放送「アル＝ジャズィーラ」が米軍のクラスター爆弾の使用を報じたほか、翌日には米中央軍のブルックス准将が、記者会見で劣化ウラン弾の使用を認めた。折しもバグダードでは米軍の攻撃と思われる爆弾によって、シャアブ地区の市場が直撃されて、多数のイラク民間人に被害者を出した。イラク兵死者数は戦闘終結直後に行なわれた推計で一万人以上、戦後二ヶ月の段階では民間人の被害が最低でも五〇〇〇人と報じられている」と酒井啓子の著書にある。

このような多数の犠牲者にかかわらず、大量破壊兵器はもちろん、化学兵器等も発見されなかったことは知られるとおりである。こうした事実はサダム・フセインが国連決議一四四一号の査察を受け入れたときから充分に予測されたことであった。にもかかわらず、ブッシュは疑惑を言い立てて戦争にふみきった。このブッシュの行為、同調したブレアの行為は、平和に対する犯罪、人道に対する犯罪を構成すると私は考える。

しかも、この戦争はイラクの治安を悪化させ、イラク国民に塗炭の苦しみを経験させることとなった。酒井啓子は次のように書いている。

「イラクの反体制派にポスト・フセイン体制を担わせることはできない、というアメリカの不信の核にあったのは、各種のイラク反体制組織の取りまとめを任されてきたINCのアフマド・チャラビの不在だった。アメリカは湾岸戦争直後から国外のイラク人反フセイン勢力をかき集めては、打倒フセイン構想の核作りを模索してきたが、当初からアメリカが白羽の矢を立ててきたのが、銀行家のチャラビであり、また彼を中心に一九九二年結成されたINCであった。だがその後、INC指導部の形骸化、チャラビの独断専行、そして各種反体制組織に対する求心力を失っていることに、特に米国務省は不満を募らせていた。四五年もイラクを離れていたチャラビにイラク国内での知名度があろうはずもないし、何よりも彼はアラブ世界では、「ヨルダンのペトラ銀行総裁として横領罪に問われた男」という、不名誉な経歴で知られた人物なのである。

にもかかわらず、なぜアメリカはチャラビを使い続けたのか。現在もそうだが、彼とその周辺人物のユダヤ・ロビー、あるいはより直截にイスラエルとの密接な関係を示唆する論も少なくない。しばしば指摘されるのは、亡命イラク勢力のなかでチャラビのみがイスラエルとの和平交渉に応じる用意があるからだ、ということである。」

イラクはイスラム教シーア派が多数を占め、サダム・フセインが属するスンニ派は少数派だが、アメリカはシーア派中心の反サダム・フセイン勢力が結集して、秩序が回復されるものと楽観していたようだが、サダム・フセイン体制が崩壊して後、求心力をもつ勢力は出現しないまま、混乱と混沌だけがイラク社会を支配しているわけである。

私はバグダード陥落後、間もない時期に「フジ棚の一隅で」と題する詩を書き、『現代詩手帖』七月号に発表した。六連から成る作だが、その冒頭の四連を引用する。

淡い紫のフジの花房がかすかに揺れ、
千の天使たちがその蔭で踊っている。
たしかに天上から清雅な歌声が聞こえるのだが、
何故フジ棚は哀しみに沈んでみえるのか。

ゲームは終った、と超大国の高官が語った。
砲火を浴びていた砂漠の都市はゲームの舞台、
無数の死者たちはゲームの駒であった。

ゲームには正義も大義もいらない。
ゲームにはルールが必要だが、
新しいゲームには新しいルールができる。

淡い紫のフジの花房がかすかに揺れ、
千の妖怪たちがその蔭で踊っている。
たしかに地下から陰々滅々たる歌声が聞こえるのだが、
何故フジ棚は光り輝きながらそよいでいるのか。

＊

イラク戦争の終りに近く、アメリカの高官が「game is over」と語ったのが私の心をひどく傷つけた。戦争はゲームではない。遊戯ではない。アメリカにとってはイラク戦争は自国から遠く離れた中東の僻地で行われている遊びに近いかもしれないが、だから、正義に反し、大義がなくとも、駒を操ることはできても、戦争をゲームとみることは許されない。千万の妖怪が戦争をゲームに仕立てているのか、それにしても、自然はつねに美しい、といった思いを私は抱いていた。

サダム・フセインが逮捕されたのは平成一五（二〇〇三）年一二月であった。その情景は、私もテレビで放映されるのを見たので憶えているが、また、酒井啓子の著書から引用する。

「フセインは、ティクリートの近く、ドゥールという町の民家にある地下室に隠れていたところを米軍に発見されたのである。

（中略）イラン・イラク戦争から湾岸戦争、イラク戦争に至るまで、常に国民に徹底抗戦を呼びかけ、四半世紀にわたってイラク国民をはじめとする多くの人々を力と恐怖で支配してきた人物が、無抵抗で、しかも半ば投降する形で米軍に囚われたことは、あまりにも見る者に意外に映ったからだ。米軍は、髪も髭も無造作に伸び放題にした元大統領の無惨な姿をあえてビデオで公開し、DNA鑑定のために口を開けて検査をされるがままになっている、かつての独裁者の「従順な」姿を映し出した。」

その後、シーア派のイラク政府による裁判が行われた。判決は平成一八（二〇〇六）年一一月、シーア派一四八人を虐殺した罪により死刑が言渡された。

米軍基地内の収容施設で同年一二月三〇日サダム・フセインに絞首刑が執行された。米軍基地はキャンプ・ジャスティスという名であった。およそ正義に反すると思われる戦争の結果、正義を名のる基地で絞首刑に処せられたことには皮肉な感を覚える。私はサダム・フセインにいささかも同情していない。しかし、彼が処刑されたのは、湾岸戦争の責任でもなく、大量破壊兵器等の保有、隠匿によるものでもなかったことに注目する。

9

平成一五（二〇〇三）年中のことについて書いておかなければならない事実が残っている。

一つは、一〇月に福岡ユネスコ協会主催の日本研究セミナーで「国民文学としての『竜馬がゆく』」と題して講演をしたことに関連している。

このセミナーで私は鶴見俊輔さんと同席した。このセミナーの第一回だったと憶えているが、開始時刻になっても鶴見さんがなかなか姿を見せなかった。二〇分ほど遅刻してあらわれ、会場へくる途中で義歯を入れてくるのを忘れたことに気づいたので、義歯を取りに戻ったため、遅刻した、と言って聴衆にお詫びした。義歯がないと声が出ないということであった。私たち講師はセミナーの会場のあるホテルに泊っていた。私はいつも鶴見さんを若々しい人柄の方だと想像していたので、義歯がないと講演できないほど衰えておいでになることにたいへん驚いた。

私は鶴見さんとは一、二回しかお目にかかったことがなかった。しかし、鶴見さんも東京府立五中に在学した時期があり、私の書いたものをつうじて私にかなりの親しみを感じてくだ

さっていたようであった。セミナーが終った翌朝、ホテルのエレヴェーターで偶然お会いした。そのとき、鶴見さんがしみじみと
「もう二度とお会いすることはないと思うけれど、どうぞ身体を大事にしてください」
と言った。「鶴見さんこそ」と私はお答えしたのだが、鶴見さんの心のこもった惜別の言葉が脳裏にふかく刻みこまれている。

帰途、博多駅前の三井ビルの入口で、私が贔屓にしている三井ビル地下のすしや「河童」のお内儀が私のために特に弁当を作って待っていてくれた。懇意な友人である小堀益弁理士に案内されて、はじめてこのすしやに入ったとき、壁に熊谷守一の書がかけられているのに同行していた家人が気づいて、あ、熊谷さんだ、と口走ったことから、このすしやは私たちをいつも大切なお客として扱ってくれた。この店の主人が病気になったため、いまは廃業したと聞いている。小堀夫妻はお元気だが、私の健康状態もあり、久しく福岡には足が遠のいている。

＊

一一月に『新編・中原中也全集』の第四巻、評論・小説篇が刊行された。若干のフランス詩人に関する評論の解説は当時京大フランス文学科の教授であった宇佐見斉さんが執筆したが、その余の大部分は私が執筆した。その経緯を記しておく。

それまでこの全集は次のとおり刊行されていた。

第一巻　平成一二（二〇〇〇）年三月刊
第二巻　平成一三（二〇〇一）年四月刊
第三巻　平成一二（二〇〇〇）年六月刊

全集本文篇の末尾に「本全集の編集責任について」という文章が収められている。
「本全集の全巻にわたり編集の中心的役割を担当したのは佐々木幹郎であり、第一巻、第二巻、第五巻は佐々木幹郎、第三巻は宇佐見斉・佐々木幹郎、第四巻は中村稔・宇佐見斉が編集・執筆を担当し、各巻とも全編集委員が校閲した」と記されている。

私はこの全集の編集実務に携わるつもりはなかったし、携わることも期待されていなかった。角川書店との折衝や取り決めをすること、編集委員間で意見が衝突したときの調整などが、私に期待され、私が納得していた責務であった。ところが、すでに記したとおり、法律家としての私の手落ちとしか言いようがないが、刊行予定日ないし刊行目標期限を角川書店との間で合意することを私は失念していた。この取り決めにさいし、私は定職をもたない佐々木さんに毎月一定額を角川から編集費の前払いとして支払ってもらうよう、約束していた。そのため、佐々木さんが好きなだけ時間をかけて、好きなだけ調査をし、関連資料の探索をすることができることとなり、どれほど刊行が遅れても佐々木さんは痛痒を感じない仕組みになっていた。

第三巻までは刊行されたが、第四巻以降の原稿の入稿もまったくその期限の目鼻がついていなかった。担当していたのは角川書店本社ではなく、その子会社の角川学芸出版であった。全集編集・刊行中、何人か社長も変ったように記憶しているが、たしか熊谷さんという方が社長のとき、招集がかかって、編集委員全員と会合することとなった。平成一四（二〇〇二）年の秋だったように記憶している。

別巻はともかく、全五巻の本文篇の第四巻、第五巻の解題、本文校訂を佐々木さんに任せておいては何時刊行できるか、見当がつかなかった。そこで、私は、第五巻は私が解題を書き、本文校訂も担当したらどうか、と提案した。ところが、佐々木さんは、第五巻の日記・書簡は自分が担当したい、と言った。私としてはいずれにしても第四巻か第五巻のどちらか一巻を私が担当すれば、それだけ全巻刊行が早く終ることになるのだから、と考え、佐々木さんの希望するとおり、第四巻を私が、第五巻を佐々木さんが担当することとなって、会合は結論に達した。第四巻が刊行されたのは平成一五（二〇〇三）年一一月であった。

私は『新編・中原中也全集』第四巻の解題・本文校訂を担当し、中原についてあらためて学び知ることがじつに多かった。後に私は『中原中也私論』を刊行したが、その論旨の骨格はこのとき学び知ったことによると言ってよい。そういう意味では、私は佐々木さんが私に機会を与えてくれたことを感謝すべきかもしれない。

たとえば、中原の詩論・芸術論を理解するため、私は西田幾多郎の初期の著書を熟読した。

中原の「藝術論覚え書」におけるキイワードは「名辞以前」であり、「現識」である。中原は、その「藝術論覚え書」の冒頭に「「これが手だ」と、「手」という名辞を口にする前に感じてゐる手、その手が深く感じられてゐればよい」と書いている。これが「名辞以前」であり、「現識」である。「名辞以前」については吉竹博にすぐれた論文があり、私はこれに大いに啓発されたが、吉竹説にはかなり同意できない箇所があった。中原は「我が詩観」の末尾に「私は西田幾多郎著『自覚に於ける直観と反省』に共鳴するものだ。我が詩人諸士がそれを読まれんこと秘かな願ひです」と書き、西田の初期の論文に共鳴していたことは広く知られている。私は中原が『自覚に於ける直観と反省』のみならず、続く西田の著作『働くものから見るものへ』も読んだはずだと考え、西田の処女作であり、最も広く読まれた『善の研究』を読まなかったはずはない、と考え、その冒頭を引用した。

「経験するといふのは事実其侭に知るの意である。全て自己の細工を棄てゝ、事実に従うて知るのである。純粋といふのは、普通に経験といつて居る者も其実は何等かの思想を交へて居るから、毫も思慮分別を加へない、眞に経験其侭の状態をいふのである。例へば、色を見、音を聞く刹那、未だ之が外物の作用であるとか、我が之を感じて居るとかいふやうな考のないのみならず、此色、此音は何であるといふ判断すら加はらない前をいふのである。それで純粋経験は直接経験と同一である。自己の意識状態を直下に経験した時、未だ主もなく客もない、知識と其対象とが全く合一して居る。これが経験の最醇なる者である。(下略)」

「何らの思想を交えず、毫も思慮分別を加えない、事実其侭とは名辞以前の世界ではないか、この状態の現在認識が現識なのではないか。いわば、「現識」とは名辞以前の世界、過去についての想起ではない、判断のはいりこむ以前の現在の、純粋経験、あるいはベルクソンのいう純粋持続をあらわす語として、中原が、西田の著書あるいは姉崎の訳書に触発されてこの語を借用した、という推論もありうるのではないか。」

私はこのように理解した。右の姉崎訳とは姉崎嘲風訳がショペンハウエル『意志と表象としての世界』の「表象」（vorstellung）を「現識」と訳したことをいう。

これだけの引用では私の新見、新解釈を説明するには足りないが、私がこの解説の執筆によって中原中也に対する理解を大きくふかめたことを伝えれば足りる。

ついでに言えば、この第四巻に「初冬の北庭」と題する小学校六年のときの作文が収められているが、文中「風とては別にないが折々やさしく風がふいて」という表現がある。これは中原の詩にみられる、前の記述をうち消して次に続ける文体が、すでにこの作文にみられること、ことに「つめたい風がふいてきてくちびるをつめたくした。そのたびにちうばうが少しゆれた」という表現、風がふくたびに眺望が少し揺れるという観察のこまやかな独自性に私は驚いた。まさに中原は生れつき独特の観察眼をもつ詩人であったことを、この作文は示している。それまでまったく注目されていなかったこの作文の独自性の発見を私はうれしく、誇らしく感じ、総じて、全集第四巻の解題・校訂を担当したことを得難い機会が与えられたと感謝した。

たぶん第五巻日記・書簡の解題を担当したとすれば、これほど学ぶことはなかったであろう。

*

平成一六（二〇〇四）年に入る。

五月、青土社から『私の昭和史』を刊行した。『ユリイカ』に連載していた敗戦に至るまでの回想をまとめたものである。私の亡父が予審判事として尾崎・ゾルゲ事件などを担当したことをはじめ、私の幼少期をずいぶん率直に書いたためか、評判が良く、翌年、朝日賞、毎日芸術賞、井上靖文化賞を受賞した。

九月、青土社から『私の詩歌逍遥』を刊行し、一〇月から『中村稔著作集』全六巻が刊行されはじめた。この著作集は二カ月おきに確実に刊行され、完結した。

この著作集の編集はすべて樋口覚さんにお願いした。そのために、私の多年のスクラップブックをすべて樋口さんにお渡しした。その中から、かなりまとまった詩人論・歌人論などが著書に収められていないことに気づいて、これらをいきなり著作集に収めるのは惜しい、と樋口さんが考え、これらの文章を刊行したのが『私の詩歌逍遥』である。

樋口さんは、私が恥ずかしいと思っていた多くの文章まで、すべて捨てるには惜しい、という考えで、編集してくださった。私としては、詩はともかく、その他はまことに貧しく、読むに耐えない多くの文章が著作集として刊行されることに厚顔無恥の感をつよくしていたが、著作集を刊行してくださることは名誉だと思っていた。

この著作集の刊行を記念し、『ユリイカ』は中村稔特集を平成一六（二〇〇四）年一〇月号として刊行してくれた。ニューヨークの弁護士であり、私のごく親しい友人であったトマス・フィールドが寄せてくれた文章や、日本近代文学館の関係者では紅野敏郎さんの文章を懐しく思いだす。

トマス・フィールドについては別に書いたので、ここではあらためて彼の思い出を記さないが、紅野さんは私にとって忘れがたく懐しい人であった。文学館の創立以来のメンバーだから当然私も敬意を払っていたが、運営方針については私は紅野さんと意見を異にすることが多かった。たとえば未公表資料の取扱いがその一つである。日本近代文学館には未公表の貴重な資料が寄贈され、収蔵されていることが多い。そうした資料は日本近代文学館の理事者や評議員が真っ先に目にすることになるが、これが公表されるまでは近代文学館の関係者がこうした資料について論文等を書くことは許されないという、紅野さんの恩師である稲垣達郎先生が決めた慣習のような内規があった。理事者がその立場を利用して、論文を書き、評価されることは慎むべきだ、という倫理感にもとづく正論である。しかし、そうした慣行を厳格に守っていると、公表の機会をもたない資料は、いつまで経っても誰もが論じられないこととなる。近代文学館の館報などにおける未公表資料の紹介スペースは限られているから、未公表資料はいつまで経っても論文の対象とならない。利用しないまま、ただ収蔵されているだけのこととなる。

紅野さんはそうした資料を担当する委員会の委員長であった。私は、未公表資料は数年内、たとえば五年以内に公表の見込のあるものと、たぶん公表できないだろうというものに仕分けし、後者は誰でも直ちに閲覧、利用できることとし、前者も五年以内に公表されなければ、その時点以降、閲覧、利用を可能にすることにしたらどうか、と提案した。紅野さんは、しぶしぶながら、同意した。しかし、実行はされなかった。仕分けさえしてくれなかった。紅野さんはあくまでも公表にこだわったのである。

一方、紅野さんは博学多識、明治初期から戦後文学に至るまで、紅野さんの知らないことがあるのかと思わせるほどであった。ある時、吉行淳之介が敗戦直後に関係していた『葦』という同人誌の同人の一人について紅野さんが詳しい知識をお持ちなのに驚いたこともあった。それだけに資料の蒐集に傾ける情熱も並大抵ではなかった。反面、文学館の財政についてはまったく無関心であった。山梨県立文学館の初代館長をおつとめになったが、全国文学館協議会の席上などで財政が話題になると、紅野さんは、私は財政には関係しませんから、といって、同行の職員に答えさせるのがつねであった。私自身は理事長に就任して以来、日夜財政のことばかり考えていたから、紅野さんのような立場を貫けることが羨望にたえなかった。

紅野さんは尊敬に値する、愛すべき人格の持主であった。

＊

この年一一月『新編・中原中也全集』別巻が刊行され、ようやく完結した。これ以上完全な中原中也全集は二度と刊行されることはあるまいと私は確信している。

＊

この年も『ユリイカ』に「私の昭和史・戦後篇」の連載を続けていた。

＊

平成一七（二〇〇五）年に入って、『現代詩手帖』一月号に詩「サクラモミジの公園にて」を発表した。『現代詩手帖』は毎年一月号に多くの詩人たちの参加する特集号を発行しているので、私も毎年寄稿していた。思潮社に対する義理のようなもので、比較的出来の良い作を寄稿できることもあり、ひどく拙い作を寄稿することもあった。この年は『文藝春秋』二月号にも「夕焼け」と題する短い詩を発表し、『文學界』二月号に詩「冬の到来する日に」を発表しているが、目につくのは『俳句界』二月号に那珂太郎と「森澄雄『虚心』を読む」という対談を掲載、七月には『飯田龍太全集』月報に「飯田龍太小感」と題する感想を寄稿していることである。もともと俳句は好きだったが、このころから俳句について感興を覚えることが多くなったようである。（なお、私はいわゆる文芸誌に作品を発表したり、寄稿を依頼されたりしたことは一度もない、と思ってきたが、少なくとも一度だけ『文學界』に詩を発表したことがあるようである。）

時間の順序が遡ることになるが、二月には一一日、高知県立文学館で「文学・青春」と題する講演をした。このころ、日本近代文学館が制作した展示パック「文学・青春」を同文学館が借出し、展観していた関係による。

「文学・青春」とは、青春を描いた文学、青春期に書かれた文学の双方を意味するつもりだったが、ネーミングが良くない。いったい、私が構想した展示パックは、個人文学者の展観よりも、多数の文学者の業績を横断的に示す、という構想によるものであった。たとえば「愛の手紙」についていえば、多くの文学者が恋人や妻に宛てた手紙にあらわれた「愛」のかたちの多様で豊かなことを見ていただきたいと思って企画したのだが、そうしたことを言葉で説明しても他の文学館の方にはこの展示パックを借受けようという気持はおこらない。せめて手作りでもよいから図録の原稿のようなものをお見せしなければ、他の文学館の方が興味をもつことは難しい。まして、こうした展示パックを展観することになったとしても、どのように多くの来館者に見ていただけるような宣伝をしたら魅力を感じさせられるのか、これも至難といってよい。私はこうした展示パックが地方で展観されるさい講演を依頼されれば必ず引受け、その展観のどこに見所があるのかをお話ししたのだが、じっさい来館者と連れ立ってそれぞれの展示物のどこを見たら、また、どれとどれを比べたら面白いのか、教えてまわりたい、というのが私の本音であった。いいかえれば、展示パックにおいて私の狙った興趣に来館者を惹きつけることはきわめて難しかった。

加えて、地方の文学館でも年々予算をきりつめられていたし、展示資料を運ぶにも、貴重な資料だから宅配便で送るわけにはいかない。美術品を運搬するような特別の運搬手段を講じる必要がある。そうなると運搬費用も相当の負担になる。

私は「愛の手紙」のように、多数の文学者が同じ主題をどのように異なった視点から描いたかを横断的に、比較文学的に示すこと、また見ることは、それ自体興趣ふかいし、個々の文学者についても理解をふかめることになると信じているし、そうした主題の展示パックは無数にありうると思っている。かりに展示パックとして地方の文学館が二百万円、三百万円で借受けてくれなくても、日本近代文学館単独の企画として試みる価値があると考えている。いわば、私の構想した展示パックにより日本近代文学館の財政に役立てるということは失敗に終ったようにみえるが、私としてはいまだに未練を持っている。

*

この年七月二二日、神戸創志学園が登録した「国際自由学園」の商標登録の無効審判を請求していた自由学園の上告が最高裁によって認められ、自由学園の主張を斥けていた知財高裁の判決が取消され、自由学園の著名性が認められた。その結果、「国際自由学園」の商標登録は無効とされることとなった。

この事件は私の旧制一高時代からの親しい友人であり、富士銀行副頭取から富士総研の理事長をつとめた楠川徹の憲子夫人から依頼された事件だったように憶えている。夫人はいわゆるＩＣＵ、国際基督教大学の出身だが、大学入学以前に自由学園に学んだことがあるか、何かしら自由学園と関係していたので、ことが商標登録にかかわるため、楠川徹と相談、私の許に持ちこんできたようである。依頼の趣旨は大阪の神戸創志学園と称する学校法人が「国際自由学園」という商標を登録したので、自由学園が特許庁に登録無効審判を請求したところ、特許庁は請求は成立たないという審決をした。そこで、知財高裁に審決取消訴訟を提起したい、ということであった。

私は一見して、「国際自由学園」は自由学園に便乗するものだから、特許庁が無効審判請求が成立たないとした審決は、知財高裁により容易に取消されるものと考え、商標担当者に事件を処理するよう依頼した。そのため、無効審判請求にさいしては、私は代理人となっていない。

私の事務所の商標担当の弁理士が、「国際自由学園」の登録が商標法に違反する根拠とした条項はいくつかあるが、その第一であり、かつ基本的な条項は商標法四条一項一〇号に違反するということであった。この条項は

「他人の業務に係る商品若しくは役務を表示するものとして需要者の間に広く認識されている商標又はこれに類似する商標であつて、その商品若しくは役務又はこれらに類似する商品若しくは役務に使用するもの」

という規定であり、通常、周知商標と類似する商標の登録は許されないとする規定として知ら

れている。

なお、この無効審判請求では商標法四条一項八号違反も主張しているので、この条項も次に引用しておく。

「他人の肖像若しくは他人の氏名若しくは名称若しくは著名な雅号、芸名若しくは筆名若しくはこれらの著名な略称を含む商標（その他人の承諾を得ているものを除く。）」

この知財高裁における訴訟の結論としての判決が平成一六（二〇〇四）年八月三一日に言渡されたが、その理由を判決の文言にしたがって以下に説明する。

まず、四条一項一〇号違反についての判旨を引用する。

「以上検討した結果によれば、原告は、大正時代の日本を代表する先駆的な女性思想家羽仁もと子が夫吉一とともに、キリスト教精神、自由主義教育思想に基づきその理想とする教育を実現すべく設立した学校として、歴史的な意義を有するものであり、その設立の歴史的経緯、教育の独創性についてはいわゆる教育関係者をはじめ、いわゆる知識人の間ではよく知られているところであるということができるが、本件指定役務の需要者である全国に散らばる学生等との関係でいえば、周知性を獲得するに至っていたとまでいうことはできず、せいぜいその所在する東京都東久留米市を中心として東京都内及びその近郊において上記のような独自の教育を実施している学校として一定の知名度を有するにすぎないと認められる。」

次に、四条一項八号違反についての判旨は次のとおりである。

「本件商標である「国際自由学園」は、通常、学校の名称を表示する一体不可分の標章として、称呼、観念されるものと認められること、そして、原告商標である「自由学園」は、需要者である全国に散らばっている学生等との関係では、せいぜい東京都内及びその近郊で一定の知名度を有するにすぎず、広範な地域において周知性を獲得しているとはいえないものであることを考慮すれば、本件商標に接する需要者である学生等において、本件商標中の「自由学園」に注意を惹かれ、それが原告の一定の知名度を有する略称を含むものと認識するとは認められない。」

私はこの知財高裁判決を読んで唖然とし、声をのむ思いであった。私の信頼する同僚であり、商標法、不正競争防止法の権威である松尾和子弁護士の協力を得て、上告受理申立書、上告理由書を起案した。私たちの論点はかなり多くの判旨について知財高裁の判決を攻撃し、批判しているが、平成一七（二〇〇五）年七月二二日の最高裁判決はその中の一論点だけを採り上げて、知財高裁の判決を取消している。すなわち、「原審（知財高裁）の上記判断は是認することができない。その理由は、次のとおりである」として理由を述べている。

「本件商標「国際自由学園」は上告人略称「自由学園」を含む商標であること、上告人が被上告人に承諾を与えていないことは明らかであるから、上告人略称が上告人の名称の「著名な略称」といえるならば、本件商標は、8号所定の商標に当たるものとして、商標登録を受けることができないこととなる。

商標法4条1項は、商標登録を受けることができない商標を各号で列記しているが、需要者の間に広く認識されている商標との関係で商品又は役務の出所の混同の防止を図ろうとする同項10号、15号等の規定とは別に、8号の規定が定められていることからみると、8号が、他人の肖像又は他人の氏名、名称、著名な略称等を含む商標は、その他人の承諾を得ているものを除き、商標登録を受けることができないと規定した趣旨は、人（法人等の団体を含む、以下同じ。）の肖像、氏名、名称等に対する人格的利益を保護することにあると解される。すなわち、人は、自らの承諾なしにその氏名、名称等を商標に使われることがない利益を保護されているのである。略称についても、一般に氏名、名称と同様に本人を指し示すものとして受け入れられている場合には、本人の氏名、名称と同様に保護に値すると考えられる。

そうすると、人の名称等の略称が8号にいう「著名な略称」に該当するか否かを判断するについても、常に、問題とされた商標の指定商品又は指定役務の需要者のみを基準とすることは相当でなく、その略称が本人を指し示すものとして一般に受け入れられているか否かを基準として判断されるべきものということができる。

本件においては、前記事実関係によれば、上告人は、上告人略称を教育及びこれに関連する役務に長期間にわたり使用し続け、その間、書籍、新聞等で度々取り上げられており、上告人略称は、教育関係者を始めとする知識人の間で、よく知られているというのである。これによれば、上告人略称は、上告人を指し示すものとして一般に受け入れられていたと解する余地もあるということができる。そうであるとすれば、上告人略称が本件商標の指定役務の需要者である学生等の間で広く認識されていないことを主たる理由として本件商標登録が8号の規定に違反するものではないとした原審の判断には、8号の規定の解釈適用を誤った違法があるといわざるを得ない。」

じつはこの事件の知財高裁の判決、最高裁の判決を引用したのは、その理由を精読していただくためではない。私が耳にしているところでは、この事件の判決をした知財高裁の合議体の三名の裁判官は誰も「自由学園」の存在を知らなかったといわれるからなのである。知財高裁ないし東京高裁の裁判官といえば、裁判官中のエリートが任命される役職である。本件最高裁判決によれば、彼ら知財高裁の裁判官三名は「知識人」とはいえないこととなる。裁判官が知識人であるかどうかは問わないとしても、自由学園の存在を知る程度のことは一般教養、社会常識の程度の問題である。このような一般教養、社会常識を欠如した裁判官が知財高裁の裁判をしているという事実は、私にとって脅威というより、むしろ恐怖であるというのが率直な感想である。

＊

二一世紀の初頭、小泉純一郎に対する国民の期待は高かった。二〇〇一（平成一三）年四月に自民党総裁に選ばれた小泉は首相に就任し「派閥の規模に応じて大臣ポストを配分し、その人選も派閥推薦を基本とするという従来の組閣の方式を改め、若手や民間人の積極的な登用を行った。総裁選からの期待感の高まりも受け、内閣発足直後の内閣支持率は歴史的に高い値を記録する」と小熊英二編『平成史』の「政治」の項の著者、菅原琢は書いている。菅原はまた次のとおり書く。

「こうした支持率の上昇、選挙結果の改善は、単に小泉自身のキャラクターの人気に基づくものではなく、同政権への政策方針への支持という側面が強い。小泉内閣の政策路線は総裁選で唱えた「改革なくして成長なし」「自民党をぶっ壊す」といったフレーズに象徴される。（中略）具体的には、医療費の負担率を上げる医療制度改革、地方に権限と財源を移譲し、全体では歳出を減らした三位一体改革、道路公団や郵政公社の民営化、地域限定で規制緩和を実施する構造改革特区などが、小泉政権が導入した政策として挙げられる。

これら官から民、中央から地方を基本精神とする新自由主義的な政策を、首相周辺が主導権を握って導入したことが、小泉内閣の政権運営を特徴づけている。首相が主宰する経済財政諮問会議は、毎年度「骨太の方針」を提示することで、中央省庁全体、ことに予算編成に強力な介入を行った。」

このような介入の是非についてはこの時点では特に私は意見をもっていなかった。実状は経済財政諮問会議がこれほどの権限をもち、首相の権限が強化され、各中央省庁の権限が剥奪されていることに気づいていなかったのである。

そこで平成一七（二〇〇五）年の郵政民営化について回顧することとなる。菅原琢によれば「郵政民営化法案に対する自民党内の造反に対し、解散総選挙に打って出た小泉の仕掛けは成功し、特に都市部における小泉構造改革路線への支持を再度活発化させることになる。衆院の造反者を除名し、選挙区に「刺客」候補を立てたことにより、メディアは政党間の対決ではなく三〇〇選挙区のたった一割の対決選挙区を殊更に取り上げ、改革か否か、そして小泉信任か否かという形に争点を絞り、民主党など他党は埋没する。都市部の二〇代～五〇代の若年・中年層を中心に投票率が上昇し、新たに加わった票の多くが小泉自民党に投じられ、結果、小泉自民党が三〇〇議席を超える圧勝となる。」

この選挙結果については本書の序章でとりあげたのでくりかえさない。「刺客」候補が成功したのは小選挙区制だったからであり、郵政民営化については多様な意見がありえたはずなのに、小泉路線に賛成か反対かという一つの争点に絞られて争われたことは、わが国にとって不幸であったと私は考える。わが国メディアの見識の乏しさも私は見るに耐えない思いであった。

私は郵政民営化についてどうあるべきか、特に意見をもっていない。私のような当該分野の知識が貧しい者には問題は難しすぎるという感がふかい。しかし、小泉内閣の民営化を正当化する論理には納得していない。平成一七年一月二二日付日刊各紙に郵政民営化担当大臣竹中平蔵が「郵政民営化に、あなたのYesを」と銘打って発表したキャンペーンの文章がある。「国民の資産だから、民間で活かす。という、あたり前の改革です。」と題されているこの文章の全文は次のとおりである。本文に入る前に一言だけ感想をいえば、すべてが国民の資産であることは当然であり、したがって、あらゆる税金等も「民間で活かす」ように費やされるべきだが、どのように「活かす」かがつねに問題であり、「あたり前の改革」の方法はつねに「民営化」のように唯一無二ということはありえないのではないか。そこで本文を読む。

「「民間にできることは、民間に」という理念のもと、私たちが今、全力で取り組んでいる郵政民営化。全国一律に郵便を届ける基本的なサービスを維持したまま、現在、約二四七〇〇ある郵便局がコンビニのように機能する将来へ、ただし、民営化の目的はそれだけではありません。

今、国が運用している郵貯・簡保の資金約三五〇兆円を、民間で利用可能にすること、これまで公共事業や特殊法人へ流れていた資金の偏ったシステムを改め、市場メカニズムに従って効率的に運用することで、経済活性化につながります。

これは公的資金の「入口」の大改革であり、すでに始まっている「出口」の改革、つまりは特殊法人等の改革とセットで進めるべきものなのです。

また郵政事業で働く方々は全国で約二七万人。国家公務員全体の約三割を占める方々が民間人となることで、「小さな政府」実現にも寄与します。

小泉内閣が進めてきた様々な構造改革が、その中心、日本が本当に変わるための大改革が、いま始まろうとしています。

民営化についてのみなさんのご質問やご提案をお聞かせください。私、竹中が直接拝見いたします。」（原文のアラビア数字は漢数字に改めている。）

ここで私が不審、不可解に感じることは多い。第一に郵政公社の従業員は国家公務員ではないから、国家公務員の三割が民間人となる、というのは事実に反する。

もっと本質的なことだが、ここでは「入口」が語られていても「出口」が説明されていない。以下に、当時、私が疑問に感じていた問題を記す。

Eメール等の利用の増加により年々郵便の件数が減少し、今後もこうした傾向が激化するにちがいない。沖縄の那覇から北海道釧路に発送しても、消費税分を除けば、葉書五〇円（当時の料金）、通常の重量の封書は八〇円（当時の料金）、都内の特定の場所から沖縄や北海道の特定の場所に発送しても料金に変りないという全国一律のサービスは郵便事業の公共性によるものだが、いったい、どうしたらこの公共性を維持できるのか。郵便事業はこの公共性を維持しながら真に宅配業との競争に耐えられるのか。竹中はコンビニエンス・ストアに言及しているが、まさかコンビニエンス・ストアを兼業することを推奨しているわけではあるまい。コンビニエンス・ストアは片手間でできる職業ではない。本部は次々に新商品を開発し、大量仕入れにより安い原価で卸売りしてくれても、さまざまな拘束、たとえば近年問題になった二四時間営業の義務、などが存在し、いわばコンビニエンス・ストアと本部との間にはつねに緊張した関係がある。反面、ローカルな顧客の需要に応える必要もある。

コンビニエンス・ストアとの兼業は論外としても、郵便事業の公共性を維持しながら、民営化した郵便事業は本当に存続できるのか。竹中はまったく答えていない。

民営化した郵貯事業はどうして存続ができるのか、これにも竹中は答えていない。従来は郵貯は貯金を集めるだけで、その資金はいわゆる財政投融資に投入され、公共事業や特殊法人に約二五〇兆円が流れていた、と竹中はいう。そうした運用がなくなること自体が望ましいとしても、民営化された郵貯銀行は貸出業務の経験もなくノウハウもない。既存の諸銀行が貸出先、投資先を探すため四苦八苦しているのに、郵貯銀行がこの競争場裡にわりこんで入って、はたして存続できるのか、私は大いに疑問に思う。

簡保が集めた資金の運用についても同様である。ことにいわゆるアベノミクス以降、市場が金余り状態にあるとき、どうしたら健全な運用が可能なのか。

いわば、竹中はすべての「出口」について具体的な政策を示していない。

しかも、いわゆる財政投融資というかたちで公共事業や特殊法人に流れていた資金が、一部、不急不要な公共事業や特殊法人の不適切な出費に費やされていたとしても、まったく財政投融資の額に相当する全額が不要になるわけではあるまい。郵政民営化により財政投融資に見合う金額に不足が生じれば、国は国債によってこれを賄い、財政赤字を増大させることで解決するのだろうか。

私には郵政民営化法にはあまりに多くの問題があるようにみえる。私はその解決案を提出できるだけの学識がないだけに、不安、危惧だけが残るのである。とはいえ、民営化以後、郵便のサービス低下は日々痛感している。東京で投函した郵便が翌日になっても大宮に配達されない、翌々日になることも決して稀ではない。夏目漱石の書簡集を読むと、当時は驚くべき速さで配達されていた。たとえば宛先が東京市内であれば投函当日に郵便は配達されていたのである。当時の日本人がよほど勤勉であったのか、制度が改悪されたのか、私には分らない。

＊

一一月にはメルケルがドイツ連邦の首相に就任した。東ドイツ出身の女性が首相に選ばれたことに、欧米社会を中心に世界が激しく変化していることを痛切に感じた。

10

本章の校正に手を着けようと思った矢先、『朝日新聞』（令和二年一〇月二日付朝刊）一面の、「首相、学術会議6人任命せず」「会議側推薦の会員候補」という見出しが目にとまった。この問題は社会面でも大きく「説明なし　学者除外」という見出しで半分以上の紙面で詳細に報道していた。『東京新聞』は一面トップに「学者提言機関に異例の介入」「学術会議任命6人拒む」「政府、理由を説明せず」という見出しで、また社会面でも半分以上の紙面をさいて、問題を報道していた。これらの記事によれば、経緯は次のとおりである。

「学術会議事務局によると新会員候補は学術論文やこれまでの業績を踏まえ、八月末に内閣府人事課に百五人の推薦書を提出。同課からは九月二十八日、九十九人の発令案を事務局が受け取った。事務局は翌二十九日、六名が任命されなかった理由を問い合わせたが、同課は「選考過程については答えられない」と明かさなかった。学術会議側は三十日、任命しない理由の説明を求める菅首相宛ての文書を、内閣府に提出した。」（以上東京新聞）（日本学術会議は定員二一〇人、任期は六年、半数が三年ごとに交代する定めである。）

「日本学術会議法では「会員は同会議の推薦に基づき、総理大臣が任命する」（七条二項）とあり、首相に任命権はあるが、選任できる権利はない。政府側は一九八三年十一月二十四日の参議院文教委員会で「学会から推薦したものは拒否しない、形だけの任命をしていて、政府が干渉したり中傷したり、そういうものではない」と答弁している。」（以上東京新聞）
「同会議はこれまで、政府に対する多くの勧告や提言などを行ってきた。科学者が戦争に協力したことへの反省から一九五〇年と六七年に、軍事目的の研究を禁じる声明を出した。
二〇一七年には、軍事応用できる基礎研究に費用を助成する防衛省の「安全保障技術研究推進制度」の予算を、安倍政権が大幅増額したことを踏まえ、五十年ぶりに軍事研究に関する声明を発表。助成制度について「政府による介入が著しく、問題が多い」と批判した。
同制度は一五年度の予算は三億円、一六年度は六億円だったが、一七年度は百十億円に急増した。」（以上東京新聞）
学術会議はこのように予算が急増した防衛装備庁の研究助成制度について、「過去2回の声明を継承するとの声明を改めて出した。こうした学術会議の姿勢には、自民党内で不満が根強かった。」「甘利明税調会長は今年6月の民放番組で「世界はデュアルユース（軍民両用）で、最先端の技術はいつでも軍事転用できる」と指摘。学術会議に触れたうえで「アカデミアがこれはやっちゃいけない、これはいいというのは非常に問題だ」と語っている。」（以上朝日新聞）
拒否された六名の中、宇野重規東大教授、芦名定道京大教授、岡田正則早稲田大教授、小沢隆一慈恵医大教授の四名は安全保障関連法などに反対、加藤陽子東大教授は改憲や特定秘密保護法などに反対、松宮孝明立命館大教授は共謀罪の趣旨を含む改正組織犯罪処罰法を戦後最悪の治安立法と批判した、という。

『東京新聞』は「記者団は菅義偉首相に直接説明するよう求めたが、首相サイドは「官房長官会見で丁寧に応じる」として応じなかった」と報道、『朝日新聞』は「加藤勝信官房長官は1日の会見で「会員の人事を通じて一定の監督権を行使することは法律上可能。直ちに学問の自由の侵害ということにはつながらない」と述べた」と報道している。

こうして政府の方針に反対する学者を学術会議から排除することは、学術会議の自主性を踏みにじり、学問の自由を脅かすことは目に見えている。さしあたり政府の傲慢さが目立つのだが、六名の方々の意見に含まれていることと考えるが、文言上明らかに憲法に違反するのに無理やり合憲と解する集団的自衛権を核にして、わが国はひたすら暗黒の軍事大国への道を突き進み、学問の自由、言論表現の自由が徐々に弾圧されていくことになるだろうと、私は危惧する。

そんな重苦しい感想をかかえながら、以下、校正を見ることとしたい。

＊

日本近代文学館の二〇〇六（平成一八）年三月一五日刊の館報第二一〇号一面に「成田に分

館建設へ」「六月着工　年内に竣工予定」という見出しで次の記事が掲載された。

「館は来年創立四十五周年、開館四十周年を迎える。所蔵資料の総点数は一二二万点を越え、収蔵能力は限界に達しており、その拡充はかねてから大きな課題となっていた。しかし、目黒区立駒場公園の一部を借用しているため、建蔽率の関係で増築はできない。館常務理事のひとりから、先年、千葉県成田市に所有する土地を建設用地として提供くださるとの申し出をいただき、先頃の理事会で協議の結果、日本近代文学館成田分館を建設することが決まった。建物は鉄筋コンクリート造り平家建、延床面積五五六m²（うち書庫四四八m²、他に閲覧室、事務室など）で、駒場の約半分の収蔵能力をもつ。また、収蔵環境の確保などを建物自体の造り様によって追求している。建築のための費用は二億円、うち一億円は書庫建設資金として準備してあるが、もう一億円については広く各方面にご寄付を仰ぐこととし、このほど財務省から指定寄付金の許可を受けた。着工は六月、竣工は十二月の予定」

この館報の四面により詳細な説明がある。「成田分館の建設について」と題するこの説明は「建物の概要」「建設の経緯」の二部に分れているが、さしあたり前者だけを引用する。

「分館の建設を予定している千葉県成田市駒井野は、市の中心部から東に約四・五キロメートルの郊外にあります。南は、館とも縁の深い水野葉舟がかつて田園生活を送った大水野に隣接し、西には国際空港も間近です。JR・京成成田駅からですと、バス二十分と徒歩十分です。四〇七〇m²の敷地に建築面積六六三m²の建物を建てます。敷地に十分余地がありますので、今生えている樹木はなるべくそのまま残し、特に、建物の西・南には大きく育つ木を植えて、書庫が緑陰に守られるようにします。

このことも含め、極力、機械的な方法に頼ることなく、建物自体の造りを工夫することで、よりよい収蔵環境を保つような建物を計画しています。空調設備や除湿機なども備えますが、それらはあくまでも補助的な手段という位置付けです。というのは、厳しい財政状態の中、あえて新たに分館を造るからには、今後少なくとも数十年を見越して、長期にわたり維持費を最小限に抑えながら、最良の収蔵環境を確保する必要があるからです。

たとえば、駒場の本館は地上三階、地下二階の建物で、地下倉庫には電動式稠密書架を入れていますが、エレベーターの保守や外壁の補修の際に足場を組む費用、老朽化した移動書架の修理など建物、設備の維持費が相当かかります。そこで、成田分館は敷地も広いので平家建とし、床の強度は移動書架の重量を見こんで設計しますが、当初は固定書架を設置する予定です。

また、建物が直接土に接しない高床式として通気・防湿をはかり、土面に防湿シートを挟んでコンクリートを打ち、床下に断熱をします。屋根は土蔵造りの置屋根にし、屋根裏に通気層を設けて熱がこもらぬようにし、さらにその内側に寒冷地並みの断熱をします。切妻屋根にしたのも、書庫上（天井裏）に大きな空気層を作るためです。広く張り出した庇が日光や雨から外壁を守ります。外壁は三重構造パネルによる外断熱とし、書庫の内壁には調湿性の高い建材を使います。

このような発想で設計された図書館・資料館はあまり例がないらしく、設計施工に当る竹中工務店の担当者も、最初はかなりとまどったようですが、何回も打合せを重ねるうちに、次第に意図を汲んで考えてくれるようになりました。」

右の説明の末尾から分るとおり、公表よりはるか以前から成田分館の建築について近代文学館の事務局は、たぶん渡辺展亭さんを中心として構想を練り、竹中工務店と打合せを重ねていたのであった。おそらく財務省から指定寄付金の許可が出るのを待って公表したものであろう。

続く五月一五日付第二一一号館報では、一面の三月理事会、評議員会の報告中、次の記述がある。

「なお、成田分館の建設資金は総額二億円を予定しており、うち一億円を広く各方面にご寄付を仰ぐ計画であるが、日本経済団体連合会（経団連）をはじめ財界にも協力をお願いすることとなり、平岩外四東京電力名誉顧問を委員長に、今井敬、大岡信、黒井千次、小林陽太郎、堤清二、十川信介、長岡實、中村稔、福原義春の各氏からなる募金委員会が設けられた。」

三・一一東日本大震災による福島原発事故以前であったから、この委員会を立上げるため、私は、黒井さんと同行、染谷長雄事務局長と共に、東京電力に平岩さんをお訪ねし、お願いした記憶がある。平岩さんは経済界随一の読書家として知られた方で、日本近代文学館は何やかやそれまでも平岩さんのお世話になっていた。例年、新年の挨拶に、文学館の理事者が刊行した著書を差上げて、染谷君と共に、平岩さんをお訪ねし、スコッチ・ウィスキーを土産に頂戴するのがつねであった。それ故、平岩さんにまずご相談し、お願いしたのだが、私としては気心の知れた方であったから、さして負担ではなかった。今井敬氏は新日鉄元社長、当時の経団連会長だったはずであり、小林陽太郎氏は元富士ゼロックス社長、福原義春氏は元資生堂社長、長岡實さんは文学館の理事をしていただいたこともある元大蔵次官で大蔵省のドンといわれた実力者であった。花椿賞の関係で福原氏とは一面識あったが、募金委員会の委員をおひきうけくださることには、結局は承知してくださったとはいえ、かなり難色を示しておいでになったことが私の記憶にふかく刻みこまれている。（なお、石橋財団に新年のご挨拶に参上するのも理事長のつとめであった。「声のライブラリー」の映像・音声の記録の費用を毎年ご寄付いただいていたからである。）

前記の方々に「元」としたのは、その当時、会長であったか、相談役といった肩書であったか、はっきり憶えていないためである。

また、同じ館報の二面、三面には「成田分館建設についてご協力のお願い」と題する文章が掲載されている。ここで成田分館建設の必要性、そのために募金をお願いすることを述べ、指定寄付による控除について説明している。

法人が寄付してくださったばあいは、全額が損金に計上できる。

個人が寄付してくださったばあいは、寄附金額から一万円を除いた額、ただし、寄付金控除の最大限は、所得金額の一〇〇分の三〇から一万円を除いた金額を所得金額から控除できる。たとえば所得金額六〇〇〇万円の方が一五〇〇万円を寄付したとすれば、六〇〇〇万円から一四九九万円を控除した四五一万円の所得について所得税が課せられることになるわけである。

実際問題として、文学者の遺族が故人の遺稿、遺品類を寄贈しようと考えたばあい、日本近代文学館にはもう収蔵スペースがないわけではないが、いかにも手狭で古びている。それにひきかえ、神奈川近代文学館は建物も広壮だし、収蔵庫もひろびろしていて十分な余裕があり、しかも設備も新しいので綺麗だから、むしろ神奈川近代文学館に寄贈する遺族が多い。このことを始終耳にしていた。たとえば神奈川近代文学館の理事長室は大企業の社長室に匹敵するほどの広さと豪奢さをもっている。日本近代文学館のばあいは、理事長室は事務局の一隅、せいぜい三〇平方メートルかそこらのスペースに机、椅子、粗末な応接セットがあるだけである。収蔵庫についても同様の違いがある。いま神奈川近代文学館が質はともかく、点数だけでいえば、日本近代文学館と同レベルの資料を収蔵しているのは主としてこうした施設がすぐれており、文学館としての維持管理も充分に行届いているからである。職員についても、いまは皆退職したが、当初の主要なスタッフは日本近代文学館の職員が転出したので、日本近代文学館の経験、ノウハウが神奈川近代文学館に伝えられているから、その面でも推奨に値する。建物、施設等の維持、管理や人件費等も実質的に県が負担しているから、もちろんあらゆる地方自治体の財政が逼迫しているのと同じく、しだいに節減を余儀なくされるかもしれないが、すべて自前、自立の日本近代文学館とは困窮の程度が違う。

神奈川近代文学館が設立された当初は小田切進さんが理事長をつとめ、日本近代文学館の姉妹館のような関係の施設として、小田切さんは両館を見ていたようである。しかし、小田切さん歿後は、資料の蒐集、収蔵に関するかぎり、ライヴァル関係にあるといっても誤りではない。もちろん両館はいつも友好的、相互に協力的ではあるが、一面ではそうした関係もあり、日本近代文学館としては、何としても成田分館のようなかたちにせよ、収蔵庫の増設が必須の急務であった。

ついでに老婆心ながら付け加えれば、神奈川近代文学館のような巨大な建物、施設のばあい、おそらくその維持管理の費用は莫大であり、コスト・パフォーマンスが良いはずはないにちがいない。神奈川県が神奈川近代文学館をどこまで持ちこたえられるかは、神奈川県民が文学をどれほど大事にみるかどうかにかかるであろう。そういう危うさもあることは事実だとはいえる。ただ、神奈川近代文学館を維持・管理する費用、人件費その他の経費は神奈川県の全予算からみれば微々たる金額にすぎないであろう。だから、私としては、神奈川近代文学館は存続し、発展するだろうと考えており、神奈川近代文学館の存続・発展を期待してやまない。何といっても神奈川近代文学館は文学館運動について、もっとも理解がふかく造詣をもつ最高の同志であることは間違いないからである。

＊

なお、成田分館の敷地を寄付してくださったのは元徳島大学教授の本多浩さんである。

神奈川近代文学館に関して若干ふれたので、日本近代文学館についても一応の説明をしておきたい。文学資料の蒐集、寄贈などについて日本近代文学館にとって神奈川近代文学館が最も強力なライヴァルであることは間違いないのだが、設立以来の業績、信用もあり、日本近代文学館にも依然として貴重な資料が年々寄贈されている。たとえば芥川龍之介関係資料については、芥川の自死後、文子夫人から、文子夫人の逝去後比呂志氏から、比呂志氏逝去後瑠璃子夫人から、数次にわたり芥川関係資料が寄贈され、また、芥川の主治医下島勲氏旧蔵の芥川関係資料もご遺族から寄付していただき、芥川関係資料はほぼ余すところなく近代文学館が収蔵しているし、私の記憶では佐多稲子関係資料が一括ご子息の窪川健造さんから寄付され、武田泰淳関係資料が一括で息女花さんから寄付されているといった状況で、その他の最近十年かそこらの間に寄贈をうけた資料は枚挙にいとまない。珍しい資料としては野上弥生子さんの歿後、野上さんの処女作「明暗」の原稿と、漱石のこの作品の批評を記した書簡、記念に漱石が野上さんに贈った京人形などをあげることができるだろう。成田分館の竣工後は収蔵スペースに余裕もできたので、今後も引続き多くの貴重な寄贈をうけることができるものと確信している。

中村眞一郎さんが理事長に就任なさった後の理事会で図書購入費予算が百万円しか許されていないことに衝撃をおうけになったことがある。そのためにその後は図書購入費予算を二百万円に増額したのであった。ただ、近代文学館における資料の蒐集は主として遺族から、あるいは生前からの多くの文学者からの寄贈に頼っているのであって、図書購入費はもっぱら雑誌のバックナンバーに欠本があるばあいに、古書店で欠本を発見したさいに購入するとか、近代文学館が収蔵していない初版本が古書店に出たときに購入したりするために充てているのである。

一方、収入については、維持会員の会費は維持費の重要な一部だが、経費のごく僅かしか賄うことしかできず、到底維持会員の会費で運営することはできない。稀に寄付してくださる奇特な方もおいでになる。遠藤洋子さんという方は、私が面識のない方だが、一九八五年にはじめて夏目漱石、有島武郎らの筆墨を寄贈して以後、私が確認しただけで一千万円ずつ二回寄付してくださっている。また、大倉甲子さんは、ずいぶん前にちょっとした法律問題を私が処理したことがあるので、私にとって多年の知己だが、私が理事長になって間もなくまとまった金額を寄付してくだった。動機をお訊ねすると、甲子夫人の亡夫の祖父、大倉保五郎が大倉書店の経営者で、服部書店と共同で『吾輩は猫である』の初版を刊行した縁があるので、日本近代文学館には特別に親しみをもっている、ということであった。大倉家を私は高級な洋食器の製造・販売をしている大倉陶園の創業家と理解していたので、大倉家が大倉書店という出版社を経営していたという事実自体が意外であり、『吾輩は猫である』の出版に大倉家が関係していることも意外であった。それはともかくとして、時としてこのような寄付に恵まれることはあっても、こうした寄付をあてにして近代文学館を運営することはできない。

結局、かつて日本近代文学館が制作し、ほるぷが販売した各種の名著復刻全集の報酬を小田切さんの時代にためこんでいたので、これが運営資金の原資であった。つまり、この積立金を運用し、その利息で運営するわけである。積立金を費消してしまえば、積立金がゼロになったときに文学館は解散しなければならなくなるから、なるべく原資は手つかずに残して利息で運営することとしていた。これは私が理事長になる以前からの方針であり、私はこの方針を踏襲したにすぎない。運用は、証券会社が持ちこんでくる外債を購入することであった。私は個人としては株式も債権も持っていない。投機は私の好みでない。しかし、文学館の運営のためには多少の冒険は止むを得ないと思った。それまで持っていた外債が満期になると、証券会社が買いかえのための候補となる外債を四、五種類提案してくる。私ができることは、たとえば、一五%の利息のブラジル国債を買わずに、七%の利息のニュージーランド国債を買うという決断をすることであった。為替相場が対ブラジル通貨より対ニュージーランド通貨の方が比較的安定しているからである。わが国では超低金利時代に入っていた。私は数年のうちに金利正常化し、外債を買う必要はなくなるだろうと信じていた。外債はドル建が普通だから為替リスクがあり、リスクを少なくするには為替相場に変動が少ないと見込まれる国の債権を買う方がより安全だと考えていたのである。

いまだに超低金利が続いているとは、私が理事長に就任した当時、まったく私は予想していなかった。

*

成田分館は平成一八（二〇〇六）年一二月一五日に竣工した。翌平成一九（二〇〇七）年三月一五日刊の館報第二一六号一面に私は「成田分館竣工のご報告と御礼」と題する文章を発表した。いささか長文だが、経緯、募金その他成田分館建設に関するすべてを記しているので、以下に全文を引用する。

「かねて建築中であった成田分館が竣工し、昨年十二月十五日に施工した竹中工務店から引渡しをうけ、目下、分館に収蔵すべき図書、雑誌類の移動、整理などの作業に着手しており、本年九月に分館としての活動を始める状況に至ったことをまずご報告いたします。

当初の計画は、ご寄付頂くことになっていた約四千平方メートルの敷地に、かねての積立金一億円に加え、一億円の寄付を募り、約二億円の予算で、建築費用を抑制しながらも、収蔵環境にすぐれ、維持管理が容易になるよう、さまざまな工夫を施した建物を建築することでした。その後、収蔵環境の一そうの改善を図り、ささやかながら収蔵品の展示空間も確保することとし、このため、予算を二億二千万円に増額いたしました。

当初、文化庁、財務省から建築費用として一億円を限度とする指定寄付の許可を得ていましたが、建築計画の変更にともない、限度額を約一億二千万円に増額して頂きました。これらの指定寄付の許可、その限度額の変更の許可については尾崎護理事、内田弘保理事の一方ならぬご尽力を頂きました。（中村注、尾崎さんは元大蔵次官、内田さんは元文化庁長官であった。）

募金活動は昨年三月に開始いたしました。別に詳細に記載いたしましたとおり、現在、総額一億三千五百万円弱、その内訳は指定寄付約一億二千万円、その他の一般寄付約一千五百万円、寄付して下さった方々の内訳は法人一〇六社、二一団体、個人八三二人です。これだけ多数の法人、団体、個人の方々から賜ったご支援、ご協力を考えると、私共の責務が重大であることをあらためて痛感しております。なお、一般寄付の約千五百万円は本件の募金の経費、資料運搬費等、指定寄付対象外の事業の経費にも充てることになります。

これほど厖大な金額の募金ができたのは上記した法人、団体、個人の方々のご理解によることはもちろんですが、当館の理事者をはじめとする関係者の無私の努力の成果であろうと存じます。こうした成果が得られたのは第一に、東京電力名誉顧問の平岩外四募金委員長をはじめ、財界の有力な方々が募金委員を引き受けて下さり、日本経団連の協力が得られたことです。第二に出版社をはじめとする維持会員の方々、さらに日本文藝家協会の会員の方々、遺稿の寄贈等の関係で当館とご縁をもっていた文学者の遺族の方々やコレクターの方々、千葉県や成田市の皆様、各地の文学館やその職員の方々等がご協力下さったことです。これらの方々の多くは当館を利用なさったことのなく、利用する可能性も乏しいのに、なお当館の存在意義を認めて下さったわけですから、感謝のほかありませんし、当館として活動をさらに充実させていかなければならないと考えます。

今回の基金に関連して、私自身の忘れがたい体験を二、三ご紹介させて頂きます。一つは凸版印刷の藤田弘道会長にお目にかかったさい、同社の創業以来の印刷物の多くを大事に永久に保存して下さるのだから、といって格別に多額の寄付をして下さったことです。また、新川和江さんのご好意です。はじめ新川さんにこの寄付についてお話ししたときは、中村さんがお一人で寄付なさったらどうですか、遺産なんぞ残しても仕様がないでしょう、といわれましたが、その後一週間も経たない中に、桃谷容子さんの基金から莫大な金額を頂戴できるようお口添え下さり、新川さんご自身も個人としては最高額に近いご寄付をして下さったのです。私の同僚、友人、知己で、文学にほとんど縁のない方々が破格の寄付をして下さったことにもふかく感謝しています。同じように、文学館の理事者関係者等との友情によるご寄付もさぞ多かったはずです。さらに、決して生計に余裕があると思われない年金生活の方々からも多数ご寄付を頂戴いたしました。金額の多寡の問題は問うところではありません。こうした方々のご好意については私は涙ぐむばかり、うれしく有難く、ご寄付下さった皆様に心からお礼申し上げます。

なお、今後分館をどう運営していくか、図書館機能、展示機能をどう活用していくか、を考えると問題は山積しています。今までよりもこれからの方が一そう難しいかもしれません。ひき続き、ご支援、ご協力を頂ければ幸いです。」

自分の文章を書きうつしながら、ここで言っていることは、すべて私の本音だったと回想し、寄付してくださった方々の名簿を眺め、こんな方々が寄付してくださったのだとあらためて確認し、多くの方々のご好意にふかい感銘を覚える。なお、私事に類することだが、事務所の同僚の多くの弁護士、弁理士がずいぶんと巨額の寄付をしてくださったことは是非、付記しておきたい。令和六年八月、本章の校正中、新川さんの訃報に接してあらためて懐旧の思い切なることを覚えたのであった。

＊

平成一八（二〇〇六）年三月、私は三好達治賞の選考委員を委嘱された。それまで私は面識がなかったが、以倉紘平さんが選考委員の選任、委嘱をふくめ、すべてをとりしきっていたようである。

形式は大阪府の主催であり、事務方は大阪府の職員が処理し、たとえば私が新大阪駅に到着すると大阪府の職員が出迎え、選考会場の大阪府の庁舎の会議室に案内してくれたし、贈賞者が決まると、贈賞者が賞を受けるかどうかの確認や公表など、大阪府の職員が担当した。

しかし、賞金をふくめ、雑経費は以倉さんが桃谷容子基金から支出しているようであった。桃谷さんは夭折なさったが、関西では詩人としてその豊かな才能を認められていた方だそうである。著名な化粧品会社の創業者の息女として生れ、育ったので、相当の資産をお持ちであったが、相続人がおいでにならなかったので、遺産は桃谷容子基金として現代詩の振興のために使用するように、という遺言にしたがい、以倉さんがその運用を一任されているように承知している。私の旅費、交通費もこの基金から支払われたのではないか、と私は想像している。ずいぶん奇特な女性である。

第一回の選考委員は、杉山平一、宮本輝、以倉紘平、新川和江、それに私であったように憶えている。宮本さんは三好達治賞の発表の場を『文學界』にするよう、『文學界』編集部と話をつけてくださったが、賞の選考は、元来小説を専門とする宮本さんには興味がなかったようである。たしか、一、二年で選考委員をお辞めになったはずである。

賞の贈呈式の後で懇談会があった。会費制であったかどうか、私は知らない。会費制としても私は支払っていない。新川さんは多数の崇拝者にとりまかれて、ゆらゆらと立派な体躯の歩をはこびながら、誰彼となく歓談なさっていた。私は顔見知りもなく、話しかけられれば応待する程度のことだったから、いつも侘びしく退屈していた。東京の詩人たちを知っているわけではないが、そんな会合をつうじ、関西の詩人たちは詩について確乎とした信念、哲学をお持ちのように感じ、教えられることが多かった。

一〇年、一〇回つとめて、新川さんとご一緒に選考委員を退任させていただいた。

*

この年六月ころから私はあまり体調が良くなかった。私の平熱は三六℃ないしそれ以下なのだが、三七℃に上る日も多く、時には四〇℃に近くまでなることもあった。食欲がなく、疲労感が烈しく、ほとんど終日静臥している日も多く、止むをえない用事だけを済ますことにしていた。九月一一日には主治医の橋本稔先生の診療をうけ、S字結腸のあたりに腫瘍らしいものがあるので、自治医大附属さいたま医療センターで検査をうけるよう勧められた。若干の経緯の後、九月一四日に同医療センターに入院、小西教授の執刀により開腹手術をうけることとなった。内視鏡では届かない個所に悪性の腫瘍があるということであった。悪性腫瘍は尿管に隣接した個所にあるといわれた。考えてみれば、七、八月ころから便に血がまじっていることに私自身気づいていた。大腸癌の二期の末、三期にかかるか、といった状況だと聞かされたが、小西教授が大腸癌の手術に関してわが国で一、二を争う名手だと聞いていたこともあり、私は完全に治癒するものと信じ、いささかも心配していなかった。私は物事を楽観的にみる性分なのかもしれない。

小西教授から手術前種々の検査をするのでその間は禁煙するように言われた。私はふだん二〇本を越すピース、それもフィルターなしのピースを毎日喫っていた。私は素直に小西教授の指示にしたがった。六〇年もそれほどの喫煙を続けてきたのに、禁煙に何の苦労もなかった。ついでいえば、手術後、煙草を喫ってもよいといわれたが、点滴器具をつけて病院の建物の外に出てまで煙草を喫おうとは思わなかった。こうして私はきっぱり禁煙した。傍らで他人が煙草を喫っていてもまるで気にならない。禁煙がこれほど易しいとは私にも思いがけなかった。

九月二六日、理髪店に赴くよう命じられた。たしか陰毛を剃り落とすためであった。腹の手術にさいしては、こうした配慮も必要なのだと感心した。

泌尿器科の医師も立会いの上で、小西教授により手術が行われたのはその翌日、九月二七日であった。麻酔のため、手術の模様については私はまったく記憶していない。夕刻、兄が手術は成功したと言っていたように憶えているのだが、私は麻酔のため朦朧とした意識のまま一〇人近い患者が白いカーテンで仕切られて臥床している部屋に連れていかれた。看護師が数人付添っていた。煌々と電燈が部屋中を照らしていた。私は白いカーテンに次々と文字が現れ、消えていくのを見ていた。私は声をかぎりに、それらの文字を書きとめてくれ、と叫んだのだが、そうした叫びは声になることはなかった。私は幻覚に詩を書いていた。書きとめることなく消えてしまう言葉が惜しくて仕方がなかった。私の生涯で最高の傑作だと思っていた。じつをいえば、明晰な意識下でなければ、詩など書けるわけはない。入院中、手術直後の体験として、こんなことがあった、と記しておくにとどまる。私は元来、真っ暗にしないと眠れない性質なのだが、こうした幻覚や煌々とした明るさのため、一晩中ほとんど眠れなかった。

夜が開けると、個室に戻してもらうことができた。そのころはもう麻酔もきれ、意識もほぼ戻っていた。

自治医大附属さいたま医療センターはわが家からタクシーで十分か十五分の距離である。大宮駅からもたぶん同じような位置にある。事務所の同僚をはじめ、文学館の染谷事務局長その他多数の方々が見舞においでくださり、また、電話をいただいた。次女が食事は自宅で調理して運んでくれたので、ほとんど病院食をたべたことはなかった。

毎晩、助教授の医師を先頭に、五、六名の医師の方々の回診があった。稀には小西教授が先頭になって回診なさることもあったが、教授のばあいは、おおむね、仕事がすっかり終ったと思われる時刻に、一人でふらっとおいでになって、体調はいかがですか、といったことを穏やかな口調で話しかけてくださるのがつねであった。その穏やかな口調に患者の容態を気づかうやさしさがこもっていた。通例の助教授を筆頭にした回診のばあい、助教授が私の部屋に入ってすぐ、足先が外へ出る方向を向いている感じで、いかにもそそくさと、義務だから回診してやる、といった姿勢であった。患者は退屈しているから、医師の一挙一動に注意し、医師の人格などを評価しているのだが、医師の側はたぶんそんな患者の反応には気づいていない。

こうして一〇月一七日に私は退院した。

*

私の入院前、小泉純一郎首相は八月一五日に靖国神社に参拝、その後、辞任を表明した。郵政民営化といい、靖国神社参拝といい、私には小泉純一郎はポピュリストとしか思われなかった。自民党総裁選の結果、安倍晋三が総裁に選ばれ、九月、安倍晋三内閣が発足した。

これに先立ち、都立五中時代の親友上条孝美が死去した。この年の前後は、古い友人たちが相次いで死去した。日高普が他界したのは一〇月一六日であった。その二、三日前、まだ私の入院中に、日高夫人の年子さんからもう命旦夕《めいたんせき》に迫っていますので、葬儀のさいは弔辞をほしい、と言われた。葬儀までに退院し、弔辞を捧げられるほど体力が回復しているかどうか覚束ないが、状況が許せば、当然、弔辞は捧げたい、と答えていた。葬儀は一〇月二〇日に行われたので、どうにか弔辞を読み上げることができた。一二月一八日には中野徹雄が他界した。これらの旧い友人たちの死に出会い、私は『現代詩手帖』九月号に「盛夏の死に　上条孝美のための挽歌」を、同誌平成一九（二〇〇七）年一月号に「初冬感傷　日高普のための挽歌」を、同誌同年九月号に「盛夏悲傷　中野徹雄のための挽歌」を発表した。この時期、私が詩を書くといえば、死んだ友人のための追悼の作を書くことにひとしかった。なお、この回想を執筆中、令和二（二〇二〇）年五月、日高年子さんが他界なさった旨、夫妻の嗣子、日高立君から連絡があった。彼女は数年前から施設に入っていた。九〇歳だったというから、いわば私より年少とはいえ、天寿を全うしたというべきだろう。

日高と中野についてはこれまでたびたび書いてきたので、ここではくりかえさない。大野については挽歌を書いていないが、この年一〇月二八日には大野正男も他界した。大野についても別に記したので、あらためて書かない。

上条孝美についてだけ回想したい。彼は都立五中の同級生中、出英利、高原紀一について親しい友人であった。あるいは、出、高原の側からみると、上条が私より親しく、私は彼らにとって四番目に親しかったのかもしれない。私は東京育ちでなかったためもあり、いつも若干同級生の中で異分子のように自分を感じていた。それも私の僻みかもしれないのだが、上条とはその程度に気心の知れた関係であった。

本郷三丁目から御徒町の方向に少し進むと左に入る道路があり、東大病院、医学部に入る門があるが、この道路を逆に右に曲ると道路は本郷通りから御茶ノ水駅に通じる道路に突きあたって途切れる。この道路の東側に本郷座という、私たちがよく通った映画館があり、桜井潔とその楽団などがアトラクションに出演していた。本郷座の少し手前、同じ側に小さな洋服の仕立て屋があり、その店が上条の家であった。仕立て職人は上条の父君一人しかいなかった。上条は五中から旧制松本高校に進学した。間もなく彼の実家は四月か五月かの空襲で焼け出され、家族、彼の両親と姉は松本のあたりに疎開した。もともと松本に縁があったのであろう。彼の姉は松本で結婚し、永住したと聞いている。そのころには父君は洋服の仕立て業を廃業していたにちがいない。旧制高校はともかく卒業したが、上条は大学には進学しなかった。中学に在学中から映画好きだったが、松本高校を卒業すると、単身上京し、松竹に勤めた。上京しなければ就職できなかったし、就職しなければ自活できなかった。彼は東京育ちらしく気遣いがこまやか、気配りがきいていて、ごく実直であった。私が司法修習生のころは築地の映画製作本部に勤めていた。そのころ、まだ映画に出演したことのない新人俳優だった三國連太郎に紹介されたこともある。彼は本社や大船撮影所との間を行ったり来たりしながら、さまざまの役職を経験したが、これといった目立つ地位に出世したことはなかった。晩年はテレビ映画の製作に関係していたようだが、その義理がたく実直な性格、こまやかな気遣いによって、誰からも重宝がられていたようである。彼は信頼を裏切ることがなかった。私とはまるで違う世界で生活していたが、生涯、私はいつも彼をかけがえのない友人と考えていた。彼のための挽歌の最終連は次のとおりである。

出会いとは魂のふれあう一瞬の火花であり、
その火花は私の魂の底ふかく光っているが、
死者は私に話しかけることもなく、背を向けて
遠い宇宙の一角に漂っている。

こうして上条を追憶していると懐旧の情と寂寥の感に胸がしめつけられる感がつよい。

*

一一月一六日、はじめて上京、散髪し、事務所に寄り、当分、週一回、数時間だけ勤めることとした。

一一月には『立原道造全集』が筑摩書房からその第一巻が刊行された。安藤元雄、宇佐見斉、鈴木博之の三氏と共に編集委員に名を連ねたが、会議に出席して意見を述べたことはあるが、実務には関与していない。以下のとおり、この全集は順調に刊行されたが、何といっても、立原の建築関係の業績を収めたのが画期的であった。

第二巻　平成一九（二〇〇七）年一二月刊
第三巻　平成一九（二〇〇七）年三月刊
第四巻　平成二一（二〇〇九）年三月刊
第五巻　平成二二（二〇一〇）年九月刊

一二月一五日、日本近代文学館成田分館が竣工した。

なお、この年、吉村昭さんが他界したため、吉村さんがつとめていた藝術院第二部長が空席となり、その補充のため、第二部会員が投票、私が後任に選ばれた。任期は吉村さんの任期の残り、平成一九年六月一四日までであった。ただ吉村さんが他界したのは七月三一日だから、他界の後に第二部長選任の選挙が行われたのではなく、病状重篤となった時期に辞任していたのかもしれない。

翌平成一九（二〇〇七）年、再度第二部長の選挙が行われ、ふたたび第二部長に選ばれた。任期は三年である。

第二部長に選ばれたのは、私が億劫がらずに事務処理をすると多くの会員に思われていたからである。三浦朱門さんが多年藝術院長に選ばれていたのも同じ理由によるであろう。なお、日本藝術院は三部に分れており、第一部が美術、第二部が文芸、第三部が音楽・演劇・舞踊である。

平成一九年に入って、私は原則として、火曜、木曜の二日間だけ事務所に勤めることとした。金曜日の午後は日本近代文学館に出かけることも多く、土曜日には文学館理事会が催される日もあったし、藝術院の用件もあったので、不規則ながら、火曜、木曜以外の日にもしばしば上京したが、予後なので、過労にならないよう、つとめていた。

藝術院の第二部長に選ばれたため、通常であれば経験できない経験をしたので、ここに記しておく。第二部長として皇居に参上する機会が相当回数あった。中には、歌会始《うたかいはじめ》に招かれることもある。歌会始のさいの朗詠の独特の節廻しも面白かったが、一般の応募者の作が朗詠されるさい、作者が天皇の正面に立って自作の朗詠を聞くのは、作者はさぞ光栄に思うだろうと感じた。何よりも天皇、皇后以下二〇名ほどの皇族の方々が出席していたが、誰方も二時間近い時間身じろぎもなさらなかった。皇族はこれほど行儀よく躾られておいでになるのだ、と私は、自分が行儀の悪いせいもあり、ひたすら驚嘆するばかりであった。数回歌会始に出席したが、いつも選者の作に感心しなかった。手馴れた玄人の作という以上の感銘がなかった。歌人は題詠の機会が多いはずだが、与えられた題の題詠は、ごく僅かの例外を別として、作者の思いを心ふかく刻むということがないのではないか、といった疑問を感じた。私には歌会始は朗詠される作よりも、この儀式に連なる人々の挙止の方がよほど興味ふかかった。

皇居に参上したさい、最も驚いたのは、藝術院賞受賞者を招待した茶会であった。私が第二部長だったころ、藝術院長は三浦朱門さんだったが、授賞式の後、上野精養軒で一同に昼食が出るけれども、どうせ宮中のお茶会があるのだから、精養軒では何も口にしない方がいい、と注意してくれた。

宮中の茶会に招かれるのは受賞者と藝術院長、それに一、二、三各部の部長である。藝術院賞にはたんなる藝術院賞と藝術院賞恩賜賞の二種がある。二部の慣例としては最高得票者を恩賜賞の受賞者とすることにしていた。

さて、受賞者、院長、各部長が皇居宮殿に到着すると、控室で少し休憩した後、茶会が催される部屋に案内される。その部屋には、一卓に四、五人の席がある卓が二列に六卓ほど並んでいる。

奥の列の一番右の卓に、恩賜賞受賞者と藝術院長のための椅子があり、その卓にまず天皇、皇后が着席なさる。その左の卓に皇太子ご夫妻か皇太子だけが着席なさり、一部の受賞者が同じ卓の椅子に腰を下ろす、こうして各卓には皇族方がばらばらに散って着席なさり、それぞれの卓に受賞者や各部長などが着席する。

茶会と称しながら、じつはフルコースの正餐である。まず前菜、次いでスープ、それからメイン・ディッシュといった工合に進み、デザート、コーヒー等の飲料で終るのだが、まず前菜を召し上って終ると、それまで恩賜賞受賞者と院長と歓談なさっていた天皇、皇后が立ち上って隣の卓にお移りになる。スープを召し上りながら一部の受賞者と歓談なさり、一コースが終ると隣の卓にお移りになる。天皇、皇后がお移りになる都度、その卓においでになった皇族方も隣にお移りになる。皇族方の他、侍従長といった方々も同席し、皇族方と同時に席を移動していたように憶えている。

つまり、茶会と称しながら正餐をふるまってくださる主人側の天皇、皇后以下の方々が各卓を巡回し、終ったときには、天皇、皇后以下の方々がすべての受賞者らと歓談する時間をもつように、しくまれているわけである。このようなしくみ自体が、主人側の、ということは皇室側の、客としての受賞者等に対する、最高のもてなし方であろう。

加えて、天皇も皇后も、非常に言葉遣いが丁寧であった。目下の者に言葉をかける、といった姿勢はつゆほども見えなかった。対等の人間、それもある業績をあげた者に対する敬意をもって、お話しなさった。私は憲法にしたがい、国民統合の象徴としての天皇にお目にかかり、お話ししているのだから、当然相当の敬意を払って応待しなければならない。困ることは、私のばあい、天皇との間では話題がないことであった。児童文学に造詣のふかい皇后とは共通の話題もありそうだが、私は児童文学をまったく知らないから、話題探しに苦労する。すると、天皇、皇后の側が何とか話題を見つけようと苦心なさる。いま天皇に即位なさった、当時の皇太子が、私は中原中也の「サーカス」という詩が好きです、とおっしゃるのをお聞きしたときは救われた思いがしたが、さて中原について何をお話ししたらいいか、そういう話題が出ても、困惑することに変りなかった。

一同は土産に虎屋特製の大ぶりの「残月」を頂戴して退出した。

この茶会とは別に、新入会員をご紹介するため、御所に参上したこともあった。御所は両陛下のお住まいだが、皇居の宮殿から自動車で十分ほどもかかる、半蔵門に近いと思われる位置の林の中にある。このときは、天皇、皇后と、新会員一人または二人と私だけだから、ずいぶんとうちとけて話ができた。私が話題を探すのに苦労しなくても、新会員等がとりつくろってくれたので、比較的には気楽であった。とはいえ、天皇、皇后（現在の上皇、上皇后）があまりに丁寧にお話しなさるので、かえって私が窮屈に感じたのであった。

しかし、皇居のような広大な敷地の大部分は林であり、その中で、いわば人里離れて、お付きの方々だけと生活なさるのは、あまりに非人間的だと感じた。まるで幽閉されているに等しい、と思い、お気の毒だという感をつよくした。ある時、結婚前の清宮が同席なさったことがあった。穏やかな微笑を浮かべ、一言も発言なさらなかったが、静かな雰囲気の漂う方であったことに私はつよい印象をうけた。このときも特製残月を頂戴した。格別に美味であった。

＊

この年七月二九日参議院議員選挙が行われ自民党は比例代表でも選挙区でも民主党より低い投票率しか得られず、その結果、自民党の議席数は八三、民主党は一〇九の議席を得、そのため、自民党は参議院では少数党となり、いわゆるねじれ国会となった。この敗北の責任をとって安倍晋三が退陣、福田康夫が首相として内閣を組織した。

＊

さて、平成一九（二〇〇七）年九月一五日刊の館報第二一九号に左の記載がある。

「昨年十二月に竣工した日本近代文学館成田分館が、九月十五日に開館する。分館に移した資料は図書・雑誌二十二万冊で、副本（二冊目以降）および中里介山文庫など。閲覧もできる。小規模ながら展示スペースも設け、「花々の詩歌」から秋の部を展示する。

これにあわせ、同日から十月二十一日まで成田山書道美術館で、館収蔵資料中の逸品を選りすぐった創立四十五周年、開館四十周年、成田分館開館記念展「近代文学の至宝　永遠《とわ》のいのちを刻む」を開催。オープン当日には分館建設にご寄付いただいた方々をはじめ、関係者を招き、レセプションを行なう。

また、九月二十日は竹西寛子、大岡信氏、十月七日は辻井喬、馬場あき子氏を講師に、書道美術館ホールで記念講演会を開く。」

同紙四面には私の「ご挨拶」と「至宝中の至宝」という展示紹介の文章を掲載、四、五面に展示資料の明細を記している。私は「至宝中の至宝」の中で以下のように記した。

「樋口一葉「たけくらべ」から太宰治「人間失格」に至る作品は、日本近現代文学においてそれぞれの時代を象徴する名作である。それ故、これらの肉筆原稿は、わが国の文学遺産の中でも格別に価値高い遺産であり、日本人にとっての宝物ともいうべきものである。

散逸しがちな文学資料を収集、保存するのは日本近代文学館の責務であるが、このコーナーの資料は、ことに、日本人のすべてに代って収集、保管しているのであり、そう考えると、責務の重さに身のひきしまる思いがするような、そうした重要な資料である。」

この「至宝」展は編集、監修は私、黒井千次、十川信介三名が行ったことになっているが、実務は徳永美樹（いま事務局長）、山田友子（この方はいまは退職している）の二人の若い女性、ことに徳永さんが精根こめた努力を傾けて行ったものであり、二度と、これほど充実した展観はありえないであろうと思われるほど、素晴らしい、瞠目すべきものであった。

私は商売下手で、他人に頭を下げるのが嫌いなので、この展観をどこかに売りこむ努力をしなかったが（にもかかわらず募金については、ずいぶん方々で心ならずも頭を下げたのだが）、この展観は都心のデパートに売りこみたかった、といまになれば、つくづくと考える。デパートがいくら支払ってくれるか、それも幾分かは館の財政に寄与するだろうか、これほど、質の高い貴重な文学遺産を、これほど沢山、近代文学館は収蔵していたのだ、という事実を、東京の知識人、教養人に周知させることができたにちがいない。黒井さんも十川さんも、そういう気分では私と似たりよったりである。いまとなっては無念という他ない。

11

前回、学術会議の会員候補六名の任命を政府が拒否したことについて記して私の危惧を述べたが、依然として任命拒否の事情が明らかになっていないので、ふたたび私が抱いている危惧について記したい。菅首相は、任命拒否は総合的、俯瞰的判断にもとづくという、訳の分らぬ抽象的な表現を用いて、拒否の理由としている。具体的な理由を述べないことは菅首相、加藤官房長官の確固たる方針のようである。

そこで、私の危惧はさらに深まっている。国立大学、私立大学のある学部の予算、助成金の減額が内示される事態の到来を私は想定する。減額の理由は総合的、俯瞰的判断による、という以上に、何ら具体的な説明はない。大学側は調査し、その学部に属する教授一名が菅政権の政策を批判する論文を発表していたことに気づき、その教授に辞職を勧告する。止むを得ず教授は辞職し、大学はその旨を文科省に報告する。やがて、予算、助成金の減額は行われないとの通知を受けとることとなる。私はそのようにずかずかと政治権力が学問の世界に踏みこんでくる日が近いのではないか、という恐怖を感じている。六教授任命拒否問題の去就はなお見守ることとしたい。

＊

平成二〇（二〇〇八）年に入り、四月一九日、東大阪市の司馬遼太郎記念館で「ロジェストヴェンスキー大航海　司馬遼太郎『坂の上の雲』と吉村昭『海の史劇』」と題して講演した。この講演は七月に司馬遼太郎記念館の機関誌『遼』に掲載されたが、実際講演したのは、時間の制限のため、あらかじめ準備していた原稿の半分ほどにすぎなかった。それが心残りであったばかりでなく、司馬遼太郎の作品を、たとえば『新選組血風録』を新選組に関する基本的著述とみられている子母澤寛『新選組始末記』と対比して読解するといったかたちで、司馬遼太郎の作品との対比にふさわしい別の作家の作品を選んで対照しながら読み直すことをしたら、司馬遼太郎の理解に資するのではないか、と考えた。私はすでに八〇歳になっていたし、前年九月に大腸癌の手術をしていたので、この年には原則として週二回しか事務所に出勤しないこととしていた。もちろん、火曜日、木曜日以外にも用事があって上京することもあったが、体力の衰えを別にすれば、格別の問題もなかった。そのため、大腸癌の手術後、物を書くのに費す時間を充分に持つこととなった。私は上記した方法で司馬遼太郎の八作品を読み、司馬史観とはどういうものかを考え、書きとめてみた。私はこれを私家版で刊行し、友人知己に差上げるつもりでいたが、青土社の清水一人さんに勧められ、『司馬遼太郎を読む』と題し、市販本として平成二一（二〇〇九）年四月、青土社から刊行した。ちなみに、同じ平成二一年九月、私は『中原中也私論』を思潮社から刊行し、以後二〇一〇年代に入って、ということは八〇歳代になってから、じつに多くの著書を執筆、刊行しているが、これはこの年齢に達してはじめて執筆に多くの時間をさくことができるようになったことによる。それまでは多忙な弁護士業務の暇をぬすんで執筆していたので、私自身意に満たぬものが多かったのである。

＊

六月一日に文学館の理事会が開催され、七月末日の任期満了により、私は黒井千次さんとともに再任を辞退する旨を表明し、新理事長には高井有一さんに就任していただくこととなった。一九九四（平成六）年に副理事長に就任して以来、私はさまざまの新しい企画を構想し、実施し、最終的には成田分館を発足させ、一応の成果をあげてきた、と自負していた。それには黒井千次さんの助力に負うところが多いし、その他、理事者の方々の惜しみないご協力をいただいた。あるいは、まず事務局の方々の尽力を第一に挙げなければならないかもしれない。ことに染谷長雄事務局長は、こまごましたことに口出しはしなかったが、大局観にすぐれ、事務局員の間に人望がある名局長であった。そうした方々に助けられて、私はともかく八〇歳まで理事長としての職責を全うできた。私としては関係の皆さんに心から感謝している。このさい、私は「名誉館長」という肩書を贈られた。文学館には常時名誉館長がいるわけではない。創立以来、川端康成、伊藤整の二先生にこの肩書をお贈りした先例があるだけである。私としてはこれこそ望外の名誉であった。

ところで、新しい執行部に十川信介さんが副理事長、樋口覚さんが専務理事として加わることとなった。文学館の専務理事の責務はそれほどの負担になったとは思わないが、「声のライブラリー」の責任者となり、誰も樋口さんを助ける人がいなくなったことは、樋口さんに甚大な負担となったにちがいない。このとき、「声のライブラリー」の実施をどうするか、まるで考えることなく、退任したことについては、私は樋口さんに心から申訳なく、相済まないと痛感している。

それまで、小説家の人選は黒井千次さんにお願いし、詩人等の人選は私が担当していた。映像・音声の記録を文学的遺産として残すにふさわしい作家を若手、中年、大家といわれるような三世代の中から選び、自作朗読をお願いし承諾していただくのは、決して生易《なまやさ》しいことではない。黒井さんのように、作家として名声が確立していて、しかも顔がひろく、文壇で高い信頼をえている人でさえ、次回に誰を選び、誰に承諾してもらえるか、を決めるのは極端に難しかった。開催を予定した日の一、二週間前まで、決まらなかったことが多かった。詩人は一人だけだし、私は社交的でないので交友は限られているけれども、詩人はおおむね朗読に馴れているので、依頼すれば、都合がつく限り、ひきうけてくださる方を探すのはそう難しくなかった。

樋口さんは、司会者として、余人をもって代えられない方であった。該博な文学作品の素養、知識を持ち、自作朗読に出てくださる方とその方が朗読する作品が分れば、必ずあらかじめその作品を読みこみ、作者を適切に紹介し、朗読後の出演者三人をかこむ座談会を興味ふかく、おだやかにもり上げる才能と誠実さをお持ちであった。だからこそ、数多くの自作朗読の会の司会をお願いしたのであった。

しかし、自作朗読に出てくださる方々を選び、お願いし、承諾を得るのは、黒井さんでさえ、容易ではなかったのだから、まして樋口さんには余りに荷が重かった。そんなことはちょっと想像すればすぐ分ることである。しかし迂闊なことに私はまったく思い及ばなかった。黒井さんの代りに誰か、私の代りに誰か、を選び、その誰かも樋口さんと親しい人でなければならないのだが、そういう手配をしないで、樋口さん一人に押しつけてしまった。まるで戦場の最前線に樋口さんひとりをおきざりにして、戦友たちはみな逃げだし、樋口さんだけが悄然と佇み、重い装備をかかえている、といった風景に似ていた。

しばらくすると、樋口さんが文学者とはいえない人に依頼し、朗読してもらっている、と事務局の担当が愚痴を言っているという噂を耳にした。やがて、聴衆が集まらなくて困る、出演を二人にし、会費を三千円から二千円に値下げすることに決めた、と聞いた。館報を見ていると、樋口さんはとうに辞め、朗読してくださる方は二人、会費は二千円で定着したようである。樋口さんは体調を崩したらしい。もう五、六年樋口さんの声を聞いたこともなく、手紙をいただいたこともない。ただし、樋口夫人睦子さんとは比較的頻繁に連絡を保っているが、樋口さんの体調にふれることはない。樋口さんの体調の悪化はもっぱら「声のライブラリー」の過重な負担によるものだし、そういう過重な負担を押しつけた私には見舞の言葉を口にすることさえ憚られるのである。

＊

私は私の後任の理事長となった高井有一さん、高井さんの後任の理事長の坂上弘さんに、「声のライブラリー」に出演いただく文学者を選び交渉し、了解を得ることがどれほど大変なことかを説明し、黒井さん、私に代ってそういう役を引受けてくださる方を決めていただきたい、とお願いすべきだったかもしれない。しかし、一旦、退任した以上、意見を求められれば私なりの意見を言うことはあっても、私の側からいかなる口出しもすべきではない、ということが私の生活信条である。弁解としか聞かれないとしても、そのように私はこれまで生きてきた。事務所の経営についても、三〇年近く前に代表者を退任して以降、会議に出席したこともない。樋口さんが「声のライブラリー」の出演者に悩んでいるなら、理事会でその旨を訴えて、助力を求めるべきだ。突き放していえば、そういうことになるのだが、樋口さんは悩みを内心にかかえこんで、ひたすら暗鬱な気分に落ちこむ他はなかったのであろう。

近代文学館館報の二〇一二（平成二四）年一月一日付第二四五号一面の理事長のコラムに坂

上さんが「声のライブラリー　その一」と題して、「声のライブラリー」は「近代文学館がより開かれた存在になるようにと未来構想委員会で提言された事業の一つとして実現したのだった」と書いておいでになるのを目にし、坂上さんはまるで趣旨を誤解なさっている、と感じた。ところが同年三月一五日付第二四六号の同じコラムで「声のライブラリー　その二」の中では、声のライブラリーの「発足にあたっての狙いを、創案者である中村稔名誉館長からうかがう機会があった。最近は、作品を自筆原稿でのこさない人も多くなっている。しかし創作者の自作朗読は、肉体の中にある原稿、ということだろう。声であらわす文体を記録し、創作の躍動をのこしたい。そういう意図であるから、一人の芸術家の、出発期、活躍期、円熟期それぞれの朗読を記録して行きたい。そうなれば本望である、というお話だった」と書いておいでになることを知り、一応安堵した記憶がある。

この坂上さんの文章に関連していえば、私が抱いていた理想は、たとえば故人を例にとると、川端康成のばあい、「浅草紅団」の時期、「雪国」の時期、「山の音」の時期のそれぞれの時期における自作朗読の映像と音声の記録が遺されることであった。それが、いわば出発期、活躍期、円熟期の意味である。

そこで、現状についてみると、自作朗読をしてくださる方を二人とし、会費を二千円に値下げすることは、まさか事務局が独断で決めたことではあるまい。理事会に諮り、理事会の承諾をうけたにちがいないが、理事会はどこまでお考えになったのだろう。自作朗読してくださる方々を、三人から二人にすることは人選も承諾を得るのも楽になるが、できれば、三世代の方々に顔をそろえてほしいという私の理想ないし夢想とはかけ離れている。会費も三千円を二千円にした結果、より多くの聴衆がおいでになるかもしれないが、より多いに越したことはないにしても、人集めの「開かれた場」として「声のライブラリー」を催すことは本来の趣旨ではない。文学遺産としてふさわしい文学者の方々が三世代にわたり、男性二人、女性一人という賑やかな顔ぶれで朗読し、これを記録することに意味がある、と私は考えていた。事務局の発想は私の理想をふみにじり潰え去らせるものであった。

私は文学館の館報を送っていただいても整理して保存していない。かなりの数の館報は棄ててしまったらしい。ただ、上野千鶴子さんが自作朗読なさったことがあると記憶している。上野さんは卓越した学者にちがいないが、文学者ではない。彼女の朗読は文学館が文学遺産として収蔵、保存に値するものではない。樋口さんの司会の末期、文学者でない方に朗読をしていただいていると事務局の誰かが非難したと耳にしたことはすでに記したが、同じことが上野さんに朗読をお願いしたことにもいえるのではないか。

私の理解している限り、現在、「声のライブラリー」は小池昌代、伊藤比呂美のお二人と、時に佐藤洋二郎さんが加わり、お三人が交替で司会しておいでになるようである。このお三人が自作朗読する方を依頼しておいでになるのではないか。私は文壇の事情に暗いためかもしれないが、私がお名前さえ存じ上げない方が朗読においでになっていることも多い。司会者と別に、黒井さんや私に対応する方々が自作朗読してくださる方を交渉し、依頼するということではないのではないか。たとえば自作朗読をなさる方がお二人とも女性、司会はもちろん女性だから、女子ばかりのときもあるようだが、どんなものだろうか。

もっと目につくことは、いわば円熟期の文学者、大家と目されるような文学者の出演が私の見るかぎり、まるで見当たらない。二〇一八（平成三〇）年一月一日刊の館報第二八一号で坂上理事長が「朗読空間の楽しみ」と題する文章を理事長のコラムに寄せているが、「声のライブラリー」のビデオが「最近では、神奈川近代文学館の安岡章太郎展や山梨県立文学館の津島佑子展」で紹介された旨を書いている。私自身これらお二人の朗読の会に立会っているが、現状で制作している自作朗読の会の記録はこのような文学遺産となるものは稀なのではないか。私の想像では、お二人またはお三人の司会者が直接間接に知り合っている方々にお願いし、自作朗読をしていただいているにすぎないのではないか。逆に、「声のライブラリー」の初期に自作朗読してくださった、当時三〇代、四〇代の方々も、いまは五〇代、六〇代になっているはずだから、再度「声のライブラリー」にお出ましをお願いしてもいいのではないか。

私は「声のライブラリー」の現状にふかい失望を覚え、未来を憂えている。

＊

この年九月、アメリカの投資銀行リーマン・ブラザーズが連邦法第一一章の破産手続を採り、俗にリーマン・ショックといわれる国際金融危機がおこった。前年のＦＲＢ（連邦準備制度理事会）による金利引上げを契機として、サブプライムローンといわれる優良借主への利率（プライムローン）をうけられない低所得者に対する高金利の貸付である、住宅ローンをはじめ、自動車に関するローンなどの延滞率が上昇したことなどにより、住宅価格が暴落し、リーマン・ブラザーズは歴史上最大の約六〇〇〇億ドルの負債をかかえるに至り、同社の取引先等が連鎖的に金融危機に襲われた。ブッシュ大統領は金融システムに七〇〇〇億ドルの支援を行う緊急経済安定化法に署名したという。

日本ではすでに長期間続いていた景気低迷のためサブプライムローン関連債権に手を出す者がほとんどなかったので、大和生命が倒産し、農林中央金庫が巨額の損失を出した程度で終ったが、九月一二日に一万二二一四円だった日経平均株価は一〇月二八日に一時は六九九四・九〇円まで下落した。

それ故、日本の経済界にとってリーマン・ショックが大きな衝撃であったが、私にとってはリーマン・ショックは対岸の火事であり、関係ない世界に吹き荒れる嵐のようにみていた。ただ、どうしてこういう事態がおこったか、その真の原因は、サブプライムローンが証券化されていたことにあるのではないか、と感じた。住宅建築のため、建築主が銀行等金融機関から借りた借金が払えなくなっても、本来なら、その銀行などの金融機関とその借主との間だけの問題であり、かつての住専の破綻がその例である。しかし、証券化されると、住宅がブームによって値上がりすれば、証券の価格が値上がりし、安価で証券を買った者が高価で売れば儲かる代りにブームが去って住宅価格が暴落すると、証券価格が暴落し、なんなくただの紙片になってしまう。前年からアメリカ経済全体にわたる住宅市場が大幅に悪化し、住宅価格が暴落したことがリーマン・ショックの引金になったのだ、と私は理解した。つまり貸主対借主間で決済されるべき債権を証券化して多数の投資家、ヘッジファンド等の投機の材料としたことに原因があり、これは金融界の自由化の極限的な形態から生じたのではないか、と私は考え、極度に自由化をすすめた不健全な資本主義の破局を迎えているように思った。ブッシュの政策はこうした投機的、冒険的経済システムの破綻を税金で救済しているかのようにみえた。もちろん、金融について私は無知だから、これは私がひそかに抱いた感想にすぎない。アメリカ政府が同年一二月、クライスラー、GMに一七四億ドルを緊急融資したと聞き、また最終的にアメリカ経済システム救済のため一六八一億ドルもの巨額の支援をしたといった報道に接すると、資本主義が危機的状況に年々近づいているのではないか、という憂慮を抑えがたかった。

*

この月、福田康夫内閣が総辞職し、麻生太郎が首相に選ばれ、麻生内閣が成立した。この事情について小熊英二編著『平成史』の菅原琢「政治」の項には次の説明がある。

「〇八年の第一六九回通常国会では、衆参両院の過半数の同意を得る必要のある日本銀行総裁、副総裁人事をめぐり民主党の抵抗に遭う。同意人事は衆院による再議決ができないため、財務官僚出身者を排除するという民主党側に妥協する形で人事を行わざるを得なかった。さらに民主党は、ガソリン税の暫定税率の延長を拒否し、また与党による衆院可決が二月末となったため、参院のみなし否決を待つ四月の一ヶ月間、暫定税率が消えたことによる「減税」でガソリン価格が安くなる事態となる。

こうした混乱の中で内閣支持率が低迷し、福田は九月に辞任を表明する。後継総裁、首相には麻生太郎が選出されるも、総裁選と同時にリーマンショックが襲い、日本経済全体を不況が襲う。麻生は定額給付金、エコカー減税、エコポイント制度、住宅ローン減税、高速道路料金の割引など、積極的な財政出動により、リーマンショックに対処しようとする。麻生は就任早々に解散総選挙を行う予定だったとされるが、こうした政策対応と内閣支持率の低迷から先延ばしにせざるを得なかった。」

こうした政権のたらい廻しは国民不在の感がつよく、私にはリーマン・ショック対策というものも小手先の人気とりとしかみえなかった。菅原は次のとおり続けて書いている。

「一方、後に「上げ潮」派と呼ばれる小泉構造改革路線寄りの議員などには公然と麻生を批判する動きが広がる。解散総選挙の時期が延びる中、総裁選前倒しを求める「麻生おろし」の動きが党内全体にも広まる。また、渡辺喜美元行革相は定額給付金などを批判して一月に離党する。その後、無所属だった江田憲司と共闘し解散総選挙前の〇九年八月にみんなの党を結党する。

これに対して民主党は、小沢一郎代表の事務所費問題が尾を引くも、責任を取り辞任した小沢の後を受けた鳩山由紀夫代表のもとで支持を伸ばす。民主党の攻勢に麻生は解散時期を衆院任期ぎりぎりまで延ばさざるを得ず、八月末に衆院選が行われることになった。」

こうした状況も国民不在の、議員間の権力闘争にすぎないと私は考えていた。実際、渡辺も江田も小沢ももともと自民党に所属していたのだから、政見において民主党もみんなの党も自民党と本質的な違いがあるわけではない。看板を塗りかえ、書きかえて、人気取りを争っている、としかみえなかった。

*

平成二一（二〇〇九）年に入ることとなるが、八月に行われた衆議院議員総選挙の結果をまず見ることとする。得票率、獲得議席数を小選挙区と比例代表に分け各党別に示すと次のとおりである。

	得票率（小選挙区）	議席数	得票率（比例代表）	議席数
民主党	47・43％	221	42・41％	87

自民党	38・68%	64	26・73%	55
社民党	1・95%	3	4・27%	4
公明党	1・11%	0	11・45%	21
共産党	4・22%	0	7・03%	9

右の数値は小選挙区比例代表並立制という選挙制度の欠陥をやはりよく示している。

このときの投票率はきわめて高く、有権者の小選挙区で69・24%、比例代表で69・22%であり七割に近い。得票率をみると、自民党の得票率は小選挙区のばあい、民主党の得票率の八割強である。しかし獲得議席数は二二一議席対六四議席であり、約三割にすぎず、極端に少ない。いわば投票者の五割以上の投票が死票となり、彼らの意志は選挙結果では無視されている。有権者全体からみると、民主党は有権者の三割強の意志しか反映していない。小選挙区制度は本質的にこうした欠陥を持っている。

比例代表においては得票率と議席数がほぼ見合っていることは当然だが、比例代表が並立することにより小選挙区制の欠陥を是正する機能を果してはいない。むしろ、一定の得票率は持つものの小選挙区では議席を得ることのできない小政党の受け皿となっている。つまり、公明党、共産党などは比例代表並立制でなければ一議席も得ることができないであろう。しかし、平成という時代の多くの期間、自民党は公明党と連立することにより安定した議会勢力を維持してきたのであった。

何故、平成二一年八月の衆議院総選挙の結果、民主党がこのように圧勝できたか。熱にうかされるように小泉純一郎の郵政民営化を支持した人々も、小泉引退後、熱がさめ、その後、政治らしい政治なしの党内の権力闘争に明け暮れる自民党に倦き、たまたま、野党の多くが民主党の名の下に結びついていたからだ、と思われる。

*

そこで民主党政権の政治についてふりかえることとし、また小熊英二編著『平成史』の菅原琢「政治」から引用して、まず概観することとする。

「〇九年八月三〇日に投開票された第四五回衆院選で民主党は、単独で三〇〇議席を超える議席を獲得し、政権交代が現実のものとなる。自民党は都市部だけでなく農村部でも大きく票を減らし、小選挙区の効果で議席数の六割を失う。民主党は社民党、国民新党と連立を組み、鳩山由紀夫を首相として新政権を樹立する。

鳩山内閣のメディア世論調査における内閣支持率は、細川内閣や小泉内閣に匹敵する高い値で始まる。民主党政権は、それまでの自民党政治を「官僚主導」政治と定義し、これと決別する「政治主導」を政権運営の柱に掲げ、自民党政権下で重視されていなかった副大臣や財務官のポストを大臣とともに政務三役とし、政治主導の担い手とする。そのために国家戦略室や行政刷新会議といった新たな組織を内閣官房、内閣府に設置する。中でも行政刷新会議が実施した事業仕分けは、国の事業の改廃を決定する過程を透明化し、世論調査でも一定の評価を得ることに成功している。」

この「政治主導」という思想は後に安倍晋三内閣にうけつがれ、自民党の基本的方針となった。そういう意味で、民主党は教師、先駆者の役割を果したといってよい。しかし、政治主導とは官僚が主導的に決めていた政策の権限を奪うことであり、当然官僚の抵抗が予想される。官僚はいわば情報の宝庫であり、情報を専有しているから、そうした情報なしに、民間主導の政治が行われたわけである。自民党が政権の座についていた長期間、いわゆる族議員がそれぞれの省庁の業務について精通していたから、官僚主導を制御できたし、第二次以降の安倍晋三内閣の下では、経済財務諮問会議や内閣人事局などをつうじ、はるかに巧妙に官僚を操作し、官僚従属体制が確立されるが、民主党政権においては、各省庁の大臣が当該省庁の業務の知識、経験に乏しく、徒らに政治主導を強調したため、官僚の反感、敵意を招いたのではないか。そのために、民主党執行部が意図した政策も容易に実現されることがなかったのではないか。ただ、官僚従属体制の筋道をつくったのが、自民党を離脱した政治家たちが主導した民主党政権によることは間違いない。

前掲菅原の文章では、事業仕分けが世論調査でも一定の評価を得ることに成功した、と記されているが、私の記憶では、たしかに事業仕分けという試みはテレビで見ていても興味ぶかかった。とりわけ、蓮舫議員のスーパーコンピュータ関連予算に関する「世界一でなければならない理由が何かあるんですか、二位でもいいんじゃないですか」という質問に失笑した憶えがある。官僚が回答に困惑するのを見るのは愉しかったが、蓮舫に弁解があるにしても、こうした低水準の質疑により事業が仕分けされるのは困ったものだという感を私はふかくしていた。こうした事業仕分けは公衆にとってある意味でカタルシスを解消させ、「一定の評価」を与えるかもしれないが、おそらく民主党政権は官僚を敵にまわすことになったろう。そこで菅原の文章の続きを読む。

「だが、予算編成に入ると、政権運営に綻びが見えはじめる。〇九年は、リーマンショックによる経済の停滞により税収が大幅に減少していたが、民主党政権がマニフェストで初期に実行するとした子ども手当の給付・高校無償化・高速道路無料化などの新しい施策はいずれも大規模な予算を必要とするものであった。このため、当初より財源不足が危惧されていたが、小沢一郎ら与党側はマニフェスト履行を強く求めた。いわゆる埋蔵金や事業仕分けによる事業見直しも十分な財源を捻出できず、最終的には「小沢裁定」によりガソリン税暫定税率の維持などを決定するも、四四兆円を超える大規模な国債発行を余儀なくされる。」

右の文章では、判然としないが、「小沢裁定」により予算化されたのは、所得制限を設けた子ども手当の支給だけで、高校無償化、高速道路の無料化などは「着実に実現」すると称して先送りしたようである。なお、埋蔵金とは、特別会計の準備金、積立金等を取り崩して得られる、一時的な税外収入を意味するという。

私からみると、子ども手当など、それこそ子どもだましの人気とり政策であり、そんな支出をしながら財政赤字を四四兆円にも増大させるのが政治というものかと憤りを禁じえなかった。

＊

平成二一（二〇〇九）年四月、アメリカ大統領オバマが、プラハで演説し、長期的に核のない世界をめざす、と話した。彼はいかなる具体的な行程も示唆しなかった。欺瞞的なたんなる放言と思い、これほど深刻な問題を気軽く提起するのは冗談の域を出ないと感じた。

ところが、一〇月、この演説によりオバマにノーベル平和賞が贈られた。ノーベル平和賞は毎年かなり政治的だが、これは笑劇に近い、と感じた。

＊

四月一二日に一高時代に親友だった網代毅の訃報に接した。さまざまな感慨を覚えたが、別に記したので、ここではくりかえさない。

五月には裁判員制度が始まった。個人的にもその人格に私が敬意を払っている松尾浩也さんが法務省顧問としてこの制度を推進したと聞いていた。松尾浩也さんは私の多年信頼する同僚松尾和子弁護士の夫君であり、元東大教授で刑事法の権威である。彼は東大を定年退職後、一時、上智大学で教鞭を執ったことがあった。そのとき、東大では「教官」というのに対し、私立大学では「教員」ということを知り、たいへん衝撃をうけたとお聞きしたことがある。裁判員という名称を選ぶさい、この「教官」に対する「教員」という言葉の違いがヒントになったようにお聞きしたように憶えているのだが、あるいは私の記憶違いかもしれない。

たしかに裁判官は社会的視野が狭く、一般社会から切り離された独特の世界だけで生活している感がある。これは私の父が裁判官、それも刑事事件専門の裁判官であったため、私が偏見を持っているのかもしれないが、通常の社会生活を送っている裁判員の意見によって、開かれた見方が出るかもしれない。とはいえ、殺人、強盗殺人などの犯罪被害者の遺族の証言などにより、感情的になるおそれがつよい。裁判員は裁判官からあらかじめ予断をもたないよう充分教えこまれるにちがいないが、なお、偏見を持ちやすく、刑罰が重くなりがちになるのではないか、と私は懸念していた。刑事裁判の問題は、警察官、検察官による拷問に近い取調により、意に反して罪を犯していない者が自白した旨の調書が作成される事実にもとづき、多くの冤罪事件がおこることにあり、そうした問題は裁判員制度で解決しないのではないか、と私は感じている。

そういう意味で私は裁判員制度に懐疑的であり、いまも変らない。

＊

九月三〇日付で私は『中原中也私論』を思潮社から刊行した。すでに記したとおり、『新編・中原中也全集』の刊行は遅れに遅れていた。何とかしてほしいという角川学芸出版のつよい要望があり、編集委員、角川の関係者が会合し、評論・小説を収めた第四巻の解説を私が執筆することになった。本来、宇佐美斉さんが解説を担当することになっていたランボー詩集の翻訳をはじめとする翻訳の巻を除き、佐々木幹郎さんが、すべての巻を担当することになっていたが、評論・小説等を収めた第四巻、日記・書簡を収めた第五巻にはまったく手がついていない状態であった。私はその会議の席で日記・書簡の巻の解説を引受けると提案したが、佐々木さんがその巻の解説は自分が執筆したいと固執したので、評論・小説の解説を私が担当することになった。

そういう不本意な経緯で評論・小説の巻の解説を引受けたのだったが、これが思いがけぬ僥倖をもたらしてくれることとなった。というのは、中原の評論解説を執筆することの困難は彼の数多い詩論、ことに「名辞以前」といった言葉を用いて展開した詩論や芸術論、ひいてはいかに生きるかに関する考えを理解することの難しさにあった。そのためには中原が共感していた西田幾多郎著『自覚に於ける直観と反省』を読みこむ必要があり、中原が「買はうと思ってゐる」と書いた同じ西田の『働くものから見るものへ』も、また当然中原が読んだと思われる西田の最初の著書『善の研究』も精読する必要があった。私は元来形而上学的思考が不得手だが、これらを熟読し、中原の詩論等の理解の手がかりを得ることができた。その結果、彼の詩はもちろん、日記、書簡等すべての著述を読み直し、それまでの私の中原に対する見方は決定的に間違っていることに気づいた。

その結果、評論・小説の解題に書くことができなかった「中原中也と小林秀雄」という文章を二〇〇三(平成一五)年ころに執筆し、続いて「中原中也私論」を執筆した。しかし、さまざまな思いから、私はこれらの文章を発表するのを差し控え筐底《きょうてい》に秘めていた。しかし、平成一九(二〇〇七)年になって『現代詩手帖』四月号に、何か評論をほしいと小田久郎さんから言われ、「中原中也と小林秀雄」を発表し、『国文学 解釈と教材の研究』から依頼があったので、「中原中也と富永太郎」を発表した。

平成二一(二〇〇九)年に入って、私はどうしても私なりの中原中也論を仕上げたい、と思うようになり、まず「中原中也の作文と初期短歌」を書き、『現代詩手帖』四月号に発表した。この年には私は原則として火曜、木曜と金曜の午前しか弁護士として事務所に勤務していなかったので、その余暇のほとんどを中原中也に関する文章を執筆することに費やしていた。「中原中也と大岡昇平」「中原中也と安原喜弘」もこの年に執筆したものである。「中原中也私論」を第一部とし、その他の文章を第二部に収めた『中原中也私論』の出版を思潮社に依頼したのは、同年七月初めであった。

私はこの『中原中也私論』によってはじめて正確な中原中也像が示されたと自負している。その核心をなすのは西田幾多郎の初期論文集を参照しながら中原の詩論の本質を解明した第一部にあるが、一例をあげれば、中原中也を世人に認めさせるためにあれほど努力した大岡昇平がじつは中原をまったく理解していなかったことを指摘したことである。（大岡さんと敬称を付したいが、本文との関係上敬称を略する。）「中原中也と大岡昇平」中「玩具の賦・昇平に」という作について、「大岡はこの作品の痛切さを理解していたとは思われない」と私は書き、次の文章でこの評論を結んでいる。

「はじめに大岡が提示した設問に戻ってみたい。

「中原の不幸は果して人間という存在の根本的条件に根拠を持っているか。いい換えれば、人間は誰でも中原のように不幸にならなければならないものであるか。おそらく答えは否定的であろうが、それなら彼の不幸な詩が、今日これほど人々の共感を喚び醒すのは何故であるか」。

中原は詩人であった。しかし、彼が自覚していたとおり、詩人といえども生活しなければならなかった。詩人としての彼は名辞以前、現識の暗黒領域で表現を模索した。しかし、表現はつねに社会的に通用する名辞でなければならなかった。詩人であり、同時に生活者であるために、彼は矛盾をかかえ、悪戦苦闘しなければならなかった。この矛盾は詩人がいかに悪戦苦闘しても決して克服できるような性質のものではない。

（中略）

彼が「不幸」であったとすれば、彼が本質的な詩人であったために、決して克服できない矛盾をかかえ、そういう矛盾を意識し、そうした意識の下で、詩作し、しかも生きていかなければならなかったことにあった。

この「不幸」は、「玩具の賦」にうたわれたとおり、人間が玩具で遊ぶことを必要としている限り、いいかえれば、私たちが芸術を内心からの必然性として要求している限り、中原の「不幸」は普遍性をもっている。そして、その故にひろく読者をもつことはふしぎではない。だからといって、中原の詩を「不幸な詩」とみるのは思考の短絡である。大岡の中原との友情は、たぶん大岡の側の誤解のために、中原の生前、破綻していたのである。」

私はこうした見方がきわめて斬新であると確信している。そして私が『中原中也私論』において真の中原中也観を提示したと考えている。

＊

この機会に一応、私と中原中也とのかかわりをしめくくっておくとすれば、私は中原中也賞を山口市教育委員会が設けたとき、平成八（一九九六）年の第一回から平成一七（二〇〇五）年の第一〇回まで選考委員をつとめた。佐藤泰正、北川透、荒川洋治さんらが同じく選考委員であった。私が依頼して『ユリイカ』に選考結果、受賞者および受賞作品の紹介などをしていただくこととした。現代詩の新人賞としてはそれまでH氏賞が知られていたが、発表誌の『詩学』が沈滞気味だったことにあわせて、中原中也賞は次々に新鮮で才能豊かな新人を選んだので、数年の間に注目されるようになり、いわば詩壇における芥川賞ともいうべき評価をうけるに至った。私自身は候補詩集の多くはその美点、長所が分らなかった。北川さんから教えていただいて、そう読むのか、と理解するのがつねであった。だから、中原中也賞がすぐれた新鋭詩人を送りだしたことについて寄与したとはいえない。その功績は私を除く他の選考委員たちによるものであり、また、選考会を支えてくださった山口市教育委員会の井上洋教育長をはじめとする教育委員会の方々によるものである。井上さんは数年前に他界なさったが、私としてはその温容、教養を思い、懐しさに胸がしめつけられる思いがある。

第二に、私は同じ平成八（一九九六）年九月に発足した「中原中也の会」の会長をつとめていたが、平成一四（二〇〇二）年八月末日で、任期二年の三期目の任期を満了、再任を辞退して会長を退いた。中原中也賞の選考委員と違い、雑務が多く、平成一一（一九九九）年一二月、京都の会合のさい亡妻の急病で急遽帰宅、その後一月足らずで亡妻が他界したので、生活していくのにいろいろ不自由が生じることになったため、できるだけ雑務から自由になりたいと考えたからであったように思うが、正確な事情ははっきり憶えていない。ただ、一会員としてはいまだに残っているが、総会、研究集会等に出席したことはない。元来、こうした役職にしがみついているようにみられることは、いつも私が大いに嫌悪するところである。

第三こそが、私のもっとも誇りとすることだが、中原美枝子さんが収蔵しておいでになった中原中也の遺稿等のすべてを山口市の所有することとしたことについて、いささか尽力したことである。中原家がかつて火災にあったこともあり、私としては記念館で安全に保存、収蔵することとしてもらいたい、と考えていた。しかし、古書店に出れば莫大な価格で売られる中原中也遺稿を記念館に無償で寄贈していただくことは、記念館ないし山口市にとってあまりに身勝手である。私は、一部は山口市が買取り、その余は寄贈していただくよう、両者の間を仲介した。そのため、中原中也遺稿が全体としてどれほどの価格か、八木書店に評価していただくこととした。市議会で万一、一部を買上げる価格が高いのではないか、といった質問があったさい疾しい気分でなしに、市長以下の市当局の方が答えられるようにするためであった。私は日本近代文学館の理事長として八木書店の八木壮一社長と懇意であった。こうした事情をお話しして率直な鑑定評価書を頂戴した。知られるとおり、八木書店は古書店組合の組合長を多年つとめている老舗である。山口市と書いてきたが、あるいは山口市が設立した財団法人に中原美枝子さんが無償・有償で譲渡したのかもしれない。私はいまはこまかな取り決めは記憶していない。

いずれにしても、こうして中原中也遺稿、遺品の類がすべて記念館に保存、収蔵されることになったのは、中原美枝子さんの好意にあるが、愛読者の一人としてうれしい限りであった。

この遺稿類の引渡しが行われたのは平成一六（二〇〇四）年四月であった。

＊

この年九月一日付でふらんす堂から『流火草堂遺珠』と題して安東次男の拾遺句詩集を出版した。前年七月に思潮社から出版された『安東次男全詩全句集』に洩れている、主に初期の俳句と詩を、私自身が俳句文学館に出向いて拾いだし、また同文学館の岡田日郎さんはじめ館の方々のご協力、『寒雷』の主宰加藤瑠璃子さんなどのご協力をえて蒐集、出版したものである。特装版一三〇部は非売品とし、普及版一七〇部はふらんす堂から販売していただくことにした。出版費用は私が負担したはずである。私の安東に対する友情のあかしだが、彼の作品に私が寄せている共感のあかしでもある。その遺句詩集中には、たとえば、次の作が収められている。

かの耀よふ雪嶺のもとに生を享けし
ふるさとの氷柱太しやまたいつ見む
黒揚羽わたる十字路ながきかな

いずれも安東ならではの資質のあふれた俳句であると思われる。

12

平成二一（二〇〇九）年の出来事として、私にとってもっとも忘れがたく、印象も感銘もふかかったヨーロッパ旅行について記憶を喚起することから本章を書き始めることとする。

この年は、次女朝子はサバティカル（研究休暇）にあたっていた。朝子とすればオーストリアなりドイツなりに留学したいと考えていたはずだが、私の面倒を見なければならないので、諦めざるをえなかった。私としては亡妻の他界の前年、平成一一（一九九九）年秋、次女が滞在していたザルツブルクを訪ねて以後、海外を旅行したことがなかったので、健康である間にもう一度いくつかの懐かしい都市を訪ねてみたいと思っていた。ヨーロッパに旅行するなら、その間の何日か一緒になって案内してあげよう、と次女の恩師のイエズス会のX神父が言ってくださった。私たちはふだんX神父をX先生とお呼びしているので以下X先生と記すこととする。X先生はドイツ人だし、ヘルマン・ヘッセの『車輪の下』にみられるような教育をうけたイエズス会の神父だから、抜群に高い教養をお持ちである。

私と次女は九月一六日午前発のスイス航空で成田を出発、同日夕刻、チューリッヒ空港着、列車でチューリッヒ中央駅に出て、駅からタクシーで馴染みのホテル、バウ・オーラック（Baur au Lac）にチェック・インした。ホテルの周辺を三〇分ほど散歩しただけで、食欲もなく、疲労が烈しかったので、日本時間の午前三時ころ、早々と就寝した。一七日はチューリッヒの教会や美術館を見物、一八日はルツェルンを訪ね、登山鉄道によりリギ山頂のホテルに宿泊して、雲上にアルプスの巨峰が連なる壮観に感銘をうけ、一九日にはバーゼルに赴き、美術館でエゴン・シーレ、ココシュカなどの作品を見、二〇日にミラノに移動、これも馴染みのホテル、プリンチッペ・ディ・サヴォイア（Principe di Savoia）にチェック・インした。早速スフォルツェスコ城のロンダニーニのピエタを見、また、私の好みのロマネスク建築であるサンタンブロジオ教会を見物、二一日にはコモを訪ねた。私たちが戦後間もなく見て感動した映画『舞踏会の手帖』の幕切れでヒロインが住む湖畔の邸宅がうつしだされるが、これがいまヴィラ・デステ（Villa d'Este）という名のホテルに変っている。ここで陽がふりそそぎ、爽かな風の渡る庭園で湖を見渡しながら、サンドイッチをたべた。閑雅な一刻であった。いったいコモは絹織物の産地として知られており、パリのブランド・ショップのスカーフはじつはみなコモで作られていると聞いたことがある。以前、イタリア人の友人に連れられ、コモのスカーフの問屋のような店に連れていってもらったことがあった。数百の抽出《ひきだ》しが壁面いっぱいにあり、その抽出しには一〇〇枚近いスカーフが収納されていた。どれもデザインが明るく、洗練されていた。パリのブランド・ショップの値段の三分の一か五分の一ほどで、ひどく安かった。かつて目が眩む思いで、二〇枚近く土産に買ったことがあった。私たちが雇ったハイヤーの運転手はその店は知らなかったが、別のスカーフ専門店に案内してくれた。かなり満足するに足るスカーフを私たちは一〇枚ほど購めた。やはり信じがたいほど安かった。

二二日にはX先生がホテルにお着きになった。私たちを旧知のノビリ弁護士が連れていってくれたレストランは旅行ガイドなどには記載されていない店だが、とびきり美味であった。やはり土地の人しか知らない、卓越した料理を提供するレストランがイタリアには多いのである。

二三日、X先生と同行、またロンダニーニのピエタを見物に出かけた。かつては他の展示物とそう変りなく配置されていたのだが、いまでは一番奥まった場所に置かれ、その前にも、八人が腰かけられるベンチがある。私とX先生はベンチに腰を下し、ピエタを見つめながら、およそ三〇分ほども話し合った。先生から教えられたことも多かった。私は二〇日以来、私の感動を詩に表現できないかと考えていた。このピエタのマリア像は、たとえば同じミケランジェロ作のヴァチカンにあるピエタのマリア像のように美しく若くはない。一見、中年の農婦のようにみえるのだが、高貴で清らかな雰囲気に自ら心がひきしまるような感がある。私たちはまたサンタンブロジオ教会堂の美しいロマネスク建築について感銘を新たにし、ホテルに戻った。

二四日にミラノからベルンに移動した。私たちが泊ったのは旧市街のこじんまりした、家庭的なホテルであり、ベル・エポックという。中年の夫婦と二〇歳ほどの女性一人しかいない。だいぶ前、ベルンで講演を依頼されたさい、あてがわれた駅前のホテルが騒がしく、眠るのにも苦労したので、ホフマン・ラ・ロシュ社の若い弁護士に紹介してもらったホテルであった。以来、ベルンでは私はいつもベル・エポックに泊ることとしている。

私たちはミラノからベルンへ列車で移動したのだが、X先生はレンタカーで移動したので、私と次女がホテルの屋外のテラスで休憩していたとき、先生が到着なさった。

二五日には、それまで見物したことのないパウル・クレー・センターを訪ねた。私はパウル・クレーは線と色彩のくみあわせによって、私に未知の抽象的な美を示してくれた大画家だと思っていたが、この時の展示を見て、そうした理解が、かりに正しいとしても、それはクレーの一面にすぎないことを知った。彼は社会的現実に批判的であり、カリカチュアの名手であり、現実を分析した「カオス」を描いた画家であり、反ナチズムの政治的立場を明確にしていた。クレー美術館、正確にはパウル・クレー・センターはホテルの前から路面電車で五分ほどなので、ベルン滞在中もう一度訪ねたいと思ったが、いろいろの事情からそういう希望はかなえられなかった。

二六日はX先生の運転でリルケが『ドゥイノの悲歌』を書いたといわれるミュゾットの館を訪ねた。しかし、公開されていないので、近くの丘の上から庭園をかいまみたにすぎない。バラが咲いていた。このバラがリルケを傷つけたバラの後身かもしれない、などと考えた。その後、高い丘の上にある教会に連れていっていただいた。教会の裏手にささやかなリルケの墓が平原を見下すように立ち、秋の午後の日差しを浴びていた。一輪のバラが供えられていた。

二七日にはチューリッヒに移動、また、バウ・オーラックにチェック・インした。

二八日にはX先生の運転でザンクト・ガレン（St.Gallen）を訪ねた。これは豪華絢爛たるバロックの教会堂であった。図書館には『ニーベルンゲンの歌』の最古といわれる写本が覗きケースの中に収められていた。美しい字だな、カリグラフィーとはこういうものをいうのか、というほどのことしか私は感じなかったが、人によっては大いに感動するであろう。しかし、こうした秘宝ともいうべき遺品を丁寧に保管しながら公開しているキリスト教文明の在り方は仏教寺院とはまったく違うものだと感じたことも事実であった。

二九日はフライブルクにX先生の車で行き、同地の大聖堂を見物。由緒あるようだが、当方に知識がないので、X先生の説明を聞いてもよく分らなかった。

三〇日はやはりX先生の車でEvengeilisch-Reformierte Kirche（Kirche anf dem Berg）の脇の共同墓地のような場所のトマス・マンの墓をお参りした。私たちの泊っているホテルとは対岸の湖畔の丘の上にあった。この墓は私が再三愛読した『魔の山』をはじめとする多くの名作を残した、この大作家にふさわしいような立派なものではなく、むしろ質実にみえたことに興を覚えた。帰途、ひどく渋滞したことの記憶が鮮やかである。

翌一〇月一日、私たちはX先生と別れ、ホテル・バウ・オーラックをチェック・アウトし、空港に向った。翌二日午前八時前、ほぼ定刻に成田空港に無事到着、帰宅した。

＊

旅行のさいのメモをたよりにヨーロッパ旅行のあらましを書いたが、この旅行がずいぶんと充実したものとなったことはX先生に負うところがきわめて大きい。私たち一家は先生にいつもいろいろとお世話になっているので、どう感謝すべきか、言葉を知らない。

ところで、本章をしめくくるため、ロンダニーニのピエタに寄せた私の感慨を記した作「立ち去る者」を引用することとしたい。

暗い悲しみに沈む母は
生から立ち去っていく受難の子を
とどめるかのように　子の背から胸に
いとしげに手をさしのべ　ついに
子をとどめられない嘆きにかきくれる。

私たちが立ち去るのは受難ではない、
私たちが立ち去るのは誰のためでもない。
私たちをみとるものがいようと　いまいと

私たちが立ち去るべく定められた日に
誰もがただ一人土にかえるばかりだ。

この母とこの子には骨格がない。
この母とこの子には筋肉がない。
この母とこの子は人間のかたちをとっているが、
かれらは清浄な精神だけの存在なのだ、
ここにあるのは清浄な二つの精神の別れなのだ。

私たちは蛆虫が次々に湧きでる肉体をかかえ、
渦巻く欲情に魂を潰しながら、
私たちは必ず私たちの生の終末を迎えるのだが、
かれらの別れには終末がない。
かれらの別れは永遠に未完なのだ。

右の作は平成二二（二〇一〇）年九月、九篇を収めて青土社から三〇〇部限定で出版した詩集『立ち去る者』の巻頭に収めた。その他、発表したことはない。なお、ロンダニーニのピエタがまた、未完のピエタともいわれていることは知られているとおりである。

＊

平成二二（二〇一〇）年に入り、六月二日、鳩山由紀夫は首相辞任を表明した。その経緯は種々の著書に記されているが、清水真人『平成デモクラシー史』は次のとおり記している。

「鳩山の命取りになったのは、やはりマニフェストだった。民主党マニフェストに書いた政策を実行できなかったのではない。党としては明記しなかった沖縄県の米軍普天間基地の「国外、県外移設」を、〇九年の衆院選の際に自ら口約束していた。党首が政権公約を逸脱して踏み込んだ方針を公言してしまったのだ。それが自分の首を絞める結果になる。

「一番いいのは海外移設が望ましいと思っているが、最低でも県外移設が期待される」

衆院選公示直前の〇九年八月十七日、日本記者クラブで開いた与野党党首討論。鳩山はこう言明した。七月十九日の沖縄市での演説に続いて「最低でも県外移設」を口にしたのは二度目。もはや不用意とも、地元への単なるリップサービスとも言い切れなくなった。」

ここまで読んで私は鳩山はかつての日米行政協定、現行の日米地位協定を知らないのではないか、と即断した。ところが、右の文章はさらに次の文章に続いていることを知り、驚愕した、というより衝撃をうけた。

「マニフェストは党内論議を経て、事後検証もできるよう文言で公表するのが原則だ。そちらでは「緊密で対等な日米関係」の再構築を掲げ、米軍基地問題でも「日米地位協定の改定を提起し、米軍再編や在日米軍基地のあり方についても見直しの方向で臨む」と書くにとどめていた。」

この文章は、「だが、次期首相候補となる党首の発言も、有権者が投票行動の物差しにしても不思議はない。だからこそ、マニフェストとの整合性を考えた慎重さも求められる」というのだが、鳩山は民主党マニフェストを知らなかったとは思われない。目を通していても、日米地位協定において日本政府がどんな約束をしているか、知らなかったと考えるのが自然である。

日米地位協定第二条一項は

「日本国は合衆国に対し、安全保障条約第一条にかかげる目的の遂行に必要な施設と区域の使用を許すことに同意する」

とあり、安保条約第一条にかかげる目的とは、「極東における国際平和と安全の維持」と「外部からの武力攻撃に対する日本国の安全」をいう。この第二条一項にいう「施設と区域」が私たちがふつういう「基地」を意味することはいうまでもない。

日米地位協定の前身にあたる日米行政協定を結ぶにあたってアメリカ側がもっとも重視した目的が、

①日本の全土地基地化

②在日米軍基地の自由使用

だったことが、諸氏の精緻な研究であきらかにされており、「「日本の全土地基地化」とは、日本国内のどの場所でも米軍基地にできるということ。言いかえれば、日本全土を米軍にとっての「潜在的基地《ポテンシャル・ベース》」にすることです」と前泊博盛『本当は憲法より大切な「日米地位協定入門」』は記している。このことは日米地位協定の理解のための前提といってよい。明田川融『日米地位協定――その歴史と現在《いま》』もその第Ⅰ章を「類例のない「全土基地方式」」と題し、この日米地位協定には「「極東」における平和と安全の維持に寄与し、外部からの攻撃に対する日本防衛に寄与するという目的の遂行に必要な「施設及び区域」の使用を日本が米軍に許すとだけあって、具体的に米軍の軍部が使用する基地の場所や名称などについては何も定められていない。つまり、米軍が日本国内で基地を使用するということだけを最初に原則として認め、個々の基地はあらかじめ限定しないという方式である。言い換えれば、日本国内のどこでも基地に設定できる可能性が担保されている方式ということだ。そのため、この方式は後に「全土地基地方式」と呼ばれることになる」と記している。ちなみに右の文章は第Ⅰ章の冒頭からの引用だが、この冒頭には「白紙委任の基地協定」という見出しが付されている。鳩山は日米地位協定のこうした規定を知らなかったにちがいない。首相候補たるべき野党第一党の党首がこうした日米関係に関する基本的で素朴な構造の理解を欠いていたこと、しかも平成二一（二〇〇九）

年九月、鳩山内閣が成立したときの内閣支持率が七五％であったと思うと、私たち日本人の愚昧さに呆然とする。

その後、紆余曲折の末、鳩山は『平成デモクラシー史』によれば次のような状況に追いこまれる。

「進退窮まった鳩山は結局、沖縄県内の名護市辺野古崎の米軍キャンプ・シュワブ沿岸部への移設という小泉純一郎内閣からの日米合意を、工法などの微修正含みで容認する。五月二十八日、「辺野古崎」を明記して移設方針を示す閣議決定文書に、社民党党首で消費者・少子化担当相の福島みずほが署名を拒否、鳩山は戦後五人目となる閣僚罷免に踏み切った。

社民党は連立を離脱。与党は衆院で三分の二の議席を失い、参院でも過半数ギリギリの一二二議席となった。鳩山は国会で立ち往生しかねない土俵際に立たされたのだ。」

たしかに鳩山は変節し、そのことを責めて福島および社民党は連立から離脱したのだが、一番いいのは海外移設、最悪でも県外移設、という鳩山の発言が日米地位協定からみて、実現できないことをどう考えて連立内閣に参加したのであろうか。こうした社民党の非現実的政治感覚が国民に社民党を見捨てさせる原因となったのではないか。

六月四日、鳩山内閣は総辞職を決議、菅直人が次期首相に指名され、菅内閣が成立した。

ここでもうすこし、日米地位協定の「日本全土地基地化」について考えてみたい。地位協定によれば、極端な例だが、皇居前広場を接収、アメリカ軍の飛行場施設を建設することが許されることとなる。しかし、そんな莫迦な要求をすることはありえない。敗戦後、連合国軍が皇居を接収し、皇居に総司令部を設けることもできた。しかし、皇居にはまったく手をつけず、第一生命ビルに連合国軍総司令部を設けた。これは明らかに日本人の国民感情を考慮したためにちがいない。もし皇居を接収、天皇以下の方々をどこかの御用邸にでも押しこめ、総司令部を皇居に設けたとすれば、陰々滅々たる反米感情が国民の間にひろく、かつ、ふかく浸透し、占領政策の実行を大いに妨げたであろう。皇居前広場を米軍飛行場ないしヘリポート発着用地として接収しないのも同じくアメリカおよびアメリカ人に対する反感、嫌悪の感情が日本人の間に高まることを警戒しているからである。皇居前広場の接収は極端な例としてあげてみただけである。全土地基地化の権限が与えられているといっても、その行使にさいしては、反米感情が高揚しないようアメリカ軍は慎重な注意を払っているとみるべきである。基地の多くが沖縄に集中している理由は二つあると私は考えている。一つは、沖縄の基地問題について、どんなに報道されようと、日本国民の大部分を占める本土の住民にとって他人事にすぎない、わが事と同様、同程度の憤怒や不満をもつことはないという事実である。もう一つは、沖縄に多くの基地を配置することは、基地の配備が日本本土の防衛よりも台湾海峡における紛争の対処に適しているという事実だが、本論からはずれるので詳しくは述べない。

それ故、日本人の国民感情がこぞって普天間基地の辺野古への移転に反対するであろう、移転を強行すれば本土における日本国民の間に劫火のように反米感情が燃え上るであろう、ということをアメリカ軍およびアメリカ政府に認識させることが肝要なのだと私は考える。（それでも、前記した第二の理由により、辺野古移転に固執するおそれはあるが、それも、本土の日本人がどれほど沖縄の人々に共感するかによるであろう。）

たしか平成三〇（二〇一八）年、玉城知事が沖縄において世論調査を実施し、圧倒的多数が辺野古移転に反対しているという結果を携えて、安倍首相に陳情したことがあった。安倍晋三には、日米地位協定にしたがい、いかなる発言権もないのだから、この陳情はまったく無意味であった。そのことは玉城知事も承知していたはずである。他に訴える場所がないと信じて首相官邸を訪れたのであろう。しかし、この世論調査をマスメディアに訴え、辺野古移設を強行すれば、どれほど反米感情が燃え熾ることになるか、説得することはできなかったか。

いま辺野古移設反対の矛先は防衛省ないし日本政府に向けられているけれども、本当の敵は日米地位協定にあり、地位協定で類をみない特権を享受しているアメリカにあることに思いをいたすべきである。

*

時間的に順序が前後することとなるが、菅直人内閣の下で平成二二（二〇一〇）年七月一一日に行われた参議院選挙の結果についてここで記し、感想を記しておきたい。

民主党と自民党の得票率と獲得議席数をみると次のとおりである。

	得票率（選挙区）	議席数	得票率（比例代表）	議席数
民主党	38・97％	28	31・56％	16
自民党	33・38％	39	24・07％	12

この結果、獲得議席数は民主党44、自民党51となり、非改選議員とあわせ、民主党とその連立与党の議席は自民党を主とする野党を9議席数下廻ることとなり、いわゆるねじれ国会となった。

一見して明らかなとおり、民主党は自民党よりも、比例代表においても選挙区においても、多くの投票を得た。いわば民主党支持者の方が、この選挙にさいし、自民党支持者より多かったのである。だが、選挙区において、それ相当の議席を得ることができなかった。この時は選挙区には一人区から複数人区までさまざまな選挙区があった。たとえば二人区に民主党は二人を立候補させ、共倒れになって二人とも落選し、同じ選挙区で一人ずつ立候補させた自民党と公明党が二人とも当選させた、といった事例もあり、宮崎県における口蹄疫の始末の拙劣さも民主党に不利に働いたという。しかし、選挙区において、民意が反映されるよう議席が配分されなかったことに変りはない。

私は、たとえ小党乱立となるとしても、比例代表制を支持する。意見を異にするさまざまな政党間で、討議がかさねられ、妥協がはかられて政治が行われることが、私たちの社会の実体に近い、と私は信じている。

*

少し時間は戻るが、私は六月一四日に藝術院の第二部長としての二期目の期間が終った。次期の選挙にさいし、異例のことだが、私は投票用紙を藝術院が第二部の会員に郵送するさい、私は老齢、第二部長の任にたえられないので、私に投票しないようにお願いする、といった書簡を同じ封筒に入れてもらった。そのおかげで、私への投票がなく、後任には黒井千次さんが圧倒的多数で選出された。

健康、身体能力からいえば、第二部長の職にたえられないわけではなかった。私は第二部長として再三皇居に参上し、天皇、皇后にお目にかかる機会があったが、お二方とも応待がじつに丁寧であった。しかし、本来私は行儀が良くない。礼儀正しく天皇、皇后その他皇族の方々にお目にかかるのは、私にとって気の張ることであった。そんな緊張から解き放たれたいと私は希望し、私に再任される意志がないことを第二部の会員の皆さんにあらかじめお伝えし、皆さんも私の意向を尊重してくださったのであった。

第二部長を退任して残念なことは、御所に参上すると必ず土産に虎屋の特製の残月を賜った。

これは虎屋が市販している残月より大ぶりで、新鮮、香ばしかった。この特製残月を頂戴できなくなったことだけが、私にとっては非常に悲しい。

＊

私は『ユリイカ』平成一四（二〇〇二）年一月号から「私の昭和史」という題で私の半生を回顧する文章を連載していた。連載の当初の目論見では二年ほどの連載で終るつもりだったが、平成一六（二〇〇四）年四月号まで二八回続けて、やっと一九四五（昭和二〇）年八月一五日の敗戦まで書き終えることができた。ここまでをまとめて、同年六月に『私の昭和史』として刊行した。この著書は意外と評判が良く、朝日賞、毎日芸術賞、井上靖文化賞を頂いた。朝日賞は同書だけでなく、私の近代文学館の理事長としての活動も評価した受賞だったように憶えているが、確かではない。

この「私の昭和史」の連載は平成二三（二〇一一）年まで続き、『私の昭和史』戦後篇上・下、完結篇上・下の総計五巻にもなる大作となった。この著書は、私からみると、たんなる回想録にすぎないのだが、最近では私の代表作と目されることが多いようである。

一〇月一日、文化庁から電話で文化功労者に推されているが、受けるつもりがあるか、という問い合せがあった。朝日賞を貰うと次は文化功労者だ、という噂を聞いたことがあった。真偽の程は知らない。叙位叙勲と違い、評価に上下があるわけではないので、私は受けるつもりであると回答した。一一月四日、iPS細胞でノーベル賞を授与された山中伸弥教授らと共に表彰された。三五〇万円の年金が支給されるということであった。この年金は無税だという。私が文化功労者にふさわしいとは思わないが、もし真にわが国の文化に対する寄与に対し国が酬いるのであれば、三五〇万円はいかにも中途半端だと思った。

もっと驚いたことは、私より前に文化功労者に選ばれた詩人は西脇順三郎、草野心平、堀口大學、大岡信の四人しかいない、と聞かされたことである。いつも言っているとおり、私には詩を書くことについて、ごく若いときは飯田桃に師事したといってよい関係にあったことを除けば、師もなく、仲間もなく、弟子もない。同人誌に誘われたこともない。幸い、伊達得夫、小田久郎、清水康雄、清水一人といった人々の知遇をえたので、詩集を刊行するのに苦労したことはないが、それも一〇〇〇部かそこらで、五年ほどもかけても売りきることはないようである。つまり、大岡信の知名度に比べると、おそらくまったく無名というに近いし、西脇、草野、堀口といった方々のように多くの方々から敬慕されたりすることもない。

それはともかくふしぎきわまるのだが、文化功労者に選ばれたことが有難いことに変りはない。

＊

また順序は逆になるが、この年八月一八日に森澄雄さんが他界した。

私は加藤楸邨門下の俳人の中でも、安東を別にすれば、森澄雄がもっとも好きである。たまたま手許にあった、いわゆる束《つか》見本の空白に私が好む森澄雄の句を各句集から筆写して『森澄雄五百句』と名づけたものを作っている。正確に五〇〇句選んだわけではない。ほぼ五〇〇句なので『森澄雄五百句』と名づけたまでのことである。それでも、森澄雄門下の俳人でも森澄雄の句を選んで自ら書き写す労をとる人は稀であろう。私はそれほどまで森澄雄の句を好んでいるといってよい。いつか機会があってこれを森さんにお目にかけたところ、表紙裏の余白に

日のにほひ
月夜にのこり
葛の花

澄雄

中村　稔　様

と書いてくださった。これは珍重にあたいする一冊である。
たとえば、当然この書にも書き写したが

年過ぎてしばらく水尾のごときもの

という『浮鷗』所収の句がある。多くの方は高浜虚子の

去年今年貫く棒のごときもの

を想起するかもしれないが、私にはこの虚子の句にはいささかも興趣を覚えない。「棒のごときもの」という譬喩が意表をつくので、一読忘れがたい句であることは事実だが、去年から今年へ、時間の推移は棒の如きものではない。虚子は時間の推移、体験の推移を誤解している。時間の持続、推移はもっとはかなく、私たちにとどめやらぬものである。森澄雄の句はこうした時間の本質をよく把え、抒情性が豊かであり、過ぎ去るものへの哀惜の感に満ちている。

ついでに言えば、森澄雄の句では

除夜の妻白鳥のごと湯浴みをり

が知られているが、私は採らない。譬喩が現実性を欠いている。このさいの一連の句が収められている『雪櫟』にこの句より前に配置されている

愛隣の果も雪降る夜通し降る
連翹のはつはつ汝を愛しをり

の如き句の方がよほどひたひたと愛情が心に迫る感があり、私の好みである。また、『四遠』中の

妻がゐて夜長を言へりさう思ふ

もさりげない句だが、それだけ捨てがたく非凡である。『白小』には

花萬朶をみなごもこゑひそめをり
しづごころともなし金雀枝の夕あかり
芒原妻は先の世歩みをり

といった佳句がある。
さらに裏表紙の前に

美しき落葉とならん願ひあり　　森　澄雄

水仙花死者ひっそりと通り過ぐ　　那珂太郎

の二句が墨書きされている。いつ、どうしてこういう句を書いていただいたか憶えていないが、お二人の句はいずれも私の胸に迫る。

いったい森澄雄には師の加藤楸邨ほどの人間性の大きさがないし、社会性もない。しかし、その抒情の繊細さにおいては師に匹敵するものがあると私には思われる。

*

この年、九月七日には飯島正治さんが他界し、一〇月一日には紅野敏郎さんが他界し、一一月四日には磯輪英一さんが他界し、翌平成二三（二〇一一）年二月一六日には小山弘志さんが他界し、三月三一日には飯田桃が他界している。この当時、私はすでに満八四歳の前後だから、同年輩の紅野、磯輪、飯田といった人々が私の身近からその姿を消すことは止むをえないのだが、それぞれの死にさいして感じた寂寥は同じでない。別に記したが、磯輪英一さんは弁護士としての私の依頼者であり、高度な技術的理解力と会社経営の見識に敬意を払わずにはいられない人格の持主であった。紅野さんは日本近代文学館における私の行動について、意見を異にすることは多くても、なお力強く支援してくださった方であり、日本近代文学館を支える重鎮であった。飯田には死後になって私には裏切りとしか見えない行為をしていたことを知り、烈しい失望を感じたが、一七歳のとき、旧制一高に入学して以来の親友であったことは間違いない。小山さんは学殖豊かで温厚、教えられることばかり多かった先輩であった。その中で、飯島さんだけは私の社交圏の外の人であるが、私が恩義を感じている、私よりたぶん三〇歳近く年少の友人である。それだけに私は飯島さんの若すぎる死を悼む気持がつよい。

私は自分から原稿を売りこんだことがない。すでに書いたことだが、ただ一度だけ、頼んで原稿を掲載してもらったことがある。当時、飯島さんは埼玉新聞の文化部長であった。一九八九（平成元）年、当時、亡妻がドライブが好きだったので、私は亡妻の運転する自動車の助手席に腰かけて、毎週末、埼玉県内はもちろん、関東一円の名勝、神社仏閣等を見物していた。ただ見物しただけでは勿体ないので、何か書きのこしたいと思っていたところ、東武野田線の大宮駅のプラットフォームで飯島さんに出会った。私は彼に、「私のふるさと散歩」という題で県内各地の紀行文を連載したいのだが、どうだろう、と相談を持ちかけた。即座に、彼から、是非お願いします、という返事を得て、同年四月七日から翌年八月二四日まで、毎週一回、七〇回にわたり連載した。同年一二月、『故園逍遙』と改題して、私はこの紀行文を福武書店から刊行した。

私はこの紀行文に私が自分の眼で見、感じたことをできるだけそのまま書きたいと思った。たとえば、「妻沼・聖天院」という文章では、「奥殿をめぐってびっしりと飾られた彫刻に私は驚嘆した。七福神や唐子などモチーフは東照宮のものに似ているが、東照宮よりも百数十年遅れたこの彫刻ははるかに写実的で、人間的である。わが国の彫刻の歴史は鎌倉時代で終わったとみるのが通説だが、技術の伝統は江戸時代にもうけつがれていたようである。高村光太郎がロダンの言葉を翻訳しながら、「子供の時から自分が父から聞いていることを、繰り返し聞かされているように」思った、と記していることを私は思いだした」と書いている。

この奥殿は私がこの文章を書いた一九九〇（平成二）年から二〇余年後の二〇一二（平成二四）年に国宝に指定されている。私は美術についてまったく素人だが、私の鑑賞はそれほど専門家の見るところと違っていないのであった。

そういう意味で、私はこの小著に愛着を持っているし、機会を与えてくれた飯島正治さんに感謝していた。彼は朴直で自らをかざるところがなく、信頼を裏切られることはなかった。どこか寂しげなたたずまいをいつも身にまとっていた。彼は詩を書いていた。大宮詩人会の会長をしたこともあるはずである。私が憶えている彼の作品を次に示す。彼の人格のように「小石」という地味な題の作品である。

シベリアの凍土から　父は

小石になって　帰ってきた
語られるごとに洗われ　すでに
海岸の丸い石のようなものだったが

背広を借り　数珠を借り
坂のあるちいさな町で葬った
読経は　蝉しぐれに消え
殻だけが残った

だが　おしきせの防寒着を着て
針葉樹の梢あたりをさまよっているよりは
小石になって　歴史の闇を
転がり続けたほうがいい　と思った

骨壺を抱くと
ことこと笑う声がした

飯島正治とはこういう生立ちをし、こういう人格に育った人であった。九月一六日大宮霊園で営まれた葬儀に私は参列した。しめやかでひっそりした葬儀だったが、斎場を出ると蝉しぐれがしきりであった。

13

すでに記したとおり、私は「私の昭和史・戦後篇」を『ユリイカ』平成一八（二〇〇六）年一月号から平成二〇（二〇〇八）年七月号まで連載、同年一〇月、『私の昭和史・戦後篇　上・下』を青土社から刊行、平成二二（二〇一〇）年一月号から同じ『ユリイカ』に「私の昭和史戦後篇・続」を連載し始め、平成二三（二〇一一）年一二月号で完結、平成二四（二〇一二）年六月、『私の昭和史・完結篇　上・下』を青土社から刊行、『私の昭和史』全五巻の刊行を終えた。

その間、平成二三年二月には同じく青土社から『文学館を考える——文学館学序説のためのエスキス』を刊行した。これは日本近代文学館の館報一面の理事長のために充てられているコラムに連載した文章が、完結しないまま理事長を退任したので、総務篇、資料篇までで終っていたのを、展示篇をその後に執筆して収録し、付録として「文学館活動に関する法律問題について」と「指定管理者適格の判断基準について」という二つの文章を追補して刊行したものである。本書は文学館学の教科書というには程遠く、その序説のためのエスキスにすぎない。ただ、同書には私が考えたことだけでなく、日本近代文学館の理事者、事務局の方々をはじめ、全国文学館協議会の討議結果や討議資料から多くの教示を得ている。文学館の運営や活動に関する諸問題を系統的、具体的に取扱った唯一の著書であるので、文学館活動に携わる者にとってはかなり有意義なはずだが、到底一般の読者に興味を持っていただけるはずはないから、ごく限られた読者だけしか関心を持たない著述である。こうした著書を出版してくれた青土社とその社長清水一人さんに私は心から感謝している。

なお、この著書は平成三〇(二〇一八)年五月、韓国語に翻訳され、出版された。私としては韓国の文学館関係者にも役立つことを期待している。

『ユリイカ』編集部では『私の昭和史』完結後も何かエッセイを連載してほしいということだったので、「人生に関する断章」と題する連載を掲載していただくことにした。衣食住はもちろん、何事も「人生」に関しないことはないから、何を書くのも自由に、という趣旨であった。一月号から一二月号まで「書について」「仮名づかいについて」「カルトについて」「常用漢字表について」「量販店について」「核兵器について」「食卓の愉しみについて」「ミステリーについて」「国語辞書について」「大津事件と児島惟謙について」「二人の大法律家について」「尖閣諸島問題について」という文章を発表したが、こう書き並べてみると、あらためて私の関心がまことに雑駁、いつも気移りしていることに気づき、恥じいる気分がつよい。

＊

さて、平成二三（二〇一一）年三月一一日午後二時四六分、「東北地方太平洋岸一帯をマグニチュード9・0の激震が襲った。（中略）それは、日本が地震を観測して以来、最大の規模だった。宮城県牡鹿半島から東南東約130キロメートルの深さ24キロメートルの海底が震源地だった」と船橋洋一『カウントダウン・メルトダウン』は記している。

「地震に伴って、桁外れに巨大な津波が発生した。

水面からの高さは最大40メートルに達したと計測されている。

しかも、それは幾度にもわたった。

岩手、宮城、福島の3県が津波をもろに被り、死者・行方不明者は2万人近くに達した。」

右も同書の記すところだが、さらに同書からの引用を続ける。

「それだけではない。それは、巨大な津波を触発し、さらに太平洋岸に位置する東京電力の福島第一原子力発電所のメルトダウンを引き起こした。

福島第一原発は東京から北北東へ約220キロメートルの福島県大熊町と双葉町にまたがっている。

地震後、福島第一、第二原発で運転中だった原子炉はすべて「スクラム」状態になった。

「スクラム」とは原子炉運転を自動停止させるシステムである。

原子炉を停止するには、少しずつ制御棒を炉心に差し入れ、6時間から8時間をかけて電力出力をゼロにする。その後、数時間かけて残りの制御棒を挿入する。地震発生の際は、これが自動的に動く仕掛けになっている。

それは予定通り、稼働した。

しかし、地震と津波は、原子炉の冷却機能を奪った。

なかでも津波による破壊が運命を変えた。

午後3時27分、津波の第一波が到達した。地震から41分後である。高さは4メートルに達した。

午後3時35分ごろ、第二波の大津波が来襲した。

その水流が、コンクリート製の高さ10メートルの防潮堤を、突き飛ばし、乗り越え、原発敷地内に駆け上がっていった。

ここには6基の沸騰水型軽水炉（BWR）が設置されていた。

1971年3月の1号機の運転開始を皮切りに、1979年10月の6号機の運転開始まで、次々と建設された。

発電所の南部分の1～4号機は南から4、3、2、1号機の順に、北部分の5、6号機は南から5、6号機の順に、それぞれ位置している。

海側に面するタービン建屋の非常用ディーゼル発電機13基のうち、海面から13メートルのところにあった6号機の発電機1基を除いて、すべて水没した。

これによって交流電源が絶たれ、原子炉の冷却機能が停止した。

福島第一原発は「ステーション・ブラックアウト（SBO）」の状態に陥った。

全交流電源喪失である。

午後4時36分、福島第一原子力発電所の吉田昌郎《まさお》所長は、「非常用炉心冷却装置注水不能」の状態に立ち至ったと判断し、原子力災害対策特別措置法第15条第1項の定める「原子力緊急事態」を経済産業省に通報した。

午後7時3分、政府は「原子力緊急事態宣言」を発した。

1号機、2号機、3号機の3つの原子炉が、競うように、並行連鎖的に、メルトダウンに向かった。

それは、チェルノブイリ事故に匹敵するレベル7の過酷事故となった。

放射能放出量ではそれをはるかに上回る史上最大の原発事故である。

避難区域指定は、福島県内の12市町村に広がり、避難民は、約16万人に及んだ。」

＊

東京電力福島原発事故に関しては多くの報告書が刊行されているし、読み物も種々刊行されている。それらを渉猟しても、私には依然として理解できないことが多い。それでも一、二、三号機に冷却水が注入され続けており、一応安定した状態にあると承知しているし、廃炉にするまで五〇年を要するとしても、避難地域が現実に復興するかどうかは別として、徐々に縮小されていることも間違いないようである。そこで、私は何故こうした深刻な事故を惹起したのか、考えることにしたい。私としては民間の『福島原発事故独立検証委員会　調査・検証報告書』の記述がもっとも信頼性が高いように感じているので、同報告書から、私が注目した記述を引用する。

同書の冒頭、「東京電力・福島第一原子力発電所事故の特徴」という見出しの下に次の記述がある。

「福島第一原子力発電所の事故の最大の特徴は、「過密な配置と危機の増幅」でした。福島第一原発には、6つの原子炉と7つの使用済み燃料プールが接近して配置されていました。現場の運転員たちは、水位や圧力を示すセンサーなどの表示が信頼できないという絶望的な状況の中で、危険な状態に陥った多数の炉や使用済み燃料プールに同時に注意を払わなければならなくなりました。ある炉の状態の悪化による放射線量レベルの上昇や、爆発による瓦礫の飛散、設備の損傷などによって、他の炉や使用済み燃料貯蔵プールに対する対策が妨げられたことで、危機は次々と拡大していきました。」

そのとおりかもしれないが、配置が稠密でなかったなら、事故が増大、増幅することなく、修復がもっと容易だったろうというにとどまり、事故の本質とは関係がないのではないか。次に「日本の原子力安全維持体制の形骸化」という小見出しの項では次のとおり記述している。

「この検証の中で、日本の原発の安全性維持の仕組みが制度的に形骸化し、張子のトラ状態になっていることが明らかになりました。その象徴は「安全神話」です。安全神話はもともと立地地域住民の納得を得るために作られていったとされますが、いつの間にか原子力推進側の人々自身が安全神話に縛られる状態となり、「安全性をより高める」といった言葉を使ってはならない雰囲気が醸成されていました。電力会社も原子炉メーカーも「絶対に安全なものにさらに安全性を高めるなどということは論理的にあり得ない」として彼ら自身の中で「安全性向上」といった観点からの改善や新規対策をとることができなくなっていったのです。メーカーから電力会社への書類でも「安全性向上」といった言葉は削除され、「安全のため」という理由では仕様の変更もできなくなっていました。」

本当か、と疑わない者はないだろう。そうであれば、福島原発に関し、もっぱら東京電力の責任が問われているが、原子炉メーカーの責任が問題とされていないのは何故か。この報告書の文章は続く。

「原子力安全委員会が「長期間にわたる全交流動力電源喪失は、送電線の復旧又は非常用交流電源設備の修復が期待できるので考慮する必要はない」とする指針を有していたという事実がその好例です。」

そうであれば、まさに全交流電源の長期間にわたる喪失こそ福島原発事故の基本的原因なのだから、原子力安全委員会すなわち政府に福島原発事故について全面的かつ重大な責任があるわけである。

そこで本書の第1部「事故・被害の経緯」の第1章第8節「事故後に行われた解析、その他の注目すべき事項」の冒頭の小見出し「安全対策と深層防護」の項の冒頭を読む。

「原子力発電所における安全対策を特徴づけるのは、原子力の持つ2つの性質、放射線と膨大な熱量である。一つ目は、原子力の危険は、主に放射線に起因するということである。放射線による被曝は、可能な限り低減させるべきであると考えられる。一方で、自然界にも放射線は存在することから、被曝をゼロにすることは不可能であるともいえる。したがって、放射線の影響は、リスクとなる他の要因と比較して、十分低減されるべきであるとの考えのもとに、さまざまな対策が実施されてきた。」

自然界に存在する放射線は別として、原子炉から排出される放射線だけはゼロにすることが何故できないのか、あるいは何故ゼロにする必要がないのか、私には分りにくい。続く文章を読む。

「二つ目は、原子力発電所が核燃料から取り出す熱量の膨大さである。原子核反応の停止後も燃料から発生し続ける崩壊熱は膨大であり、周辺の冷却水を蒸発させるのみならず、燃料自身や周辺の構造物までも溶解してしまうほどのエネルギーを放出する。よって、原子力発電所は以下の三つに関して高い信頼性が要求される（注・以下（A）（B）（C）の原文はゴチック体で示されている）。

A）原子炉の核反応を制御すること（つまり原子炉を「止める」機能を維持すること）

B）原子炉の熱を除去すること（つまり原子炉を「冷やす」機能を維持すること）

C）放射性物質の拡散に対する障壁を維持すること（つまり放射性物質を「閉じ込める」機能を維持すること）

これらの操作に関し、高い信頼性を維持するための工学的アプローチが、深層防護という考え方である。

深層防護とは、英語のDefense in Depthを訳したもので、何層もの安全対策を施して、万が一いくつかの対策が破られても、全体としての安全性を確保するという考え方である。原子力発電所の場合、先述の「止める」「冷やす」「閉じ込める」の機能について、それぞれ多重かつ多様な対策が取られていた。また、設計で用意した対策がすべて失敗した場合についても、人と環境を放射線の影響から守れるように、一定の対策が立てられていた。」

次いで、「（1）異常の発生を防止するための対策」については、「今回の事故においては、当初の想定を大きく超える地震や津波により、異常が発生した」と記し、「（2）異常が拡大して事故に至ることを防止するための対策」については、「今回の事故においては、津波による全交流電源や直流電源、海水ポンプ系の機能を喪失したため、異常の拡大を食い止めることができず、最終的に事故へと発展した」と記し、「（3）事故の影響を緩和し、放射性物質拡散に対する障壁を一つ以上守るための対策」については「今回の事故においては、「冷やす」ための安全設備の多くが、津波による全交流電源喪失によって機能を失った。交流電源を必要としない安全設備には使用できたものもあるが、長時間の使用には耐えられなかった。また電源復旧の試みも行われていたものの、「閉じ込める」機能が喪失し環境中に放射性物質を放出する前に、復旧することができなかった。結果として、核燃料から発生する崩壊熱が原因で、「閉じ込める」機能を持っていた燃料被覆管、原子炉圧力容器、原子炉格納容器はそれぞれ大きく損傷した。一部溶融したと思われる燃料ペレットからは、沸点の低いヨウ素やセシウムなどの放射性物質が大量に放出された」と記している。

右記の記述からみて、福島原発は「高い信頼性」をもつ対策を備えていたようである。しかし、「想定外」の地震・津波により全交流電源を喪失したことが対策を無効とし、事故を惹起することとなった、ように思われる。

＊

そこで、同じ報告書により、関係者等の対処を見ることとする。

報告書第2部「原発事故への対応」の第3章「官邸における原子力災害への対応」に始まり、その冒頭「概要」の項に首相官邸における対応とその評価の要約が記されている。次のとおりである。

「官邸では、有効なアクシデント・マネジメントを行うため、菅直人首相を中心に多くの人材と持てる資源を投入し、不眠不休で情報収集と分析にあたった。しかしながら、少なくとも15日に政府と東京電力の福島原子力発電所事故対策統合本部が設立されるまでの間、結果的にみて、官邸の現場への介入が本当に原子力災害の拡大防止に役立ったかどうか明らかではなく、むしろ場面によっては無用の混乱と事故がさらに発展するリスクを高めた可能性も否定できない。

なぜ官邸は不慣れなアクシデント・マネジメントへの関与を深めていったのか。我々の検証からは主に4つの背景要因が浮かび上がった。①マニュアルの想定不備と官邸側における周知・認識不足、②東京電力及び原子力安全・保安院に対する官邸の強い不信感、③原子力災害の拡大に関する強い危機感、そして④菅首相のマネジメントスタイルの影響である。」

官邸の関与について、右第3章「官邸における原子力災害への対応」の章の最後の第4節「事故からの教訓」においてこの章の結論ともいうべき次の記述がある。

「「この国にはやっぱり神様がついていると心から思った」

我々の調査に応じた官邸の中枢スタッフがこう述べたほど、今回の福島事故直後の官邸の初動対応は、危機の連続であった。制度的な想定を外れた展開の中で、専門知識・経験を欠いた少数の政治家が中心となり、次々と展開する危機に場当たり的な対応をつづけた。決して洗練されていたとはいえない、むしろ、稚拙で泥縄的な危機管理であった。情報収集体制の面においても、意思決定をサポートする体制の面においても必ずしも十分とはいえない状況で、未曾有の原子力災害に対する強い危機感に迫られた官邸中枢の政治家たちは、不眠不休で現場のアクシデント・マネジメントに深く関与していった。」

政府において原子力発電所に関する機関には原子力安全・保安院と原子力安全委員会が存在する。原子力安全・保安院については前掲書第3部「歴史的・構造的要因の分析」の第8章第3節に、原子力安全委員会についてはその第4節に説明がある。原子力安全・保安院に関する説明は次のとおりである。

「原子力安全・保安院は2001年の省庁再編に伴い、科技庁原子力安全局の一部を取り込んで発足した。経済産業省の一機関である資源エネルギー庁の「特別の機関」という位置付けで、原子力の規制機関として一定の独立を確保する形になった。資源エネルギー庁から原子力発電の安全規制業務が移管されたほか、核燃料の精製や加工、中間貯蔵、廃棄物関連施設の審査や検査業務なども行っている。」

「約800人の職員のうち、原発安全規制にかかわる職員は約330人。全国21ヵ所の原発や原子力施設に原子力保安検査官事務所を置き、原子力検査官や原子力防災専門官が1～9人常駐している。原子力防災体制の整備も業務のひとつで、万が一事故が発生した場合は、災害の発生防止や被害の拡大防止に努め、現場に職員を派遣して、経産省内に設置した「緊急時対応センター」に情報を集めて、政府に報告する役割も担う。」

こうした権限にかかわらず「原子力の技術的知識を持つキャリア官僚はごく少数で「プロ集団」というには程遠かった。こうした人材の脆弱さは、今回の原発事故の危機対応の遅れの直接の原因」といい、「福島原発事故の発生後、保安院は政府の原子力災害対策本部の事務局を務めながら、適切な情報収集や提供、首相への助言ができず、官邸の不信をかった」という。

原子力安全委員会については、「原子力船「むつ」の事故をきっかけに高まった反原子力運動を受け、安全規制を強化するために原子力委員会から独立した機関として設置された。現在も文科省や経産省からは中立的な組織として、首相を通じて関係機関に勧告権を持つ第8条委員会である。5人の専門的な知見を持つ委員によって構成され、原子炉施設と核燃料の加工、再処理施設などの安全性を調査審議する。／原子力安全委員会では、立地、設計、安全評価、線量目標値、シビアアクシデント対策など、原発運転に関わる多岐にわたる安全審査とその指針を出しているが、これらの項目は微細にわたり、極めて細かな基準や審査を行っていることが見て取れる。しかし、原子力安全委員会は、直接事業者を監督、指導することが出来ず、あくまでも首相を通じた勧告権を持つにとどまり、実際の事業者に対する保安、監視は原子力安全・保安院が行うこととなっている」と記し、「すなわち、原子力安全委員会は実効性ある手足を持たないまま、原発運転の安全基準を決定し、審査していることになる」と記し、第3節「原子力安全・保安院」の項の「原子力安全委員会と原子力安全・保安院の関係」には次の記述がある。

「原子力安全規制については、保安院と原子力安全委員会や電力会社との役割分担が明確ではなく、見直しや取り組みの責任があいまいになってきた面もある。

例えば、全交流電源喪失対策は、原子力安全委員会が１９９０年に全交流電源喪失という状態を「考慮する必要はない」という安全設計審査指針を出し、保安院はこの指針に追随、新たな対策をとらなかった。深野弘行原子力安全・保安院長は安全委員会の指針について、「我々はそれを尊重しなければいけないと考えてきた。指針に従って判断するのが今のルールだ」と語る。しかし、原子力安全委員会の班目委員長は「原発の安全に関する指針は、内規のような位置付けだが、これを本来、独自の安全基準を設けるべき保安院が使っている。かつて安全委員会が決めた指針だからと、改定の議論もないままズルズルと来た」と述べ、保安院側に大きな責任があったと主張する。」

福島原発事故が深刻化した決定的原因であった全交流電源の喪失という事態に対する対策を立てていなかったことについて、保安院と原子力安全委員会の間で責任のなすりあいをしているが、これについて東京電力や原子炉のメーカーがどこまで責任を負うべきかを別として、国に決定的かつ重大な責任があることは明らかであると私は考える。

＊

ここで福島原発事故に関する解説書ないし読み物の記述を読むこととする。各種の著書の中、船橋洋一『カウントダウン・メルトダウン』をこのための典拠としたい。同書はその序章「全交流電源喪失」に続き、第1章を「保安院検査官はなぜ逃げたか」と題している。この第1章から抄記する。

「２０１１年3月11日午後2時46分。

原子力安全・保安院の原子力保安検査官事務所の現地所長、横田一磨（40）は、福島第一原発の研修棟事務所で定期検査のヒアリングを終えたところだった。

地震の揺れに体を取られたが、必死になってドアのところまで行き、ドアを開け、机の下に隠れた。」

「横田は、「原子力防災専門官」に任命されている。

原子力災害対策特別措置法（原災法）は、原子力災害が発生した場合、現地における放射線量の測定をはじめ原子力災害に関する情報収集活動の拠点となる施設として、オフサイトセンター（緊急事態応急対策拠点施設）を設置することを義務づけている。」

「ここには、通信システム、原子力災害発生時の対応を支援するシステム、さらには被ばくした場合の除染室、放射線測定機器などの設備が備えられている。

運転中の全交流電源喪失のような原災法第10条第1項に基づく特定事象発生の通報、すなわち第10条通報時には、現地対策本部長がここを緊急指揮所として使う。現地対策本部長は経済産業副大臣（もしくは大臣政務官）と定めている。

また、現地に駐在している原子力保安検査官事務所の職員はただちにオフサイトセンターに参集すること、そして、原則として2名の原子力保安検査官が現場に行き、現場確認を行わなければならない。

福島第一、福島第二に共通するオフサイトセンターが、福島県双葉郡大熊町に設置されている。福島第一から約5キロ、福島第二から約12キロの距離にある。」

「事故の時、福島第一原発敷地内では定期検査を行っていた。

福島第一原子力保安検査官事務所の保安検査官7人と東京の保安院本院から出張で来た施設検査班長1人の合計8人がいた。

第10条通報後、横田をはじめこのうちの3人がオフサイトセンターに向かった。

残りの5人は発電所敷地内の免震重要棟に残り、情報収集や保安院への報告任務についた。

横田らが、オフサイトセンターに着くと、（中略）全館、停電となっている。非常用電源も故障し、動かない。

通信機能も麻痺している。FAX兼用の電話が一台だけ動いたが、その他はすべてかからない。携帯電話もつながらない。東京の本省との連絡も取ることができない。テレビ会議もできない。水道は止まっている。トイレも使えない。」

「午後9時20分。オフサイトセンターの非常用バッテリーが切れた。」

「午後10時過ぎ。隣接する福島県原子力センターに移った。ここは、自主電源を備えていた。

ただ、ここも電話は通じない。パソコンもない。わずかにＦＡＸが１本動いた。

その夜、オフサイトセンターに駆けつけたのは、横田ら保安院職員６名（福島第一３名、第二３名）、東京電力の社員８名、それと大熊町の職員１名にすぎなかった。

（防災計画では、オフサイトセンターへは事故後、13省庁40名が参集する規定だったが、実際は、３省庁21名が参集したにすぎなかった）」

次いで「〝敵前逃亡〟」という小見出しを付された章の記述が続く。

「福島第一原発敷地内に残ることになった保安検査官４人は、不安を募らせていた。」

「東京の保安院本院への連絡は、屋外に駐車した保安検査官事務所の防災車に搭載された衛星電話を用いて行っていたが、放射線量が上がってきたため、屋外に出ることが難しくなった。

12日午後５時ごろ、彼らは福島第一からオフサイトセンターに退避することを決めた。

「免震棟に部屋をつくってもらったが、みなが入り込んできて仕事にならない」との理由だった。」

同日夜、官邸が海水注入を決定した後、現地には保安検査官はいなかったが、海江田万里経産大臣はそのことを聞かされていなかった。「それはまずいよ」という海江田の発言が平岡英治原子力安全・保安院次長から山本哲也保安院原子力発電検査課長へ、山本から横田所長に伝えられ、横田は、四人を二グループに分け、二時間おきにパラメーターの変化を確認してプラント班に連絡するよう、指示した。その結果、四人はオフサイトセンターから免震重要棟に移ったが、電源が喪失しているため、建屋内は真っ暗なので、結局、実況見分は行われなかった。

「14日午後、そのうちの一人が東電のPHSを通じて横田に連絡してきた。

「3号機で水素爆発がありました。身の危険を感じます」

「そこを何とか持ちこたえてほしい」

横田は、4人に緊対室で仕事するよう、押し戻した。」

その後も四人と横田との会話が続く。

「所長、これはやばいですよ。これ以上いられない。4号機の燃料プールで問題が起こったら、再臨界起こりますよ。そうなればここにいても誰も助からない」

とメーカーの原子力専門技術者出身の者が横田に告げ、

「いったんオフサイトセンターに引き揚げるということでお願いします。詳細はオフサイトセンターで報告します」

と彼は言い、横田の「わかりました」という回答をえて、四人はオフサイトセンターに戻った。

右が保安院検査官の「敵前逃亡」の経緯のあらましである。これが独立検証委員会の調査・検証報告書に「保安院の現場での目となり耳となるはずの保安検査官8人全員が3月12日5時までには福島第一原発から退避したため、保安院は早い段階で現地からの独自の情報収集チャネルを失った」と記された所以である。『カウントダウン・メルトダウン』によれば一三日に一旦原発敷地に戻っているが、情報収集はしていないようだから、一旦戻って一五日に退避した事実は無視してよいのかもしれない。

それよりも、もっと不快なのは、保安検査官たちが、原発事故を他人事のように批評家的に見、ひたすらわが身の安全を考えていることである。これは文字通り、生命を賭して不眠不休で事故災害の拡大をくいとめるために努力した東京電力の吉田昌郎所長以下の人々と比べ、顕著な人格の違いを示している。

*

そこで、菅直人首相の福島原発の事故現場視察に関する前掲船橋洋一の著書を読む。三月一二日の早朝、菅はヘリコプターを乗りついで福島第一原発の現場に到着した。以下、長文だが、雰囲気を理解するため、省略せずに引用する。

「案内されるまま、2階の緊急時対策室（緊対室）横の会議室に入った。

モニターが壁に掛かっているだけだ。これ以上無愛想にできないほど殺風景な部屋である。誰もいなかった。

「何で誰もいないんだ！」

菅はまた叫んだ。

一国の総理大臣が訪問するのに仰々しく出迎えない。そのことを周知もさせない。しかも、客を待たせる。

ややあって、吉田が姿を現した。

首相の現地視察受け入れに吉田は難色を示していた。

「何でこんな時、来なきゃいけないんだ」

「自分が総理の相手をするために出たら、誰が代わりをやるんだ」

吉田は本店とそのようなやりとりをした。

テレビ会議でのその様子を見た現場の職員や作業員から「そうだ、そうだ」という声が上がった。

「もうやってられるか」

吉田は最後にそう吐き捨てるように言った。

その有り様をテレビ会議で見た保安院職員の一人は、

〈よくもまあこの重大事にそんな理不尽なことを本店は言うなということとともに、吉田さん、よく言うな〉

と思った。

〈よく言うな〉には、畏敬の念が込められている。

テーブルをはさんで、向こう側に吉田と武藤、こちら側は菅を班目と寺田が挟んで座った。

左側に、池田と黒木が控えた。

武藤は、ベント弁を開けるには、圧縮空気を送るためのコンプレッサーと電源が必要でその手当に手間取っていると説明を始めた。
1、2分して、菅が怒鳴った。
「そんなこと、そんな言い訳を聞きに来たんじゃない！」

「何でオレがここへ来たと思ってんだ！」

吉田はそれには直接答えずに、テーブルに図面を広げて、説明を始めた。

「電動ベントをいま準備しています」

「それはどれくらいかかるんだ」

「4時間、かかります」

「4時間も待てないだろう。東電は、ずっと4時間と言っている。いつも、あと何時間、そればっかり言うんだよな」

〈だいたい、ベントは午前3時のはずではなかったのか。その予定時刻からすでに4時間が経っている。それをさらに4時間、待て、というのか〉

菅は苛立ったが、吉田は顔色一つ変えない。

「ベントはやります。手動でやることも考えています。手動でやるかどうかを1時間後に決めます」

「そんな悠長なことを言っていられない。早くやってほしい」

「ただ、きわめて線量が高いのです。ですから1回15分しか仕事ができません」

吉田はそのように答え、菅の目を正面から見て、言った。

「最後は人が突入します。決死隊でやります」

「決死隊」という表現に菅は、うなずいた。

相変わらず、菅の攻撃的なトーンは変わらないが、それでも話が少しかみ合ってきた。

やりとりを聞きながら、下村は、

〈菅さんにびびらずに話をする人が、ようやく現れた〉

と思った。

吉田は、炉内の状況を説明した。

「炉内から蒸気が出ている可能性が高いと思います。通常の圧力の7倍はあります」

ここまでは1号機の話である。

その後、2号機に話を変えた。

「ここも海水が入って電源は全部使えません。ただ、2号機はあと4時間は持ちます。その間に電気をつなげるようトライします」

海抜12メートルの建屋に津波が入った。地下の電源室が浸水した。津波の想定は5メートルだった、と吉田は言った。

ベントをしても住民は大丈夫か。

「今、10キロ圏内は屋内避難でオーケーです」

現時点では10キロの避難範囲で十分と思っていると吉田はくり返した。

「希ガスがたくさん出ますが、現時点では10キロメートルで十分だと思います」

「1号機のベントにゴーサインを出したら、放射線量を測ります。その値でヨウ素剤を配るかどうかを決めます」

「ヨウ素を勝手に飲んでもらっては困ります。悪影響が出る人も出てきます。医者がオーケーを出したらいいですが」

吉田は「2号機も3号機もベントする以外ありません」と言った。

「こちらは、線量が低いから人間を入れてベントやれます」

「1号機の反省点に立って早くやってほしい」

菅はダメを押すように言った。

秘書官の桝田が、「医務官がここに長くいない方がいいと言っています」と寺田に告げた。

寺田も同じことを考えていたが、言い出すきっかけをつかめなかった。

菅は立ち上がった。会談は20分ほどで終わった。」

この後、菅直人は午前一〇時四七分、官邸に帰った。「首相執務室に入るなり、出迎えた福山に菅は言った。

「吉田所長は大丈夫だ。信頼できる。あの男とは話ができる」」

反面、「菅が原発を視察したことが、ベント作業を遅らせたのではないか」「初動対応の致命的なミスではないか」との批判があった。船橋洋一の前掲書も次のとおり記している。

「吉田自身、この点については、菅の訪問には批判的な言葉を漏らしている。

「言い訳になるかもしれないけど、菅総理がフクイチ（福一）の現場に来たことで、そちらにばかり目がいってしまい、2時間ほど『ベント』などの指示が出せなかった。当時は、すべて私が指示して動いていた。それが止まったことで、周りも動けなくなってしまった」

＊

福島原発事故は私たちが敗戦後に体験した最大の災害であった。私はこの福島原発事故に関し私が関心をもつ側面を右に摘記した。その余に関心がないわけではないが、私にとってもっとも重大な関心は、この事故に対する国の責任である。原子力発電は国策として推進された。この国策にしたがって、原子炉開発、建設の技術が海外から導入され、また国内で開発され、数多くの原子力発電所が建設された。核燃料のもつ危険性は国も、原子炉メーカーも、電力会社も熟知していた。そのために、この事故の発生当時、原子力安全・保安院が設けられ、所要の人員を雇用し、技術を蓄積していた。また、原子力安全委員会が設けられていた。これらの政府機関が示す安全基準を原子炉メーカーも電力会社も当然遵守する義務があった。もし国が示し、指示、監督する安全基準に不備があって、事故がおこったとすれば、この事故の責任は第一次的には国が負うべきものである。極端にいえば、国の示し、指示し、監督する基準に反して事故をおこしたのでない限り、電力会社にも原子炉メーカーにもまったく責任はないというべきかもしれない。

ただ、商品として電力を売る電力会社としては、また炉を製造、販売しているメーカーとしては、当然、安全に自己の商品を供給する義務を負うということが考えられる。私としては、あくまで二次的な義務と考えるが、原子炉メーカーも電力会社も、その安全性について万全の注意を払う必要があると考えている。そういう意味で、あるいは東京電力は最善の努力を尽くさなかったといえるかもしれない。

私には現状は、損害賠償請求訴訟では、東京電力のみならず、国も被告として責任を求められていると承知しているが、このばあいをふくめ国に責任を問うという姿勢が、被害者にもメディアにもほとんど見られないことがきわめて不審である。原子炉メーカーについても同じである。東京電力だけが責任を負い、国は東京電力に財政的支援を行うということが解決手段とすれば、私は本末転倒であると考える。

＊

私は原子力発電に反対せざるをえない。

福島原発事故はマグニチュード9・0の地震が、牡鹿半島から東南東約一三〇キロメートルの深さ二四キロメートルの海底でおこり、これにともない一五メートルを超す津波が三陸海岸を中心とする太平洋岸を襲ったことにより生じた。

この事故に限っていえば、防潮堤を二〇メートルにしておけば、津波は防ぐことができたかもしれないし、原子炉の耐震性その他の安全性について改良・改善を施しておけば、被害を防ぐことができたかもしれない。

しかし、次の天災地異が私たちの想定の範囲でおこるとは限らない。たとえばマグニチュード9・0の地震が原子力発電所の直下でおこったらどうなのか。私たちは核燃料の脅威について、もっと用心深く、臆病でなければならない。一旦、私たちが制御できなくなったときは、私たちは破滅するにちがいない。

代替、再生可能エネルギーはさまざまなかたちで存在する。要はコスト・パフォーマンスにおいて原子力発電に及ばないというに尽きるのだが、原子炉を廃炉にするのに五〇年かかるということまで原子力発電のコストに算入しているのであろうか。

私は、私たち自身を救うためにも、最大限の努力を尽くし、費用を惜しむことなく、再生可能エネルギーの開発を急ぎ、実用化すべきであると考える。

14

平成二三（二〇一一）年四月、私は日高普の遺著『精神の風通しのために』『出発点としての崩壊　苫沙弥先生の悪口』『本にまたがった旅』『マルクスの夢の行方』『本をまくらに本の夢』『窓をひらく読書　日高普書評集』から日高の面目、才筆を伝えるに足ると考えた随筆を編集し、七月に青土社から刊行した。こうした日高の文章の真髄を伝える文章を集めた選集を出版することを日高の子息日高立君が希望したので、私が青土社に依頼して出版してもらったのだが、自費出版ではない。題名は日高の最初の著書と同じく『精神の風通しのために』とし、「日高普著作集」と付記した。

日高の随筆も書評も彼の豊かな学識、語り口の興趣、真相を見抜く透徹した批評眼、高潔な人格にもとづく、感興ふかく、教えられること多いものだが、日高普は必ずしも文筆家として知名度がない。それは彼の本業がマルクス経済学の経済原論にあり、彼の主著がその分野にかかるものであり、文芸評論としては主著というべきものがなかったためにちがいない。そのため、費用を負担することなく、この著書を出版できたのはもっぱら青土社の好意による。

それでも五〇〇頁を超す、この選集の編集については苦労が多かった。こうした選集ないし代表作集を編集、出版することは日高立君の希望だったから、編集は私が担当することになっていたものの、日高立君からいろいろと意見が出され、その意見は私とはくいちがうことが多かった。私は意見の調整に苦労しなければならなかった。しかし、いまでは、その苦労がどのようなことであったかは、憶えていない。

＊

平成二四（二〇一二）年に入る。

この年一月一七日、最高裁判所は、上告人東宝株式会社（以下「東宝」という）の上告理由を認め、知的財産高等裁判所（以下「知財高裁」という）の判決の東宝の敗訴部分を破棄し、知財高裁に事件を差し戻す旨の判決を言渡した。

じつは、前年、平成二三（二〇一一）年九月五日に最高裁で弁論が行われ、私たちは私たちの主張の要点を口頭で陳述した。このように最高裁が弁論期日を指定し、弁論を聞くときは、間もなく判決が言渡され、控訴審判決が破棄されるのが通常の事例である。本来であれば、当事者双方が弁論し、その上で最高裁の裁判官が双方の主張を検討して、結論を得、判決を言渡すのが望ましい。しかし、実情は調査官の下調べの結果にもとづいて、原判決を破棄すべきものと決めたときに、はじめて弁論期日を指定し、当事者の口頭の主張を聞くことになっている。

いわば、弁論期日が指定されれば、控訴審判決が破棄されることはまちがいない、というのが多年の慣行である。私はこのような慣行が好ましいとは考えないが、たぶんこうした慣行が変更されることはないであろう。それ故、一月一七日の判決は私たちの予期したとおりのものであったが、実際に判決を聞くまでは安心できなかった。

東宝は私にとってごく大事な、多年にわたる依頼者の中の一社である。たぶん昭和三〇年代の終りころから、私は東宝の顧問として著作権等の知的財産権関係の案件や国際的な契約や紛争の処理にあたってきた。それ故四〇年以上私は東宝のために弁護士業務をしてきていた。はじめに私を東宝に推薦してくださったのは大阪の弁護士である吉川大二郎先生であった。吉川先生は後に日弁連の会長もなさったが、民事訴訟法に造詣がふかく、同志社大学で教鞭もとっておいでになったはずである。学究としても卓抜な方であったが、政治力も兼ねそなえておいでになった。おそらく東宝の労働争議の頃から東宝の顧問弁護士として東宝の経営者から格別に高い信頼をお受けになっていた。東京においでになると、東宝の一室を事務所にお使いになっていた。東宝では、一般の民事事件は私と同世代の弁護士が顧問として担当し、重大な案件だけを吉川先生が処理なさったり、私と同世代の弁護士を指導したりなさっていたようである。私はモンテカチーニ対新日本窒素事件で吉川先生の面識を得ていた。この最高裁で弁論がなされた事件の当時は、私と東宝との関係もかなりの年月を経ていたので、日常の案件は私の事務所のパートナーである辻居幸一弁護士が処理し、重要な案件だけを私が担当するか、あるいは辻居弁護士に担当してもらい、私が終始相談にのる、というようなかたちで、事件を処理していた。

この事件は、谷口千吉監督作品『暁の脱走』、今井正監督作品『また逢う日まで』および成瀬巳喜男監督作品『おかあさん』の三本の映画について株式会社コスモ・コーディネートと称する会社がその複製を海外で製作して国内に輸入し、日本国内で上映等、頒布をしたことが、各監督から著作権の譲渡をうけて本件三本の映画の著作権を有していた東宝の権利を侵害するとしてその差止と損害賠償を求めた事件であった。

この事件は重要な訴訟事件であるので、辻居弁護士が主任として担当したが、終始私と相談、協議し、書面の起案の前後に私が目を通して意見を述べたり、修正したりして、裁判所に提出し、弁論期日には法廷に出頭した。私たちにとって、知財高裁における敗訴はまったく意外であり、予想もしていなかった。その上、知財高裁の判決を読んで、つよい憤りを覚えた。

ここで断っておけば、これは現行の著作権法の施行以前の旧著作権法において誰が著作権を持ち、著作権は何時まで有効に存続するか、が争点となった事件であって、現行の著作権法下では問題にならない事件である。

たとえば、知財高裁判決は「本件各監督が、本件各映画の発案から完成に至るまでの制作活動のすべてまたは大半を行ったものとは到底認められず、本件各監督は、本件各映画の全体的形成に創作的に寄与した者の一人にすぎない」と判断し、「本件各監督は、有名な監督ではあるが、黒沢監督の作品よりも、その著作者性はさらに低く、自然人として著作者の一人であったといえるか否かの点は判断の分かれるところである」と判断している。

私たちが最高裁に提出した上告受理申立書および上告理由書の論点は多岐にわたるので、その詳細は説明しないが、右に引用した箇所からも知財高裁が映画製作における監督の果す役割の重大性についてまったく無知であり、社会的常識を欠如していること、しかも、その無知、社会的常識の欠如を自覚していないことは明らかであろう。

結論的にいえば、最高裁は「旧法下の映画の著作者については、その全体的形成に創作的に寄与した者が誰であるかを基準として判断すべきであるところ（最高裁平成20年（受）第889号同21年10月8日第一小法廷判決・裁判集民事232号25頁）、一般に、監督を担当する者は、映画の著作物の全体的形成に寄与し得る者であり、本件各監督について、本件各映画の全体的形成に創作的に寄与したことを疑わせる事情はなく、かえって、本件各映画の冒頭部分やポスターにおいて、監督として個別に表示されたり、その氏名を付して監督作品と表示されたりしていることからすれば、本件各映画に相当程度創作的に寄与したと認識される状況にあったということができる」と判断して、知財高裁の判決を破棄したのであった。

私は敗訴した事件についてはつぶさに記憶しているが、勝訴した事件については忘れていることが多い。そのため、この事件も忘れていたので、この原稿をはじめて書いた時は、この事件は書き洩らしていたのだが、後に気づいて補筆したものである。一月一七日は私の八五歳の誕生日であった。私は、東宝の関係者数人とご一緒に、最高裁に赴いた。石造りの最高裁の建物は寒々としていた。その内部も通路がいりくんでいた。それでも勝訴と分って判決を聞きに出廷するのは愉しかった。

＊

同じ年二月二日、最高裁判所はいわゆるピンク・レディー事件について上告を棄却する旨の判決をした。

私はピンク・レディーのお二人の代理人として上告していたので、私が敗訴したわけである。この事件はパブリシティの権利の要件を最高裁が初めて示した事件であり、そういう意味で判例として事後の事件に対して拘束力をもっているし、しかも大いに疑問のある判決である。そこで以下にこの最高裁判決を紹介し、検討することとする。なお、この事件は私の親しい司法研修所同期の弁護士竹内三郎さんに依頼され、上告審だけを担当した事件であり、私は私の信頼する同僚松尾和子弁護士その他私の事務所の弁護士の協力を得ている。まず、事件の概要を最高裁判決の引用により紹介する。

「上告人らは、昭和51年から昭和56年まで、女性デュオ「ピンク・レディー」（以下、単に「ピンク・レディー」という。）を結成し、歌手として活動していた者である。ピンク・レディーは、子供から大人に至るまで幅広く支持を受け、その曲の振り付けをまねることが全国的に流行した。

被上告人は、書籍、雑誌等の出版、発行等を業とする会社であり、週刊誌「女性自身」を発行している。

平成18年秋頃には、ダイエットに興味を持つ女性を中心として、ピンク・レディーの曲の振り付けを利用したダイエット法が流行した。

被上告人は、平成19年2月13日、同月27日号の上記週刊誌（縦26cm、横21cmのAB変型版サイズで約200頁のもの。以下「本件雑誌」という。）を発行し、その16頁ないし18頁に「ピンク・レディーdeダイエット」と題する記事（以下「本件記事」という。）を掲載した。

本件記事は、タレント（以下「本件解説者」という。）がピンク・レディーの5曲の振り付けを利用したダイエット法を解説することなどを内容とするものであり、本件記事には、上告人らを被写体とする14枚の白黒写真（以下「本件各写真」という。）が使用されている。

本件雑誌16頁右端の「ピンク・レディーdeダイエット」という見出しの上部には、歌唱している上告人らを被写体とする縦4.8cm、横6.7cmの写真が1枚掲載されている。

本件雑誌16頁及び17頁には上下2段に分けて各1曲の振り付けを、同18頁の上半分には残りの1曲の振り付けをそれぞれ利用したダイエット法が解説されている。上記の各解説部分には、それぞれのダイエット効果を記述する見出しと4コマのイラストと文字による振り付けの解説などに加え、歌唱している上告人らを被写体とする縦5cm、横7.5cmないし縦8cm、横10cmの写真が1枚ずつ、本件解説者を被写体とする写真が1枚ないし2枚ずつ掲載されている。

本件雑誌17頁の左端上半分には、ピンク・レディーの曲の振り付けを利用したダイエット法の効果等に関する記述があり、その下には水着姿の上告人らを被写体とする縦7㎝、横4.4㎝の写真が1枚掲載されている。また、同頁の左端下半分には、本件解説者が子供の頃にピンク・レディーの曲の振り付けをまねていたなどの思い出等を語る記述がある。

本件雑誌18頁の下半分には「本誌秘蔵写真で綴るピンク・レディーの思い出」という見出しの下に、上告人らを被写体とする縦2.8㎝、横3.6㎝ないし縦9.1㎝、横5.5㎝の写真が合計7枚掲載されている。その下には、本件解説者とは別のタレントが上記同様の思い出等を語る記述があり、その左横には、上記タレントを被写体とする写真が1枚掲載されている。

本件各写真は、かつて上告人らの承諾を得て被上告人側のカメラマンにより撮影されたものであるが、上告人らは本件各写真が本件雑誌に掲載されることについて承諾しておらず、本件各写真は、上告人らに無断で本件雑誌に掲載された。」

以上が本件上告事件の事実である。こうした事実がピンク・レディーの二人に無断で行われたばあい、二人はこうした行為に耐え忍ばなければならないか。以下が最高裁の法律的判断である。

「人の氏名、肖像等（以下、併せて「肖像等」という。）は、個人の人格の象徴であるから、当該個人は、人格権に由来するものとして、これをみだりに利用されない権利を有すると解される

合があり、このような顧客吸引力を排他的に利用する権利（以下「パブリシティ権」という。）は、肖像等それ自体の商業的価値に基づくものであるから、上記の人格権に由来する権利の一内容を構成するものということができる。他方、肖像等に顧客吸引力を有する者は、社会の耳目を集めるなどして、その肖像等を時事報道、論説、創作物等に使用されることもあるのであって、その使用を正当な表現行為等として受忍すべき場合もあるというべきである。そうすると、肖像等を無断で使用する行為は、①肖像等それ自体を独立して鑑賞の対象となる商品等として使用し、②商品等の差別化を図る目的で肖像等を商品等に付し、③肖像等を商品等の広告として使用するなど、専ら肖像等の有する顧客吸引力の利用を目的とするといえる場合に、パブリシティ権を侵害するものとして、不法行為法上違法となると解するのが相当である。」（引用の最高裁判決を省略。）。そして、肖像等は、商品の販売等を促進する顧客吸引力を有する場

この法律論は誤りとしか思われない。顧客吸引力をもつパブリシティ権者の権利をどうして前記①②および③に限定しなければならないか。その理由がまったく説明されていない。①はブロマイド等をいい、②はいわゆるキャラクターとして肖像等を利用し、これを商品等に付する行為をいい、③は広告目的の利用をいうと解されるが、何故このように限定的に解さなければならないいか、まったく説示がない。

むしろ、著名な、顧客吸引力をもつ肖像等が利用されたばあい、まず商業的に、営利目的に利用されているかどうかを見、その上で、言論表現の自由の観点から、適法かどうかを判断す

べきである、と私は考える。ここにはパブリシティ権を恣意的に三形態の利用に限定した点で、判旨に明らかに論理の飛躍がある。

ついで最高裁判決はこの判断を具体的な本件事案にあてはめて次のとおり述べている。

「これを本件についてみると、前記事実関係によれば、上告人らは、昭和50年代に子供から大人に至るまで幅広く支持を受け、その当時、その曲の振り付けをまねることが全国的に流行したというのであるから、本件各写真の上告人らの肖像は、顧客吸引力を有するものといえる。

しかしながら、前記事実関係によれば、本件記事の内容は、ピンク・レディーそのものを紹介するものではなく、前年秋頃に流行していたピンク・レディーの曲の振り付けを利用したダイエット法につき、その効果を見出しに掲げ、イラストと文字によって、これを解説するとともに、子供の頃にピンク・レディーの曲の振り付けをまねていたタレントの思い出等を紹介するというものである。そして、本件記事に使用された本件各写真は約200頁の本件雑誌全体の3頁の中で使用されたにすぎない上、いずれも白黒写真であって、その大きさも、縦2.8㎝、横3.6㎝ないし縦8㎝、横10㎝程度のものであったというのである。これらの事情に照らせば、本件各写真は、上記振り付けを利用したダイエット法を解説し、これに付随して子供の頃に上記振り付けをまねていたタレントの思い出等を紹介するに当たって、読者の記憶を喚起するなど、本件記事の内容を補足する目的で使用されたものというべきである。

したがって、被上告人が本件各写真を上告人らに無断で掲載する行為は、専ら上告人らの肖像の有する顧客吸引力の利用を目的とするものとはいえず、不法行為法上違法であるということはできない。」

上記の説示の中、２００頁中の３頁であるとか、白黒写真であるとか、本件各写真の寸法がいくらであるか、などは前述のパブリシティ権の要件からみれば、まったく無用の文言である。そういうことをいうなら、２００頁中16頁ないし18頁という巻頭に近い個所に掲載されていたし、寸法も雑誌の性質からみれば相当に大きい、ということもできるのであって、こうした不要の文言を加えたのは、裁判所の自信の欠除によるのではないか、とさえ思われるのである。

もっと重要なことは本件各写真は、本件解説に対する広告の役割を果しており、ピンク・レディーの写真等があるからこそ、解説を読もうという気持を読者に抱かせるものと考え、そういう意味では案件③にいう「広告目的の利用」に該当するので、違法という結論もありうるのであり、何故③の広告に該当しないかについての説示を欠いていることも本件最高裁判決はきわめて不備である。

本件は私が敗訴した事件だが、このような理由不備、論理性を欠いた判決がわが国最高裁の判決であることを思うと、裁判官の資質、学殖に疑問を抱かざるをえない。

ついでのことに、法律論と関係ないことだが、かねて気にかけていることを付記しておきたい。それは「ピンク・レディーの振り付けを利用したダイエット」と判決がいう「ダイエット」という言葉である。この言葉は

「①〔健康や美容のために〕食事を制限すること。②〔食事を制限して〕体重をへらすこと。」（『三省堂国語辞典・第七版』）

「体調維持のための食事制限。規定食。多く、太りすぎを防ぐために低カロリーの食品をとること。」（『岩波国語辞典・第七版新版』）

「〔健康や美容のために〕食事の量・質に制限を加えること。また、そのための食品。」（『新明解国語辞典・第七版』）

「美容・健康保持のために食事の量・種類を制限すること。」（『広辞苑・第七版』）

最高裁判事およびその他の関係者がダイエットという言葉を美容法を意味する言葉と誤解していることは明らかである。私はこのような言葉の間違いに無神経な裁判官はおよそ社会常識を欠いているのではないか、と疑っている。

＊

三月二〇日に全国文学館協議会の総会が日本近代文学館で開催され、任期満了により会長を退任し、後任会長に幹事長の森鷗外研究者として知られる山崎一穎さんが選任された。本来、日本近代文学館の理事長を退任したときに、同時に、全国文学館協議会の会長も退任すべきであったかもしれない。しかし、全国文学館協議会は私が日本近代文学館の副理事長のときに立ち上げ、育ててあげてきたため愛着もあったし、会員館の役員、担当の方々と多年知り合っていた。全国文学館協議会は毎年、総務情報部会、資料情報部会、展示情報部会のいずれかを会員館で催すこととしてきたが、部会の開催をひきうけた会員館は発表のためのホールはともかく、出席者のためのホテルや懇親会の手配、参考となる近隣の文学館の見学、そのためのバスの手配等、多くの手間をかけなければならないし、私自身は見聞をひろめるために、ある年は東北地方の文学館に担当していただいたら、翌年は西日本の文学館にひきうけてもらう、といった方針をとっていた。そのためには多くの文学館の方々と面識がある私が依頼する必要があり、こうした仕事を山崎さんに押しつけるのは過大な負担となると思っていた。それでも、八五歳にもなって会長を続けるのは望ましいことではないし、年齢相当に、地方に旅行したりすると疲労しがちであった。しかも日本近代文学館は事務局が充実しているのに反し、全国文学館協議会は専任の事務局は存在しないから、日本近代文学館の事務局の人々の片手間に頼らなければならないので、会長としては日本近代文学館の職員にも気をつかわなければならない。

私の危惧はあたっていなかったようである。山崎会長の下で、全国文学館協議会は私の退任後も順調に活動し、加盟館も増加しているようである。

＊

前年、東日本大震災があり、福島原発事故がおこった後間もなく、全国文学館協議会の総会が開催された。この総会の席で、私は震災、事故の体験を風化させないために、毎年三月、加盟館がいっせいに震災記念の文学展を開催したらどうか、と提案した。その後、現在に至るまで、数十館が震災展を同時開催してくださっているようである。ただ、よほどこまめに句集、歌集、詩集等に目を通し、揮毫をお願いするのは、それなりの目配りをしている人が必要だし、作者に揮毫していただくには些少でも謝礼も必要、軸装、額装等にも費用がかかる。たとえば、日本近代文学館がお願いすれば揮毫してくださる方も、知名度の低い文学館から見ず知らず、初めて書状で依頼されても、そう気安くひきうけてくれないかもしれない。そこで、文学館の信用、知名度がこうした企画展の成否を決めることになる。

私の記憶は確かでないが、震災後間もなく、たぶん新聞に照井翠という方の

双子なら同じ死顔桃の花

潮染みの雛の頬を拭ひけり

という句に気づいた。私は作者がどういう方か知らなかった。しかし、こういう句や歌を集めて展示できれば、来館者をふかく感動させるにちがいないと考え、なるべく広く目を通し、気づいた方々には私から直接お願いした。ただ、こうした企画のためにはまず私自身が作品を寄せる必要があると思った。私は「三陸海岸風景」と題する詩を日本近代文学館に送った。

潮でずぶ濡れになった男たち、女たちが
一人、また一人、重たげに足をひきずり、
海から陸へ上ってくる。家並が消え、瓦礫がうずたかく
廃墟となった故郷の跡地に彼らは立ち竦む。

やがて彼らは大地を叩いて慟哭する。
いったい私たちの死は何を意味したか？
私たちを攫《さら》った津波は天災だったのか？
原子炉のメルトダウンに誰も責任を負わないのは何故か？

彼らが大地を叩いて慟哭する声は
野を越え、山を越え、都会の雑沓にまぎれ、
切れぎれに絶えず私たちに問いかけている、
彼らの死は決して過去の暗黒に沈み去るわけではない。
彼らの死の意味を私たちは問い続けねばならない。
私たちが彼らの死に負うべき責任を考え続けねばならない。

私たちは忘れやすい。忘れやすいからこそ
私たちは彼らの慟哭する声に耳を傾けねばならない。

潮でずぶ濡れになった男たち、女たちが
一人、また一人、重たげに足をひきずり、
海から陸へ上ってくる。昨日も、今日も、明日も、
そして彼らは大地を叩いて慟哭し、慟哭してやまない。

このような幻想的、技巧的な詩は、たとえば照井翠の直接的な悲しみを手ざわりで感じさせる作と比べて、よほど感銘に乏しいといわざるをえない。
次に掲げるのは私がお願いして揮毫していただいた句、短歌である。

被曝の牛たち水田に立ちて死を待てり（金子兜太）
秋ふかし閖上太鼓打つはなく人なく瓦礫の中をゆく犬（馬場あき子）

私の手許の資料からは平成二四年の震災展に掲げられたものかどうか明らかでないのだが、私の記憶では次のお二人の句は新聞等に発表されたとき、感心したので、近代文学館事務局か

らお願いして、（あるいは私が直接お願いして）揮毫していただいた作である。

安達太良山笑ふにあらず哭きゐたり（長谷川櫂）
山哭くといふ季語よあれ原発忌（〃）
嘆きにも下萌ゆるものありぬべし（〃）
震災忌悲しみはみな花となれ（〃）
木の芽吹くなか沈黙の大樹あり（〃）

瓦礫みな人間のもの犬ふぐり（高野ムツオ）
始めより我らは棄民青やませ（〃）
夏草や影となりても生きるべし（〃）
梅一輪一輪づつの放射能（〃）
被曝して青を深めて春御空（〃）

高野さんのこれらの句を収めた句集『萬の翅』は読売文学賞をうけたそうである。
岡野弘彦さんからは次の二首を頂戴した。

身にせまる津波つぶさに告ぐる声みだれざるまゝをとめかへらず
したゝりて青海原につらなれるこの列島を守りたまへな

右の第一首は実話として語り伝えられているが、こう詠われると涙を誘われる感がある。

死者、不明者ふと足し算をせしのちに悔ゆれど数の重さ限りなし（栗木京子）
八木澤の醤油は津波に消えしかと煮物食べつつ母のつぶやく（〃）

攫はれて海の人なる死者たちが揺らすなり揺らすなりかなしき夜よ（米川千嘉子）
原野でも荒野でもなく冷えながら土はしびるる空につづけり（〃）

栗木さんの被災者でない者の日常にさりげなく災害の影を落としている作は巧みという他ないし、米川さんの「攫はれて」はことに絶唱ということを躊躇しない。

その他、宇多喜代子、黒田杏子その他の方々から心のこもった作を揮毫していただいているが、紙幅の都合で省くこととする。

また、詩についても、小池昌代、高橋順子、藤井貞和さんらから詩稿を頂戴し、展観したが、俳句、短歌とちがい、いずれも長いので、これらも省略する。

いずれにしても全国文学館協議会の震災展が今後も長く続くことを期待している。

＊

この年五月に岩波文庫で『加藤楸邨句集』が刊行され、私は、依頼されて、その解説を執筆した。その刊行後間もなく、楸邨の長男、加藤穂高さんから突然電話をいただき、はじめて楸邨の俳句がどういうものか理解できたとお礼を言われた。いったい、岩波文庫にはまだ、水原秋桜子、山口誓子等も収められていないし、楸邨の同世代では石田波郷も中村草田男も収められていない。楸邨だけがいち早く岩波文庫に収められたのは、どういう基準によるものか、私には不審だが、私の見方からすれば、楸邨はとびぬけて偉大な存在なので、まず楸邨が収められたことはうれしい限りであった。また、私が解説を依頼されたことも意外であった。私は前年一〇月号の『寒雷』に「器量の大きさ」と題する楸邨追悼文を書いているので、それが岩波文庫の担当者の眼にとまったのかもしれない。私の解説について、多年、『俳句』の編集長をつとめた石井隆司さんが私に、あの解説は俳人の書くものとはまるで違うものですね、と話してくれたことがある。私は俳句の実作者でないので、楸邨の作を読む視点が、あるいは俳人の視点とは違っているのかもしれない。それが穂高さんの眼に新鮮に映ったのかもしれない。その電話をいただいたことが契機となって、私は穂高さん、穂高夫人、楸邨の著作権を管理している末弟の忍さんと面識を得ることとなった。そうした関係で横浜市戸塚の穂高さんのお宅に何遍かお邪魔した。穂高夫妻からお聞きしたところでは、楸邨は句作にさいしてメモ帳のようなものに下書きすることなく、句想がうかぶといきなり半折あるいは適当に裁断した画仙紙に墨書なさっていたという。そのため、初案、推敲句をふくめ、墨書なさった半折ないし適当な寸法に裁断した画仙紙が数百枚残されているという。その一部を私も拝見したが、完成句とみられるが、句集に収められていない墨書された句、二、三〇句を日本近代文学館に寄贈したい、とおっしゃってくださった。私は飛び上がるほどうれしかった。文学館の職員と同行、戸塚の穂高さんのお宅に参上し、二〇句ほどの半折をご寄贈いただいた。

その後も、加藤穂高さんから日本近代文学館は総計一五〇二句に及ぶ膨大な数の未発表句を墨書した楸邨の紙本を寄贈していただいた。このことから、私は句集に収められていない句まで収めた完全な加藤楸邨全句集を刊行したいという思いに駆られることとなった。

*

この年一一月、私は青土社から『樋口一葉考』を刊行した。これより前、日本近代文学館で「樋口一葉展」を開催したさい、私はその監修を引受けた。小川桃さん、西村洋子さんが実務を担当したこの展観はずいぶん見ごたえのあるもので評判もよかった。そのさい、野口碩さんの労作『全集樋口一葉』を読みかえし、読後感を書きとどめたが、放置していた。いわば書き散らしたものなので、刊行する気分にならなかった。たとえば前田愛氏は気鋭の研究者としてその夭折を惜しまれていたが、前田氏の解釈に私はまったく同意できなかった。先学の多くの業績についても同様だったが、私はしいて拙著を世に問うつもりはなかった。しかし、ふとした機会に青土社の清水一人さんに勧められて上梓したが、いまではかなりに愛着と自負をもっている。この『樋口一葉考』における私の理解は前田愛氏その他の先学の解釈と異にするところが多いが、私が間違っているとは思わない。

＊

菅直人の民主党代表としての任期は、任期中退陣した鳩山由紀夫の残存期間に限られていたので、後任に野田佳彦が選任され、平成二三（二〇一一）年九月、野田内閣が発足した。野田は翌平成二四（二〇一二）年一二月、国会を解散し、衆議院を解散、一二月一六日の総選挙の結果、自民党が圧勝、民主党は惨敗した。

次に各党の得票率、獲得議席数を小選挙区と比例代表別に示す。

	得票率（小選挙区）	議席数	得票率（比例代表）	議席数
自民党	43・01％	237	27・62％	57
民主党	22・81％	27	16・0％	30

維新の会	11・64%	14	20・38%	40
公明党	1・49%	9	11・83%	22

このとき投票率は59・32%であった。この選挙結果について清水真人『平成デモクラシー史』は「自民利した第三極乱立」という小見出しの下に次のとおり記している。

「二者択一型の政権選択選挙のゲームを分かりにくくしたのは、第三極の乱立だ。小沢は「卒原発」論で滋賀県知事の嘉田由紀子を代表に担いで日本未来の党を旗揚げ。橋下・維新は太陽の党と合併し、石原慎太郎を代表に据える。渡辺喜美が率いるみんなの党も含め、どこも過半数の候補者を立てる力量はない。政権獲得へ連立の枠組みを示すわけでもない。」

「第三極は党首の「顔」で売り込み、政党名投票の比例代表で風に乗りたい。比例票を掘り起こそうと、小選挙区にも候補者を立てる戦術を採った。このため、三百小選挙区のうち、第三極同士で競合したのが八十六。自公協力を横目に、民主党と第三極が潰し合ったのが二百六に上った。中小政党でも生き残りが可能な比例代表の事情が、政権を目指す二大勢力の一騎打ちに収束しやすい小選挙区でも多党を乱立させてしまう。複数制度の組み合わせによる「汚染効果」だ。岡田克也は「反自民票が分裂し、自民党が漁夫の利を得ている」とうめいた。

投票率は戦後最低の五九・三二%。小選挙区でも比例でも、自民党の得票数は下野した〇九年を下回った。だが、組織票の重みが増し、人為的な多数派形成力を持つ小選挙区中心の選挙制度の下で、民主党の分裂と第三極の乱立が、自民党に二百九十四議席の大勝をもたらした。」

右の清水真人の解説は選挙結果の分析としてはそのとおりなのだが、民主党の敗北は選挙制度や第三極による分裂だけによるわけではあるまい。私にはそもそも小沢一郎、鳩山由紀夫、菅直人の三人がどうして一つの政党を結成できるのか不可解である。いわば、小沢が分裂を主導したが、そうでなくても民主党という政党は寄り合世帯であり、自民党にとどまることができない政治家と反自民党の政治家たち、また政治家とまでいえない未熟な人々の野合であったようにみえる。

官僚主導の政治から政党主導の政治へ、というスローガンにしても、官僚を使いこなすだけの学識、経験がなければ官僚に侮蔑されるだけで、政治家が主導権をとることは到底できない。未熟で学識も見識も乏しい政治家志望者たちの集団のリーダーが、たとえば菅直人のように、組織のリーダーの経験のない在野の人材であったばあいでも、組織を統率する力量がないことは政党の代表として致命的である。

東日本大震災、東電福島原発事故に対する民主党の対応が拙劣であったと批判されるけれども、あれほどの未曾有の災害にさいし、自民党ならもっと手際よく対応できたとは私は思わない。政官民あげて右往左往し、その場しのぎの対応に終始せざるをえなかったからといって、誰も責めることはできない。

要は民主党のような寄り合世帯で、足を引張り合う政党に属する政治家たちは、ごく一部を除いて、国会における答弁や政党間の討論をつうじ、国民をふかく失望させた。こういう人々に政治を委ねるわけにはいかない、と多くの有権者が民主党を見捨てたのであった。私はこれが民主党の敗北の理由だと考える。

ただ、私は右の選挙にさいしても、比例代表において民主党が16・0%の得票率をえていることに注目する。この投票をした人々は、民主党に失望していたであろう。それでも、自民党に投票しない。確固たる反自民党票というものがある。私はこういう有権者に期待している。

最後にくりかえせば、投票率は有権者の六割に足りず、自民党、公明党の得票率は合計しても、その投票者の四割強にすぎない。いわば、自民党政権は有権者の四分の一ほどの支持しか得ていないのであり、民意を反映しているとは到底いえない。民意のほぼ四分の三は無視されている。私は何としても小選挙区制に賛成できない。

ところで、この選挙に先立ち、自民党の総裁選が行われ、安倍晋三が総裁に選出されていた。そこで、この選挙の結果をうけて、安倍晋三が内閣を組閣することとなる。

＊

安倍晋三はいわゆる「三本の矢」によるアベノミクスといわれる政策を提唱し、実行した。三本の矢の第一本目は大胆な金融政策であり、これはしばしば異次元の金融緩和といわれた。これは二年で物価上昇率二%を達成することを目標とした。二本目の矢は機動的な財政政策である。三本目の矢は民間の投資を促す成長戦略である。

たまたま令和元（二〇一九）年六月一二日付『朝日新聞』朝刊にアベノミクス六年の成果を検証しているので、以下、この記事にもとづいて、検討し、私見を述べることとする。

『朝日新聞』はまず次のとおり総括している。

「アベノミクス最初の「3本の矢」は、輸出企業の業績改善や株高などの恩恵をもたらした。ただ、それは大企業や富裕層に偏る。政権が狙った、景気拡大や値上げの効果の庶民や地方への波及は不十分なままだ。最大の目標のデフレ脱却にはまだ届かず、長期にわたる政策のひずみもところどころに出始めている。」

右にいう「3本の矢」が「輸出企業の業績改善や株高などの恩恵をもたらした」というのは「3本の矢」によるというよりは、異次元の金融緩和による為替相場の円安誘導と金余りが株式市場に流れたためではないか。

次に「金融緩和」については次のとおり記述している。

「「これまでとは量的にも質的にも次元が違う」。2013年4月、安倍政権に任命された日本銀行の黒田東彦《はるひこ》総裁は「1本目の矢」となる新たな金融緩和策の導入を宣言した。デフレ緩和に向けて物価上昇目標「2%」を2年間で達成するとし、常識外れの資産買い入れ策が始まった。

大量のお金を市場に流し込んで金利を抑え、企業や個人の使うお金を増やす。企業業績や賃金アップにつなげ、さらなる消費活性化で恩恵を広めていく――。こんな好循環をめざすアベノミクスの出発点だ」とある。

ここで思いだすことだが、黒田の前任者であった白川方明日銀総裁は、私の理解する限り、金融政策だけで物価上昇率を二年間という短期間内に二%にすることにきわめて懐疑的であったため、不本意ながらほぼ安倍の意向と妥協した共同声明に署名した上で、四月の任期満了を待たず、二月一九日に辞表を提出した事実である。白川が懸念したとおり、二年どころか六年経っても、この目標は達成していない。

続いて『朝日新聞』は「1カ月後に円相場は約4年1カ月ぶりに1ドル100円台の円安水準をつけ、日経平均株価はリーマン・ショック前の1万4千円台まで回復した」と記し、「日銀の今年3月末のETF保有額（時価ベース）は約28兆9千億円と、東証1部の時価総額の4・8%を占める。今のペースで買い続けたら、来年には日銀が「日本株の最大保有者」になる」といい、「大量の「緩和マネー」は不動産市場にも流れ込んだ」として、「株や不動産を持つ人々の資産はさらに増え、企業の業績が上向いたのに中低所得者への恩恵がひろがらない大きな要因の一つ」に企業がもうけをためこみ、その「内部留保は446兆円で6年間に約164兆円増えた一方、物価変動の影響を除いた実質賃金は「アベノミクス」の6年間のうち4年がマイナス」「所得に占める税や社会保障費などの19年度の「国民負担率」は12年度より3・1ポイント高い、42・8%に上がる見通しだ」という。

二本目の矢である「財政出動」については、『朝日新聞』は次のとおり記している。

「『2本目の矢』は『機動的な財政政策』だ。1本目の矢による好循環が実現するまで景気を下支えする役割で、政権を奪取した直後の13年1月にはインフラ整備など総額20兆円規模の緊急経済対策を打ち出し、13兆円の補正予算を組んだ。

金融緩和と合わせたスタートダッシュは、経済を刺激する一定の効果があったとの評価がある。しかし、14年4月の8％への消費増税で消費が落ち込むと、安倍首相は15年10月に予定していた10％への消費増税を延期。16年にも増税をまた延期し、事業総額28兆円の経済対策を打った。

当初は、経済成長で税収を増やして財政も健全化させることを狙ったが、年金や医療などの社会保障費が膨らむ中で借金に頼る構図は続いた。国と地方の長期債務残高は、19年度末に1122兆円（同198％）に達する見込みだ。

だが借金頼みはいつか限界がくる。国民を待つのは『負担の増加』か『受益の縮小』の二者択一だ。問題になった金融庁の『老後2千万円不足』報告書は、給付より負担の抑制を優先した年金改革の結果でもある。

政府内からも『景気が良い間にやるべき改革ができなかった。大きな経済危機や災害が来たとき、十分な対応を打てる財政的な余地がなくなりつつある』と懸念する声が出ている。」

第一、第二の矢の結果は悲惨だが、第三の矢はさらに深刻である。『朝日新聞』の記事を見ることにする。

「「3本目の矢」の「成長戦略」は、1、2本目の矢で景気を下支えして時間を稼ぐ間に、日本経済を成長軌道に戻して加速させる役目だ。18年度末時点で152の数値目標を掲げており、30年に5~7割をめざす次世代自動車の国内販売比率などは「A」評価とする。ただ順調に進んでいるのは51項目にとどまり、日本経済の「実力」を示す潜在成長率は18年は1・1%(内閣府調べ)とあえぐ。

難航する代表例が、原発の海外輸出だ。英国での日立製作所の計画は今年1月に凍結が発表され、官民で手がける計画は事実上すべて頓挫した。

官民ファンドも成果が乏しい。「優等生」とされる旧産業革新機構(現INCJ)は、日立製作所、ソニー、東芝の液晶事業を統合し、2千億円を出資して12年に「日の丸液晶会社」ジャパンディスプレイをつくったが、18年度まで5年連続で純損益の赤字を計上。いまや債務超過寸前だ。」

いまやわが国における物作りはお先真っ暗である。『朝日新聞』はふれていないが、IT分野においても、EVについても、その他の新たな産業に日本企業はどれだけ挑戦しているか。日立製作所の原発輸出に至っては、先進諸国が脱原発に向かっていることを考えれば、発想自体常軌を逸している。

『朝日新聞』は結びともいうべき「視点」という欄に、「2%の物価上昇目標の達成は遠い。

実質賃金はわずかな物価上昇分もはね返せずに伸び悩む。アベノミクス最大の成果と見られてきた雇用の改善も、日本を覆う、より深刻な人手不足の裏返しでもある」と記し、「米中の貿易摩擦の激化などで世界は景気後退の懸念に直面する。円安基調にも変化の兆しが見え、追い風はやみかけている」と警告している。安倍政権、アベノミクスの六年は、たんに異次元に金融を緩和し、格差社会をもたらしたが、産業が停滞し、世界の技術の進歩・発展からとりのこされた時代であった。

アベノミクスをはじめて耳にしたとき、私は、金融緩和で産業は再生しない、むしろ第三の矢が重要なのだと感じた。第三の矢の主体は国や自治体のインフラ整備のための出費に頼るべきではない。民間企業の設備投資を基礎としなければ、日本産業が立直れないと感じた。

いま私たちが必要としているのは本田宗一郎、井深大のような企業家である。創意に富み、想像力豊かで、新しい事業へ挑むことに躊躇しない経営者である。企業がもっぱら企業内に儲けをためこんでいるという。そういう創造力のないサラリーマン経営者だけを戦後の日本は育ててきたのだ。

憲法改正を考える前に、当時の首相安倍晋三はどうして日本の経営者が新しい事業のために投資しないのか、考えてもらいたいと私は考えていた。

私が気がかりに感じている問題は、この異次元金融緩和政策はいつ終るか、その終るさいにどういう混乱がおこるか、である。これは「出口」問題として議論されているようである。

アベノミクスを支持していると思われる野口旭『アベノミクスが変えた日本経済』は「出口」に問題はないという。同書は二〇一六年九月に日銀が、一〇年物国債の金利をゼロに誘導する長期金利操作政策を導入したが、「これは、同年一月のマイナス金利政策の導入以降にマイナスの領域に落ち込んでいた長期国債金利を引き上げ、イールドカーブをスティープ化させることを狙ったものであることから、イールドカーブ・コントロール政策、略してYCC政策と呼ばれた」と説明した上で、次のとおり説く。

「日銀はおそらく、外的な状況が劇的に変わらない限り、そのYCC政策の枠組みを維持しようとするであろう。うまく機能しているものをあえて変更する必要はないからである。そして、それが本当にうまく機能しているのであれば、それなりの時間はかかるにしても、やがては完全雇用が達成され、賃金と物価が上昇し始めることになる。インフレ率はその時、一時的には目標とされている二%をオーバーシュートするかもしれない。その場合、日銀はまずは、現在はゼロとされている長期金利目標を徐々に引き上げることによって、インフレ率の加速を抑制することになるであろう。」

私には筆者の論旨が理解できたとは思われないが、結局のところは、黒田日銀が現状の政策を続ければ「出口」問題はおこらない、と言っているようにみえる。

しかし、異次元緩和により市場に放出された莫大な資金が問題なく収拾されるとは信じられない。その結果として生じる金融界、株式市場、不動産市場等の混乱を想像すると、それこそ革命に近い事態となってもふしぎはない、と私は感じている。

15

平成二五（二〇一三）年に入っても、私は依然として『ユリイカ』に「人生に関する断章」という題で気ままな文章を連載していた。「『孟子』について」「「平家物語」について（その一）」「「平家物語」について（その二）」「建物あるいは住居について」「「平家物語」について（その三）」「「平家物語」について（その四）」「『近代秀歌』（永田和宏著）について」「「平家物語」について（その五）」「「保元物語」について」「ミュージカル『レ・ミゼラブル』について」「「平治物語」について」「漱石の書簡について」。以上が平成二五年一月号から一二月号まで連載した文章である。このうち、「「平家物語」について」五回と「「保元物語」について」「「平治物語」について」をあわせて『平家物語を読む』と題して青土社から翌平成二六（二〇一四）年一一月に刊行した。私のこれら軍記物語について書いた文章はもちろん研究書でもないし、解説書でもない。むしろ「平家物語」などを読んで私が覚えた感興を読者にお伝えしたいと思って書いたものである。

一方、永田和宏『近代秀歌』は一読したところ、私には誤りとしか思われないかなりの数の記述に気づいたので、このような著述が岩波新書のようにひろく普及される刊行物として出版されることは読者に害を与えると考え、それらの誤りと私が考える箇所を指摘したのであった。その後、増刷され、私が指摘した誤りの中一箇所だけ訂正し、他は訂正されることなく、今日も流布している。永田さんはその一箇所を除いては誤りではないと考えているのかもしれない。どうであれ、岩波新書のような啓蒙書のばあいには読者の手引きにすぎないのだから、正誤の判断は、もし読者が専門的に読むようになったら判明することであり、そうでない限り、誤りがあっても差支えない。こうした誤りをとり立ててあげつらったのは、いわば私の永田さんに対する大人気《おとなげ》ない嫌がらせにすぎなかった、と反省している。

*

そのころ、私はある訴訟手続に私の弁護士の生涯の最後となる渾身の力をふりしぼった努力を注いでいた。

訴訟の原因は私共の事務所の過誤にあった。事案の詳細を説明してもかえって理解しにくいと思うので、簡略化した例で私共の事務所が冒した過誤を説明することとする。たとえば化合物Aと化合物BまたはCとを反応させて得られる生成物から成る抗癌剤について発明したと考え、その発明について特許を出願したとしよう。審査の過程で、化合物Aと化合物Bとを反応させて得られる生成物から成る製剤は抗癌剤として効果があるが、化合物Aと化合物Cとを反応させて得られる生成物から成る製剤は抗癌剤として効果がない、ということを審査官が指摘し、私共の事務所としても納得し、特許請求の範囲を、化合物Aと化合物Bとを反応させて得られる生成物から成る抗癌剤、に減縮する旨の訂正書を提出すれば、そのような抗癌剤について の発明について特許が許可されることになっていた。

ところが、私共の事務所の担当者が錯覚し、特許請求の範囲を、化合物Aと化合物Cとを反応させて得られる生成物から成る抗癌剤、と訂正する旨の書面を提出した。審査官としては、一見すれば過誤に気づいて、特許付与を拒絶する旨を通知するのが当然の手続である。私共の甘えといえば、それまでだが、そのような通知に代え、非公式に私共の事務所に連絡し、訂正書に過誤があるのではないか、と注意してくれてもよかったのではないか、と思われる。

ところが、審査官は、化合物Aと化合物Cとを反応させて得られる生成物から成る抗癌剤、について特許を許可する旨の特許査定という行政処分をしたのであった。化合物Aと化合物Cとを反応させて得られる生成物から成る抗癌剤は効果がないことが判明しているから、そういう特許を許可してもらっても、私共の依頼者である出願人企業としてはまったく意味がない。私共としては行政処分の取消を求める訴訟の提起を余儀なくされた。

審査官が代っていたわけではない。この特許査定をした審査官は、それまで審査し、化合物Aと化合物Cとを反応させて得られる生成物から成る抗癌剤は効果がなく、したがって特許を許可することができないことは熟知していた審査官であった。このような抗癌剤について特許が許可できないことは一見すれば明白なことであり、審査官が実質的に審査していれば、特許を許可することはありえなかったから、審査官は審査をすることなしに特許を許可する旨の査定をしたのであり、したがって、審査官は審査をしなかった違法を冒したものであり、違法な行政処分としてこの特許を許可する旨の査定は取消されるべきである、ということが私共の主張であった。

私共の依頼者企業は実質的に効果のない、化合物Aと化合物Cとを反応させて得られる生成物から成る抗癌剤について特許を付与してもらっても、実質的に何の利益もないから、こうした過誤を冒した私共の事務所に対し損害賠償を請求することは確実であった。抗癌剤に関する発明だから、実質的に意味ある特許が得られないならば、その企業が蒙る被害がどれほど莫大になるか、見当がつかなかった。損害賠償責任を免れるためにも、私共としては何としても、この行政処分取消訴訟に勝訴し、特許査定を取消してもらわなければならなかった。

私だけではない。私共の事務所の主要な弁護士が衆知をあげて、説得力のある書面の作成、裏付ける審理経過の説明にある限りの力を尽くした。

翌平成二六（二〇一四）年六月、知財高裁は、私共の請求を棄却し、私共は敗訴した。その理由は、審査官が、私共の提出した、内容に過誤のある書面を審査した、と証言している、というだけのことであった。審査をしたなら、何故一見明白な過誤に気づかなかったのか、というような問題にはふみこんでいなかった。この点については一言の判断も示していなかった。

木で鼻をくくったといわれるような、不親切で、まるで説得力のない判決であった。

この事件の判決について私がどうしても納得できないことは、化合物Aと化合物Bとの反応によって得られる生成物から成る抗癌剤が特許発明として保護に値する発明であることを、特許庁も知財高裁も熟知しながら、化合物Aと化合物Cとの反応によって得られる生成物から成る抗癌剤、という保護に値しない発明に対する特許査定を維持することにより、真に保護に値する発明を保護することよりも、審査官が審査をしたという証言を採用することにより、特許庁、審査官の顔を立てることを重視したことにあり、特許制度の目的が特許に値する発明の保護にあることを無視したことにある。およそ証言台に立った審査官が、あなたは審査をしたか、しなかったか、と質問されれば、その職責上、審査した、と回答するのが当然であり、それならどうして特許査定したのか、という質疑応答にふみこまない限り、審査官に対する証人尋問は意味がない。こんな判決をうけるために私たちはどれほど空しい努力をしたのか。判決を検討した後、私たちはつくづくふかぶかと嘆息したのであった。

いったい、わが国特許法四九条柱書は「審査官は、特許出願が次の各号のいずれかに該当するときは、その特許出願について拒絶をすべき旨の査定をしなければならない」と規定しており、特許出願の審査は、特許適格を有する発明を見出すことにあるのではなく、ひたすら拒絶理由を発見するために行われるとされているようである。この十年ほど、あるいはそれ以前から、プロ・パテントと声高にいわれているけれども、特許庁の実務はもっぱら拒絶理由を探しだすことにあり、特許適格を有する発明の存否はどうでもよい、というのが特許庁の姿勢なのではないか。ここで私が説明してきた事件に対する特許庁、知財高裁のとりくみ方はこうした姿勢の反映なのではないか。

付言すれば、こうした私共の過誤により行政訴訟を提起したのは、私が弁護士登録をして以後、わが事務所ではこれが唯一である。このような過誤により依頼者が蒙る損害を賠償するための保険制度が設けられており、私共の事務所も保険に加入していたので、保険に頼ることもできた。しかし、私共は依頼者との間で話合の結果、保険に頼ることなく、私共の事務所が受け入れる水準の損害賠償額を支払うことで、依頼者との間は解決した。

＊

飯島耕一が平成二五（二〇一三）年一〇月一四日に他界した。享年八三歳であった。翌平成二六（二〇一四）年五月三〇日には粕谷一希が他界した。享年八四歳であった。飯島とは彼の最初の詩集『他人の空』を贈られたときから、その卓越した才能を認めていたので、生涯親しかった。ただ、中年以降、彼の関心が多方面に拡散し、本人だけが面白がっているような感があった。粕谷はいうまでもなく『中央公論』の名編集長として多くの気鋭の論客を論壇に送りだした。それだけに知識が該博、論理明晰だった。彼は私の都立五中（現在の小石川高校）の後輩で、高橋英夫さんと同級であった。中央公論社を退社後『東京人』という雑誌を創刊した。

当初は東京都の財政的援助もうけ、『ニューヨーカー』に対抗するような雑誌にするつもりだったようだが、しだいに観光ガイド誌のようになり、東京都からの支援も打切られ、採算をとるのが難しくなってきた。私は彼が晩節を汚さないよう、早く『東京人』から手を引くことを勧めた。その結果、彼は『東京人』の編集、刊行、経営に関与しないこととなった。『東京人』はいまも刊行され続けているが、現在は彼の娘婿の経営であり、活字離れの時代、苦労しながらも、刊行を続けている。

そういえば、平成一八（二〇〇六）年六月に他界した清岡卓行は享年八三歳であった。八〇歳代の前半は多く人がこの世を立ち去っていく時期であり、その一山こすと私のように九〇歳を越すまで生きることになるのかもしれない。

*

平成二六（二〇一四）年、アベノミクスが始まって間もない五月、内閣人事局が発足した。この結果、各省庁の幹部職員六〇〇名の人事権は内閣府、つまりは首相が持つことになった。官僚の中立性、自律性の観点からみて、この法律改正によって、幹部公務員は首相の指揮命令下におかれることになるので、憲法一五条二項に定める「すべての公務員は全体の奉仕者であつて、一部の奉仕者ではない」という規定に反し、違憲であると私は考える。しかも、安倍晋三首相は経済財政諮問会議をつうじて政策の支配権を有しており、その上内閣人事局により人事権も手中にし、完全に官僚を支配下においたのである。その違憲をいうものはいないようにみえる。小選挙区制による利益をえて、有権者の二、三割ほどしか支持していない自民、公明連立政権、ことに安倍晋三首相に一極集中する厖大な権力を付与することは、私には正義に反する、きわめて妥当性を欠くものとしか思われなかった。

*

自民、公明連立政権に対する有権者の支持率に言及したので、先走ることになるが、この年、平成二六（二〇一四）年一二月一四日に行われた衆議院議員総選挙の結果にここでふれておきたい。安倍晋三は消費税を一〇％に増税する公約を二〇一九年に先送りすることとし、その是非を問うという名目で、衆議院を解散、総選挙が行われた。前回、二〇一二年の総選挙のさいの投票率は59・32％、史上最低といわれたが、二〇一四年の総選挙の投票率はこれをさらに下廻る52・66％にすぎなかった。

次に得票率、獲得議席数を小選挙区、比例代表の別に示す。

	得票率（小選挙区）	議席数	得票率（比例代表）	議席数
自民党	48・16％	223	33・11％	68

公明党	1・45%	9	13・71%	26
民主党	22・51%	38	18・33%	35

この結果、自民党の議席は前回の二九五より四議席少ない二九一議席となった。ただし、公明党の議席とあわせて全議席の三分の二の議席を獲得したことに変りはない。

しかし、比例代表についてみると、投票者の三分の一しか得ていないし、有権者数の二割にも達しない。小選挙区の投票率はもっと高いとはいえ有権者の三割に達しない。自民公明両党の得票を合わせても投票者の過半数に達しない。いわば過半数の投票が死票となっている。

小選挙区比例代表並立制といいながら、比例代表により選出される議席数が小選挙区制の弊害を是正するのにまったく役立たず公明党、共産党といった少数党が議席を確保するのに役立っているにすぎない。

立憲民主党等が選挙制度の改正を提唱しないことが、私にはふしぎで仕方ない。

*

この前年、平成二五（二〇一三）年、私は主としてこの年（平成二六年）九月に青土社から刊行した『芥川龍之介考』の執筆に時間と労力を費していた。前年一一月に群馬県立土屋文明記念文学館で日本近代文学館が収蔵している芥川龍之介関係資料により芥川展を催したさい、依頼されて講演をしたことが契機になり、その講演原稿を作成した。この原稿を執筆した後、引き続き私の芥川龍之介観をまとめておきたいと思った。『芥川龍之介考』は「初期作品考」「王朝小説考」「切支丹小説考」『侏儒の言葉』考」「晩年の作品考」「詩歌考」という分野別に私の芥川の作品に関する解釈を記したものである。『芥川龍之介論』と題しなかったのは、多くの研究書の論述をふまえて、芥川龍之介の全体像を描いたものではなく、三好行雄の芥川論などに対する私の異説を述べているとはいえ、私の読書ノートの域を出るものではないと考えたからである。ただ、いまから思えば、もっとしっかりと先学の論考と比した私見を記した全体像を書けばよかった、と思い、中途半端な著述を刊行したことを後悔している。なお、この年には私は事務所に出勤して弁護士として執務することは原則として週二日にしていたので、時間に余裕があっただけに残念である。いったい、私が四〇代から七〇代にかけて書いた評論の類は、ひどく多忙だった弁護士業務の余暇に書きとばしたものばかりなので、読むに耐えるものはほとんどないはずである。

*

この年にも私は『ユリイカ』に「人生に関する断章」と題する、とりとめない雑文を連載していた。「『愚管抄』について」「芥川龍之介の詩歌について」「『吾妻鏡』・北条義時について」「『承元記』・後鳥羽院について」「京極夏彦『遠野物語 remix』について」「ケヤキあるいは樹木について」「氷川神社について」「靖国神社問題について」「石川啄木・ローマ字日記について」「イザベラ・バード『日本紀行』について（その一）」「同（その二）」「心平庵あるいはパブリシティ権について」が一月号から一二月号までに発表した文章の題である。

このうち、「京極夏彦『遠野物語remix』について」は、たまたま同書を手にして、これは柳田国男『遠野物語』に対する著しい冒瀆だと思った。憤慨のあまり、筆を執ったのだが、このような著書は無視すればよいのであって、しいて採り上げて批判するまでもないものだ、といまとなっては後悔している。

右の連載は翌平成二七（二〇一五）年一二月に『古今周遊』と題して青土社から刊行されたが、『近代秀歌』（永田和宏著）について」や「京極夏彦『遠野物語remix』について」など、執筆、公表すべきではなかったと私が反省している文章は別として、その他は一応読むに耐えると考えている。とりわけ、「『承元記』・後鳥羽院について」と「靖国神社問題について」は一読に値すると自負している。

後鳥羽院については畏友丸谷才一に名著と評判の高い著書があるが、拙著は丸谷とはまったく後鳥羽院に対する評価を異にする。

事実をあげた上で、私は次のとおり書いている。

「こうして臣下の邸を召しあげて御所にするのも異例だが、神社、仏閣に属する田を召しあげて白拍子に下賜するなどというのも言語道断というべきだろう。

奥山のおどろが下も踏みわけて道ある世ぞと人に知らせん

とは後鳥羽院の承元二（一二〇八）年三月、住吉社歌合のさいの作だが、いったい、後鳥羽院はどんな「道」を教えさとそうとしたのか。殺戮こそしなかったけれども、後鳥羽院の院政は不羈放埒、歴代の天皇の中でも特筆すべき愚帝であったと私は考える。」

また、丸谷は次のように書いている。

「承久の乱といふ事件はいかにも謎めいてゐる。『承久記』を読んでも『吾妻鏡』その他に当たつてもすこぶる要領を得ないのである。北条氏が証拠を湮滅《いんめつ》したのではないかと保田は疑つてゐるが、その種の作業はもちろんしきりにおこなはれたものに相違ない。だが、たとへかずかずの記録がそつくり残つてゐても、この事件の本質についてはさほど多くを教へてくれないだらう。この反乱の最も重要な部分は後鳥羽院といふ一人の天才の妄想に属してゐるからである。彼はそれを長い歳月にわたつて心に育て、その結果、久しい以前から隠岐に流されることを夢み、さらにはその事態に憧れてゐたやうにさへ思はれる。わたしに言はせれば、そのやうな夢と憧れを後鳥羽院がみづから打明けてゐるのである。

『夫木和歌抄』巻第十九に、

あはれなり世をうみ渡る浦人のほのかにともすおきのかがり火

といふ後鳥羽院の一首がある。第一句「あはれなり」のあ、第二句から第三句へかけての「うみ渡る浦人」のう、そして第五句「おき」のお、三つの母音をこの上なく効果的に据ゑた秀歌だけれども、『後鳥羽院御集』にも『後鳥羽院御百首』にも見えないし『新古今集』にも収められてゐない。」

この丸谷の文章を私は次のとおり批判している。

「小説家の豊かな想像力には感嘆するけれども、後鳥羽院に流罪願望、ことに隠岐への流罪願望があったと解するのはあまりに根拠に乏しいのではないか。」

私は丸谷が「あはれなり」の一首を根拠として隠岐への流罪願望をいうのはこじつけにすぎないし、根拠に乏しい、と指摘したのである。その上で「あはれなり」を秀歌と評価するのは妥当とは思わない、と述べ、私は次のとおり続けている。

「丸谷は「妄想」というけれども、後鳥羽院が野望を燃やしたのが地頭職の任免権を幕府からとりあげること、ないし停止し、天皇の権力を確立することにあったことは疑いない。しかし、自尊心、倨傲、野心はあっても、後鳥羽院はどのように戦うべきかを知らなかったし、誰に教えを乞うこともしなかったし、軍勢を指揮すべき大将軍を任命することもしなかった。あまりに暗愚な帝王であった。その暗愚を丸谷は妄執といいかえているにすぎない。」

「靖国神社問題について」で、私は石川達三の南京攻略下のルポルタージュ「生きてゐる兵隊」に南京虐殺が生々しく記されていることを指摘し、元最高裁長官石田和外の挨拶を引用、とりわけ「祖国のため一命を捧げて戦場に消えた二五〇万の方々の、その尊い英霊。現在実現している、この平和と繁栄は、この尊い礎の上にでき上ったものであることを忘れてはならない筈です」という一節に注目する。

戦争の犠牲になったのは軍人だけではない。広島、長崎の原子爆弾による死者、沖縄戦や東京大空襲その他の無差別空爆による死者の礎の上に今日の平和と繁栄があるといえないのと同様、戦地における戦死者の礎の上に今日の平和と繁栄があるといえない。そういう意味で石田和外の見解は間違っている。「聖戦」の名の下に、正義に反する戦争の犠牲となった人々を私は哀悼してやまない。しかし、客観的にみて、彼らの死はまったく無意味であった。無意味だったからこそ哀悼の思いはいっそう強いのだが、だからといって、日本の敗戦後の復興と彼らの死とは関係ない。なお、戦後の日本の復興、発展の契機となったのは主として朝鮮戦争、ベトナム戦争によるアメリカ軍に対する特需であったと私は考えている。

これまで靖国神社に合祀された者たちの中、納得できないのは蛤御門の変の長州藩の戦死者、久坂玄瑞らである。彼らは明らかに「朝敵」であったが、合祀され、天皇を守るため彼らと戦った会津藩の戦死者は合祀されなかった。また、桜田門外の変における殺害者をふくむ天狗党の水戸藩士関係者千四百余名も合祀されている。

反面、沖縄戦のひめゆり部隊の死者をはじめ、民間人犠牲者は合祀されないし、キリスト者のように合祀を望まない人も合祀されている。靖国神社に祀る、祀らないは、まことに無原則、無規律なのである。

靖国神社に八月一五日に、あるいは別の日に参拝するわが国の総理大臣や大臣はかなりの数に達する。私には彼らの論理はまったく理解できない。彼らはアジア・太平洋戦争において中国等に侵略したとは考えていないのではないか。侵略したと考えているとすれば、侵略された国々、ことに中国が、政府も国民も、侵略の指導者であった人々を祀った靖国神社にわが国の総理大臣や閣僚が参拝するのを不快に感じ、苦情をいうのが何故なのか、理解できないのが、私には何としても不可解である。

そのようなことを私は「靖国神社問題について」に書いている。

＊

この年一〇月八日、私共の事務所は創立百周年の祝賀会を東京會舘で開催した。

私の恩師中松澗之助先生の父君中松盛雄先生が特許局長を退職し、中松特許法律事務所を三菱二十一号館に開設してちょうど百年になるということであった。私が昭和二七（一九五二）年に弁護士登録して中松先生のご厄介になることになってから六〇余年経っていた。その間、中松先生の突然の死去にともなう再建をはじめ、さまざまの体験を経てきた。省みて苦労が多かったし、百年を祝うという気分には遠かった。祝賀会といえば、依頼者の方々、特許庁、裁判所の方々をお招きしてお礼を申し上げることになるが、私はそうした方々との社交的会話を好まない。私にはこの年を待つことなく、多年事務所に尽力してくれながら退職した方々、死去した方々を懐しむ気持がつよかった。

私個人としては、欧米のいくつかの都市で日本の特許・商標出願や知的財産権訴訟のセミナーを開くこと、また、日本企業の依頼者のために内外の知的財産権の問題についてシンポジウムを開いたりする方が、一夕の祝賀会を開くよりもよほど有益だと考えていた。私は小心で臆病なので、これまでどうにか事務所はかなり順調に仕事をしてきたけれども、今後はどうなのか、将来の経営はどうなのか、事務所全体として人員が多すぎるのではないか、など心配のタネは尽きなかった。

そのため、祝賀会の催しには反対だったが、大勢は如何ともしがたかった。

盛大に祝賀会が催された。来賓の方々も祝ってくださり、招かれたことを喜んでおいでのようであった。これはこれでいいのだ、と来賓の方々や事務所の同僚たちの間を右往左往しながら、私は諦めていた。

考えてみると、過去をふりかえるよりも未来を見よう、ということが私の信念、信条なのだが、反面でこうした文章を書いて過去を回想している。たしかに私はずいぶんと恵まれた生涯を送ってきたが、それでも悔いは少なくない。

この年一二月九日、私は中外製薬の研究倫理委員会に出席、このときを最後に委員長を退任し、一二月一一日にはお別れのランチパーティを開いていただいた。

この役職は私の弁護士としての仕事や文学関係の仕事とはまったく関係のない、異質のことであり、しかも私が興味ふかく、ずいぶんと情熱を傾けて相当期間続けたことなので、まとめて記しておくこととする。

*

ヒト由来試料を用いたすべての研究について、世界医師会の「ヘルシンキ宣言」をうけて、厚生科学審議会の「遺伝子研究に付随する倫理問題等に対応するための指針」（平成一六年四月二八日付）および科学技術庁からの「ヒトゲノム研究に関する基本原則について」（平成一二年六月一四日付）が公表されたため、日本ロシュ株式会社研究所は「血液、組織、細胞、体液および排泄物やこれらから抽出された核酸」などの「ヒト由来試料」を用いた試験について研究倫理審査委員会の事前、事後の審査を行うこととした。

右記の指針は平成一三年三月二九日付で文部科学省、厚生労働省、経済産業省の三省定義の「ヒトゲノム・遺伝子解析研究に関する倫理指針」として公表され、ふつう三省指針と呼ばれることになり、その後何回かにわたり改正されている。

私はかつて『私の昭和史　完結編』下巻、第二三章三八一頁以下にヨーロッパの某製薬会社

Y社の代理人として日本の甲製薬会社に対して仲裁を申し立て、請求金額の全額の損害賠償を命じる仲裁裁定を得たことを記した。このY社とはスイスのホフマン・ラ・ロシュ社（以下「ロシュ本社」という）である。ロシュ本社は日本に日本ロシュ株式会社と称する子会社をもち、研究所をもっていた。

日本ロシュ研究所の有沢幹雄研究所長はかつてロシュ本社が甲社に対して仲裁を申立てたさい、主任研究員として私に技術的助言をし、その他さまざまに効果的な協力をしてくださった方であった。その有沢さんが研究所長になっていたときに三省指針が公表され、日本ロシュとしても三省指針に適合する研究倫理審査委員会を設ける必要を生じたので、私の知恵を借りたいということになった。

三省指針に沿う研究倫理委員会が審査をし、許否を決めるには、日本ロシュの組織に合致し、効率的に審査できるような規定を作成しなければならない。通常の契約、規則と違って、モデルになるような規定は世の中に存在していなかった。私が起案し、有沢さんをはじめとする方々と相談して試行錯誤をくりかえして、修正し、出き上った日本ロシュの「ヒト由来試料を用いた研究に関する倫理指針」は次の条項から成るものであった。

第1章　総則：第1条　目的、第2条　対象とする研究、第3条　基本方針（1）から（52）まで、第4条　用語の定義

第2章　研究者等の責務：第5条　すべての研究者等の基本的な責務、第6条　研究を行う機関の長の責務、第7条　研究統括責任者の責務（1）から（17）まで、第8条　研究責任者の責務（1）から（10）まで、第9条　研究担当者責務、第10条　個人情報管理者の責務（1）から（5）まで、第11条　研究倫理委員会の責務および構成（1）から（14）

第3章　試料の取扱い：第12条　ＩＣ（インフォームド・コンセント）、第13条　代諾者によるＩＣ（1）から（5）、第14条　ＩＣの撤回（1）（2）、第15条　研究結果の開示（1）から（6）、第16条　試料の保有・廃棄

第4章　付則：第17条　細則、第18条　本指針の改訂、第19条　実施期日

右とは別に「細則」はもちろん「ヒト由来試料を用いた研究に関する倫理委員会規程」を起案し、有沢所長以下の人々と相談、改訂して最終版とした。この規定の目次は次のとおりである。

「第1条　設置の目的」「第2条　審査の方針」「第3条　審査の決定と答申」「第4条　任命と構成」「第5条　倫理委員会の定員数と議決方法」「第6条　守秘義務」「第7条　開催」「第8条　関係者の出席」「第9条　倫理委員会の審議を必要としない本研究」「第10条　迅速審査」「第11条　実施調査」「第12条　事務局」「第13条　研究計画書の提出」「第14条　書類の保

管」「第15条　公開」「第16条　本規定の改訂」「第17条　実施期日」

書式が公表されているわけではない。三省指針に沿った審査をした上でヒト由来試料を用いた研究をするさい、どのような規定を設けるべきか、研究倫理委員会は具体的にどのように活動すべきか。いわば三省指針を満足する規定を考え、起草し、討論し、最終版を作成することは、私にとってかなり愉しい仕事であった。それは三省指針の枠内であっても、その枠内でどう規定し、どのような規定を設けるべきか、ということはきわめて創造的であったためであろう。

私はこの委員会は二月に一回開かれていたように記憶していたが、まさにそのように規定されていた。また、事務局といえば、日本ロシュにおける発足当時の関根護君の努力が忘れがたく、温厚な人格を懐しく思いだす。また、ロシュ本社が中外製薬を合併し、日本ロシュが合併会社に吸収されて以降、旧中外側の研究責任者をつとめた小野間美都さんの有能で迅速な理解力、上手な分りやすい説明、調和のとれた人格も感銘ふかく憶えている。

研究倫理審査委員会が活動しはじめるためには、事務局としては、①研究許可申請書、②研究計画書、③倫理審査結果報告書、④研究許可書、⑤条件付き許可書、⑥計画変更の報告書、⑦不許可書、⑧研究終了・中止報告書、⑨研究終了・中止に伴う試料と実験データの取扱いの報告書、⑩ＩＣ取得確認書、⑪研究契約書、などの書式を用意する必要があったし、何よりも審査委員会を構成する委員の人選も必要であった。日本ロシュ以外の委員は三名と定めていたが、当初の肩書でいえば、その一人は中島佑東北大教授、もう一人は南知恵子横浜市大助教授が選ばれた。中島教授は薬剤の研究・開発については専門家ではなかったが、遺伝子工学に造詣がふかく、研究内容の理解力にすぐれていたので、事実上は、私は委員長として議事の進行、許可、不許可の決定をとりまとめ、研究内容の倫理的側面については中島教授が肝要な問題を指摘するのがつねであった。中島教授は偉ぶることなく誰も気安く話すことができる温和な方であった。私が委員長を退任した後は後任の委員長をおつとめになったはずだが、当然委員長にふさわしい信望をもっておいでになった。私は中島教授に助けられることが多かった。

そんな準備の後、鎌倉市梶原所在の日本ロシュ研究所で平成一二（二〇〇〇）年八月九日に第一回の審査委員会が開催された。研究所の環境はすばらしく、敷地もひろびろしていたが、交通の便はあまりよくなかった。都心から自動車で一時間以上かかった。

審査の結果は許可するか不許可とするかだけではなく、些細な点については条件を付けて許可することもあり、一部変更しても研究の目的は達成でき、かつ倫理上の問題も解消するものについては計画変更を条件として許可することもあった。私は形式的な厳格な審査をするよりも、フレキシブルな実質的意味のある審査を迅速に行うことを心がけていた。

ところで二年後に中外製薬株式会社をロシュ本社が買収した。中外はロシュ本社の子会社になったとはいえ、社名も従前通り、経営陣も従前通りであり、日本ロシュは中外に吸収合併された。中外は研究所を御殿場にもっていた。そこで、審査委員会は日本橋の中外の本社で開催されることになった。私としては非常に便利になった。ただ、中外の組織に合致するようにするため、倫理委員会の運営方法等、かなりの調整を必要とした。上記の規定も中外の組織に適合するようにかなり改訂された。

私の記憶では、日本ロシュのばあい、すべての研究は所内で行うのが通常であったが、中外のばあい、研究計画の実施は外部の大学や研究所と提携することが多かった。そのために、審査される案件の説明が難しいことがあった。

いうまでもなく、説明が論理的に明晰なこともあり、冗長で的確でないこともある。説明者は申請者だが、中外と外部機関との関係、委託する研究の内容、その研究とヒト由来試料の関係、などそれまでの習慣にしたがっているだけで、充分に理解していないと、説明がしどろもどろになった。そういうばあい、たとえば事務局の小野間さんが私たちに分りやすく説明を補足してくれた。その補足説明によって私たちははじめて理解できることも決して稀ではなかった。

委員会は正午に集合、弁当を供されて一時から審査を開始、午後五時ころまでに二〇件ないし三五件ほどの案件を審理した。三時ころに休憩があるので、一件あたりの審理時間は一〇分かそこらになる。本当に倫理的問題を含むかどうかを検討するのであれば一〇分やそこらでは到底時間が足りない。私が委員長をつとめていた期間、倫理的疑問があるという理由で許可されなかった研究は一件もなかった。一〇分かそこらの時間はほとんど研究の内容、方法等の説明に費されていたのである。

ただ、私としては毎回、こんな方向で研究を指向しているのか、を知ることに興味があったし、研究者の考え方に接することも私にとっては新鮮な経験であった。しかも、一年あまり百数十件の研究を手がけながら、その中どれほどの研究が商品化されるのかについても知りたかったが、あまりはっきりした回答はいただけなかったように憶えている。

この年、私はすでに数え年でいえば米寿であった。翌年一月一七日には満八八歳になる。もう退任すべきだ、と私は決心した。私にとっては稀有の、しかし、興味ふかい仕事であった。

16

平成二七（二〇一五）年一月二三日、安東多恵子さんが亡くなった。故安東次男の夫人である。多恵子さんは桜町高女の出身であり、当時安東次男の教え子であった。青山学院大学に進学し、卒業式の当日、安東の東中野のアパートに押しかけて同棲しはじめた。いうまでもなく両親の許可もなく、兄姉も知らないままに結婚を強行したわけである。

晩年になっても多恵子さんは美貌であったが、同棲しはじめたころは、ことにたおやかでふくよかな美少女であった。一方では映画女優を志し、大映の撮影所に毎日のように通っていた。京マチ子の代役をつとめたことがあると聞いている。体型が似ていたのかもしれない。結局、一年かそこらで女優志望は諦めたはずである。安東が住み、多恵子さんがころがりこんだ東中野のアパートは木造二階建、トイレも調理、洗面の場所もアパート同居者共用であった。そのころは私の生涯でもっとも麻雀に熱中していた時期であったので、しばしばアパートを訪ねて、安東の他、白井健三郎さん、関義さんらと卓をかこんだ。必ず私は勝って、白井さんと一緒に大宮に帰るタクシーの代金は私が支払った。とはいえ、タクシー代も私が安東や白井さんたちからまきあげたものであった。私たちが麻雀の卓をかこんでいる深夜、部屋の片隅で多恵子さんがごろんと横になっていることが多かった。

そういう結婚のいきさつから見て、多恵子さんは決断力と実行力に富み、積極性のある女性だったが、ふだんはやさしく、客によく気を遣う、物怖じしたような態度で私たちに接したので、むしろ弱々しげにみえた。晩年にはバセドー病を主とし、多病だったから、弱々しげに、はかなそうにみえた。

安東の晩年、三ヵ月おきくらいで病院を転々とした間も、ほとんど毎日のように通いつめて看病した。多恵子さんの姉君谷矢悠子さんの子息は読売新聞で要職にあったが、その方の夫人と交替でずいぶんよく面倒をみていた。こっそりと安東の愛人も始終見舞っていたようである。彼はその最晩年までそうした艶聞の絶えない人であった。多恵子さんは愛人の見舞にも気づいていたが、決して口にすることはなかった。「だけど、決して赦してはいないのよ」と話したことがあった。私は彼女を内心如夜叉だと思ったが、彼女はそんな素振りをみせることはなかった。じっさい、安東を看護する態度は、誰よりも、涙ぐましいほど甲斐々々しかった。

一週間近く経った一月二九日、堀の内の斎場で通夜が、翌三〇日に葬儀が営まれた。私が麻雀ときっぱり縁を切った後、世田谷区桜の安東家でしきりに麻雀卓をかこんでいた中野孝次、菅野昭正らは誰も顔をみせなかった。安東次男が威張るのに辟易して安東家から久しく遠ざかっていたのであろう。粟津則雄がずいぶんしおたれた服装で参列していた。あるいは粟津は、私と同様、夫人に先立たれたためかもしれないし、多恵子さんの死を悼む気持が人一倍つよかったからかもしれない。私の二人の娘も通夜に出席した。彼女らは多恵子さんのやさしさにふれていたので、嘆きが通り一遍ではなかった。

やさしさといえば、安東が最初の夫人との間に儲けた長女菜々さんとも、多恵子さんは適度な距離をおきながらも、やさしくつきあい続けていた。同棲、結婚のさいの積極的な行動力からみると、信じられないほど、良家の子女として育てられた躾の良さを身につけていた。彼女の行動の一々にそうした躾の良さがあらわれていた。

＊

『ユリイカ』には前年九月号の「石川啄木・ローマ字日記について」に引続き、「イザベラ・バード『日本紀行』について（その一）」「同（その二）」を一〇月号、一一月号に、「心平庵あるいはパブリシティ権について」を一二月号に発表、この年の一月号、二月号に「P・クロポトキン自伝について（その一）」、「同（その二）」を発表した。「石川啄木・ローマ字日記について」は後に『石川啄木論』に収めたが、「イザベラ・バード『日本紀行』について」と「P・クロポトキン自伝について」は翌年（平成二八年）七月に刊行した『読書の愉しみ』に収めて青土社から出版した。これらはすべて「人生に関する断章」という総題の下に発表されたものだが、いずれも私の読書ノートというべき随筆なので、雑誌等に発表しなかった「柿本人麻呂　石見相聞歌」「源実朝『金槐和歌集』」「加藤楸邨という小宇宙」「太宰治について」の五篇をあわせて、刊行したものであった。

私は濫読のそしりを免れないと自覚しているが、『読書の愉しみ』に収めた文章はじつに統一性のない、私の興味の赴くままに読み、とりあげた書物に関する読後感という感がつよい。ただし「イザベラ・バード『日本紀行』について」と「P・クロポトキン自伝について」を除く文章は、いずれも求めに応じて執筆した、あるいは講演原稿である。

私は弁護士、弁理士という職業上、新聞でいえば、株式の頁を除くすべての頁に、広告も含めて関心があり、そうした関心は、自然科学の著書を別にして、ほとんどあらゆる分野の著書に及んでいる。著書に限らず、新聞広告についていえば、新商品やその広告の方法など私の商標法に関する職業上の関心とふかくかかわっている。もちろん文学について関心がつよいが、多くの関心の一つは明治維新前後に来日した外国人の描いた日本人の生態の記録にある。ただ、これらの多くは、アーネスト・サトウに代表されるように外国人外交官等、役職をもって訪日した人々の記録が多いので、イザベラ・バードのような民間人の見た日本人観察がまことに興趣ふかく思われたのであった。ただ私は講談社学術文庫の翻訳によって執筆したのだが、別の翻訳がもう一種あり、その方が誤訳が少ないが、それでもなお誤訳がある、と原文を添えて山之内正彦さんが教えてくださった。山之内さんのような碩学の士は別として、その程度に私の読後感も正確さが覚束ないとしても、興趣を読者と共にしたい、という私の希望からみれば、誤訳が若干あってもも無視してよいと考えている。

クロポトキン自伝はその波瀾万丈の生涯に驚嘆し、博学多識に驚嘆し、非現実的と思われる夢想的理想主義に驚嘆して執筆したのだが、クロポトキンの思想や生活に共感しない読者も多いだろう。

「柿本人麻呂　石見相聞歌」は集英社文庫版・伊藤博『萬葉集釋注』第一巻の解説として執筆したものだが、私が人麻呂の石見相聞歌、泣血哀慟歌の長歌を愛誦してきた所以を記し、あわせて私が考えている短歌の本質の推論を書きとどめたものである。これら二つの長歌の魅力は伝えられていると私自身は考えているが、短歌が反歌として発生したとしても、独特の発展をしてきたことも間違いないので、私が記したことはその端緒にすぎないことも承知しているつもりである。

「源実朝『金槐和歌集』」は小林秀雄の解釈に対する異論を記したものだが、説得力に乏しいとすれば、私の筆力が小林秀雄に及ばないためであり、この文章に賭けた私の情念が小林秀雄に遠く及ばないためであろう。

「加藤楸邨という小宇宙」は岩波文庫版『加藤楸邨句集』の解説として執筆したものだが、俳句の実作の経験のない私のようなものの方が、かえって実作者よりも楸邨を理解しているのではないか、という自負がないわけではない。

「太宰治について」は三鷹ネットワーク大学における講演原稿である。初版当時から愛読してきた「津軽」を中心に太宰を論じた文章である。私は太宰に対しつよい共感と烈しい違和感を抱き続けて今日に至っているので、このような中途半端な文章でなく、本格的な太宰論を書くべきだと久しく思っているが、もう時間切れであろう。

*

この年『ユリイカ』三月号、四月号に「陸奥宗光『蹇蹇録』について」、五月号、六月号に「マッケンジー『朝鮮の悲劇』について」を連載した。慰安婦問題が提起されてすでに数年経っていた。日韓両国の人々の間で日韓あるいは日本と朝鮮との間の歴史認識が問題となっていた。解説書や啓蒙書が相当数刊行されていたが、私にはそれらから学ぶことはほとんどなかった。私は歴史的証言と思われる記録に直接あたって、私なりに歴史認識を形成したいと考えていた。幸い、陸奥宗光の『蹇蹇録』を私は早くから読んでいたから、私の日韓歴史認識の基礎は陸奥宗光により形成されたといってよい。私は同様の証言にもとづいて日韓関係史を描くことを構想していた。

ところが、右記のとおり四回連載した段階で青土社の社長清水一人さんから、連載はうち切ることとし、書き下しで、その後を書きついで、単行本として早く出版したい、という申し出があった。私は気が小さく、原稿の締切に追われるのが嫌いなので、いつも数回分書きためている。ことに私は吉野作造の『朝鮮論』にふかい感銘をうけていたし、『日本軍「慰安婦」関係資料集成』上下二巻を入手し、拾い読みしていたので、清水一人さんの提案を受け入れることに、どうといった困難も感じなかった。その結果『私の日韓歴史認識』はこの年、平成二七(二〇一五)年七月に早くも刊行された。清水一人さんとしては時流に乗った出版のつもりだったと思うが、まったく評判になることもなく、終った。しかし、これが日韓歴史認識に関する著述としてはきわめて特異であり、たやすく読み通しにくい著述であることは間違いない。

目次を示せば、章題だけで次のとおりである。

「第一章　陸奥宗光『蹇蹇録』」「第二章　マッケンジー『朝鮮の悲劇』」「第三章　吉野作造『朝鮮論』」「第四章　鈴木武雄『朝鮮の経済』」「第五章　パーマー『日本統治下朝鮮の戦時動員』」「第六章　『日本軍「慰安婦」関係資料集成』上・下巻」

ちなみにF・A・マッケンジーはスコットランド系カナダ人、一九〇〇年から一九一〇年までイギリスの「ロンドン・デイリイ・メイル」の特派員であった。パーマーはブランドン・パーマー。コースタル・カロライナ大学教授。一九七〇年生れ。同書と他一書により第一回寺田真理記念・日本研究賞を受けている。

じつは青土社の校閲・刊行の担当者であった郡淳一郎君が作成してくれた目次ははるかに詳細である。全文を紹介するのは煩雑にすぎるので、第三章の内容目次を以下に示す。

「1　吉野作造の朝鮮総督府の失政批判、日本人と朝鮮人の待遇の不平等、言論の自由の抑圧、同化政策の極度に困難なこと、キリスト教宣教師、キリスト教徒対策の誤りなど

2　三・一暴動（一九一九年）、死者七五〇九名に及ぶ弾圧による暴動の収束、水原虐殺、石橋湛山の論評、三・一暴動後の斎藤実総督の文化政策に対する吉野の批判、朝鮮神宮の創建など

3　関東大震災における朝鮮人虐殺、吉野・石橋湛山の論評、吉村昭の記述、萩原朔太郎の詩、吉野が記している流言を盲信した日本人の心理、朝鮮農村の窮乏、その原因としての総督府の施策、朝鮮人労働者の流出、在日朝鮮人の境遇など」

右から察することができると思うが、私は陸奥宗光以下各氏の著書によりながら、これから抜粋し、時に注釈を加え、時に批判して本書を完成させたのである。たとえば、当然のことだが、吉野作造の著書に石橋湛山の論評が引用されているわけではないし、まして吉村昭の関東大震災における朝鮮人虐殺の記述が含まれているわけではない。これらにも言及することによって、私は関東大震災における私たち日本人の犯した朝鮮人虐殺の無残、非人道性を私たちの心にふかく刻みこみたいと考えたのであった。およそ社会的事象に無関心であったと思われる萩原朔太郎さえ『現代』一九二四（大正一三）年二月に次の三行から成る詩を「近日所感」と題して書いている。この詩を引用したのも同じ趣旨であった。

朝鮮人あまた殺され
その血百里の間に連なれり

われ怒りて視る、何の惨虐ぞ

解釈し、注釈し、時に批判しても『私の日韓歴史認識』はあくまで原典主義である。原典に記載された証言にもとづく記述である。手短に読める啓蒙書ではない。売行が良くなかったとしても止むを得ない。しかし、青土社として損失を出すほどではなかったかもしれない、と私は期待している。

さて、従軍慰安婦に関し、従軍慰安婦の募集、斡旋に次の状況があったことをまず説明した。

「主たる方法は斡旋業者が窮乏した農民に数百円の前借金を支払ってその娘を遊郭の抱え主に売り、斡旋業者は前借金の一割程度の斡旋料を受けとり、女性は前借金数百円、契約期間二年ないし三年の契約（売春婦として労務を提供する）を結んで、抱え主の管理、監督の下で働く、という形式である。従たる方法としては、無知な女性あるいはその父母を甘言でつり、誘拐した女性を酌婦、売春婦として売りとばすという形式であり、このばあいでも、売りとばされた女性が買い手である抱え主に前借金債務を負っていることは、前者と変りはない。前者であれば、数百円が女性の父親である農民の手に渡ったが、後者のばあいは、たかだか一〇円、二〇円といった金額で騙されたわけである。」

こうした慣行が制度として公認され、普及していたから、日本陸軍が直接朝鮮の子女を拉致しなくても、斡旋業者、抱え主をつうじ、従軍慰安婦を入手できたので、日本陸軍が直接朝鮮半島の女性を強制的に拉致して慰安婦としたという事実はありえなかった。それ故この問題については韓国の人々にかなりの誤解があると考えている。ただ、朝鮮から中国大陸に連れていくには当然、陸軍が関与したにちがいないし、慰安所の営業は抱え主が行ったとしても、慰安所そのものが軍の監視下におかれており、慰安婦が脱走することはできなかったにちがいない。

私の本書における結論は次のとおりであった。

「日本政府が日韓基本条約の法的効力をあくまでその建前通り押し通すとしても、私たち日本人が植民地支配の責任を認めてならないことにはならない。これは統監府、総督府の失政、私たちが朝鮮半島の人々に抱いてきた差別的意識と待遇、たとえば関東大震災にさいしての在日朝鮮人虐殺等から強制徴用、従軍慰安婦問題等に至るまでの責任を、市民としての私たちが認め、その償いをするのが、私たちの良心の命じるところだからである。私たちがそうした反省に立ってはじめて、和解のいとぐちが見出せるのではないか。」

＊

『私の日韓歴史認識』を右記のような経緯で中絶したので、私は「人生に関する断章」の続きとして西鶴を読むことにした。『ユリイカ』七月号から次のとおり連載した。

「七月号　西鶴『武道伝来記』を読む」「九月号　西鶴『武家義理物語』を読む」「一〇月号　西鶴『本朝二十不孝』を読む」「一一月号　西鶴『日本永代蔵』を読む」「一二月号　西鶴『好

色一代男』を読む」

『ユリイカ』における「西鶴を読む」の連載は右の五篇でうち切ったが、翌平成二八（二〇一六）年五月に『西鶴を読む』と題する単行本にまとめたときには、これらに『万の文反古』『好色五人女』（その一）、同（その二）、『世間胸算用』を加えた。

私はかねてから源氏物語をはじめ王朝文学に親しんできたので、中学五年のころにかいまみただけであった西鶴を一応読んでおきたいと考えたのであった。はじめて『好色一代男』を読み、これほど貧しい作であったのか、と思い知った。『好色五人女』については、採りあげられた五人の女性たちを「好色」とよぶことに疑問をもった。彼女たちの多くは私の眼には可憐で一途なように思われ、新鮮な感動を覚えた。

「武家」物二作については、中学生のころ、武士とはつらいものだと感じた記憶があったが、衆道というものを私は当時まったく解していなかったために、理解が浅薄であったことを知った。それでも、これらの作からは武士がつらく悲しい義務を負う存在であることをあらためて教えられた。

私が読んだ作品の中では『世間胸算用』『日本永代蔵』がじつにすぐれた作品であり、西鶴が不朽の大作家であることをあらためて知ることとなった。これらには確かに「人間」が生き生きと描かれていた。人間のあらゆる生態、感情など、じつに見事に描かれていることに感動し、西鶴が描いた「人間」は私の周辺で生活している人々とまったく変らないことを学んだ。

それにしても、西鶴を読みこなすことは容易でなかった。最近の古典文学大系の類はずいぶん丁寧な語釈がこまごまと付されているので、どうにか読むことはできたとはいえ、読んで理解することの難しさは王朝文学の比ではなかった。江戸弁あり、関西弁あり、武士の言葉があり、商人の言葉があり、武士にしても商人にしてもその地位によって使う言葉が違う。それらを巧みに使い分け、出自、身分などを明らかにし、多くの登場人物の個性を描きだす西鶴の才能に脱帽せざるをえなかった。

それだけに、私が読んだ西鶴の感興はかなりに表面的なものにすぎず、真に西鶴を解するには私の時間が残されていないことを残念に感じたのであった。

*

ところで安保法制改正法案が七月一六日に衆議院で、九月一九日に参議院で可決され、いわゆる２０１５安保体制が成立した。これは木村草太『自衛隊と憲法』によれば「10本の法律についての改正と1本の法律の新設が、一つの法案として提出され」可決されたものであり、著者は「到底一言でまとめることはできません」と書いているが、著者のいう「主要な部分を概説」した記述にしたがって、その内容を見ておきたい。以下はその「概説」の概要である。

（1）　在外邦人の保護

外国に在留する邦人に危険が及んだとしても、かつての自衛隊法で自衛隊に許されるのは「輸送」のみであったが、2015安保体制下では、自衛隊の業務に「外国における緊急事態に際して生命又は身体に危害が加えられるおそれがある邦人の警護、救出その他の当該邦人の生命又は身体の保護のための措置」が加えられた。

（2）平時の米軍などへの協力の拡大

従来、自衛隊は、武器・弾薬などを警護するために武器を使用することができるとされていたが、新法制下では、武器使用の対象を共同で日本の防衛にあたる外国軍あるいは、共同訓練中の外国軍の警護にも広げた。ただし、武器使用は、緊急避難・正当防衛の場合に限定されている。

（3）国連ＰＫＯへの協力拡大

従来、自衛隊が国連ＰＫＯに協力する場合、武器使用には、「自己またはその属する部隊及びその管理下にいる者の生命などの防衛のために必要最小限度で行うこと」とされ、「自己保存型」の武器使用が認められていたが、新法制下では、「業務を行うに際し、自己若しくは他人の生命、身体若しくは財産を防護し、又はその業務を妨害する行為を排除するため」に武器使用が許されることとなった。これを「任務遂行型」の武器使用が認められることとなったという。

（4）外国軍の武力行使に対する後方支援拡大

従来は、日本の周辺地域において、放置すれば日本に直接の武力攻撃が生じる事態、いわゆる「周辺事態」にのみ外国軍の後方支援が認められていたが、新法制下では、「周辺事態」における地理的制約を削除し、「我が国の平和及び安全に重要な影響を与える事態」、いわゆる重要影響事態に後方支援ができることとなった。

また、「国際平和共同対処事態に際して我が国が実施する諸外国の軍隊等に対する協力支援活動等に関する法律」（国際平和支援法）を新設、「国際社会の平和及び安全を脅かす事態であって、その脅威を除去するために国際社会が国際連合憲章の目的に従い共同して対処する活動を行い、かつ我が国が国際社会の一員としてこれに主体的かつ積極的に寄与する必要があるもの」（国際平和共同対処事態）の場合にも、後方支援できることとなった。ただし、国会の事前承認を必要とする。

さらに、従来は、後方支援できる場所は「非戦闘地域」に限られていたが、新法制下では「現に戦闘が行われていない地域」であれば後方支援できることとなった。

また、従来、弾薬の提供、作戦行動発進前の機体への給油は禁じられていたが、これらの禁止は削除された。

（5） 防衛出動の新要件

新法制下では、武力攻撃事態・切迫事態に加え「我が国と密接な関係にある他国に対する武力攻撃が発生し、これにより我が国の存立が脅かされ、国民の生命、自由及び幸福追求の権利が根底から覆される明白な危険がある事態」（存立危機事態）にも防衛出動できることとなった。

私見を加えれば文言上は「存立が脅かされ」とか「明白な危険」といった制約が加えられているけれども、これらは主観的にどのようにも解されると思われる。

このような法律改正により、自衛隊の合憲性にはますます疑問がつよくならざるをえない。私自身は2015安保体制以前から違憲説であったが、合憲説を採ったとしても、新法制下ではその妥当性を論理的に説明することは難しい。憲法改正により自衛隊を憲法上の機関として明記せよといった説が唱えられる所以だが、たんに一、二条の追加、修正ですむことではない。前文から始まる憲法全体の見直しとならざるをえないだろう。私は2015安保体制のような重大な法律改正がさほど社会の注目を集めることなく成立している事態に、かなりの恐怖を感じている。

＊

この年、私は週に二日しか事務所に出勤しなかった。私はかなり時間の余裕を得て、『萩原朔太郎論』の執筆にうちこんでいた。

「第一章　「愛憐詩篇」」「第二章　「浄罪詩篇」」「第三章　『月に吠える』」「第四章　『新しき

欲情』」「第五章　『青猫』（初版）」「第六章　『詩の原理』」「第七章　「郷土望景詩」」「第八章　『青猫』（以後）」「第九章　『氷島』」「第一〇章　『猫町』」「第一一章　『日本への回歸』」から成る五四四頁の著作は、私が多年考え続け、敬愛してきた大詩人の本質に少しでも迫りたいと考えて書きついだものであった。

この著作の第三章で私は次の「戀を戀する人」を引用した。長文だがあえて全文を引用する。

わたしはくちびるにべにをぬつて、
あたらしい白樺の幹に接吻した、
よしんば私が美男であらうとも、
わたしの胸にはごむまりのやうな乳房がない、
わたしの皮膚からはきめのこまかい粉おしろいのにほひがしない、
わたしはしなびきつた薄命男だ、
ああ、なんといふいぢらしい男だ、
けふのかぐはしい初夏の野原で、
きらきらする木立の中で、
手には空色の手ぶくろをすつぽりとはめてみた、
腰にはこるせつとのやうなものをはめてみた、

襟には襟おしろいのやうなものをぬりつけた、
かうしてひつそりとしなをつくりながら、
わたしは娘たちのするやうに、
こころもちくびをかしげて、
あたらしい白樺の幹に接吻した、
くちびるにばらいろのべにをぬつて、
まつしろの高い樹木にすがりついた。

右の詩について私は次のとおり記した。

「これは草木姦淫を思わせるが、むしろ萩原朔太郎には性同一性障害的な性向があったのではないか、と感じさせる作品である。彼の激越な情欲は、異性との性欲にとどまらない、ナルシシズムや近親相姦的心情や、この作品にみられるような心情のすべてをふくんでいた。そうした情欲が彼の詩作の大きな動機であった。」

私がここにいう性同一性障害的性向というものも、彼の激越な情欲というのも、言葉が端的にすぎるために、萩原朔太郎ないし彼の作品を批判しているかのようにみえるかもしれないが、こうした情欲が彼の作品の重大な動機をなしていることを指摘しただけであって、むしろこれが彼の作品の私たちに与えた衝撃の所以を問いたつもりである。

また、第五章で私は「その空家の庭に生えこむものは松の木の類」ではじまる「夢にみる空家の庭の祕密」を引用して次のとおり記した。

「稚い私の心を把えたのは、この作品のもつしっとりと静かな言葉の調べであった。それは「松の木の類」「さくらの類」「もうせんごけの類」といった語尾の「類」という言葉のくりかえし、「松の木」「びはの木　桃の木　まきの木」という「木」のくりかえし、「さかんな樹木」に続けて「あたりにひろがる樹木の枝」とうけ、この「枝」がさらに「またそのむらがる枝の葉かげに」に続きながら転調していく、（中略）こうした言葉の構成の高度な技巧が、じつは読者に技巧を感じさせぬほどに、自然に詩に溶けこみ、おそらく稚い私の心に沁みたのであろう。また、稚い私を驚かせたのは、この作品の描いている空家の庭の風景には、およそ美しいもの、抒情的なものが存在しない、ということであった。樹木、植物、苔類などの繁茂する生命力、なめくじなど不気味な動物たちの旺盛な生活力、それらによって荒廃していくにちがいない空家の庭を低く流れる小川、その庭で吹く横笛の幻想。これを抒情詩というにはどこにも抒情性が発見できないように思ったが、それでもこれは抒情詩にちがいなかった。私はこのような抒情詩がありうることをこの詩から学んだ。

いま「夢にみる空家の庭」を文字通り、夢みた空家の庭の風物の幻想と考えることが間違いとは思わない。しかし、もしかすると、詩人の空虚な心を空家の庭に託しているのかもしれない、と考える。空虚な詩人の心を植物、動物ら、さまざまな生物が蝕《むしば》んでいる。詩人がたのみとするのは一筋の小川に似た詩心である。じつは解釈は、萩原朔太郎の作品のばあい、つねにその魅力をそこねる。私は試みに仮説を記したけれども、この詩の魅力は、この詩を朗読してみれば足りる、と私は考えている。」

ちなみに、この詩は私がはじめて萩原朔太郎の詩に接し、その魅力にとらえられた作品の一である。

次に『青猫』後期の代表作と私が考えている「野鼠」を引用したい。

どこに私らの幸福があるのだらう
泥土《でいど》の砂を掘れば掘るほど
悲しみはいよいよふかく湧いてくるではないか。
春は幔幕のかげにゆらゆらとして
遠く俥にゆすられながら行つてしまつた。
どこに私らの戀人があるのだらう
ばうばうとした野原に立つて口笛を吹いてみても
もう永遠に空想の娘らは來やしない。
なみだによごれためるとんのづぼんをはいて
私は日傭人《ひようとり》のやうに歩いてゐる

ああもう希望もない　名譽もない　未來もない。
さうしてとりかへしのつかない悔恨ばかりが
野鼠のやうに走つて行つた。

私は引用の後「寂寥の感銘が心に沁みるが、ことに末行二行が胸に迫る」と書き、萩原朔太郎がこの詩について「青猫を書いた頃」と「敍情詩物語」に書いた文章を引用している。前者は次のとおりである。

「それほど私の悔恨は痛ましかつた。そして一切の不幸は、誤つた結婚生活に原因して居た。理解もなく、愛もなく、感受性のデリカシイもなく、單に肉慾だけで結ばれてる男女が、古い家族制度の家の中で同棲して居た。そして尚、その上にも子供が生れた。私は長椅子《ソファ》の上に身を投げ出して、昔の戀人のことばかり夢に見て居た。」

後者は次のとおりである。

「結婚！　何といふ人生の寂しさだらう。家族等のつながる鎖、みじめな世帶、すべての空想と夢の墓場！　ともあれ人々のするやうに私もまたしなければならなかつた。さうして田舎の藁葺の家の中で、母と子と、親と妻と、家族と家族との結ばれてる、薄暗く陰氣な燈火の影で、古い日本の傳統してゐる、さまざまな諳い思ひを感じつくした。」

ここに右の文章を転記しながら、萩原朔太郎という大詩人は何といい気な人だったろうと思わずにいられない。若年期の彼のナルシシズムを思いだすまでもなく、彼は彼だけを日本の伝統の犠牲者と思いこんでいる。彼の結婚の破綻の原因は、ここでいうことは適当でないかもしれないが、大いに彼自身にあった、と私は考えている。

『氷島』中の作品について『萩原朔太郎論』でふれている箇所も紹介しておきたい。引用する作品は「珈琲店 醉月」である。

坂を登らんとして渇きに耐へず
蹌踉として醉月の扉《どあ》を開けば
狼藉たる店の中より
破れしレコードは鳴り響き
場末の煤ぼけたる電氣の影に
貧しき酒瓶の列を立てたり。
ああ　この諳愁も久しいかな!
我れまさに年老いて家郷なく
妻子離散して孤獨なり
いかんぞまた漂泊の悔を知らむ。
女等群がりて卓を圍み

我れの醉態を見て憫みしが
たちまち罵りて財布を奪ひ
殘りなく錢《ぜに》を數へて盜み去れり。

作者の「詩篇小解」には次の自注がある。

「醉月の如き珈琲店は、行くところの侘しき場末に實在すべし。我れの如き悲しき痴漢、老いて人生の家郷を知らず。醉うて巷路に徘徊するもの、何所にまた有りや無しや。坂を登らんと欲して、我が心は常に渇きに耐へざるなり。」

私は次のとおり注釈している。

「ここには女たちに財布を奪われ、残りなく金銭を奪いさられるのを傍観している作者がいる。奪いさられるに任せて、超然としている作者がいる。そういう作者が見えるから、自己憐憫の感があっても、なお、作者の孤独感が読者の胸に迫るのである。そして、やり場のない憤りに耐えている作者の姿勢にふさわしい切迫した声調が私たちに訴えるのである。」

*

平成二八（二〇一六）年に入ると、私は『ユリイカ』に「私が出会った人々・故旧哀傷」と題する故人への回想を連載することとした。以下のとおりである。

「一月号　萩原雄二郎」「二月号　大西守彦」「三月号　中松潤之助」「四月号　中村光夫」「五月号　大岡昇平」「六月号　盛田昭夫」「七月号　磯和英一」「八月号　松田耕平」「九月号　高原紀一」「一〇月号　平本祐二」「一一月号　米川丹佳子」「一二月号　川島廣守」

萩原雄二郎、大西守彦、平本祐二は私の旧制一高の同級生であり、高原紀一は都立五中の同級生、中松潤之助は弁護士としての私の恩師、米川丹佳子はロシア文学者米川正夫先生の夫人である。磯和英一は私の依頼者である名古屋のダンボール製作機の会社の社長である。知られていないと思うが、じつに卓抜な経営者であった。こうした世に知られない人たちや、エリートとして旧制一高に入学した同級生たちの辿った命運の諸相などを書きとめたいと思ったが、中村光夫その他の方々のように著名な方々にはまた、それぞれの魅力があり、やはりこうした人々も書きとめることとしたのである。

17

平成二八（二〇一六）年一月七日、大日本製薬の宮武社長が新年挨拶においでになり、住友製薬と合併、大日本住友製薬と改称、住友が合併会社の多数株主となった由をお聞きした。製薬株式の淘汰が始まり、実体は大日本製薬が住友製薬の親会社である住友化学に買収されたということになったわけである。大日本製薬は私を法律顧問というより経営顧問のように処遇し、毎年、社長が年始の挨拶においでになっていたが、新会社とは縁が切れることとなると思い、いささか寂寥の感があった。

一月中旬の日曜日には例年のとおり東洋製罐の三木啓史さんがご自身で焼いたアップルパイを持参、おいでになったので、二時間近く歓談した。あらかじめ何日においでになると予告せずにおいでになるのは、たぶん当日になって思い立って、アップルパイを焼く気分になるからだろう。最初においでになったときは私が留守にしていたのでアップルパイを置いておひき上げになったので、私が自転車で追いかけ、北大宮駅で追いつき、わが家にお越しいただいた。その時、三木さんに私は、先生も八〇歳におなりになるのだから、自転車に乗るのはお止めになってくださいと忠告された。東洋製罐は五中のときの同級生、河村貢君が、父君河村太助先生以来、顧問弁護士だったので、河村貢君の推薦により渉外関係、特許関係の業務をお引受けしたのだが、三木さんはそのころはまだ常務取締役であった。その後、社長に就任、さらに会長におなりになった。そのため仕事上三木さんと直接の縁はなくなったが、井上靖さんが三木夫妻の媒酌人だった関係で井上靖記念文化財団とか中野徹雄が関係した小西国際交流財団の理事をなさっていたので、個人的私的な交友関係をもつことになった。三木さんは高校時代英国で過したこともあり、英語が非常に達者であり、ふかい教養をお持ちだから、いつも話題が尽きない。三木武夫元首相の子息だから、政界の事情にも明るく、夫人の祖父が高碕達之助だから経済界の情勢についても詳しい方である。ご本人は三木武夫の歿後、政治家への転身を執拗に勧められたが、固辞なさった。ビールがお好きで、世界中に友人をお持ちでビールを飲む会合をかさねたり、外国企業との合弁会社との関係で外国出張が多く、いつも連絡をくださるのは、外国からの端書である。それも年に三、四回はそうした端書を頂戴する。私がビールをふくめ酒を嗜まないのが残念だが、三木さんのアップルパイはわが家の新年の年中行事となったように感じているが、どうだろうか。

年中行事といえば、毎年、秋に入って九月か一〇月、オーガスタ・ナショナル・ゴルフ・クラブの事務局の方々二、三名をお迎えするのも、私にとって大事な行事である。私がオーガスタ・ナショナル・ゴルフ・クラブに招かれ、マスターズ・トーナメントを初めて見物したのは一九七八（昭和五三）年であった。このマスターズ・トーナメントに初めて招待された中嶋常幸が一三番ホールで一三打叩いたことで知られている。その直後、私は中嶋と昼食を共にしたが、中嶋の側で憶えているはずもない。たぶん若い中嶋はミスを冒したために焦り、焦りがさらにミスを呼び、一三打という記録を作ったのであろう。それはともかくとして、一九七八年以来、私はオーガスタ・ナショナル・ゴルフ・クラブの依頼をうけ、同クラブのためにマーチャンダイジング契約を取扱ってきた。マーチャンダイジング契約といってもライセンス契約の一種だから、私の専門分野でもあり、何の苦労もしたことはないし、どうといった貢献をしたわけでもない。同時に、事務所としては日本はもちろん、韓国等にも商標登録の手続を代理する業務に携わっていた。つまり、ほぼ四〇年にわたりオーガスタ・ナショナル・ゴルフ・クラブが私を信頼して仕事を依頼し続けてきてくれたことは事実である。

数年前、クラブの理事長が訪日したことがあった。恒例の事務局の人々の打合のために来日したさい、彼らと同行したのだと憶えているが、ホテルオークラで小規模なビュッフェ・パーティが開催された。招待されたのはマスターズ・トーナメントを放映しているTBSの関係者をはじめ、ライセンスを受けているブリヂストン、美津濃などの人々であった。パーティの最後に理事長が挨拶した。そのさい、TBS以下多くの方々に感謝の辞を述べた。彼らはみなオーガスタ・ナショナル・ゴルフ・クラブにライセンス・フィー等を支払ったりして、何らかの利益をもたらしている人々であった。私はオーガスタ・ナショナル・ゴルフ・クラブから手数料、報酬を受け取っている立場だから、彼らとは立場が逆である。ところが、理事長の挨拶は最後に、last but not leastと前置きして、中村さんに感謝を申し上げたい、彼なくしてオーガスタの日本におけるプレゼンスはありえなかった、と語った。私は身のすくむ思いであった。同時に、これほどの光栄、名誉は滅多にあることではないと感じていた。

四〇余年の歳月は長い。私が依頼された当時の事務局長はその後じきに他界し、後任に若い会計士が着任した。若い人だ、と思っていたアームストロング事務局長は二年ほど前に定年退職した。ボーナスかボーナス代りか知れないが、彼にはオーガスタ・ナショナル・ゴルフ・クラブのコースで会員同様にプレイする権利が与えられたという。規則が厳格であることを示す事実の一だが、オーガスタ・ナショナル・ゴルフ・クラブのコースでは事務局員といえどもプレイしてはならないのだ、という。どこでプレイするのか、と訊ねたところ、近辺には、名称は正確に憶えていないが、オーガスタ・カントリー・クラブなどゴルフコースには不自由しない、ということであった。

アームストロングが事務局長をしていた当時、オーガスタ・ナショナル・ゴルフ・クラブはマーチャンダイジング・ビジネスを発展させることにつとめ、その方面からの収入もずいぶん増えたようである。彼の後任として事務局長となったジョンソンが実務担当責任者として雇用され、さらにその助手としてベネットが雇用され、ジョンソンが事務局長に昇格したとき、ベネットが昇格するかと思ったら、コカコーラの法務部に属していたという年配の美貌の女性弁護士がジョンソンの後任として迎えられた。

毎年秋に彼ら一、二名が来日すると、日本および東南アジアの商標登録の状況をふくみ、マーチャンダイジング・ビジネス等さまざまの事案に関するたがいの理解を照合し、懸案の問題を洗いだし、必要に応じ、採るべき方針を決定する。マーチャンダイジング・ビジネスについても同様である。

この会合の都度、私は、来年こそは、マスターズ・トーナメントを観戦に来るように、と誘われる。しかし、一九七八年以降、観戦に行ったことはない。ゴルフ好きなら是非観戦したいのだろうし、そういう意味から、オーガスタ・ナショナル・ゴルフ・クラブを絶対に手離したくない依頼者として、彼らの意に沿うような意見を言うかもしれないが、私はそんな多少さもしい気持をつゆほども持っていないから、つねに公正、公平な意見を提供しているのだ、と冗談まじりに威張ってみたりする。

私は少しずつ関係の仕事を一世代若い後継者に処理してもらうこととし、会合にも出席し、マスターズ・トーナメント観戦も勧めている。私はこうした関係が私の後継者にひきつがれて将来も続くように心から願っている。

＊

私はそのころ川喜多長政さんの評伝を書くよう依頼されていた。依頼したのが川喜多映画文化財団か、かしこ夫人の姪にあたる岡田正代さん（当時の財団理事長）かその夫君岡田晋吉さんか、誰であったかは憶えていない。ただ、私としては彼らから資料の収集、閲覧等に協力してもらうにしても、『東の間の幻影――銅版画家駒井哲郎の生涯』と同様、私の文学作品として執筆するつもりであり、財団の宣伝のための伝記を書くつもりはなかった。

個人的には私は二、三回しかお会いしたことはなかったが、川喜多長政さんは、迫力のある魅力的な方だったという印象をもっていたし、西欧文化を日本の観客に周知させたことに大いに寄与した人物だと考えている。欧米の小説類は明治以降数多く翻訳され、読まれているが、たとえば登場人物たちがどんな服装をしているか、街角のカフェはどんなたたずまいか、建物はどう古びているか、など、いかに想像をめぐらしても分らない。映画によってはじめて西欧文化のそうした匂い、騒音、味わいを知ることができることになったのであり、川喜多長政さんが東和映画をつうじて輸入した数々の映画によって日本人は欧米文化の感触を知ったのだ、と私は考えていた。

川喜多長政さんの生涯はそれ自体かなりに劇的である。父君の謎にみちた死、北京大学への留学、ドイツへの留学、東和映画の設立とかしこ夫人との出会い、戦前の数々の輸入、中華電影による上海での活動、山口淑子の救出、東宝東和の設立による戦後の洋画業界への見事な対応など、私には評伝に必要な素材が私に与える川喜多さんの光と翳をかなりはっきりと思い描くことができた。

戦中、戦後の川喜多さん関係資料は収集してくださっただけでも、かなり充実していた。しかし、肝心の戦前の資料は皆無に等しかった。戦前の西欧、ことにフランス、ドイツ映画の輸入こそが川喜多さんが日本人に西欧文明の感触を教えることにより西欧の本質に近づかせた最大の功績なのだが、いったい一年に何本輸入したのか、一本がどれほどの価格であったか、それぞれの作品によりどれほどの数の観客を動員し、川喜多さんないし東和映画がどれほど儲けたか、を明らかにしなければ、評伝の体をなさない。ハネムーン旅行の記念にかしこ夫人がねだった『制服の処女』を買付けて大当たりした、といった記述では到底、私の構想する評伝は書けない。

東和映画時代の帳簿、書類のたぐいはどういう状態だったのか。調べることはできないでしょう、と言われて、私は執筆を断念したのだが、無駄なことの累積で人生は成り立っている、というのが私の信条だから、後悔しているわけではない。

ついでだが、当時、私は川喜多映画文化財団の理事をつとめていた。その他にも小柴昌俊がノーベル賞を授けられたとき設立した平成基礎科学振興財団の監事とか、味の素食の文化センターの理事、商事仲裁協会の常務理事、司馬遼太郎記念財団の理事、映画文化協会の理事をつとめていた。多いときは二〇近い財団法人や社団法人の理事、監事をつとめていたが、すべて名誉職以上のことではない。これらも順次整理し、この時期の前後に、事務所の若い同僚に後任を引受けてもらって退任したので、いまでも理事をつとめているのは司馬遼太郎記念財団と映画文化協会の二つだけである。

この年、私はふと「言葉に躓く」という表現はふしぎな表現だ、と気づいた。長い間、詩や評論めいたものを書いてきたのに、こうした表現のふしぎさに気づかなかったことは迂闊としか言いようがないと反省した。そして、こうした言葉のふしぎさを詩に書くことはできないか、と考えた。その結果、次の詩を書いた。

＊

私たちは言葉に躓く。
言葉が私たちを連れこむのは平坦な道ではない。
坂あり、谷あり、しかけられた罠がひそむ、
クマザサを踏み分けていくけものみちだ。

私たちは言葉に迷わされる。
私たちは心やさしいから言葉に迷わされる。
迷わされたからといって言葉を責めてはならない。
迷わされた私たちの心のやさしさを信じていればいい。

言葉が私たちを連れこんだのは、はてしもないけものみちだ。
どこにも道しるべもない、けものみちをさまよい、
私たちはやがてけものみちから脱け出すことができるだろう。

言葉に躓き、言葉に迷わされるから、心やさしい私たちは
言葉の怖しさを知っているから、いつも謙虚に、つつましく
いとおしさをもって、言葉に接するのだ。

これは詩とは言わないのではないか。十四行詩という形式をとった、論理的考察であっても、どこにも抒情はないのではないか。そう思う反面では、死者を悼む感情や、草や花に寄せて切ない心情を告白したりするのを述べるのと比べ、対象が違うだけで、じつは詩にはちがいないのではないか、と考えた。

そこで、私は同じように「言葉」を動機とする詩を書いてみようと思った。短歌や俳句のばあい題詠ということがある。私はごく若いころから、ある題を与えられて詩を作ったことがなかった。安東次男と知り合って、彼が詩を作ることを知った。私は詩心、詩情が湧いてきたときにはじめて詩が生れるのだと信じてきたから、安東から「物」を見て詩を書いたらどうか、

と勧められたときにずいぶんとまどった。勧められるままに、埴輪を見、信楽の壺を見、李朝の水滴などを見て、詩心が触発され、いくつかの詩を書いた。そうした詩を褒めてくれる人もいたが、私自身はあまり納得していなかった。しかし、「言葉」について考えをめぐらしていると、ほとんど無限に思想を紡ぐことができた。私は二カ月足らずの間に二〇篇の詩を書いた。そこで、このときに書いた作品をもう一篇引用する。

ある花をさしてバラといい、ある樹をさしてケヤキという。
言葉とは物とヒトとの間にかけられた桟《かけはし》であるか。
ヒトとヒトとの間にも目に見えぬ桟があり、
ある少年とある少女がめぐりあい、時を経て夫となり妻となる。

ある夫婦にとって桟は髪の毛ほどに細く、かよわくても
ある夫婦にとって桟は絆ほどに堅く縛られている。
だから、夫婦の一方が死んでも、彼らの心と心の間の桟は
幻のように空に浮かび、幻の桟の上に虹を見ることもある。

物を知るために言葉という桟が存在するように、

違う言葉を話すヒトとヒトとの間にも
栈をかけて平穏自在に往来することはできないか。

地球上のすべてのヒトとヒトとの間にかけられた栈は
ふみはずしやすく、揺れやすく、壊れやすいとしても
私たちはすべてのヒトとヒトとの間の栈を夢みる権利がある。

第二連は亡妻への私的な愛情をうたい、第四連は人類の相互の愛の夢想を展開する。散文では許されないことも、詩では許されるだろう。私はこれも詩と考えるから、こういう冒険も試みたのであった。

平成二八（二〇一六）年九月、青土社から二一〇篇を収めた詩集『言葉について』を刊行したところ、翌年、日本現代詩人会から現代詩人賞という賞を頂戴した。久しぶりの望外の受賞であった。

*

このころ私は腰痛に苦労していた。鍼灸の斎藤先生という方に始終来ていただいて治療をうけていた。治療していただいた当座はずいぶん楽になるのだが、鍼灸というものは病気の原因

を取り除いてくれるものではないらしい。それでも当座は気分がよくなるのですぐ治療をお願いしたくなるのであった。

私は重い書類を持参して裁判所に出頭し、法廷が分らず、うろうろしたことがあり、そのとき以来の痛みなので、四十腰ならぬ八十腰だと思っていたのだが、じつは翌年発症した肝膿瘍がすでに始まっていたのかもしれない。

＊

平成二九（二〇一七）年に入っても、私は『ユリイカ』に「私が出会った人々・故旧哀傷」の連載を続けていた。以下に採り上げた人々を記す。

「一月号　谷山輝雄」「二月号　信木三郎」「三月号　安東次男」「四月号　水野健次郎」「五月号　武田百合子」「六月号　高岡久夫」「七月号　トマス・フィールド」「八月号　日高普」「九月号　白井健三郎」「一〇月号　中村眞一郎」「一一月号　中野徹雄」「一二月号　矢牧一宏」

この他、七月臨時増刊号に「故旧哀傷・大岡信」という追悼文を寄せている。これは連載していた文章とはかなり趣が違うはずであり、大岡の歿後、肝膿瘍で入院の前、怱忙《そうぼう》の間に書いたものなので、たぶん読むに耐えないだろう。右に記した、採り上げた人々についていえば、谷山輝雄は先輩の弁理士、信木三郎は元来は兄の友人であった講談社インターナショナルの常務として英文出版を手がけた人、水野健次郎は美津濃の先代社長、高岡久夫は都立五中の同級生、トマス・フィールドは多くの事件を一緒に手がけたニューヨークの弁護士、中野徹雄は一高の同級生、矢牧一宏は『世代』の第二次編集長であった。本文は単行本についてご覧願いたい。

この年五月に私は『石川啄木論』を刊行した。同書は、短歌、詩については講演原稿に手を入れ、小説、日記等も精読し、先学の意見と異にする私見を多くの点で記した著作である。これは短歌をどう読むかはもとより、小説、日記をどう読むかについても、私の独自の見解を記しており、私としては自説に自信を持っている。

啄木が朝日新聞社に校閲係の職を得て定収入があることになったと知り、それまで函館にいた一家が上京、喜之床に同居し、やがて母カツとの確執の結果、妻節子が家出する。その間の事情を金田一京助が『啄木余響』に次のとおり書いている。

「何でも、食べ物も咽を通らず、食べなくっても腹も空かず、無論、社にも出ず、夜具をかぶって、床の中で懊悩し、夜中になって、迚もやり切れなくなっては、「お母さん酒だ、酒が無いか」と怒鳴ると、おどおどして腰の曲ったおっ母さんが、起きて危い真暗な急な梯子を降りて、下の人々の寝てる間を通り、店を手さぐりで出て、通りの酒屋を、どんどん叩くけれど起きないので、幾軒も幾軒も腰を屈めて叩き起して、何れ、泣くようにして頼んで、貧乏徳利を下げて帰ると、石川君はそれを、冷のままで、飲めもしないのに、がぶがぶあおって、酔の上で「おっ母さんが追ん出したも同じだから、おっ母さんが連れてお出で」などと、駄々を捏ねて泣かせ、おっ母さんの泣き声を聞いて吾に返っては又がぶがぶあおる。」

啄木の母カツに対する態度は言語道断だが、節子が戻ってから、母カツが金田一に「私は、お国訛りで、何処へ向いてもお話しが出来ないんですもの、誰に向って胸の霽らしようも無いんですもの」などと嘆く情景も金田一京助は記している。

カツの岩手訛りは東京では通じなかった。嫁姑の確執の烈しさから嫁節子とも会話できるような状態ではない。カツは孤独であった。カツが最初に結核に罹り、家族が次々に感染したといわれるが、深夜、酒を買うのに苦労したのもお国訛りで意図が通じなかったからではないか、と思われる。啄木の「ふるさとの訛りなつかし」は本音であった。かつては上野駅から盛岡、青森方面への鈍行列車が出ていたので、大宮に帰るのに、そういう列車に乗り合わせることがあった。車内は東北弁で気がねなく話し合う人々で一杯であった。私は啄木の身勝手にも呆れているし、父一禎、母カツがひたすら啄木を頼りにして自立しようとしない生活態度にも嫌悪の情がつよい。しかし、お国訛りの苦労だけは同情している。とはいえ、「そのあまり軽きに泣きて三歩あゆまず」は虚構にちがいない。

これは私の『石川啄木論』の論旨とは関係のない、啄木と母カツの関係、啄木の無理無体の行状を示す挿話の一にすぎないが、次は啄木の世評に反し、小説家としても才能があったのではないか、と私が指摘した「ローマ字日記」中の記述である。

「「行くな！　行くな！」と思いながら足は千束《せんぞく》町へ向かった。常陸《ひたち》屋の前をそっと過ぎて、金華亭という新しい角の家の前へ行くと白い手が格子の間から出て予の袖を捕えた。フラフラとして入った。

ああ、その女は！　名は花子、年は十七。一眼見て予はすぐそう思った。

「ああ！　小奴だ！　小奴を二つ三つ若くした顔だ！」

程なくして予は、お菓子売りの薄汚い婆さんと共に、そこを出た。そして方々引っぱり廻されてのあげく、千束小学校の裏手の高い煉瓦塀の下へ出た。細い小路《こうじ》の両側は戸を閉めた裏長屋で、人通りは忘れてしまったようにない。月が照っている。

「浮世小路の奥へ来た！」と予は思った。

「ここに待ってて下さい。私は今戸を開けてくるから。」と婆さんが言った。何だかキョロキョロしている。巡査を怖れているのだ。

死んだような一棟の長屋の、とっつきの家の戸を静かに開けて、婆さんは少し戻ってきて予を月影に小手招ぎした。

婆さんは予をその気味悪い家の中へ入れると、「私はそこいらで張り番していますから。」と言って出ていった。

花子は予よりも先に来ていて、予が上がるやいなや、いきなり予に抱きついた。

狭い、汚ない家だ。よくも見なかったが、壁は黒く、畳は腐れて、屋根裏がみえた。そのみすぼらしい有様を、長火鉢の猫板の上に乗っている豆ランプがおぼつかなげに照らしていた。古い時計がものうげに鳴っている。

煤《すす》びた隔ての障子の影の、二畳ばかりの狭い部屋に入ると、床が敷いてあった――少し笑っても障子がカタカタ鳴って動く。

かすかな明りにジッと女の顔を見ると、丸い、白い、小奴そのままの顔が薄暗い中にポーッと浮かんでみえる。予は眼も細くなる程うっとりとした心地になってしまった。

「小奴に似た、実に似た！」と、幾たびか同じことばかり予の心はささやいた。

「ああ！　こんなに髪がこわれた。いやよ、そんなに私の顔ばかり見ちゃあ！」と女は言った。

若い女の肌はとろけるばかり暖かい。隣室の時計はカタッカタッと鳴っている。

「もう疲れて？」

婆さんが静かに家に入った音がして、それなり音がしない。

「婆さんはどうした？」

「台所にかがんでるわ。きっと。」

「可哀想だね。」

「かまわないわ。」

「だって、可哀想だ！」

「そりゃあ可哀想には可哀想よ。本当の独り者なんですもの。」

「お前も年をとるとああなる。」

「いや、私！」

そしてしばらく経つと、女はまた、「いやよ、そんなに私の顔ばかり見ちゃあ。」

「よく似てる。」

「どなたに？」

「俺の妹に。」

「ま、うれしい！」と言って花子は予の胸に顔を埋めた。

不思議な晩であった。予は今まで幾たびか女と寝た。しかしながら予の心はいつも何ものかに追っ立てられているようで、イライラしていた、自分で自分をあざ笑っていた。今夜のように眼も細くなるようなうっとりとした、縹渺《ひょうびょう》とした気持のしたことはない。予は何事をも考えなかった。ただうっとりとして、女の肌の暖かさに自分の身体まであったまってくるように覚えた。そしてまた、近頃はいたずらに不愉快の感を残すに過ぎぬ交接が、この晩は二度とも快くのみ過ぎた。そして予はあとまでも何の厭な気持を残さなかった。

一時間経った。夢の一時間が経った。予も女も起きて煙草を喫《す》った。

「ね、ここから出て左へ曲がって二つ目の横町の所で待ってらっしゃい！」と女はささやいた。

しんとした浮世小路の奥、月影水のごとき水道のわきに立っていると、やがて女が小路の薄暗い片側を下駄の音かろく駆けて来た。二人は並んで歩いた。時々そばへ寄って来ては、「本当にまたいらっしゃい、ね！」」

『石川啄木論』においてこの挿話を私は「警察を気にしながら客をとる若い私娼との心の交流を描いて哀愁をふくんだ愛すべき小品」と評し、啄木が小説家としても並々ならぬ才能をもっていたことを窺わせるに足ると記したが、あらためて気づくことはこの挿話の記述の起承転結の見事さである。「ローマ字日記」の性質上、啄木は気の向くままに書いたにちがいないが、自ら起承転結をなす文章となったのであろう。これは彼の天分としか言いようがない。

私の『石川啄木論』は詩歌評論について先学の業績を批判し、これまで誰も説かなかった解釈を記したことに特徴があり、彼の小説についてはは自負するほどのものではないが、「ローマ字日記」中の文章にふれたので書き添えれば、彼の小説についても通説となっている評価にかなり異論を唱えているし、通説とされていた評価が間違っていることを明らかにしたと考えている。

私が強調したことの一は「天鵞絨」が珠玉の作品であるということである。これは森鷗外を通じ、長谷川天渓に持ちこみ、『文芸倶楽部』『太陽』に載せることはできないとして啄木に戻された作品だが、鷗外も長谷川天渓も見る目がなかったという他ない。

三枝昂之は「天鵞絨」を「東京にあこがれる娘たちの、つかの間の冒険譚」と評しているが、読み違いも甚だしい。『石川啄木論』の文章を引用する。「自作農とはいいながら、窮迫した農村の娘が上京して女中奉公し、まとまった金を稼ぎたい、野良仕事に比べたら女中奉公など、何の苦労でもない、というけなげな気持で上京した」娘たちの物語である。娘たちは結局郷里に連れ戻されるが、上京、女中奉公を諦めたわけではない。これは農村と都会の対立、農村における大地主と農民との格差、そうした社会状況を背景にした自立心に富む娘たちの冒険譚である。第一章が冗漫にすぎる欠陥があるとはいえ、全篇読み通せば、涙ぐましいほどに現実的な痛切きわまる作品である。長谷川天渓は、あるいは、第一章だけを読んで、続きを読まなかったのかもしれない。これが採用されていたら、啄木の運命もずいぶん違ったものになっただろう。今井泰子の読解は三枝昂之に比べれば、かなりましだが、きちんとこの作品を読みこんでいない。

*

四月五日夕刻、『日本経済新聞』の宮川匡司さんから電話があり、大岡信の訃報を聞いた。同時に、明日正午過ぎまでに追悼文をほしいとのことであった。

翌朝、事務所に出勤、午前中に大岡の追悼文を書き上げ、宮川さんにお渡しした。大岡の死去については万感去来するものがあった。それでも、私は事務所では、文学関係の来客の応待はしても、物を書くことはしない。事務所ではもっぱら弁護士の事務だけをする、という方針で数十年間にわたり続けてきたので、この追悼文の執筆はたぶん弁護士生活の間の空前絶後の例外であった。それだけに大岡への想いが切だったのであろう。

『ユリイカ』の臨時増刊号「総特集・大岡信の世界」にも「故旧哀傷・大岡信」という文章を寄せているから、これもその後、一、二日の間に執筆したにちがいない。『現代詩手帖』からは四月二七日夕刻に菅野昭正、三浦雅士と三人で大岡を偲ぶ座談会を催したいので出席してほしい、という依頼があった。私は翌二八日から連休の期間中、定宿にしている那須のホテルに次女と共に赴き、滞在する予定だったので、午後四時半から六時半までの二時間だけなら出席する、と答えた。座談会は六時半で終える、という約束だったので、出席した。

それが座談会の通例かもしれないが、六時半を過ぎても、菅野、三浦のお二人の対話は続いている。私は編集部か司会者かに、六時半までという約束だから、この辺で終ることにしてもらいたい、と申し出た。結構です、という返事だったので、私は退席した。

後に『現代詩手帖』で座談会を見ると、座談会を私が「中途退席」した、と書いてあった。座談会は私が退席した時点で終り、その後は、菅野、三浦両氏が話し足りなかったことを補足したのだ、というのが私の考えである。私は『現代詩手帖』のこうした「中途退席」という扱いをいまだに不快に感じている。

＊

翌朝、次女と私は連れ立って大宮を出て那須のホテルに赴いた。途中で、「ペニィ・レイン」という贔屓のベーカリーで好物のオレンジ・ブリオシュその他各種のパンを買いこんだ。この店は食事もできるし、宿泊もできるようだが、ともかく提供しているパンの種類が東京、大宮の有名店よりもはるかに多いし、娘の話によれば、値段もひどく、廉いという。

ホテルに着いてしばらく休むと気分が悪くなった。いったい、この年私はふだんから体調がすぐれなかった。鍼灸の先生に始終治療していただいたことはすでに記したとおりであり、私はそれが腰痛のためだと思いこんでいたのでロキソニンを常用していた。実際ロキソニンのような鎮痛剤を服用すれば、一応苦痛がなくなることがつねであった。

まさか、着いたその日にひきあげるのもどうか、というので、一晩泊ることにしたところ、翌日から少し楽になった。三日目には少しだが散歩をするほど元気になった。四日目の朝からまた工合が悪くなった。発熱したように憶えている。四日目の午前、予定を数日早めて引揚げることにして大宮の自宅に帰った。

私には橋本稔先生という何事につけても頼りにしている医師がおいでになる。私より五歳年少、東大医学部の出身である。千ヶ滝に別荘をお持ちで、私が風邪をひいているとき、高原文庫で谷川俊太郎さんについて講演をすることとなったさい、別荘を近くにお持ちだとはいえ、高原文庫まで講演を聞きにおいでになって、私を見守ってくださったこともある。そんな程度に、ふだんから私の健康を気遣ってくださるのだが、連休中で千ヶ滝の別荘においでになってお留守であった。

私は帰宅するとますます工合が悪くなった。しかし、橋本先生がお留守なので、なすすべもなかった。

五月一日、朝、次女が起床してみると、私はベッドから降りたまま立ち上れない状態であった。その未明、ベッドから降りた途端、腰が砕けたのではないかと思うほどの痛みを感じ、そのままベッドに戻れずに呻吟していた。意識も朦朧としていた。そんな状態の私を次女が発見、東京住まいの長女と電話で連絡をとりながら、八面六臂の活躍が始まった。橋本先生が千ヶ滝の別荘から帰宅なさったので診察をうけ、一夜、橋本病院で過したことは憶えている。結局、さいたま市民医療センターに救急車で担ぎこまれたのは五月一〇日であった。私は担ぎこまれたこと自体を憶えていない。この時点では私は完全に人事不省、昏睡状態であったので、何の記憶もない。

さいたま市民医療センターは大宮の西の端、すこし行けば荒川を渡って川越市に属する、といった位置にあり、大宮駅からも与野駅からもほぼ等距離という。浦和駅からも等距離と聞いたことがあるが確かではない。浦和医師会、大宮医師会、岩槻医師会が共同で設立した施設であって、医師が紹介してくる患者だけを治療し、外来の患者は受けつけない。かつて亡妻が入院、他界した、大宮医師会経営のメディカルセンターといわれる施設があったが、同種の施設を統合したもののようである。

私は入院するとすぐに血液検査をうけ、肝臓に異常があることが判明、そうはいっても肝臓癌の徴候はないことから、肝膿瘍と診断された。主治医は新畑《しんはた》博英先生、助手として齋藤優子という女医の方が手伝ってくださった。

私自身は意識が混濁していたし、記憶もほとんどないのだが、医師の先生方や看護師の方々との受け答えはまともだったという。

翌日、直ちに肝膿瘍の膿みを除去する手術が行われた。たぶん二日続けて膿みをとり出す手術が行われたのであろう。肝膿瘍は全国で一年に三〇〇人ほどしか発症しない、かなり珍しい感染症だそうである。そのためか、さいたま市民医療センターは完全看護が建前なので、家族の付添い、寝泊りは許されないのだが、次女は新畑先生から泊っていてもらいたい、と言われて、簡易ベッドを持ちこんでいただき、私の脇でまず一、二夜過した。（次女はその後もしばらく宿泊した。本来は上智大学文学部ドイツ文学科の教職についていたが、偶然、この年はサバティカル（研究休暇）にあたっていたので、私の面倒をみることができたのであった。）新畑先生は三〇代の終りか、四〇代の初めとお見うけした。働きざかりであり、熟練した信頼できる方であった。痩せぎすの好男子であった。余計なことだが、齋藤先生は二〇代半ばの若々しく綺麗な方であった。新畑先生の技量を習得するために新畑先生の助手をしているというだけあって、じつに甲斐々々しく手伝っていた。

肝膿瘍の膿みはとり除いても私の容体は芳しくならなかった。酸素をとりこむ機能が衰えていたのであろうか。鼻の穴はじめいろいろ酸素を私の体内に入れる工夫をしたのだが、どうしても思うように値が上らない。そういう状況で、次女は看護師長に呼ばれ、タンがつまって窒息死するおそれがあるので、ひき続き泊りこんでほしい、と言われた。このころがもっとも危険な時期だったようである。鉄仮面のような酸素マスクを付けることとなった。私は意識がないので酸素マスクを付けたことも知らない。しかし、酸素マスクで強制的に肺に酸素を送りこむことができたらしい。ともかく酸素をとりこめるようになって、私は一命をとりとめたようである。

そうした危機をのりこえ、かなりに意識をとり戻したころから、つらく感じるようになったのは、一滴の水その他の液体をとることを禁じられていたことであった。病人食が許されるようになったのは六月一二日、入院後ほぼ一ヵ月後であった。その間、営養はもっぱら点滴で補給していた。それでも一滴の水も口にできないことは苦しく、つらかった。私はじつに非人道的、非人間的な処遇だと憤慨していた。次女に、ぼくが口述するから、書面にしろ、と言って、抗議書と題する書面を筆記させたこともあった。水一滴ものむことを禁じるのはじつに非人道的で許せない、厳重に抗議する、といった文面であった。私に命じられるまま書いても、次女がそれを新畑先生や看護師さんに届けたわけではない。私の気休めになるなら書きとめてあげようと思って、書いたにすぎず、どこかへしまいこんだにちがいない。

私は入院時七一キロあった。退院時は五九キロに減っていた。これは主としてこのほぼ一月間の営養状態によるものだろう。ただ、当時は新畑先生も齋藤先生も教えてくださらなかったのだが、先生方は私が下手に液体を口にして誤嚥性肺炎に罹ることを危惧したためであった。そうと知ったら、私が憤りを抑えられたか、どうか。私は理性的でないので、かなり覚束ない。

一月ほど経ったとき、新畑先生が氷をつくり、こまかく砕いてその一片をくださり、なめるように、しゃぶるようにしてください、と言った。その氷の美味は忘れがたい。これが甘露というものか、と私は感動した。

私が記憶しているのはそのころ以降なのだが、夜かなり遅く、すべての仕事が片付いたころ、新畑先生が齋藤先生を連れて、ほとんど毎晩私の病室においでになった。私に異常がないかどうかを確認するのが目的だったにちがいないが、私のお喋りをお聞きになっている時間の方がはるかに長かった。私はあれこれとりとめなくお話しした。私は先生方よりも社会生活の範囲がひろい。見聞もひろいから、私のとりとめない話も先生方には興味ふかかったのかもしれない。ただし、年長の私に対して礼を尽くすために、つきあってくださったのだ、という感も否定できない。

*

私がこうして生死の間をさまよっている間、『現代詩手帖』からは座談会の速記録を送ってきて、手を入れて返してくれ、ということがあった、という。次女としては私に速記録を示せる状態ではなかった。何回か催促され、だいぶ気分が回復したとき、私にどうするか、訊ねた。私は『現代詩手帖』編集部には「事情があって速記録に手を入れていない」という断り書きをつけてもらい、誤字の訂正は『ユリイカ』の編集長明石陽介さんにお願いするよう、次女に指示した。速記録に手を入れられないというのは、ずいぶん異常な事態なのだが、『現代詩手帖』編集部は格別のこととは思わなかったようである。何の問い合せもなかった。

18

私の病室は南棟四階にあった。四階が内科の患者の病棟だったが、四階に勤務している看護師は三、四人の男性を除き、たぶん二〇人以上が女性であった。しかも女性、男性の看護師はみな二〇歳代にみえた。四〇歳前後にみえる男性は彼らの指導、監督にあたる一人だけであった。次女は結局この四階の病室に一ヵ月間寝泊りした。長女は東京住まいで東京に仕事があったが、都合のつくかぎり、病院に来て、付き添ってくれた。その結果、娘たちは彼女たち、彼らたちとずいぶんよく顔を見知り、親しくなった。私に対しては誰もが並大抵とは程遠いほどやさしく、気を遣ってくれた。あるいは私に対してだけそれほどに親切にしてくれたのではないかもしれない。どの患者にも同じように接していたのかもしれない。そうとすれば、この医療センターにおける看護師の方々に対する教育、訓練、指導がよほど行届いているにちがいない。

平成二九（二〇一七）年六月中旬に、私の状態を事務所に知らせ、私が留守にするため迷惑をかけるおそれのある一部の方々にもお知らせしたので、時々、見舞客を迎えることにもなった。医療センターは大宮駅からほぼ八キロ、わが家からはほぼ一〇キロの距離である。事務所の主だった人々の屢々の見舞はもちろん、わざわざ東大阪市からおいでくださった司馬遼太郎記念財団の上村洋行・元子夫妻のご厚意も忘れられない。ついでだが、医療センターから二分ほどの距離に隣りあって文明堂の工場がある。商品としてのカステラをはじめ各種の商品も売っているがタテ二八センチほど、ヨコ八センチほど、厚さ七センチほどのカステラの切り落しを五〇〇円か六〇〇円という、驚くほど廉価で販売している。見舞にきてくださった方に、時に、この文明堂の通常の商品としてのカステラに加え、切り落しをそろえ、土産に差上げたことが多かった。上村夫妻にそうしたカステラをお土産に差上げたところ、新大阪までの車中で切り落しは召し上ってしまった、とお聞きした。

私には三歳違いの兄、五歳違いの弟と一二歳違いの妹がある。兄には後にふれるが、弟とその一家とはそれほど親近感をもっていなかった。五歳違うということは私が旧制一高一年のとき、弟は中学に入学したばかりの一年生、という関係である。そういう関係では共通の話題もないし、私は自分自身のことに追われていたから弟の面倒をみてやることもない。兄とは喧嘩の相手としても、勉強の下調べにしても、麻雀の仲間としても、交渉がふかかったが、弟のばあいは関係が淡かった。弟は富士電機の副社長で退職するまで同社に勤めていたし、私は富士電機の顧問弁護士をしていたが、弟とはまったく関係なかった。

ところが、私が入院すると、弟夫婦が、それに時に娘、つまり私にとって姪をつれて、頻繁に見舞に来てくれた。どういう会話があったわけではない。しかし、何故か、仄々とした、暖い心情が通いあった。私はそれまで弟の連れ合いとは一通りのつきあいしかしたことがなかったが、私が入院し、見舞に来てくれると、同じ病室にいてくれるだけで、しみじみと親しく、いとおしく感じた。彼らの娘にいたっては尚更であった。肉親の間の心情とはこういうものかと思ったが、あるいは私が彼らの真情にうたれたのだ、というべきかもしれない。

妹は母の晩年、非常に苦労して面倒をみて母の死をみとり、その後鬱状態がしばらく続いた。そのため私は負い目を感じているが、逆に何につけても私を頼りにする、といった関係である。当然のことのように妹も頻繁に見舞に来てくれた。

元に戻ると、私の孫よりはるかに年若い、医療センターの、ことに女性の看護師の方々に感謝している。彼女たちがいなければ医療センターの四階の病棟はあれほど居心地が良かったとは思われない。私は容貌の識別能力が弱いので、名前をあげることができない。次女に聞けば名前を一々あげられるはずだが、私としては名前をあげるまでもない、と考えている。

理学療法の平井先生、言語聴覚療法の藤沢先生、それに作業療法の静岡出身の青年、そうした方々が私の病室を訪ねて理学療法などを訓練し始めたのは六月中旬か下旬初めであった。平井さんは理学療法士の資格をとる以前、別の職業についていたということであった。それだけに社会人として世馴れていたし、教え方も上手だった。私が最初に教えていただいたのは、椅子から立ち上るとき、前屈みの姿勢で身体を起して徐ろに立ち上るということであった。当然のようにそうしていたことをあらためてそのように論理的に教えられると、理学療法（フィジカル・セラピー）というものは、そのように人間の動作を解析して、その上で、原理にしたがって動作を再現し、動作を習慣化させていくことなのだ、と知った。私は平井先生のおかげで理学療法に興味をふかくした。私はまた、高さ五二センチの椅子から立ち上るのは容易でも、高さ四二センチの便座から立ち上ることがいかに難しいかを教えられた。しゃがんだ姿勢から立ち上ることは健康な人間にとっても不可能に近いことも学んだ。

藤沢先生の言語聴覚療法は口、唇、舌、ノドなど音声に関連する機能を回復させる治療のようであった。ただ、私のばあい、音声の機能は差支えなかったので、誤嚥を防ぐ訓練が主であった。私の記憶が正しければ、誤って気管に水が入ってむせることがあっても慌てることはない、むせて気管から出してしまえば、それで済むことで大事に至ることはない、いけないのは、そこで慌てることだ、ということであった。むせれば、気管に入った液体も自然と出てしまうということのようであった。

作業療法のためにおいでになった青年は、たとえば、私の前にステンレス製のような棒を立てる。棒には短いヨコ棒が高さ調節可能に十字架状に私の肩の高さにとりつけてあり、ヨコ棒の右にさまざまの色の一〇本ほどの輪がかけてある。この輪を一本ずつ左から右へ移し、また右から左へ移すのが、作業療法の基礎的訓練の一である。輪を右から左へ、左から右へ順次移すことは何の苦労もなかった。その動作をしている間、私が立ったままでいられることを知ったことの方が余程うれしかった。病後、私は立ち上ることも、立ったままの姿勢を維持することもできなくなっていた。いったい、作業療法（オキュペーショナル・セラピー）は家庭内のこまごました動作の機能を回復させることを目的とするらしい。私にとって必要だったのは歩くことができるようになることであった。そういう意味で理学療法士による訓練が私には必要だった。

これらの訓練は、いわば人間が本来持っている機能が失われているばあい、その機能を回復させることだから、療法士にとって相手は欠陥人間である。ややもすれば、そんなことができないのか、といった侮蔑的な態度を示して患者の人間的尊厳性を傷つけることがありうる。平井先生も藤沢先生も私の人格を傷つけるようなそうした態度をつゆほども見せなかった。それだけ人間的に成熟した方々であった。私はいまだに彼らを敬愛している。作業療法に来てくださった青年も私を不快にさせることはなかったが、どういうわけか、平井先生らほどに頻繁に顔を合わせることがなかったので、記憶が乏しい。

そこで、さいたま市民医療センターに入院中、私が私の生涯でもっとも不愉快で屈辱的な思いをした事件を記すことになる。私は入院以来、正確には膀胱留置カテーテルというものを身につけていた。これは管の先端を私のペニスの先端にとりつけ、尿を管に導いて他端の袋状のものにとどめておく器具である。私は一々排尿のさい手洗いに行く手間を省くために重症の患者のためにとりつけてあるのだと思っていた。ボツボツとり外しましょう、ということになった。泌尿器科に出向いて取り外してもらうのだという。当時、私はまったく歩けなかったので車椅子を使って移動していた。四階の内科病棟から一階の泌尿器科の診察室まで私をどういう方法で移動させるか、齋藤優子先生と看護師さんたちが部屋の外で相談している声が聞こえた。安全なのは担架で運ぶことだ、という結論になった。担架で運ばれるほどに重症ではないと私自身は感じたが、私が意見をさしはさむ余地はなかった。私は一階の泌尿器科の診察室に連れていかれた。

私を一目見るなり、医師が、何だ、そのざまは、と言った。あんたは前立腺が悪いからそんなものを着けているんだよ、担架でなければ動けないような体で、よくも外してくれなどと言えたもんだ、さっさと帰れ、といった調子の罵詈讒謗《ばりざんぼう》が、それこそ五分も続いたかと思われた。まるでやくざの親分が新入りの下っ端を怒鳴りつけるようであった。その医師のやくざか香具師の親分のような乱暴な口調は聞くに耐えなかった。

私は口を噤んでいる他なかった。そうでなくても病院では患者は医師に対する発言権がない。私は前立腺肥大があるとは新畑先生からも齋藤先生からも聞いていなかったし、そのために排尿管を着けているのだ、と聞いたこともなかった。担架で運ばれることも、私が希望したことではなかった。私が排尿管を外してほしいと頼んだわけでもない。それでも、私はただ屈辱感に耐えるより他なかった。屈辱感に私の満身沸きかえるような思いであったが、ここでは医師は神様であった。

私は恵まれた境遇に育ったため、ちやほやされることが多く、屈辱感を味わった経験はなかった。そのため、このとき泌尿器科の医師からうけた侮辱に対しては、思いだしても全身の慄えがとまらないほど憤りを覚える。たぶんこれほど侮辱されたことはこれまでの生涯になかったし、今後の短い生涯では二度とないだろう。これはさいたま市民医療センターに入院中で唯一私が体験した不快な事件であった。

私は新畑先生に苦情を言った。先生は、すべて私共の手落ちです、と謝ってくださった。私は次に泌尿器科のお世話になるときは別の先生にお願いしてほしい、とお願いした。

＊

その後間もなく私は五階のリハビリ病棟に移った。四階ではほとんどが二〇代と思われる女性の看護師だったが、五階では、屈強の男性介護士の方々のお世話にもなったが、主として面倒をみてくださったのは一、二の男性の看護師を別にすれば、四、五人の女性看護師であり、彼女たちは四〇代後半から五〇代のようにみえた。四階の女性看護師の方々と比べ、はるかに年長とはいえ、どなたもみな若々しくみえたのだが、その女性看護師のお一人から、私には高校に行っている孫がいるのよ、とお聞きして驚いた憶えがある。

リハビリ棟に移ると、もっぱらリハビリ専一になるのかと思ったが、毎日、日曜を除き、作業療法と理学療法とのどちらかをそれぞれ一時間うけるだけであった。リハビリ棟では患者は一堂に会して食事することになっていた。折角同じ病棟で生活しているのだから、たがいに知り合って団欒の一時を過してほしい、という責任者の理想によるもののようであった。三、四〇人が集まると、たしかに、二、三の中年の女性たちが話し合う光景も見かけたが、大方は隣の席の人とも言葉をかわすことなく、無愛想に席につき、食事が終ると無愛想に立ち上るのが通常であった。

何よりもリハビリ棟で私が閉口したのは食事であった。丼に軽く一杯というのは一六〇グラムほどであろうか。リハビリ棟担当の女医桜井万紀子先生は充分召し上らないとリハビリができませんから、せめても七分くらいは食べるように努めてくださいと言ってくださったが、私はふだんは朝はトースト半枚、昼はトースト一枚、夜はコメの飯を軽く一膳、といった風で、主として副菜で営養をとっている。だから、コメのご飯は食べ馴れないのに加えて、副食が得体の知れないものばかりであった。名前の知れない物の煮付けなどと書いてあるのを聞くと、深海魚であったりした。白身魚とあれば、魚の種類は分らなくても魚なのだから、といって安心した。それに味噌汁が添えられていたが、味噌汁の具はほとんどきまって小さな玉のかたちになった麩が五、六個浮いた、味噌汁風に味つけした汁であった。わかめ、なめこ、豆腐、大根、里芋などが味噌汁の具になることはなかった。具はともかく、味噌汁の味がないと感じたのは私が赤だしを好んでいるからかもしれないが、私の舌には無味としか感じられなかった。桜井先生に相談し、ふりかけを使ってもよいという許可をえた。自分の病室で食事をするなら、私は食事について何の制限もないので、好きなものを好きに食べられたのだが、リハビリ棟の理想主義のため、私は朝、昼、夜の食事の時間が近づくのが嫌でたまらなかった。そのため、ふりかけもこっそり持ちこんでいたのだが、あらかじめ配膳係に渡しておくように言われることがあった。そういうときは、係が無思慮にふりかけ一袋の全量をご飯の上にぶちまけてしまった。いろいろ試みた結果、娘が入手できた限りでは、私の事務所の依頼者の三島食品のふりかけよりも永谷園の方が美味しいことを知った。三島食品にももっと美味しいふりかけがあることを知っているが、これは入手できなかった。ともかく、食事の恨みは怖い。だから、ふりかけの力を借りて七分ほど食べるのだが、配膳係がその後各人がどれだけ食べたかを書いた紙を残し、記録する。桜井先生は、がんばっておいでですね、と言ってくださったが、正直なはなし、女性たちはほとんど全員がご飯はもちろん、副食類まで綺麗にすべて食べ終えていた。次女の話によれば、他人が料理してくれたものなら女性は何でも喜んで食べるのだそうである。私が贅沢で美食に馴れているためであるか、どうか、真相は分らない。

ところで、肝心のリハビリはさいたま市民医療センターが誇るに足る設備、施設、要員を完備していると私には思われる。他のリハビリ施設を知らないから比較はできないけれども、青士社の社長清水一人さんの夫人薫さんは作業療法士の資格をとり、ある病院に勤めておいでになるが、薫さんの勤め先よりすべてについてさいたま市民医療センターがまさっているそうである。

設備、施設についていえば、高校の体育館ほどのひろびろしたリハビリ室があり、数多くのベッドを始め、階段昇降の練習用の設備、両側に平行に手すりのついた歩行練習設備、多数の車椅子や歩行器、入浴練習のための設備等々が揃っていて、日当りがよく、いつも日がさんさんと注いでいた。

作業療法士、理学療法士はほとんどが二〇代の女性で、三〇代、四〇代の男性は数人しか見かけない。私の担当は内山さんというほっそりした女性であった。非常に勉強熱心で、講習会などにもよく出席していた。彼女の教えてくれた結果、退院時にはともかく短い距離でも杖なしで歩けるようになったのだから、きっと彼女が私に施してくれた訓練は適切だったのだろう。彼女の教え方の特徴は、まず私にやらせる。その上で自分がやってみせて、私のどこが悪いかを教えさとす、といった工合であった。私は彼女がそのように教えることにより優越感を味わっているのだ、と僻んでいたが、あるいは、それがもっともすぐれた訓練法かもしれない。

彼女はしばしば用事が出来たといって、代りの人に訓練をやってもらった。宇梶さんという大柄な女性が代理をひきうけることが多かった。彼女は気遣いがこまやかで親切であった。前島さんという小柄な女性が代ってくれたことがある。彼女が訓練してくれたのは一度だけだが、顔を合わせると必ず何か冗談を言った。親しさという点では私は彼女にもっとも親しさを抱いている。

私は退院後も三、四カ月おきに新畑先生の検診をうけにさいたま市民医療センターに通っているが、最初に行ったとき、内山さんが上司と結婚し、別の職場に移ったと聞いた。二度目に行ったときは、宇梶さんから結婚したと聞いた。三度目に行ったときは前島さんから婚約したので近く群馬県伊勢崎に転居する、と聞いた。私は検診をうけにいくたびに、懐しいのでリハビリ室をかいま見ることにしている。そこでそんな消息を聞くのだが、作業療法の石川さんだけは結婚したとも婚約したとも聞いていない。石川さんも熱心に私を訓練してくださったのだが、作業療法は私の生活に関係ないので、石川さんの訓練が私の役に立ったとは思っていないのだが、それは私の思い違いかもしれない。退院した年の翌年の秋以後は医療センターに行ってもリハビリ室を覗いていない。

八月の初め、桜井先生が関係者を集めて、私の退院の日程を決めることになった。私は一応歩けるようになったので、後は持続力の問題だから一日も早く退院したいと言った。内山さんは八月一杯入院してリハビリを続ければ医療センターのまわりを一周できるほど歩行能力が回復するので、八月一杯を主張した。主任の看護師の鈴木さんは特に意見を言わなかった。桜井先生の決断で、八月一五日に退院することが決まった。

ところが、その時点でも、まだ排尿管は外れていなかった。一度試みて失敗したことがあった。たしか八月一三日、朝六時に排尿管を外した。午前中に排尿があれば、以後は排尿管を外してよい、ということであった。ところが午前中一杯努力しても尿意を催さなかった。いったい、三ヵ月近く、自発的に排尿する習慣を持たなかったのに、六時間の間にそういう習慣を思いだすのが当然にできるのか。私は不可解だが、午後二時過ぎ、リハビリ中、突然、尿意を催し凄い勢いで排尿した。その事実を認めてくださってようやく管を外して退院できたのである。この膀胱留置カテーテルという排尿管については忘れがたい思い出がある。私は毎朝、女性の、中年の看護師さんに、おしもを洗浄させていただきます、と言われ、管を外し、消毒などの処置をうけていた。そのように私の陰部を洗浄しながら、突然、看護師さんが映画の話を始めた。容貌のすぐれた男性の俳優のことであった。彼女にとっては私の陰部も手や足と同じ、私の肉体の一部にすぎず、別の話題の妨げとなったわけではないのだ、と私は理解した。

こうして八月一五日、私は無事退院した。大宮の市街地がすぐ川越の市外にまでひろがっていることをこのとき初めて知った。私の少年のころは、大宮駅の西側は鉄道の官舎などが建ち並ぶ一画を越えれば、一面の田園であり、川越へ続く街道沿いに寂しい家並があるだけであった。

＊

退院して帰宅したら、あれも食べたい、これも食べたい、といろいろ空想していた。帰宅して最初に注文したのはうな重であった。私がもっとも好きなはずだった小室屋という店のうな重を私は三分の一も食べられなかった。医療センターの粗食に馴れていたのか、私の体力、気力が衰えていたのか、私は自分がうな重の一人前を三分の一も食べられないことを情なく、自分を憐れに思った。

数日後、群馬県北軽井沢の山荘に出かけた。医療センターに入院しているときは、むし暑い大宮と違って、爽やかな高原の林の間の小径を歩けば、一キロほども歩けるだろうと期待していた。八〇〇メートルほど先に苔庭が綺麗に手入れされたY山荘があり、その周辺の風景が懐しかった。ところが北軽井沢に着いて散歩に出かけてみると、一〇〇メートルかそこらを休み休み歩くのがやっとであった。環境が変っても歩行能力は一向に向上していなかった。そんな当然のことに気づいた北軽井沢は八月下旬となればもう初秋のたたずまいであった。早々に引揚げることとした。

医療センターのリハビリ棟に入院している間、午前、午後、一時間ずつ、作業療法と理学療法のリハビリのプログラムが組まれていた。具体的な時間は前日にならないと通知されなかったし、当日に変ることもあり、予定の時間に、担当の療法士が別の方に変ることもあった。あるいは、リハビリ棟では一日一時間、作業療法か理学療法というのが原則だったかもしれない。あまりに退屈なので、私が頼んで午前、午後、二回のリハビリをうけるようにしたようにも憶えている。

私が恐怖に感じていた食事の時間を除き、午前、午後一時間ずつしか私にはすることがなかった。私は時間をもて余していた。どういうわけか読書する気分ではなかった。これも体力の問題かもしれないのだが、活字を見ることが鬱陶しかった。私は「言葉」について思いめぐらしていた。若者言葉への嫌悪感を覚えたり、言葉のふしぎな生態に魅力を感じたり、毎日次々に発想した。しかし、文字にうつすほどの気力がなかった。ただ、そういうことの記憶力については私はたぶん特異な資質をもっている。深夜寝つかれないまま、思いつきを考えることがある。まとまりかけると神経が苛立って眠れなくなるので困るのだが、寝ている間に一篇の作品ができてしまう。朝、起きて文字に書きとれば一篇の作品らしいものができあがることは決して稀ではない。これは私が十四行詩という短い形式の詩に親しんできたので、一応詩のようにみえるが、本当は十四行詩形式の箴言というべきものかもしれない。

他に仕事もないから、医療センターで思いついた発想を十四行詩にまとめることを試みることにした。平成三〇（二〇一八）年五月、青土社から『新輯・言葉について 50章』として刊行したのが、こうして制作した詩五〇篇である。「これは二番煎じとみられるだろうか」と『ユリイカ』編集長の明石陽介君に訊ねたところ、「そんなことはありません、立派な新詩集です」と励ましてくれたので出版したのだが、主題、動機を同じくし、題名も同じなので、以前に出版した『言葉について』（二〇章）の続篇とみなされたようである。私が比較的好きな作品を一篇次に紹介する。

言葉がなければ私たちは一日も過せない。
しかも、言葉はかよわく、繊細で、壊れやすい白磁に似ている。

その磁器には毎日毎日さまざまが盛りこまれ
運ばれて、人と人との間を行来するのだ。

その運搬の途中、荷崩れすることもあれば、
衝突したり、嵐に遭って海底ふかく埋れてしまうこともある。
そんな運命を辿ったとしても、言葉としては
遣る瀬ない思いをする以外、なすすべもない。

だから、言葉は高貴な人々に捧げる磁器のように
こまやかな気遣いをもって、注意ぶかく
運ばなければならない。

言葉はかよわく、繊細で、壊れやすい磁器に似ている。
私たちが平穏な日々を送るためには
言葉がそんなにかよわく、繊細で、壊れやすいことを忘れてはならぬ。

この詩集の最後に配した作品を引用したい。ここでは「言葉」を擬人化し、私自身は「言葉

君がね」といった表現で、言葉を擬人化した作も好んでいる。

上野の美術館の入口の階段に腰をおろし
言葉が頭をかかえて、しゃがみこんでいた。
どうしたの、と訊ねると、私は時代に追いつけない、
もう使いものにならない、とさめざめと涕いた。

青年たちがある作品を超写実だと批評したので
超現実主義の間違いだと思って、作品を見たら
写実も写実、ひどい写実主義の作品でした。
超現実主義とかシュールレアリズムは時代遅れの言葉なのですね。

おまえは超丈夫という言葉を知らないだろう、
おまえはやばいが褒め言葉だということを知らないだろう、
それでも言葉といえるのかとさんざん嗤われた、という。

若者は無知だから言葉の意味を勝手に変えただけのことだ、

そう言って慰めてみたが、そうかしらと疑わしげに言って、言葉はしょんぼり動物園の人ごみの中にまぎれていった。

退院後、しばらくして私は『高村光太郎論』にとりかかった。『新輯・言葉について50章』は私の脳裏に刻まれた発想を文字に移すだけの、いわば遊びのような仕事であったが、『高村光太郎論』は私が若いころから心酔し、敬愛してきた詩人たち、宮沢賢治、石川啄木、中原中也、萩原朔太郎に関する私の評論の掉尾となるはずの評論であった。私は北川太一さんの労作ともいうべき増補版『高村光太郎全集』と『高村光太郎資料』六巻を熟読し、平成二九（二〇一七）年末にはともかく一応書き上げた。さらに、論じ足りない問題について『高村光太郎の戦後』を執筆、刊行した。平成三〇（二〇一八）年に刊行した『高村光太郎論』の目次は次のとおりである。

「第一章　西欧体験」「第二章　疾風怒濤期――「寂寥」まで」「第三章　『智恵子抄』の時代（その前期）」「第四章　「猛獣篇」（第一期）の時代」「第五章　『智恵子抄』（その後期）と「猛獣篇」（第二期）」「第六章　アジア太平洋戦争の時代」「第七章　「自己流謫」七年」

『智恵子抄』を読むと、誰もが気づくはずだが、大正三（一九一四）年四月作の「晩餐」から大正一二（一九二三）年三月作の「樹下の二人」、大正一四（一九二五）年四月作の「狂奔する牛」までの間、一〇年近い空白期がある。一方「猛獣篇」は一九二四年作の「清廉」にはじまり、一九二五年作の「傷をなめる獅子」、「狂奔する牛」と続く。「猛獣篇」は『智恵子抄』の空白期を埋める作品群だが、注目すべきことは「狂奔する牛」という『智恵子抄』「猛獣篇」の双方に収められた作品の中に

あなたがそんなにおびえるのは
どつと逃げる牝牛の群を追ひかけて
ものおそろしくも息せき切つた、
血まみれの、若い、あの變貌した牡牛をみたからですね。
けれどこの神神しい山上に見たあの露骨な獸性を、
いつかはあなたもあはれと思ふ時が來るでせう、

の詩句があることである。これは彼らが結ばれた一九一三（大正二）年の上高地における見聞を一〇余年後に回想した作である。性的情欲によって牝牛を追う牡牛に智恵子はおびえているのだが、そうした牡牛の情欲を「いつかはあなたもあはれと思ふ時が來る」だろう、という。『道程』（初版）所収の「淫心」で

をんなは多淫

われも多淫
淫をふかめて往くところを知らず

とうたったが、智恵子は決して多淫ではなかった。むしろ高村光太郎の烈しい性的情欲を怖れていたのだ、と自覚したことを「狂奔する牛」が示している。「狂奔する牛」に先立つ「傷をなめる獅子」は牡獅子は見失った牝獅子をいつか帰ってくると信じて待っている。

こうした性的情欲に対する高村光太郎と智恵子の間の溝が智恵子の発狂の原因の一部をなしたかもしれない。他にも智恵子は彼女を狂気に追いこむいくつかの原因をかかえていたが、この性的情欲の問題が高村光太郎に贖罪意識をもたらし、『智恵子抄』を徹頭徹尾悲しくつらい詩集と感じさせたのであった。

拙著『高村光太郎論』で論述したことは多いが、もっとも強調したかった論旨の要点は右記したことである。

また、花巻郊外太田村山口における山小屋での生活を高村光太郎は「自己流謫」と称したことがある。この言葉からみると、あたかも戦争責任のため自らを太田村山口に流罪に処したかのようにみえるが、事実はそうとは解されない。水野葉舟宛書簡からみても、彼は本阿弥光悦が書画、陶芸などにうちこんだ洛北の鷹ヶ峰に倣って、昭和の鷹ヶ峰を太田村山口に作ることを夢みていたのであった。

だが、『高村光太郎論』執筆後、私はさらに考えをあらため、「自己流謫」が戦争責任と関係はないけれども、高村光太郎が戦争責任を痛感した唯一の文学者であり、戦後の詩集『典型』には見るべき傑作が含まれていると思うようになった。これが令和元（二〇一九）年五月に刊行した『高村光太郎の戦後』を執筆した理由の一である。

19

平成三〇（二〇一八）年九月、韓国文在寅大統領と朝鮮民主主義人民共和国金正恩国務委員長との間で歴史的会談が行われ、九月一九日平壌共同宣言が発表された。共同宣言（いわゆる9・19共同宣言）は次の六項目から成るものであった。

「1　南と北は非武装地帯をはじめとする対峙地域での軍事的な敵対関係終息を、朝鮮半島の全地域での実質的な戦争の危機の除去と根本的な敵対関係の解消につなげていくことにした。

2　南と北は相互互恵と共利共栄の土台の上に、交流と協力をより増大させ、民族経済を均衡的に発展させるための実質的な対策を講究していくこととした。

3　南と北は離散家族問題を根本的に解決するために人道的な協力をより強化していくことにした。

4　南と北は和解と団合の雰囲気を高め、わが民族の気概を内外に誇示するために多様な分野の協力と交流を積極的に推進していくことにした。

5　南と北は朝鮮半島を核武器と核脅威のない平和の基盤として作り上げなければならず、

このために必要な実質的な進展を早くに成し遂げなければならないという認識を共にした。
6　金正恩国務委員長は文在寅大統領の招請により、近い日時にソウルを訪問することにした。」
いずれも目標を記したものであり、具体的な施策にふれていないが、目標にせよ、朝鮮半島の非核化に合意したことは私にとって意外であった。

この第5項にふれて、次の（1）（2）（3）の注が付されている。

「（1）北側は東倉里エンジン試験場とミサイル発射台を関係国専門家たちの参観の下、優先的にして永久的に廃棄することにした。
（2）北側は米国が「6・12米朝共同声明」の精神に従い相応措置を採る場合、寧辺核施設の永久的廃棄のような追加措置を続けて行う用意があることを表明した。
（3）南と北は朝鮮半島の完全な非核化を推進していく過程で、共に緊密に協力していくこととした。」
そこで、「6・12米朝共同声明」に戻る必要があるが、この共同声明はトランプアメリカ大統領と金正恩朝鮮民主主義人民共和国国務委員長との間で同年六月一二日にシンガポールにおける会話の後に発表されたものである。前文は省略し、本文だけを引用する。

「1　米国と朝鮮民主主義人民共和国は、平和と繁栄のための両国民の要望に基づき、新しい米朝関係を構築することを約束する（献身する）。

2　米国と朝鮮民主主義人民共和国は、朝鮮半島における持続的で安定した平和体制を構築するための努力を共にする。
3　2018年4月27日の板門店宣言を再確認し、朝鮮民主主義人民共和国は朝鮮半島の完全な非核化のため努力することを約束する。
4　米国と朝鮮民主主義人民共和国は、すでに発見された遺骸の即時的な本国送還を含む、戦時捕虜と戦闘中行方不明者（POW／MIA）の遺骸発掘を約束する。」

そこで、さらに板門店宣言に戻ると、文在寅大統領と金正恩国務委員長との間で会談が四月二七日に行われた結果、共同声明が発表されており、これには第1項に（1）から（6）まで、第2項に（1）から（3）まで、第3項に（1）から（4）までの各項目が記載されているが、その中、第3項は以下のとおりである。

「3　南と北は、朝鮮半島の恒久的で強固な平和体制構築のため、積極的に協力していくだろう。

朝鮮半島で非正常な現在の休戦状態を終わらせ、確固たる平和体制を樹立することは、もはや先送りできない歴史的課題だ。

（1）南と北は、いかなる形態の武力も互いに使用しないという不可侵合意を再確認し、厳格に順守していくことにした。

（2）南と北は、軍事的緊張が解消され、互いの軍事的信頼が実質的に構築されるのに伴い、段階的に軍縮を実現していくことにした。
（3） 南と北は、休戦協定締結65年となる今年、終戦を宣言し、休戦協定を平和協定に転換し、恒久的で強固な平和体制を構築するため、南北米3者、または南北米中4者会談の開催を積極的に推進していくことにした。
（4） 南と北は、完全な非核化を通して核のない朝鮮半島を実現するという共通の目標を確認した。」
こうして板門店宣言の最終項（4）に一言だけ加えられた朝鮮半島非核化が9・19共同宣言では依然として、必要性の確認にとどまり、実質的には変化がないといえば変化はない。ここまで北朝鮮とアメリカとを歩みよらせてきたのは韓国大統領文在寅の努力以外の何ものでもない。

しかし、いったい文在寅は朝鮮半島の非核化が本当に実現できると考えているのだろうか。私には文在寅はまことに夢想的、非現実的、よくいえば理想主義的人物であって、現状を正確に把握しているとは思われない。もちろん、彼の許にはあらゆる情報が集まっているにちがいないし、私は二、三の資料から大局を遠くから見ているアマチュアにすぎない。ただ、まず、北朝鮮についていえば、核兵器保有を断念しなければならない理由が理解できないだろう。何故、アメリカ、中国をはじめ大国は核兵器保有が許され、北朝鮮やイランのような小国には核兵器保有を許さないのか。これは大国による小国に対する差別以外の何ものでもない。もし核兵器放棄にふみきるとすれば、段階的に、種々の援助や制裁の解除等次々に要求し、それらの要求がいれられたときに、核兵器廃棄を一歩一歩進めるであろう。そうしたかけひきに五年、一〇年かかっても私は驚かない。

ただ、もっと困難なことは、在韓米軍が保有している核兵器はどうなるのか。たしか『日経ビジネス』誌だったと思うが、金正恩が在韓米軍の核兵器保有は認めると言ったので、トランプが金正恩との会合に応じた、といった記事が掲載されていたことがある。しかし、それなら一方的に韓国側に有利になり、北朝鮮が不利になるだけだから、そんな条件を金正恩が承認するはずがない。

在韓米軍の韓国駐留は東南アジアにおけるアメリカの防波堤の如きものである。アメリカ軍が韓国から撤退すれば、韓国が中国あるいはロシアの勢力下に入る危険もある。軍事的にいえば、韓国内に基地をもたなくてもアメリカ軍は九州の基地から北朝鮮を攻撃できる。しかし、問題は核兵器だけではない。東南アジアにおけるアメリカのプレゼンスの問題である。

私はアメリカ軍が韓国から撤退することも、在韓米軍が核兵器を手放すこともありえない、と考える。それ故、朝鮮半島の非核化は文在寅の夢想にすぎないと考える。

＊

七月一六日、兄が他界した。大正一二（一九二三）年生れだから、九五歳の長寿を保ったことになる。ただ、五七歳のとき胃癌の手術をし、転移もなく無事に過したが、そのほぼ二〇年近い後、まだ七八歳のとき肺癌が発見され、片肺を切除したので、その後二〇年に近い。よく生きながらえたという感もつよいのだが、転んで怪我をし、さいたま市民医療センターに入院したというので、六月二三日に見舞にいったときはまったく元気で、一、二週間の中に退院しそうな気配であった。しかし、実状は入院したころから体内のさまざまの臓器の不具合が次々に発生し、急激に衰弱したということであった。

五歳違いの弟は私が一高に在学中中学（旧制）に入学したばかりだったから、喧嘩相手にも話相手にもならなかったが、兄と私とはごく親密であった。朝食は一緒にとったが、当時は貴重だった一個の卵を二人で分けてご飯にかけるとき、お前先にかけろ、いやだよ、といった問答をするのがつねであった。最初に生卵の半分をご飯にかけると、白身だけをかけるのをたがいに嫌ったからであった。また、私が小学校の上級になったころは、兄に気に入らないことを言われて腹を立て、体力の差も気にかけず、殺してやる、とつかみかかり、とことん殴り合うようなこともしばしばであった。そうはいっても、私が中学の上級になったころは、兄の英語の試験などのための下調べをしてやり、私が逐一兄に英文解釈を教えたことも稀でなかった。兄が医師の国家試験を受ける前、わが家は千葉に住んでいたが、兄から御茶ノ水駅近くに参考書の販売店があるから買ってきてくれと頼まれ、受験参考書を一揃い買ってきたこともあった。何よりも強調しなければならないことは、私が詩に親しむようになったのは兄の影響、薫陶によるということかもしれない。兄も旧制高校のころは、思春期の哀感がしみじみ感じられるような詩を書いていた。

ただ、兄はわが家の嫡男として育てられた。母が兄に買物を言いつけることはなかった。肉屋でも八百屋でも米屋でも、買物といえば必ず私の役割であった。兄に言いつけることなど、母の頭の隅にも浮かばないようであった。私はそうした差別を気にしていなかった。立てる、という言葉がある。一目おかれる、とか、尊敬される、とかいう意味に近いだろうが、兄は立てられて育った。それだけに買物などを自分が言いつけられることがありうるなどとは思わないで育った。誰もが兄には一目おくようにしつけられていた。それだけに兄は我《が》を通すことが許された。兄はかなりに我侭であった。家の内部では、兄は、いや、といえば、いや、がまかり通った。これはずいぶん後、私が結婚してからのことだが、兄の家、ということは私が育った家と同義だが、ねじが捲かれないまま、止まっている柱時計が目についた。大正時代の風俗を思わせる趣があるので、あれ、呉れないか、と兄に話した。兄は、いやだよ、とにべもなく断った。また、別のとき、風情のある、古びた雪見燈籠が庭の一隅にあるのに気がついた。ちょうどわが家には燈籠がなかったので、あれを呉れないか、と頼んだ。兄は即座に、いやだ、と言った。じつは父が他界したときの相続のさい、主家とその敷地をふくむ主要な土地家屋は兄が相続し、裏手の離れと土地などを母と妹が、貸家とその土地を弟が相続した。私は亡父の遺産の一部も相続によって取得していなかった。私が柱時計や雪見燈籠を無心したのは、その程度の気遣いがあってもよかろうという思いからであった。しかし、兄はいわば縁の下の蜘蛛の巣まで俺の物という考えのようであった。そのように兄を立てることがわが家の家風であった。なお私が亡父の遺産の一部たりとも相続しなかったのは、私が当時すでにいま私が住んでいる家とその敷地を所有していたし、経済的に余裕があったからであり、相続財産をあてにする必要がなかったからであった。

ところで、父の先輩にあたる方に宮城實という判事がおいでになった。裁判官という組織の中で親分子分といった関係がありうるとは思われないが、宮城判事は父にとって親分ともいうべき、尊敬する先輩であった。この方は戦後、現在の最高裁が発足したとき、初代の最高裁判事のお一人となったはずである。そんな関係で母は宮城實夫人に時々お目にかかる機会があったが、あるとき、これからは東京府立一中よりも東京高校尋常科ですよ、そのためには大宮あたりの田舎の小学校では無理でしょう、と聞いてきた。終戦前の旧学制では、中学校五年、高等学校三年、大学三年が通常だが、中学四年修了時に高等学校入学資格が認められていた（中学に相当するものとして商業学校、工業学校があり、中学、商業学校、工業学校から四年制の工業専門学校、商業専門学校へ進学することもありえた）。東京高校は尋常科四年、高等科三年の七年制であり、卒業すれば当然大学への進学資格が与えられた。こうした七年制高校には武蔵、成蹊、成城といった学校もあったが、東京高校だけは国立で他は私立であった。東京高校尋常科の入学試験に合格することは東京府立一中よりも難しいといわれていた。（高等科に入学するための試験もあり、これはさほど難しくはなかった。）たぶん宮城家のご子息が東京高校のご出身だったのであろう。母は宮城夫人から兄を東京高校尋常科を受験させるように強く勧められ、そのため、本郷の誠之小学校に転校するよう勧められた。

兄は俗にいう頭の良い生徒であった。ことに難しい算術の問題を解く能力の迅速さなどは目を瞠るほどであった。正規の学校教育をうけていない亡父は兄を東京高校から東大に進学させることを切に願っていた。兄は六年生の一年間、誠之小学校に転校し、母と二人で小学校の近くにアパート住まいをして受験勉強した。兄が合格したときは、私も自分のことのようにうれしかった。私も東京高校尋常科を受験しようと思った。私の両親は、そういう程度に、いまの言葉でいう、教育パパであり、教育ママであった。

兄が東京高校尋常科に在学当時、父兄会に出席すると、母はいつも、ご子息は粗暴で困る、と言われたそうである。東京高校尋常科では誰も兄を立ててくれない、兄に一目おくということはない。大宮の小学校では、勉強の出来ることと相俟って、父が裁判官であることもあり、家庭内だけでなく、兄は同級生たちから立てられていた。東京高校尋常科で環境が激変し、大宮育ちの野卑な粗暴さが東京の知識階級の子弟の多い同級生に辟易されたのではないか。

兄は、高等科では理科を選び、大学は医学部を志望するつもりだ、と宣言した。高等科に進むとすぐ野球部に入り、投手をつとめた。ひどく制球力が悪かったが、他に投手がいなかったのであろう。野球にうちこんでいて、学業は怠け放題に怠けていたようである。高等科の二年から三年に進学するとき、落第し、原級にとどめられることとなった。

尋常科では可もなし、不可もなし、といった無難な成績だったが、高等科に進み、一年間の寮生活の間に怠惰な性分があらわになったのであろう。それに野球部で投手をつとめることが愉しかったにちがいない。兄は頭が良く、理解力にすぐれていたが、地道に勉強することは嫌いであった。私に英語の下調べをさせたのもそういう性格による。私自身、一高在学中、ずいぶん怠けていたので、あまり兄を非難できないが、頻繁に欠席する癖がつくと、何としても出席できなくなる、というのが怠惰な生徒の生活習慣である。それに兄は学業というものを甘くみていたのかもしれない。

加えて、東大医学部を受験し、不合格となった。浪人すれば徴兵されるので、千葉医大を受験し、こちらは何とか合格したので、千葉医大で医学を修得することになった。私からみると、千葉医大に在学中、再度東大医学部を受験してみるべきではなかったか、と思うのだが、兄はいまさら受験勉強をするのが嫌だったのであろう。それでいて、千葉医大卒業後、東大の小児科の医局に入って実施研修をうけているのだから、東大への未練は持ち続けていたにちがいない。私には兄の心理が理解できない。頭が良いことに自信をもち、千葉医大を出たからといって、東大出身者と伍してやっていけると思っていたのではないか。

やがて古河電工の付属病院に二年ほど勤め、その間横浜に住み、同病院を辞め、大宮に帰って小児科医を開業した。横浜に住んでいた間に結婚していた。結婚の相手は母が知人から紹介されて見合をし、兄も母も大いに気に入った聖心女子大出身の女性であった。

私たちが育った母家にはひどく立派で贅をこらした玄関があった。これをとりこわし、バラックよりはすこし上等な診察室と待合室を作った。その資金は借りるより他なかった。兄に代って私が借金をするため銀行に出向いた。ここでも兄は自らの手を汚さなかった。一〇坪かそこらの診察室、待合室を作る資金を借りるのに、わが家の三百坪ほどの土地に抵当権を設定し、約定の利息の他、借りた金額の一割は天引で定期預金させられた。これじゃ、おじいさんの金貸の金利よりもよっぽど高いねえ、と母が嘆いた。祖父は金貸を業としていた。零細な借主が相手だから高利貸といわれていたが、銀行から借りると、もっと高い金利をとられたのである。その後、兄の小児科医が繁盛するようになってから、兄が得意そうに、銀行が金を借りてくれとうるさく言ってくる、と話したことがある。銀行とは金を必要とする者には貸したがらず、必要としない者に貸したがる商売なのだ、と私は理解した。たぶん戦後のベビーブームが続いていたのであろう。兄の小児科医業は非常に繁盛した。処方した薬を包むのにも人手が足りず、そうした雑用に私の亡妻まで駆りだされたこともあった。開業医としての兄は熱心であった。患者、というより、患者の家族は兄を立てた。いつも兄は感謝されていた。自分で医学誌をとりよせて勉強もしていたようであった。重篤で手におえない患者は東大小児科の医局で研修した人脈があったので、東大病院に送った。兄は小児にはやさしかった。それ故、当然だが、開業医としての兄は大宮では名医という評判を得た。

一方で、兄の連れ合いと母との間では、年々確執がつよくなった。兄弟は他人の始まりというから、嫁姑間の確執の実状をあからさまに書くことは差し控えるが、母と兄嫁はやがて口も交わさず、顔も合わせず、絶交状態になった。長男の嫁として母の面倒をみるのは兄の連れ合いの当然の義務だと思っていたが、結婚の機会をえないまま母と同居していた妹が母の面倒をみることとなった。

兄はそうした深刻な確執を知りながら、格別、二人の間をとりなしたり、和解させたりするような気配はつゆほども見せなかった。二人の確執とは距離をおき、時々、母のご機嫌伺いに母の許を訪れて雑談した。母は兄に対してはいつも寛容であった。

私の目からみると、母も兄の連れ合いも、二人とも強情で、我がつよかった。兄はいわゆる愛妻家であった。彼らが結婚して後、一、二度兄の家でご馳走になったが、味つけが母とはまるで違っていた。わが家ではそうじて甘く、濃厚だったが、兄の連れ合いの味つけは塩味がつよく、私からみると、兄嫁の両親の出自である福島の田舎風であった。兄の舌はたちまちそういう味にしつけられた。万事について兄嫁の家風が兄の家を支配するようになった。私は兄夫婦とはまったく確執がなかったが、よほどの用事がない限り、兄の家を訪ねることはなかった。私自身が二十数年過した家であり、柱の一本にも郷愁があったが、他人の家という感が年々つよくなった。それでも私が結婚して数年は麻雀によく通った。三〇歳をすこし越えたころ、私は麻雀をふっつり止めた。そのころから、兄とも顔を合わす機会が自然と少なくなった。

兄の生涯をふりかえって、私にとってふしぎなことは、兄には友人らしい友人が極度に少なかったことである。千葉医大の同窓の友人については一人の名前も聞いた憶えがない。東京高校尋常科以来の友人として名前を聞いたことがあるのは、三、四人にすぎない。その中、わが家へ遊びに来たことがあり、私が顔を合わせたのは二人だけである。一人は黒岩甫さんといい、もう一人は信木三郎さんである。黒岩さんは東北大学の鉱山学科（？）に進み、やがて家業の製本業を継いだ、変った経歴の方であった。製本業も番頭さん任せだったのか、自分で商売をしている様子はなかった。一種の奇人だったから、兄と気の合うところがあったのであろう。信木さんについては別に記したが、信木さんは兄とは旧くからの交友があったが、敬して遠ざける、といった態度だったと思われる。

兄は晩年、千ヶ滝に別荘を建て、夏は千ヶ滝で過すのがつねであったが、その交際の範囲は連れ合いの聖心時代の同窓とその方々の連れ合いに限られていた。

兄は頭も良かったし、器用だったから、文学も、芸術一般も、社会情勢や国際関係についても、何事につけても一見識があった。ただ、心を開いてそうしたことを話し合う友人はいなかったようにみえる。私からみると、ずいぶん寂しかったろうと思うのだが、本人としてはそう感じてはいなかったのかもしれない。ただ、私としては兄があたら稀有の才能を一介の町医者として、友人らしい友人もなく、他界していったことが、悲しくてならない。

＊

さて平成三〇（二〇一八）年一一月三〇日付『朝日新聞』朝刊は「元徴用工救済の道は」という見出しで「韓国の大法院（最高裁）が元徴用工らの訴えを認め、日本企業に損害賠償を命じた」とあり、さらに詳しく次のとおり報道した。

「原告10人が韓国で訴えを起こしたのは、いずれも2000年代になってから。判決に至るまでに、そのうちの半数が亡くなった。

14歳で動員された元女子勤労挺身隊員の金性珠《キムソンジュ》さん（89）は判決後、「日本が謝罪と賠償をすることを望んでいる」と訴えた。

国民学校を卒業してまもない1944年、日本人の教員に「日本に行けば女学校に通えて、お金も稼げる」と志願を勧められた。だが行ってみると、給料は未払いのまま過酷な労働を強いられた。外出は制限され、家族への手紙も検閲された。

元徴用工の5人も同年、国民徴用令に基づいて広島市の旧三菱重工業広島機械製作所などに動員された。

12畳ほどの部屋に朝鮮半島出身者だけ12人が押し込まれ、1日10時間以上、鉄をハンマーなどでたたき割る重労働をさせられた。

「給料の半分が家族に送金される」との約束は果たされなかった。

45年8月の原爆投下で工場は倒壊し、全員が被爆、治療は受けられなかった。自力で故郷に帰った後、残留放射線による被爆が原因とみられる体調不良に苦しんだ。」

この『朝日新聞』は「元徴用工への補償問題をめぐって日本政府は、1965年の日韓請求権協定で「解決済み」と主張している」とも記している。

韓国大法院が最高裁に相当するなら、この平成三〇年一〇月の大法院判決以前に、下級審の判決があったはずだが、下級審の判決について報道に接した記憶はない。

日韓請求権協定といわれる「財産及び請求権に関する問題の解決並びに経済協力に関する日本国と大韓民国との間の協定」（昭和四〇年一二月一八日付条約）は同日発効しており、その第二条第一項に次の規定がある。

「両締約国は、両締約国及びその国民（法人を含む。）の財産、権利及び利益並びに両締約国及びその国民の間の請求権に関する問題が、一九五一年九月八日にサン・フランシスコ市で署名された日本国との平和条約第四条（a）に規定されたものを含めて、完全かつ最終的に解決されたこととなることを確認する。」

第二条第二項は

「この条の規定は、次のもの（この協定の署名の日までにそれぞれの締約国が執つた特別の措置の対象となつたものを除く。）に影響を及ぼすものではない。」

とあり、一九四五年八月一五日の時点において存在していた請求権協定署名国の間の権利等について規定しているので、以下は省略し、第三項を引用する。

「2の規定に従うことを条件として、一方の締約国及びその国民の財産、権利及び利益であつてこの協定の署名の日に他方の締約国の管轄の下にあるものに対する措置並びに一方の締約国及びその国民の他方の締約国及びその国民に対するすべての請求権であつて同日以前に生じた事由に基づくものに関しては、いかなる主張もすることができないものとする。」

なお、請求権協定の第一条は日本の韓国に対する賠償の供与、借款について規定しているものであり、ここで締約国及び国民が相互的に請求権の主張をしないこととされたのは日本法人の投資や日本人の個人資産の返還請求等も問題となっていたからであり、日本政府の立場とは右の条文にもとづくものである。

私にとって不可解なことは、韓国大法院がどういう法理論で、請求権協定にかかわらず、韓国人原告の請求を認めたか、である。もっと不可解なことは、この韓国大法院判決の詳細が、私の知る限り、日本の全国紙をはじめ主要なメディアにより報道されていないことである。あるいは、日本政府の方針にしたがって、請求権協定にしたがって、このような訴えは無視すべきだ、という方針を採ることとしたのかもしれないし、あるいは自主的に報道規制しているのかもしれない。

私自身はかねてからこの問題に関心をもっていた。『私の日韓歴史認識』（青土社、二〇一五年刊）第六章において山田昭次・古庄正・樋口雄一共著『朝鮮人戦時労働動員』を引用し、同書

第五章には、「拘禁的生活管理と賃金不払い」と題して次のとおり記載している。

「寄宿舎での生活管理はどこも厳しかった。

不二越の朝鮮女子勤労挺身隊員たちは寄宿舎からの外出は禁じられ、寄宿舎の周囲は鉄条網が張り巡らされていた。その上、「寮の入口近くには管理室があって、先生〔舎監〕が見張って」いた（成順任《ソン・スニム》「陳述書」五頁）。

賃金は支給されなかった。李鐘淑《イ・ジョンスク》は葉書と切手を買うぐらいの小遣銭を受け取っただけだった（不二越訴訟弁護団、b、三七二頁）。羅賛徳《ナ・ジャンドク》は賃金は通帳に入れてあると言われて渡されなかった（「陳述書」四頁）。金啓順《キム・ギエスン》は舎監から賃金は帰国時に渡すと言われた（「陳述書」五頁）。羅花子《ナ・ホアジャ》は賃金も受け取らず、勉強もさせてもらえず、朝鮮で聞いた話と違うと思ったが、監督も舎監もこわく、仕事も厳しいので、「こんなことを質問できる雰囲気ではなかった」と言う（「陳述書」五頁）。李鐘淑の回想によると、挺身隊員中の「二一歳の一番大きなお姉さん」が賃金について尋ねたが、「おまえがそんなことを聞いてどうするのか」と叱られた（不二越訴訟弁護団、b、三七二頁）。朴小得《パク・ソドク》は故郷から持ってきた金や面会に来た叔父がくれた小遣さえも舎監に預けさせられ、自由に使えなかった（山口地裁下関支部、一八―一九頁）。また朴順福《パク・スンボク》は「家からもってきたお金を預けさせられ、用途を申告して使っていた」（同上、二一頁）。舎監は李福実《イ・ボクシル》に対して友達や年上の者の動静や会話内容を監視して報告しろとまでいった（「陳述書」七頁）。逃亡の防止のために挺身隊員に金を持たせず、仲間の動静まで密告を強要した。

大雪が降る冬にも寄宿舎に暖房がなく、徐錦南《ソ・グムナム》は手足が凍傷にかかり、春までは治らなかった（「陳述書」六頁）。安喜洙《アン・ヒス》は空腹と寒さで夜も眠れないことがしばしばだった（「陳述書」七頁）。東京麻糸紡績沼津工場の朝鮮人女子勤労挺身隊員の寄宿舎も高い塀で囲まれ、無断外出できなかった（戦後責任を問う「関釜裁判」を支援する会、一九頁）。朝鮮人女性の舎監は逃亡して捕まった少女をひどく叩くだけでなく、平素から「この女共、私の言うことを聞かねば身体を売らせるぞ」と暴言を吐いた（余舜珠、一九九四年、六四頁）。この工場では大正末期、昭和初期以降から朝鮮人女子労働者を雇用していた（沼津市誌編集委員会、五四四頁）。したがって親日派に朝鮮人女子労働者たちを支配させる体制をつくっていたのであろう。ここでも賃金は支給されなかった（小池善之、一一九頁）。

三菱重工名古屋航空機製作所道徳工場でも、朝鮮人女子挺身隊員は寄宿舎からの自由な外出は禁じられ、団体外出の時も監視員が必ずついて来た（名古屋三菱訴訟弁護団、支援する会、四八、五五、六〇頁）。ここでも給料は帰国時に渡すと言って支払わなかった（同上、四九、六七頁）。」

拙著『私の日韓歴史認識』において、私は右の記述をうけて次のとおり記した。

「労働が苛酷であり、食事が小量で劣悪だったことは、当時の日本人の生活そのものだったから想像できるが、不二越も、東京麻糸も、三菱重工も、三社すべてが賃金を支払わなかったという記述は、私にとって信じがたい、衝撃的な事実であった。私はこうした非人道的な処遇をした日本人の一人として償うべき言葉を知らない。」

ただ、私は朝鮮女子挺身隊員に対する給与不払の問題と一般の朝鮮人成人労働者に対する給与不払の問題とを混同していたようにみえる。もし朝鮮女子挺身隊員の日本における労働が、わが国の学徒勤労動員と対応するものとすれば、私たちの勤労動員に対しては給与は支払われなかったし、支払われるべきだと考えたこともなかった。朝鮮女子挺身隊員を受け入れた日本企業が日本人の学徒動員と同視していたとすれば、給与を支払う意図がもともとなかったのかもしれない。だからといって、この同視が不当であることはいうまでもないし、元女子挺身隊員が不払給与の支払を求めるのは当然と考える。しかし、成人労働者の徴用工に対する給与の問題は別に考えなければならないが、若干事情が違うようにみえる。すなわち前掲山田昭次・古庄正・樋口雄一『朝鮮人戦時労働動員』の第六章「朝鮮人労働者の労働と生活」の第三節「強制貯金をめぐる民族差別」中「朝鮮人に対する強制貯金」の項によれば、同書に明確に表現されているわけではないが、いわゆる徴用工に対し給与は支払われていたと思われる。ただし貯金を強制されていたようである。以下同書の記述を引用する。

「朝鮮人の貯金はすべて強制貯金であった。明治鉱業株式会社平山鉱業所を例にとると、国民貯金は愛国貯金、強制貯金、普通貯金の三種類であった。

愛国貯金は貸金から一ヵ月八円七五銭（独身者の場合）を控除し、これを随時「事変公債」または「貯蓄債券」の購入にあて、購入した債権は本人の名義別に会社において保管するが、本人退職の場合の外は渡さないというものである。

強制貯金は愛国貯金の外に各人三〇円の貯金額まで強制として毎日一〇円を貸金から積み立てこれを会社が預かるというもので、協和会長の許可がなければ退職の場合の外引き出すことができないとされていた。年利子は七分であった。

貯蓄額三〇円（愛国貯金を除く）を超過する金額の貯金については本人の随意であるが、できるだけ自発的貯金を励行させる。これが普通預金である。この貯金も会社貯金で年七分の利子が付く（田中直樹、六一二―六一三頁）。

三種類の貯金のうち普通貯金は強制貯金ではないかに見える。しかしこれも「右は本人に於いて止むを得ず引き出すの実情ありと認めたる時は随時これを払い戻すものとす」との付帯条項があり、結局会社が認めた場合にのみ引出しが可能であった。

愛国貯金と強制貯金では本人の退職の際には払い戻しされるとされている。しかし、それは満期退職者に限られていた。森田芳夫は、一九四五年三月現在、「昭和一四年以来の約六〇万の動員労務者中、逃亡、所在不明が約二二万あり、期間満了帰鮮者、不良送還者、その他をのぞくと、事業場現在数は、動員労務者の半数にもみたなかった」（森田芳夫、一九五五年、一九頁）と書いている。また、一九四五年六月一〇日付の「福岡県知事更迭事務引継書」によれば、一九四〇年以来福岡県に動員された朝鮮人労働者は一四万二七〇一名、うち中途退職者は一〇万二〇二〇名（七一・五%）とされている（金光烈、二六三頁）。

これらのことからすれば、戦時労働動員された朝鮮人の半数以上、地方によっては七割以上が愛国貯金や強制貯金や厚生年金保険脱退手当金等の積立金を受け取れなかったことになる。韓国政府発表の未払金申告労働者一〇万五一五一名は企業が未払金をもつ元朝鮮人労働者の一部にすぎない。その上、敗戦後に帰国した「終戦帰国者」に対しても関係企業は未払金の清算をしなかった（第七章第一節）。

逃亡者等中途退職者の残した強制貯金や積立金は没収され、会社の費用として使われた。労務担当者もこれを認めている。豊州炭鉱古長鉱業所労務係長新藤竹次郎は「半島労務者管理私見」（一九四三年）のなかで、「尚、逃亡者の貯金は、これをすべて慰安に廻しているが、労働者も満足しており、このような金でも金銭の授受はハッキリして置く方が安心である」と書き（林えいだい、一九九一年a、一〇五四頁）、元貝島鉱業所大之浦炭鉱第三坑朝鮮人寮長沈鶴鎮も、「寮生が逃亡して残した貯金通帳と、賃金の未払い分を寮の雑費に繰り入れ、それで野菜とか魚、それに米をかってみんなに食べさせた」（林えいだい、一九八九年、九九頁）と証言している。」

＊

私が二〇一八年一〇月一〇日付の韓国大法院判決を初めて読んだのは、二〇一九年九月五日に現代人文社が刊行した『徴用工裁判と日韓請求権協定』に資料として収められていることを知った時である。この韓国大法院判決（以下「一八年大法院判決」あるいは「第二次判決」という）を読み、これに先立って、二〇一二年五月二四日付の韓国大法院判決（以下「一二年大法院判決」あるいは「第一次判決」という）があることを知り、一二年大法院判決（第一次判決）ですでに一八年大法院判決（第二次判決）と同旨の理由が述べられていること、一二年大法院判決（第一次判決）で原審判決を破棄して高等法院に差戻し、高等法院の差戻審判決に対する上告審判決が一八年大法院判決（第二次判決）であることを知った。つまり、この国際法的問題はすでに二〇一二年五月に最初の判断がなされていたのだが、何故か、わが国のメディアは報道していなかったのである。

さらに、この事件には、これらの韓国における訴訟とその判決に先立って日本において訴訟があり、これら大法院判決の上告人が敗訴していた。（この日本における訴訟の結果、言渡された判決を一二年大法院判決では日本判決といっているが、日本判決の経過については、ここでは触れない。）

私は『徴用工裁判と日韓請求権協定』により第二次判決、第一次判決を読んだ段階で、直ちに拙著『私の日韓歴史認識』に新たに第七章を書き加えて、増補新版として二〇一九年一一月に刊行した。この第七章に私が書いたことは詳細な目次に次のとおり示している。

「徴用工事件に関し、韓国大法院判決の理由にふかい関心を持っていたところ、判決の翻訳等を収めた著書を入手、精読したこと、判決が認定した原告らの「強制連行」による来日の経緯、判決が認定した原告らの強制労働、判決が記述している請求権協定と会議議事録にしたがい、韓国政府が元徴用工に二五億ウォンをこす金額を支払ったこと、二〇〇三年に民官共同委員会が設けられ、二〇〇五年にそれまでの韓国政府の解釈と異なる公式見解を発表したこと、その見解の内容、この見解に対する疑問、この判決は第二次判決とみるべきもので第一次判決で控訴審判決を破棄して差し戻した判決に対する上告の結果の判決であること、第一次判決の理由とこれに対する疑問、日本の裁判所の判決に対する判断とこれに対する疑問、第二次大法院判決の論旨とこれに対する疑問、日韓両国政府間で紛争解決の見込みがないこと、両政府間で報復的措置を応酬していること、紛争解決のための私の考え、など」

以上が目次であり、本書でその内容を繰り返すことはさして意味があるとは思われない。私が理解する限り、請求権協定は日本の植民地支配の不法性に言及していないので、植民地支配の不法性と直結する請求権までが、権利放棄の対象にはならない、という点に第二次の韓国大法院判決の要点がある、と思われる。言いかえれば、日本の朝鮮半島に対する植民地支配そのものが不法だから、これと関連する行為はすべて不法である、というに等しい。私はわが国が朝鮮半島を植民地化したことが莫迦げた、無謀な政策であり、植民地統治についても不当、違法な行為が無数にあったことは事実であると考える。しかし、日韓併合条約そのものは当時の国際法上、適法であった、と考えている。これに反し、韓国大法院は、植民地化したこと自体が違法であり、侵略戦争遂行に手を貸した日本企業はすべて責任を負うべきである、という立場に立っているかに見える。これは請求権協定そのものの否定と同義であるとしか思われない。

この問題は詳細に論じれば、きりがないので、詳細は拙著をお読みいただくことにしたい。

不幸なことだが、この紛争は未だに解決されることなく、原告らは第二次判決にもとづき強制執行、つまり、新日本製鉄の韓国に有する資産の差押え等の手続を進めていると聞いている。解決の手段として真っ先に考えられるのは請求権協定の規定にしたがう方法である。

＊

請求権協定第三条は「この協定の解釈及び実施に関する両締約国間の紛争は、まず、外交上の経路を通じて解決するものとする」とその第一項で規定している。そこで日本政府は韓国政府に外交上の協議を求めたようだが、韓国政府は協議に応じなかったようである。

さらに請求権協定第三条第二項は次のとおり規定している。

「1の規定により解決することができなかつた紛争は、いずれか一方の締約国の政府が他方の締約国の政府から紛争の仲裁を要請する公文を受領した日から三十日の期間内に各締約国政府が任命する各一名の仲裁委員と、こうして選定された二人の仲裁委員が当該期間の後の三十日の期間内に合意する第三の仲裁委員又は当該期間内にその二人の仲裁委員が合意する第三国の政府が指名する第三の仲裁委員との三人の仲裁委員からなる仲裁委員会に決定のため付託するものとする。ただし、第三の仲裁委員は、両締約国のうちいずれかの国民であつてはならない。」

ついでに第三条第三項も次に引用する。

「いずれか一方の締約国の政府が当該期間内に仲裁委員を任命しなかつたとき、又は第三の仲裁委員若しくは第三国について合意されなかつたときは、仲裁委員会は、両締約国政府のそれぞれが三十日の期間内に選定する国の政府が指名する各一人の仲裁委員とそれらの政府が協議により決定する第三国の政府が指名する第三の仲裁委員をもつて構成されるものとする。」

第三条は右一項ないし三項に加え左の第四項から成る。

「両締約国政府は、この条の規定に基づく仲裁委員会の決定に服するものとする。」

日本政府は第三条第二項にしたがい、一名の仲裁委員を指名したと報道されているが、韓国政府は対応する一名の仲裁委員を指名していない、と報道されている。韓国政府はこの問題を日本との紛争とみることなく、たんなる韓国の国内法の問題と見ているように思われる。第二項による仲裁委員の指名がない以上、第三項にしたがい仲裁委員会が構成されることもありえないであろう。

そうとすれば、請求権協定第三条にしたがいこの「紛争」を解決する見通しはないこととなる。

そう考えると、日本政府が請求権協定第三条による仲裁によりこの「紛争」を解決しようとしている方針が妥当であるとは私は考えない。むしろ他に和解の道を探るべきであると私は考える。ただ、両国政府が現在採っている立場に固執する限り、私は和解はありえないと考えている。和解できるとすれば、日本政府が韓国政府に歩みよることだが、これは日本政府としては一八〇度方針を変更することであって、到底耐えられない。逆に韓国政府の歩みよりも同様、ありえないであろう。

20

平成三〇（二〇一八）年中、私がもっぱら力を注いでいたのは『高村光太郎の戦後』であった。すでに『高村光太郎論』を書き上げ、刊行していたが、私は高村光太郎についてなお考えをまとめなければならない問題が二つあると感じていた。第一は、高村光太郎『典型』と斎藤茂吉『白き山』の評価の問題であり、第二は高村光太郎作の十和田湖裸婦像の問題であった。

第一の問題は、かねて私は、戦争中の行動についていかなる反省もせず、責任も感じなかった斎藤茂吉の山形県大石田に疎開中の歌集『白き山』がじつに感動的であるのに反し、戦争中の自己の責任を痛感し、岩手県花巻郊外太田村山口に「自己流謫」七年の生活を送った高村光太郎の詩集『典型』はどうして貧しいのか、という、私がごく若いころから抱き続けてきた疑問であった。

第二の問題は、十和田湖裸婦像は高村光太郎の作品として貧しいが、それは太田村山口の山小屋での独居七年の加齢とこれによる体力の衰えであるという通説が正しいか、間違っているのではないか、という疑問であった。

第一の問題に関連していえば、『高村光太郎論』において、太田村山口における独居七年と「自己流謫」はまったく関係ないことを記していた。しかも、『典型』をどう評価するかという問題に解答する必要があると私は考えていた。

ここで『高村光太郎の戦後』で私が何を書いたかを説明しようとは思わない。その論証は拙著にあたっていただくようお願いしたい。ただ、要旨は次のとおりである。

戦争責任を真に反省した文学者はわが国の文学者中、高村光太郎ただ一人である。このことは後にふれる彼の人格的魅力とも関連するであろう。『典型』中、彼の戦争中の作が何故書かれたかについて弁解が多いこと、この弁解が主として「暗愚小伝」にみられることは事実だが、たんに弁解にとどまらない、二、三の傑作を含んでいる。たとえば「おそろしい空虚」がそうであり、「暗愚」がそうである。これらの作品において高村光太郎は庶民に寄り添い、庶民とともに空虚感、やり場のない怒りを書きとどめている。「暗愚小伝」以外の『典型』中の作品には愛すべき小品が二、三存在し、『典型』は決して侮蔑して捨て去ってよい詩集ではない。

一方、『白き山』が感動的な佳唱を含んでいることは間違いないが、じつはその数はかなり限られている。また、それらの佳唱において、ごく僅かの例外を別にすれば自然と自然に対峙する斎藤茂吉しか存在しない。それが『白き山』における孤独感、寂寥感の一因にちがいないが、『白き山』には庶民が存在しない。それが『典型』と対極をなす所以といってよい。

それ故、『白き山』に比し『典型』が劣っているということはいえないし、それぞれが感動的な作品を含んでいるが、全体として、一方が感動的であり、他方がそうでない、とはいえない。詩型の異なる詩集と歌集とについて、好き嫌いは別として優劣を言うことには意味がない。

十和田湖裸婦像についていえば、戦争中、高村光太郎は、埴輪、夢違観音から能面などに至るまでの日本的な美に惹かれ、日本的な美の素朴さ、やさしさややわらかさなどを説いていた。この立場は戦後における多くの評論でも変っていない。いわば、戦時下において、高村光太郎はロダン離れ、ゴシック離れをしていたのであり、若いときの作には私が愛してやまない「草の芽」と愛称される、かなりに抒情的な彫刻作品もある。十和田湖裸婦像は、こうした彼が資質として持っていた、ロダン的でないもの、ゴシック的でないものが充分に昇華されることなく造形化された作品であると考える。加齢による体力の衰えがあったとはいえ、これはほとんど関係ない。私はこのような考えを詳細に『高村光太郎の戦後』に述べたつもりである。

＊

戦後の高村光太郎の日記、書簡、手記等をつぶさに読んでいて、私は彼の人格に魅了されたといってよい。

一九四七（昭和二二）年三月六日の日記には次のように書かれている。

「豊周よりは一五五番地の家屋を税務署の人に査定してもらつたら十萬圓ちよつとといふ事。余の去年三月三日現在預貯金高を知らしてくれとの事。合せて申告するといふ。左の通り通知

す　預金　四萬圓――（殖産銀行花巻支店）　六百圓――（〃）　公債一萬圓――（ひ號五分利公債三井信託保護預）小為替八百圓（四枚）　据置貯金四千五百圓――（三菱駒込支店）　¥55,900　〇家屋査定額問合せる。一度近日花巻税務署にいつて話してくる旨書く。尚花巻へ申告した方よければ花巻でする旨も書く。二五番地借地は去年蔵石さんへ返戻せし事もかく。電話は東京から岩手に移転出来るなら欲し。出来ないなら不用、随意に處分せられたしと書く。又一五五番地の家屋も随意處分差支なき旨もかく。」

一五五番地は父光雲以来の住居地、千駄木一五五番地、二五番地は林町二五番地のアトリエ所在地だが、宮崎稔宛三月二一日付書簡で「弟はあとで金を送るといっています」と書いている。

高村光太郎は林町二五番地にアトリエ兼住居を建てたさい、千駄木一五五番地の生家を出て、生家には弟豊周が住んでいたのだから、この一〇万円と査定された家屋に関する財産税は当然豊周が負担すべきものだが、高村光太郎は自分の名義になっているなら致し方ないこととして、豊周が後で払うと言っていることをまったくあてにせず、負担しているわけである。

もっと通常人には理解しにくいことだが、高村光太郎のためにこまごま用たしをしていた詩人宮崎稔は高村光太郎が智恵子の姪、長沼春子を世話をして結婚させたという関係のある人物だが、高村光太郎に無断で十字屋書店から高村光太郎歌集『白斧』を刊行することにした。刊行はもちろん、題名の決定も編集も高村光太郎の承諾なしに進めたことであったが、この言語道断の行為を事後に承諾したばかりか昭和二二年二月九日付葉書で「印税は確実に御入手あるやう願ひます」と書いている。宮崎がこの歌集の印税（著作権使用料）を受取る権利はまったくないが、高村光太郎は宮崎に受取るよう指示している。

金離れのよい江戸っ子気質かもしれないが、高村光太郎は、ひどく潔癖だったので、この歌集『白斧』には一切関係ない、という態度を貫いたのであろう。

新潮文庫版『高村光太郎詩集』を伊藤信吉に定価の四％を編集費として受取れるよう手配して、確実に受取ったか、を確認もしている。通常なら編集報酬は二％、著者に八％支払うのだから、このような配慮も余人に例をみないところである。

山口部落等への謝礼、寄附の類も、つねに過分であった。その恩義から部落の青年たちが発起して電柱を立て、電燈がつくように、山小屋で夜も読書ができるように、労働奉仕したのであった。

来客は誰とでも会い、若い男女が自作の詩を読んで聞かせたがったさい、おそらく聞くにたえないものばかりだったのにちがいないが、あえて彼らが朗読するのを拒絶しなかった。作品の出来の良し悪しを問わず、彼は詩を好む若者を好んだにちがいない。だからといって、彼はどんな雑誌社、出版社にも彼らの作品を紹介することはしなかった。評価は厳しくても、口を噤んで、適当に励ましていたように思われる。

だから、彼と同居して彼の生活の面倒をみたいという女性は二、三にとどまらなかった。中には彼が嫌った女性もいたけれども、彼は女性に惚れこまれやすい、人間的魅力をもっていた。ただ、彼にとって、智恵子がただ一人の女性だったことは間違いない。

これにひきかえ、斎藤茂吉の場合、大石田の名家、二藤部家の離れの二階家一棟、計四室を借り、家賃も払う必要なく、食事つき、それに加えて、板垣家子夫という誠実な弟子にかしづかれていた。

斎藤茂吉は数万円ないし数十万円の預貯金をもっていたが、なお不安で、敗戦直前、岩波茂雄や泉幸吉（住友本家の主人、住友吉左衛門）に無心を申込んで、たぶん二万円を貰っている。

大石田の斎藤茂吉はアララギ系統の弟子などにつかえられていたが、高村光太郎のように千客万来ではなかった。しかし、板垣にしても、東京から訪ねてきた弟子山口茂吉にしても、入浴している斎藤茂吉の背中を洗い流す機会を与えられたことを無上の光栄と思っていた。私は高村光太郎の人格に魅了されるが、斎藤茂吉が稀有の大歌人とは思っても、いかなる人間的魅力も感じない。

＊

高村光太郎や斎藤茂吉について書きあぐねているときなど、私は言葉について思いをめぐらすことが多かった。その都度、私は新しい発想をえた。これまで『言葉について』（二〇章）と『新輯・言葉について 50章』を刊行したので、あと三〇篇を加えて全一〇〇篇で完結することにしたいと考えた。『高村光太郎の戦後』を執筆している間、私は結び三〇篇をかなり気軽く書き上げた。『むすび・言葉について30章』の刊行は平成という元号の時代が終ってから後になったが、この中の一篇を例として以下に示す。

みどりの黒髪という言葉がある。
なぜ黒髪がみどりなのか。この言葉は
中国語の緑髪の訓読みという。李白の古風に、
中に緑髪の翁あり、雲を披《かぶ》り松雪に臥す、とあるという。

雲をまとい松の雪に臥す翁は仙人だろう。
仙人が奇怪な緑の髪をしていてもふしぎではない。
だから、みどりの黒髪は緑髪の素朴な訓読みではあるまい。
きみは憶えているだろう。

逢曳の日の午後、ニレの木蔭に佇む少女の
肩までのびたつややかな髪が風に揺れるとき、
みどりの翳を帯びていたことを。

かつて宮仕えの女房との忍び会いの夜更け、
月明りの下、彼女の髪はみどりにかがやいていた。
古人はそんな青春の日の思い出からこう訓読みしたと思いたい。

＊

平成三〇（二〇一八）年に入っても、私は『ユリイカ』に「私が出会った人々・故旧哀傷」の連載を続けていた。同年中にどんな人々を採り上げたかを記すついでに、平成末（二〇一九）年五月号までに採り上げた人をも記し、若干の注を加える。

「一月号　アラン・スワビー」「二月号　ベルンハルト・ザイドラー」「三月号　伊達得夫（一）」「四月号　伊達得夫（二）」「五月号　伊達得夫（三）」「六月号　加藤楸邨」「七月号　出英利」「八月号　飯田桃」「九月号　高野昭」「一〇月号　工藤幸雄」「一一月号　小竹哲郎」「一二月号　松下康雄」

以下は平成三一（二〇一九）年の刊行である。

「一月号　金子兜太」「二月号　和田茂子」「三月号　佐野英二郎」「四月号　草野心平」「五月号　大野正男」

右の中、アラン・スワビーは親交のあったカナダ人弁理士、ベルンハルト・ザイドラーはドイツ人弁護士である。伊達得夫は、例外的に、三回にわたって連載したが、なお伊達について調べて補筆し、二〇一九年七月に『回想の伊達得夫』と題して青土社から刊行した。出英利は都立五中で同級生であった親友、高野昭は元日本文藝家協会書記局長、小竹哲郎は晩年まで親しかった大宮北小学校の級友、金子兜太は知られるとおりの俳人だが、彼の日本銀行勤務時代のことを記した点で一証言となるであろう。和田茂子は私の事務所の私よりは若干年長、先輩にあたる同僚、きわめて有能だったが、晩年は不幸、大腸癌のために早逝した女性。佐野英二郎は出英利が第二早高に進学して後知り合った友人で、ことにその晩年に親交があった。かつてこの連載で採り上げた磯和英一さんの子息で現在の社長磯和英之さんの夫人知子さんが佐野がトーメンの人事本部長だった当時直属の部下として佐野に敬慕の念を抱いていたこと、磯和英之さんも当時トーメンに勤務していたので佐野とも面識があったことを、この文章の発表後に知り、夫妻とお目にかかり、佐野の思い出を話し合って彼を偲ぶ機会があった。これはこうした文章を綴っている者として思いがけない至上の幸せであった。大野正男は一高在学当時から知っていた友人だが、私の知る限り、頭脳明敏、卓抜な学識、弁論の名手として、とびぬけた鋭才であった。ただ、選ばれて最高裁判事に就任後、彼の執筆した意見を読み、失望し、大野は晩節を汚したのではないか、という思いを書きとどめた。その他の人々については注を要しないであろう。

＊

平成三〇（二〇一八）年六月、貴乃花が「貴乃花一門を離脱。統帥を失った同一門はほどなく消滅し、残ったメンバーは暫定的に「阿武松グループ」となった」と『週刊文春』令和元（二〇一九）年七月一一日号は記し、途中を若干省略すれば、次のとおり続けている。

「七月二十六日、相撲協会の理事会は「全親方は既存の五つの一門（出羽海、二所ノ関、高砂、時津風、伊勢ヶ濱）のいずれかに属するもの」と決定した。前月、貴乃花一門が消滅したことにより、理事会決定の時点で無所属だったのは、貴乃花、阿武松グループの五人と、前年暮れに時津風一門を離脱していた貴乃花シンパの錣山親方（元関脇・寺尾）ら五人の計十一人。

つまり、〝一門所属の義務化〟とは、貴乃花とその仲間たちの喉元だけに突きつけられた刃にほかならなかった。相撲協会は理事会決定の理由を「一門の位置付けを明確にし、ガバナンスやコンプライアンスを強化するため」と強調したが、組織に楯突く危険分子と見なした貴乃花一派の無力化が真の目的にもみえた。

そして、一門所属のリミットに設定されたのが、九月の秋場所後に行われる理事会の日である」

右の記事にいうガバナンスとは統治、管理、支配といった意味だろうから、協会の統治権限を強化するのが年寄の一門帰属制の目的の一であろう。コンプライアンス compliance は英語でいえばたんに遵守することをいうが、日本語としては法令遵守の意味で用いられているようである。日馬富士の貴ノ岩に対する違法な暴行行為のような行為をなくすのに、この制度が役立つとは思えないが、たぶん協会の目的は貴乃花の追放にあり、ガバナンスとかコンプライアンスとかいうのは、たんに口実にすぎないだろう。

日馬富士の暴行事件以降の協会と貴乃花の葛藤については私には理解できないことが多いので、日馬富士の暴行事件に遡って、真相はこうではないか、というつもりはない。ただ、最終局面である貴乃花の引退、見方を変えれば協会からの追放については、納得しがたいものを感じている。ガバナンス、コンプライアンスの強化等が目的であれば、貴乃花一門の消滅からほぼ一月後というタイミングを何故選んだのか。貴乃花一門がその存在を認められていた時期に何故年寄の一門帰属制という制度の採用を協会は言いださなかったのか、不可解である。

そもそも「一門」とは何であるか。公益財団法人日本相撲協会監修の『相撲大事典』第四版という事典がある。これには「一門」について次のとおり説明されている。

「弟子が師匠から独立し新しく相撲部屋を興すなどして、縁続きとなった複数の相撲部屋を総称していう言葉。いわば、本家と分家というような関係で、連合稽古や冠婚葬祭などさまざまなことで協力関係にある。

昭和三二年（一九五七）より前には、巡業が現在のように協会全体では行われず、一門単位で行われる場合もあった。時津風一門、高砂一門、出羽海一門、二所ノ関一門、立浪・伊勢ヶ濱連合の五つがあった。立浪・伊勢ヶ濱連合は立浪一門となった後、平成二四年に立浪が貴乃花グループに合流し、春日山との連合を経て伊勢ヶ濱一門と改称した。同年、貴乃花グループは一門として認められた。」

立浪一門の成立も複雑だし、貴乃花グループ、後の貴乃花一門を形成した阿武松グループがそれまでどの一門に属していたかも不明だし、錣山のように時津風一門を離脱することも自由なようである。

一門を通して間接統治するのが協会としては便利にちがいないが、肝心の一門は決して固定的でなく、流動的であることが分る。その中で、こういう性質の「一門」にすべての親方が所属しなければならないとすることは、はたして合理的なのか疑問がある。

もっと重大なことだが、公益財団法人日本相撲協会の定款第四六条は次のとおりである。

「この法人は、相撲道を師資相伝するため、相撲部屋を運営する者及び他の者のうち、この法人が認める者に、人材育成業務を委託する。

2　この法人は、委託業務に関して、規程に定める費用を支払う。

3　委託業務に必要な事項は、理事会が別に定める。」

すなわち、力士の育成は協会が部屋持ち親方に委託している業務であり、その費用も協会から部屋持ち親方に支払われるのである。この間に「一門」が介在してくることは定款に矛盾するおそれはないか。ガバナンス、コンプライアンスもいわば「育成」の一部なのではないか。

そこで貴乃花が引退を決意した告発状の内容が事実無根だったと認めることという条件の問題を考える。協会はこの要求を否定しているようにもみえるが、もし、こうした要求がなかったとすれば、貴乃花が引退を決意する必要はなかった。元来、貴乃花がモンゴル出身の力士たちが彼らだけの会合をもつことを嫌っていたことはひろく知られている。協会所属の力士間で特殊なグループが存在し、他の日本人力士が分らぬ言葉で話し合うことは、たとえば八百長の温床になりかねない。貴乃花の告発状の内容がこのモンゴル出身力士たちの会合に関した問題提起であったことは間違いあるまい。『週刊文春』も暴力問題再発防止検討委員会の但木敬一委員長は記者会見で

「日馬富士の事件で異様に感じたのが、なぜ違う部屋の人が、他人の育成した宝物の頭を殴って怪我をさせることができるのかという違和感です」

と語ったと伝え、「部屋を異にする先輩力士が、後輩力士の師匠を通すことなく、直接後輩力士に対して指導や教育を行うことは基本的に許されないと考えるのが自然」と報告書に記していると報道している。

日馬富士が暴力をふるった直接の原因は貴ノ岩が白鵬の注意を聞いていなかったことにあったことは間違いないから、この点では、私は貴乃花に分があり、理がある、と考える。いつの日か、真相が全面的に明らかになることを期待してやまない。

平成三一（二〇一九）年春場所の千秋楽三月二四日に横綱白鵬が、まだ儀式が続いている間、

本人に対するインタビューが終ったとき、皆さん、三本締めで締めましょう、と音頭をとって、万場の観客に三本締めをさせた。私はTVで見ていて呆気にとられていた。大相撲の本場所で、三本締めなど、見たことも聞いたこともなかった。私はこんな莫迦なことを相撲協会はどうするのか、と思った。正確な文言は憶えていないが、翌日、横綱審議会から伝統的礼節に反するので白鵬を処分すべきだ、という申入れがあった。八角理事長以下協会幹部の目の前で起こった事件なのだから、直ちに処分を検討できるはずなのに、協会の理事会は自ら判断せず、何とかいう委員会に諮問した。その結果、五月二四日、つまりは二カ月も経って譴責というもっとも軽い処罰が下された。

白鵬はこの三本締め問題のほかにも日馬富士が暴行問題で引退した場所の千秋楽で「萬歳三唱」の音頭をとって世論からさんざん非難された。この時、どういう処罰をうけたか、私にははっきりしない。処罰されなかったのではないか。しかも、三本締め問題はかさねての伝統、しきたりに反する行為であるのに、協会はまったく自発的に腰を上げず、横綱審議会に注意されて、何とかいう委員会を設け、いやいやながら、もっとも軽い処罰を与えたようにみえる。貴乃花の追放と比し、あまりの違いに私は協会の八角理事長以下執行部は宇宙人でないにせよ、私が考える良識をもった社会人とは思われない。

＊

平成三一（二〇一九）年に入って以後の最大の事件は何といっても天皇の生前退位であろう。天皇が国民統合の象徴としての天皇がどうあるべきかを、皇后とともに模索し、じつによくおつとめになったことは間違いないし、加齢によりこれまでのような善意あふれる行動をお続けになることが無理なので退位すべきだと決意なさったお気持は理解できるけれども、そのような活動をお続けにならなくてもご存命のまま在位するだけでも象徴天皇としての責務を果しえたのではないか、と私は考えている。

さて、四月に入って、菅官房長官が新元号は「令和」であると発表し、「令和」と大きく墨書した文章を示し、出典は万葉集であると発表した。この問題はこの連載の序章に簡単に採り上げたが、かさねて詳しく私見を述べたい。

たしかに万葉集巻五に「梅花の歌三十二首」があり、その序の冒頭に次の句がある。

「天平二年正月十三日に帥《そち》の老《おきな》の宅《いへ》に萃《あつ》まりて、宴会を申《ひら》きき。時に、初春の令月にして、気淑《よ》く風和《やわら》ぎ、梅は鏡前の粉を披《ひら》き、蘭《らん》は珮《はい》後の香《かう》を薫《くん》ず」

万葉集が出典といっても、万葉集中の長歌、反歌から採ったわけでもなく、序から、それも一連に続いている「令和」の文字を採ったわけでなく、序文中から「令」と「和」の二文字を拾いだして結合させただけなのに、これを万葉集から採ったというのは妥当でないと感じた。また、「令」という文字も命令、号令といった言葉の一部として親しく、「令」に「よい」という意味があるにしてもなじみがないと感じた。たとえば、私が座右においてふだん利用している大修館書店刊の『現代漢和辞典』には「解字」の項に「人を集めてひざまずかせて、「いいつける」の意味を表す」とある。念のため諸橋大漢和辞典をみると、「解字」の項に「権能を以て招集して行動せしめることを示す。よって号令を発して人を使ふこと、命令の意とする」とある。いうまでもなく、諸橋大漢和辞典には「令」に多くの意味があることを示している。「(一) ふれ。布告。おきて。法律。(二) みことのり。(三) いましめ。をしへ。訓戒。(四) いひつける。(五) をさ。君。長官。(六) よい。(七) 敬称。(下略)」などである。つまり「よい」という意味では「令」は稀にしか用いられないのである。こうした用例を考えると「令」を新元号の一部としたのが適当か、疑問を感じる。

もっと私が奇異に感じたことは菅官房長官が大きな紙に墨書した「令和」という文字であった。「令」のタテの線はハネない。終了の了はタテの線をハネる。「亅」はケツであってカギの形をとっている。了と同じく「亅」をふくむ文字には予、争、事などがある。

「令和」を墨書したさい、筆者はカギのない「丨」とカギのある「亅」の区別を知らなかったか、間違えたか、したのである。その間違いに、当時の菅官房長官も安倍晋三首相も、たぶん事前に教えられていた主要閣僚も気づかなかったのである。

この墨書は永久保存されるそうである。彼らの無知、無学が永久に残ることになったことは若干可笑しい。こうした揚げ足とりで「私の平成史」の筆を擱くことになろうとは私が夢想もしなかったことである。

後記

私は『ユリイカ』の二〇二〇年一月号から一二月号まで、さらに二〇二一年二月号から一〇月号にいたるまで「私の平成史」と題する回想録を連載した。本書はこの連載原稿に若干手を加えたものである。私はかつて、同じ『ユリイカ』に「私の昭和史」と題する文章を連載し、『ユリイカ』の発行元である青土社から『私の昭和史』『私の昭和史・戦後篇』上下、『私の昭和史・完結篇』上下、総計五巻を刊行していただいた。この『私の平成史』はこれらの『私の昭和史』全五巻に続くものである。

平成元（一九八九）年には私は六二歳であった。平成という年号の終わった平成三一（二〇一九）年には私は九二歳に達していた。多くの方々にとっては定年退職後の余生に近い年齢だが、私にとっては、私の人生に新しい局面が展開した時代であった。つまり、それまで、弁護士を生業とし、ほそぼそと詩や評論を書いていたのだが、平成という時代に入って、弁護士業務に割く時間を大幅に減らし、濫作の誹りを受けてもやむを得ないほどに次々に著作を発表、刊行し、文学館の活動に情熱を注ぎ、その他、『新編・中原中也全集』の編集、中原中也の会の会長としての活動などに多くの時間を注ぎ、一方で、弁護士としても、忘れられないいくつかの重大な事件をとりあつかった。このような生活を送ることができたのは、もっぱら私の事務所、中村合同特許法律事務所の同僚の皆さんの好意と協力によるものであり、あらためてここに感謝の意を表したい。

この回想録を執筆中、かけがえのない多くの知己、友人たちが先だっていった。年齢から考えれば当然のことだが、私の身辺はいま寂寥の感が濃く、哀悼の思いがつよい。

回顧すれば、平成という時代における最も深刻な事件はいうまでもなく東日本大震災であり、この地震と津波の結果生じた福島原発の原子炉のメルトダウンによる放射能汚染であった。この災害の体験を風化させてはならないと考えるが、また、平成という時代は、バブル崩壊の時代であり、わが国の産業が衰退に向かった時代であり、政界、経済界をはじめとして倫理感の喪失に向かった時代であったように思われる。このような時代に、私が何をどう考え、どのように生きてきたかを本書で私は回顧してみたつもりである。その結果、平成という時代がどういう時代であったか、「私」というささやかな窓から覗いた様相が、すこしでも平成という時代を解きあかす手がかりになれば幸いである。

最後にこの連載の間、ご面倒をおかけした『ユリイカ』編集長の明石陽介さん、本書の出版について、並々ならぬ労力をはらってくださった編集部の足立朋也さん、それに終始、私を励ましてくださり、本書の出版を決断してくださった青土社社長、清水一人さんに心からのお礼を申し上げたい。

二〇二四年八月二三日、亡弟の不幸な訃報を耳にした翌日

中村　稔

私の平成史

2024年10月10日　第1刷印刷
2024年10月30日　第1刷発行

著者——中村 稔

発行人——清水一人
発行所——青土社
東京都千代田区神田神保町1-29 市瀬ビル　〒101-0051
電話　03-3291-9831（編集）、03-3294-7829（営業）
振替　00190-7-192955

印刷・製本——双文社印刷

装幀——水戸部 功

ISBN978-4-7917-7678-8　　Printed in Japan